Kontaktadresse nach EU-Produktsicherheitsverordnung:
produktsicherheit@fischerverlage.de

**Sonnenaufgang am Strand von Westerland.
Eine rothaarige Frau sitzt reglos in einem Strandkorb.
Sie ist jung, sie ist schön, sie ist tot …**

Man hat sie wie ein Kunstwerk in einem Strandkorb drapiert. Als wenige Stunden später der angesehene Sylter Geschäftsmann Hubert Mönchinger seine Frau Marga als vermisst meldet, scheint der Fall bereits geklärt. Dem Foto nach handelt es sich bei der Toten um Marga Mönchinger. Doch als Hubert Mönchinger die Leiche identifizieren soll, stellt sich heraus, dass die Ähnlichkeit zwar groß, die Ermordete aber nicht seine Frau ist.

Marga Mönchinger bleibt verschwunden, und dem Sylter Ermittlerteam um Sven Winterberg, Silja Blanck und Bastian Kreuzer stellt sich die Frage, ob die Ereignisse zusammenhängen. Wer wusste von der Ähnlichkeit der beiden Frauen? Wo ist Marga Mönchinger jetzt? Und ist auch ihr Leben in Gefahr? Unter enormen Zeitdruck suchen die Ermittler nach einem Anhaltspunkt in beiden Fällen. Doch auf das, was sie finden, sind sie nicht im Geringsten vorbereitet …

Der dritte Fall für die Sylter Ermittler Winterberg, Blanck und Kreuzer.

Die gebürtige Berlinerin *Eva Ehley* wurde spätestens mit ihrer Eheschließung vom Sylt-Fieber infiziert. Seither hat sie viele Sommer auf der Insel verbracht und das wilde Treiben der Reichen und Schönen beobachtet. Eva Ehley hat lange dazu geschwiegen, doch dann gewann ihre kriminelle Phantasie die Oberhand. Seitdem lässt sie regelmäßig auf Sylt morden. 2012 war sie für den Agatha-Christie-Krimipreis nominiert.

Besuchen Sie Eva Ehley auch auf Facebook.

Außerdem im Fischer Taschenbuch Verlag erschienen:

›Engel sterben‹, ›Frauen lügen‹, ›Mörder weinen‹, ›Mädchen töten‹, ›Sünder büßen‹

Weitere Informationen finden Sie auf www.fischerverlage.de

eva
Ehley

Männer schweigen

Ein Sylt-Krimi

FISCHER Taschenbuch

5. Auflage

Printed in Germany
ISBN 978-3-596-18929-8

Männer schweigen

Freitag, 17. Juni, 00.15 Uhr,
Lister Landstraße

So und nicht anders stelle ich mir das Paradies vor. Die Nacht ist lau, ich kann ohne Verdeck fahren, und hätte ich mehr Haare auf dem Kopf, würde der Fahrtwind sie verwehen. Der Klassiksender im Autoradio hat ein ausführliches Mozart-Feature angekündigt, und der Musikredakteur scheint die gleichen Vorlieben zu haben wie ich. Die Landstraße vor mir ist fast leer, vielleicht sollte man häufiger nach Mitternacht unterwegs sein. Nur könnte ich das Marleen auf Dauer kaum erklären, sie ist ein eifersüchtiges Mädchen.

Ach, Marleen, wenn du wüsstest!

Ich frage mich langsam, wer überhaupt um Mitternacht von List nach Westerland fährt. Ein Fischhändler vielleicht, der es vorzieht, die Nacht in einer Westerländer Bar zu verbringen, anstatt mit seiner Angetrauten zu Hause vor dem Fernseher einzuschlafen? Morgen früh wird er verkatert ein aus dem Ruder gelaufenes Geschäftsessen vorschützen.

Ob Hubert Mönchinger auch manchmal um diese Zeit unterwegs ist? Schwer zu sagen. Wahrscheinlich nicht, er hätte es mir doch sonst erzählt. Er erzählt mir alles, von dem er glaubt, dass es wichtig ist. Und diese eine freie Nacht, die er seiner Gattin pro Woche gönnt, hält er für ungeheuer wichtig. Er schämt sich furchtbar, wenn er darüber redet, aber er tut es trotzdem immer wieder. Tapfer. Wahrscheinlich lügt er nie. Denn Hubert Mönchinger will vor sich selbst als Ehrenmann dastehen – wenigstens das.

Wenn ihn seine Frau schon für einen Versager hält.

Der arme Kerl, er spricht fast nur von ihr. Er scheint nur durch sie zu existieren, als habe sie ihn am Tag ihrer Eheschließung aufgesogen, mit ihren Tentakeln erfasst und eingekreist. Unschädlich gemacht. Dabei hat er in seinem ganzen Leben bestimmt noch niemandem geschadet.

Aber halt, Manfred, alter Junge, pass auf, sonst sitzt du gleich neben deinem Patienten in der Marga-Mönchinger-Falle. Sie hält ihn ja gerade nicht für einen Versager. Nur darum ist er zu mir gekommen, und das finde ich durchaus nachvollziehbar.

Er fühlt sich, so sagt er, wie ein Fisch, den man nur angelt, um sein angstvolles Japsen verwundert zu betrachten. Niemand will ihn anschließend braten. Im Gegenteil. Stets wird er zurück ins Wasser geworfen. Allerdings nur vermeintlich mildtätig. Denn mit dem Angler eint ihn die Gewissheit, dass er jederzeit wieder aus dem Wasser gefischt werden kann. Hat Mönchinger eigentlich von einem Angler oder einer Anglerin gesprochen? Himmel, ich werde vergesslich! Gut, dass ich meine Aufzeichnungen habe.

Was ist denn da vorn los? Sieht aus, als habe dort einer die Promille der bescheidenen drei Martinis, die ich mir genehmigt habe, erheblich überschritten. Der beansprucht doch tatsächlich die volle Straßenbreite, beide Spuren. Witzig, er fährt das gleiche Auto wie ich. Sogar die Radkappen sind identisch. Wollen doch mal sehen, ob er sich auch die Turbo-Version geleistet hat.

Da schau einer an, er hat! Aber er traut sich nicht richtig. Vielleicht liegt das an dem Mädel auf dem Beifahrersitz. Scheint eine scharfe Nummer zu sein, so wie die blonden Locken fliegen.

Hoppla, jetzt hätte der Kerl mich doch beinahe gerammt.

Ist ja gut, wollte mir doch nur deine Kleine etwas näher ansehen. Wenn der mal kein Fall für die Inselpolizei ist. Allein schon, weil man unmöglich an ihm vorbeikommt, jedenfalls, wenn man nicht in selbstmörderischer Absicht unterwegs ist. Am besten wäre es wirklich, ich würde stehen bleiben, rechts ranfahren und dann die Polizei rufen. Der Kerl ist eindeutig eine Gefahr für seine Mitmenschen.

Wenn ich nur wüsste, ob man meine Martinis noch riecht. Nicht, dass die Beamten dann auf die dumme Idee kommen, auch gleich bei mir einen Alkoholtest zu machen.

Marleen denkt ja, ich schlafe wieder mal auf der Couch in der Praxis. Dabei belüge ich das gute Kind so ungern. Aber es ging nicht anders. Oder hätte ich sagen sollen, ich wolle die Angaben eines Patienten überprüfen? Selbst Marleen hätte mich für komplett übergeschnappt gehalten. Wahrscheinlich zu Recht!

Ach, was weiß Marleen schon.

Mönchinger kommt seit mindestens zwei Monaten nicht weiter mit seiner Analyse. Natürlich war das vorauszusehen. Die beiden Mönchingers sind der klassische Fall für eine Paartherapie. Aber seine Marga will ja nicht. Behauptet er jedenfalls. Hier bin ich mir übrigens nicht ganz sicher, ob er die Wahrheit sagt. Ich kann mir nicht vorstellen, dass er sie wirklich gefragt hat.

Ich weiß noch sehr genau, wie es war, als er mir zum ersten Mal die Bilder zeigte. Dieser Stolz, mit dem Mönchinger die Fotos aus der Brieftasche zog. Die absichtlich verzögerten Bewegungen, dazu ein Gesicht wie Weihnachten unterm Tannenbaum. Als ich seine Frau dann endlich anschauen durfte, war ich zugegebenermaßen beeindruckt. Flammend rote Haare, auch zwischen den Beinen, und dann diese Figur – Junge, Junge! Warum sie ihn wohl geheiratet hat? Er meint wegen seines lukrativen Jobs, der Naivling. Ich habe dazu nichts gesagt, aber du liebe Güte, was ist schon ein Kleinunternehmer? So, wie seine Marga aussieht, hätte die doch ganz andere haben können! Selbst ohne ihre pikante Veranlagung.

Natürlich ist keinesfalls sicher, ob auch wirklich alles stimmt, was Mönchinger mir über seine Frau erzählt hat. Aber genau das werde ich heute Nacht herausfinden. Das bin ich dem Ruf schuldig, der mir in Fachkreisen vorauseilt. Instinktsicher nennen mich die Kollegen, und neidvoll wispern sie sich zu: *Diesen Instinkt, den hast du, oder du hast ihn nicht. Lernen kannst du das auf keiner Uni. Aber der Pabst, der hat ihn einfach.*

Und ungewöhnliche Fälle erfordern eben ungewöhnliche Methoden.

Eines steht für mich jetzt schon fest: Wenn *ich* mit Marga Mönchinger verheiratet wäre, würde ich sie nicht eine Nacht pro Woche allein lassen. Jedenfalls nicht freiwillig. Etwas Selbstquälerisches hat er schon, der Hubert Mönchinger, man muss sich nur ansehen, wie er sich in meinem Sessel krümmt.

Was er wohl gerade tut? In dieser, und auch in all den anderen Donnerstagnächten, die er in der kleinen Pension neben dem Flensburger Büro seiner Firma verbringt, um seiner Ehefrau ein wenig Freiraum zu lassen. Welch eigenartige Formulierung.

Ob ich wohl Marga Mönchinger mit ihrem Liebhaber antreffen werde? Ich halte jede Wette, dass sie einen hat. Mönchinger selbst glaubt das natürlich auch.

Ich weiß, dass es nicht meine Aufgabe ist, Marga Mönchingers Treue zu überprüfen. Schließlich bin ich kein Privatdetektiv. Also umkehren? Denn was soll schließlich schon bei diesem Überraschungsbesuch herauskommen?

Ich klingele, sie öffnet. Und am nächsten Tag erzählt sie die ganze Geschichte verwundert ihrem Gatten.

»Sag mal Hubert, weißt du eigentlich, wer gestern Nacht hier vor unserer Tür stand? Du wirst es nicht glauben, Manfred Pabst, dein Analytiker. Doch, doch, mein Lieber, er hat sich mir ja vorgestellt. Oder glaubst du vielleicht, ich hätte ihn sonst hereingelassen? Was denkst du eigentlich von mir? Es war schon nach Mitternacht, er hat mich aus dem Schlaf geklingelt. Warum ich überhaupt die Tür geöffnet habe? Du stellst Fragen! Aus Sorge um dich natürlich. Dir hätte etwas passiert sein können in Flensburg. Warum sonst sollte ich wohl einen wildfremden Mann nachts in unser Haus lassen? Was denkst du eigentlich von mir? Was heißt, das habe ich dich eben schon gefragt? Natürlich habe ich eben schon gefragt, was du von mir denkst, aber du antwortest mir ja nie auf diese Frage.«

Diese Frau ist ihrem Mann himmelhoch überlegen. Aber um das festzustellen, muss ich nicht durch die Nacht fahren. Das weiß ich spätestens seit Mönchinger mir von einem äußerst pikanten nächtlichen Dialog erzählt hat.

Man stelle sich Folgendes vor: Beide liegen im Bett, nackt natürlich, der Mann hat sein Bestes gegeben, ist immer noch ein wenig atemlos, aber durchaus zufrieden, und sie sagt: »Hubert, mein Guter, es ist nicht so, wie du denkst …«

»Was meinst du, mein Schatz? Ich denke doch gar nichts.«

»Ich will nur nicht, dass du ein schlechtes Gewissen hast.«

Hubert Mönchinger hat gar kein schlechtes Gewissen, zu diesem Zeitpunkt noch nicht, das hat er mir glaubhaft versichert. Er antwortet also: »Aber meine Liebe, ich bin rundum zufrieden, du etwa nicht?«

Und seine Frau, was sagt sie darauf? Sie sagt doch glatt: »Nein, ich bin leider nicht zufrieden. Wieder einmal leider nicht zufrieden.«

»Aber warum denn nicht mein Liebes?« Als sie die Antwort schuldig bleibt, fügt Mönchinger hinzu: »Fühlst du dich irgendwie, nun, wie soll ich es sagen … unterversorgt?«

»Unterversorgt …« Sie lässt das Wort im Mund zergehen, es scheint ihr zu gefallen, und während ihr dieses Wort so sichtbar gefällt, keimt in ihrem Mann der Verdacht, dass er soeben eine höchst gefährliche Vorlage geliefert hat. Mit bangem Blick beobachtet er seine Frau und sieht, wie sie einen Entschluss fasst. Scheinbar unkonzentriert murmelt sie: »Ach was, unterversorgt.«

Hubert Mönchinger atmet auf, völlig zu Unrecht, wie sich gleich herausstellen wird, denn sie redet weiter.

»Ich bin nicht unterversorgt, Hubert, ich bin einfach überbedürftig.«

»Überbedürftig …« Jetzt ist es an ihm, das Wort bedachtsam hin und her zu wenden.

Doch seine Frau lässt ihn nicht. »Bitte mach dir keine Sorgen, Hubert. Die Schuld liegt ganz auf meiner Seite. Und ich werde schon irgendwie damit fertig.«

Was antwortet man auf so eine Bemerkung? Ich weiß es genauso wenig, wie Hubert Mönchinger es gewusst hat. Immerhin rang er sich ein »Das ist bestimmt nicht einfach für dich« ab. Denn langsam begriff er, worauf sie anspielte.

Im Grunde genommen finde ich diese Replik ganz angemessen. Wenn sie nur nicht so dämlich klingen würde. Das fand wohl auch die rote Marga. Denn anstatt ihn zu trösten, sein Ego zu streicheln, ihre Worte zu relativieren, legt sie nach.

»Nein, natürlich ist es nicht einfach für mich. Das habe ich auch nicht behauptet. Aber weißt du, ich schaffe es schon.«

»Kann ich dir denn gar nicht dabei helfen, Marga?«

Da faucht sie ihn an: »Was sagst du? Helfen? Du willst mir helfen? Ach du liebe Güte, wie willst *du* mir denn helfen?«

Fehlt nur noch, dass sie hinzufügt: *Ausgerechnet du!* Aber das tut sie nicht. *Das* tut sie gerade nicht. Das ist eben das Perfide an Marga Mönchinger. Sie wirft den Fisch Hubert wieder ins Wasser. Und er darf seine Wunden pflegen, bis er das nächste Mal geangelt wird. Und ich, Manfred Pabst, bin derweil sein Wundarzt. Natürlich. Ich Trottel. Woche für Woche fange ich wieder von vorn an, bekomme den Ursprung des Übels aber nicht zu packen, denn er liegt nicht bei Hubert Mönchinger. Da kann ich suchen, bis ich schwarz werde. Nein, nein, Marga ist es, die die Fäden zieht.

Und darum ist es gut, dass ich sie mir einmal ansehe. Ungewöhnliche Fälle erfordern eben ungewöhnliche Methoden. So einfach ist das.

Wenn ich nur nicht so hundemüde wäre. Hätte ich doch bloß einen der Martinis durch einen Kaffee ersetzt, oder am besten gleich alle drei. Aber hinterher ist man immer schlauer. Und ohne die drei Martinis wäre ich vielleicht gar nicht erst losgefahren.

Wunderschön, dieses Klavierkonzert, geht mir richtig ins Blut, die Melodie. Und links und rechts. Beide Spuren völlig leer. Komisch, ich hab gar nicht gesehen, wo der Alkoholiker vor mir abgeblieben ist. Wahrscheinlich nach Kampen gefahren, erst einen Absacker in der Whiskystraße nehmen und anschließend seine schnucklige Beifahrerin auf dem

Rücksitz poppen. Warum auch nicht. Und links und rechts. Da ist wieder dieses Motiv, diesmal bei den Streichern. Mist, das war aber knapp! So ein Ortsschild ganz aus der Nähe sieht nicht gerade einladend aus. Ach, diese Streicher. Und links und rechts.

Ich bin nicht unterversorgt, ich bin überbedürftig. Mit diesem Ausspruch seiner Gattin geht Mönchinger jetzt durchs Leben. Den Satz nimmt ihm keiner ab. Auch kein Analytiker. Ein Teufelsweib ist das. Ob sie wohl noch wach ist? Angeblich trinkt sie überhaupt keinen Alkohol.

Das würde alles noch viel schlimmer machen, Hubert.

Noch so ein Satz.

Was hat er sich bloß von dem Alkohol versprochen? Willig ist sie doch ohnehin. Daran jedenfalls hat Mönchinger nie einen Zweifel gelassen.

»Eine Nymphomanin, Herr Pabst.«

»Das gibt es nicht, Herr Mönchinger.«

»Doch, Herr Pabst, das gibt es. Sie kennen eben meine Frau nicht.«

Was sollte ich dazu sagen? Ich kannte eben seine Frau nicht.

Aber jetzt, in schätzungsweise fünf Minuten, wird sich das ändern. Die Ortseinfahrt von Westerland habe ich gerade passiert, jetzt muss ich nur noch nach links durch diese langweilige Backsteinsiedlung. Irgendwo dort wohnen die Mönchingers.

Ich stelle den Wagen lieber ein Stück entfernt ab, ein paar Schritte durch die klare Luft können mich nur beruhigen.

Ein schönes Haus, geschmackvoll. Und ein schöner Vorgarten. Ob die rote Marga wohl auch mit dem Gärtner …?

Manfred, alter Junge, jetzt halt dich aber zurück!

Sie macht nicht auf. Es sind auch alle Fenster dunkel. Also Sturmklingeln? Oder doch aufgeben? Halt, da scheint plötzlich etwas durch das Glas der Tür. Das Treppenlicht? Jetzt entriegelt jemand das Schloss.

»Wer ist da?«

Ihre Stimme ist schon mal eine Enttäuschung.

»Mein Name ist Manfred Pabst, gnädige Frau. Ich bin Hubert Mönchingers Analytiker. Ich weiß, dass er Ihnen von mir erzählt hat.«

»Bitte? Ich kann Sie so schlecht verstehen.«

Na dann mach doch endlich auf!

Langsam, ganz langsam öffnet sich die Tür. Nur einen Spalt weit, Marga Mönchinger hat immer noch die Kette vorgelegt. Aber sie tritt so in den Spalt, dass ich sie sehen kann. Heiliger Strohsack!

»Sind Sie Frau Mönchinger?«, frage ich fassungslos.

»Ja. Natürlich. Wer sind Sie? Und was wollen Sie hier um diese Zeit? Ist Hubert etwas geschehen?«

Sie trägt ein Blümchennachthemd. Baumwollflanell in einem unsäglichen Gelb mit etwa 2000 Streublümchen darauf und mit einer Rüsche rund um den Busen. Leider hat das Nachthemd keinen eingearbeiteten Büstenhalter. Und von roten Haaren kann schon überhaupt nicht die Rede sein. Verschwitzt kleben mausgraue Fäden an ihrem Kopf, der klein ist wie bei einem unterernährten Vögelchen. Wenn ich an die Mähne von der Rothaarigen auf dem Foto denke, wird mir ganz anders. Die Frau, die hier vor mir steht und behauptet, Marga Mönchinger zu sein, hat höchstens im Vergleich mit mir selbst eine Mähne auf dem Kopf. Jetzt zupft sie auch noch nervös an ihren Haaren herum. Ihre Stimme wird ganz zittrig vor Angst.

»Bitte sagen Sie doch etwas! Sie stehen doch nicht ohne Grund hier. O mein Gott …«

»Nein, nein, gnädige Frau, beruhigen Sie sich, es ist überhaupt nichts geschehen. Gar nichts. Ich wollte nur …«

Ach verdammt, ist das peinlich!

Ich nestele an meinem Jackett, um nicht weiter in dieses Gesicht sehen zu müssen. Natürlich sehen wir alle etwas zerknautscht aus, wenn man uns mitten in der Nacht aus dem Schlaf reißt. Aber doch nicht so zerknautscht. Diese faltigen Augen, dieser verkniffene Mund.

»Ist Ihnen nicht gut? Mein Gott, ich stehe hier und rede. Sie sind ja ganz blass! Warten Sie …«

Die Frau im Blümchennachthemd nestelt an der Türkette.

»Bitte bemühen Sie sich nicht, Frau Mönchinger, es geht schon besser. Ein kleiner Schwächeanfall, offenbar. Wissen Sie, ich kenne niemanden in Westerland, und in meiner Not kam mir Ihre Adresse in den Sinn. Es war natürlich ganz unverzeihlich von mir, Sie einfach so mitten in der Nacht aus dem Bett zu klingeln. Bitte entschuldigen Sie vielmals, aber ich dachte …«

Jetzt hat sie die Kette aus dem Schloss gefummelt und winkt mich mit besorgter Miene ins Haus.

»Wirklich, Frau Mönchinger, es geht mir erheblich besser! Ich bitte Sie inständig: Nur keine Umstände! Es ist mir furchtbar unangenehm, Sie überhaupt gestört zu haben.«

Irgendwie schaffe ich es, wieder ins Auto zu kommen.

Mein Kopf ist leer. In einem wahrhaft erschreckenden Ausmaß leer. Ich wende und fahre ziellos durch die Straßen. Nur hin und wieder sehe ich auf die Uhr. Ordne meine Gedanken.

Bin ich nicht losgezogen, die Angaben Hubert Mönchingers zu überprüfen? Und habe ich sie nicht überprüft?

Nach und nach liegt es immer klarer vor mir, das Seelengemälde meines Patienten. Hubert Mönchinger ist ein schwer neurotischer Mensch, fast schon ein Psychopath. Was er sich einredet, grenzt an Schizophrenie. Mein Patient ist ein klassisch klinischer Fall, nur verdammt gut getarnt. Oder lügt er absichtlich, um sich wichtig zu machen? Nein. Dass er selbst die Geschichte mit der Rothaarigen glaubt, daran ist nicht zu zweifeln. Fragt sich nur, was er seiner Frau über die Donnerstagnächte erzählt, die er in Flensburg verbringt. Vielleicht bei der Rothaarigen? Im Liebestaumel? Irgendwo muss er das Foto schließlich herhaben. Wenn ich nur an die Pose denke, mit der dieses scharfe Weib an dem Wagen lehnt. Auf dem Foto ist eindeutig Mönchingers Auto zu sehen, ich war clever genug, mir das Kennzeichen zu merken. Und so ohne Weiteres lehnt sich doch keine feuerrote Schönheit an den Kotflügel eines durchschnittlichen Daimler und lässt für den Fotografen auch noch alle Hüllen fallen. Ich werde den guten Mönchinger bei unseren nächsten Sitzungen gehörig in die Zange nehmen müssen. Wäre doch gelacht, wenn ich nicht herausfinden könnte, wer dieses Götterweib ist und wo sie wohnt.

Und dann: Ade Marleen! Und: Gnade dir Gott, du rote Teufelin!

Freitag, 17. Juni, 4.23 Uhr, Kurpromenade Westerland

Während auf der Wattseite der Insel gerade die Sonne aufgeht und als fetter roter Ball über dem Festland mit seinen Windrädern, Deichen und Feldern hängt, liegt der Westerländer Strand noch im Schatten der Kurpromenade. Schlapp rollen die Ebbewellen übers Wasser, feuchtgrau schimmert der Sand im Zwielicht, erste Möwen suchen zwischen den Strandkörben nach Essensresten. Die Körbe stehen in Reih und Glied, die Rückseiten zur Nordsee gedreht. Die breiten Spuren eines Raupenfahrzeugs, das am Abend zuvor zwischen Wasserkante und der ersten Strandkorbreihe entlanggetuckert ist, sind noch unangetastet, kein Kind ist darüber gehüpft oder hat seine kleinen Füße in die rechteckigen Ausbuchtungen gedrückt.

Doch halt. An einer Stelle sind Schuhspuren zu sehen, tief haben sich die Abdrücke eines Paares großer flacher Schuhe in den Sand geprägt, und deutlich sind Hin- und Rückweg voneinander zu unterscheiden. Bald wird der Schattenwurf der steigenden Sonne Fuß- und Fahrzeugspuren überscharf akzentuieren und kurz darauf auch die eigentümliche Figur erfassen, die schräg in einem der Strandkörbe nah an der Wasserkante sitzt.

Es ist eine Frau, jung, nackt, sehr schlank ohne mager zu wirken. Ihre wenig gebräunte Haut leuchtet wie eine opalene Verheißung in der Morgendämmerung. Sanft modellieren sich Schultern, Brüste und Hüften vor dem blau-weiß gestreiften Plastikbezug des Strandkorbs. Vollkommen entspannt, so scheint es, lehnt die Frau in der rechten Ecke des

Sitzes, eine Hand locker über die Lehne gelegt. Ihre Füße stecken in hohen, sehr spitzen Schuhen von grellroter Farbe, die wie Fremdkörper in dem hellen Sand anmuten würden, wären da nicht die ungewöhnlich langen Haare der Frau, deren ebenfalls leuchtendes Rot gerade von den ersten Strahlen der aufsteigenden Sonne ergriffen und zum Glühen gebracht wird. Wie ein Heiligenschein umgeben die Haare das Madonnengesicht, als wollten sie von den hässlichen Würgemalen ablenken, die unterhalb des Kinns am vorderen Hals zu sehen sind. Ebenfalls rot, wenn auch weniger leuchtend als Haare und Schuhe befinden sich hier deutlich sichtbar Fingernagelspuren, die zu winzigen Hautverletzungen geführt haben und dadurch wie verspielte Punkte auf einer nachlässig grundierten Leinwand wirken. Auch die zahlreichen Unterblutungen im Gesicht, vor allem rund um die schreckstarr geöffneten Augen nehmen das Thema der roten Farbe wieder auf. Nur die vielen Fliegen, die eifrig Gesicht und Körper untersuchen, stören die Vollkommenheit der Komposition erheblich.

Noch hat niemand die Leiche entdeckt, noch ist der Strand menschenleer, auch wenn jetzt das Licht der Sonne seinen Rotstich verliert und sich in reinem Gold über die bizarre Szene ergießt.

Freitag, 17. Juni, 6.35 Uhr, Fitnessstudio *BodyCult*, Westerland

Keuchend stemmt Kriminalhauptkommissar Bastian Kreuzer die 65-Kilo-Hantel. Es ist sein dritter Take in der vierten Runde, und er spürt langsam, wie die

Gelenke zu zittern beginnen und damit das Ende der körperlichen Leistungsfähigkeit signalisieren. Langsam und vorsichtig lässt Kreuzer die Stange mit den Gewichten wieder sinken. Er weiß genau, dass sie, rutschte sie ihm aus der Hand, schwerste Verletzungen an Kehle oder Brustkorb verursachen würde. Es hat schon Fälle gegeben, in denen eine herabkrachende Stange einen Übenden erstickt hat, natürlich nicht in einem Studio, wo das Geräusch der herunterpolternden Gewichte sofort Helfer auf den Plan rufen würde. Auch hier stehen trotz der frühen Stunde zwei Männer in Sportbekleidung hinter dem Eingangstresen und haben ein Auge auf die wenigen Trainierenden.

Kreuzer richtet sich auf, legt die Gewichte zurück in die Halterung und greift nach dem Handtuch, das neben Handy, Wasserflasche und Garderobenschlüssel auf dem Boden liegt. Langsam wischt er sich den Schweiß von Stirn und Schultern, bevor er in langen Schlucken die Flasche leert. Das morgendliche Training absolviert der Hauptkommissar zweimal wöchentlich, nachdem er zu Beginn des Frühlings feststellen musste, dass der lange Winter und der Frust über das Ende seiner Beziehung zur Kollegin Silja Blanck offenbar seinem Gewicht nicht gut bekommen war. Wer monatelang in seiner kargen Freizeit vorzugsweise Burger in sich reinstopft und dabei wahllos alle Serien im Fernsehen an sich vorüberziehen lässt, muss sich nicht wundern, wenn er irgendwann nicht mehr muskulös, sondern eher korpulent wirkt. Eine abfällige Bemerkung Siljas, als sie Anfang März nach ihrer schweren Schulterverletzung wieder in den regulären Dienst eingetreten war, hatte das Fass dann zum Überlaufen gebracht. Seitdem trainiert Bastian im *BodyCult*, und zum Glück haben sich schon erste Erfolge eingestellt, so dass der Kommissar, als er seine Sachen einsammelt und langsam in Richtung der Umkleideräume geht, einige bewundernde Blicke von Trainingskameraden erntet. Zufrieden mit sich und der Welt schließt Kreuzer seinen Schrank auf, um das Duschzeug herauszunehmen, als ein Klingelton wie bei einem amerikanischen Telefon ertönt. Das Display auf Kreuzers Handy zeigt die Backsteinfassade des Westerländer Kriminalkommissariats, und am Telefon ist der diensthabende Kollege von der Schutzpolizei.

»Moin, moin, habe ich dich aus dem Bett geholt?«

»Da muss ich dich enttäuschen. Heute ist Freitag, mein Schönheitstag, du weißt schon, Fitnessstudio.«

»Na, da bist du ja schon auf dem Weg.«

»Auf dem Weg wohin?«

»Wir haben eine weibliche Leiche am Westerländer Strand. Die Frau ist blutjung, splitterfasernackt und mausetot. Erwürgt würde ich sagen, ohne allerdings dem Rechtsmediziner vorgreifen zu wollen.«

»Das ist ein schlechter Scherz zu früher Stunde, oder?«

»Mit Toten scherzt man nicht, das solltest du als verantwortungsbewusster Kriminalhauptkommissar am besten wissen.«

Bastian schweigt für einige Sekunden und wischt sich mit dem Handrücken über die verschwitzte Stirn. Es fällt ihm nicht ganz leicht vom Frühsport auf die Ermittlung umzuschalten. Mit kurzatmiger Stimme fragt er: »Wo genau finde ich euch?«

»Wir sind direkt hinter der *Sylter Welle*. Kannst du gar nicht verfehlen, wir haben oben auf dem Deich und auch hier unten schon alles abgesperrt. Zum Glück hat ein früher Jogger die Tote entdeckt, bevor die ersten Kinder über sie stolpern konnten.«

»Okay, ich bin in zehn Minuten da. Sagst du Sven Bescheid?«

»Mach ich. Hoffentlich habe ich nicht wieder seine vorlaute Tochter am Telefon, die mich zu sämtlichen Details befragt, bevor sie den Apparat gnädigerweise an ihren Vater weiterreicht.«

»Ich drück dir die Daumen, Kollege, bis gleich.«

Freitag, 17. Juni, 7.06 Uhr, Strandpromenade Westerland

Oberkommissar Sven Winterberg biegt mit quietschenden Reifen auf den Parkplatz an der *Sylter Welle* ein. Das Spaßbad liegt im Westerländer Zentrum direkt hinter der Kurpromenade und dient mit seinen Becken, Rutschen und Saunen nicht nur den Urlaubern als Ort der Erholung an kalten Tagen. Zu dieser frühen Stunde ist der Parkplatz allerdings leer, so dass Sven dicht an die deichartig angelegte Kurpromenade heranfahren kann. Der schlanke, fast grazil wirkende Kommissar mit den stets sorgfältig frisierten dunklen Locken verlässt sein Auto und springt die wenigen Stufen zur Promenade hinauf. Die betonierte Flaniermeile, die sich längs des gesamten Strandes erstreckt, wirkt verwaist, jedenfalls wenn man den Trubel kennt, der tagsüber hier herrscht. Doch wer jetzt schon durch Zufall oder Gewohnheit hier ist, der steht gebannt und beobachtet das ungewöhnliche Treiben der Polizei unten am Strand.

Auch Sven nimmt sich Zeit für den grotesken Anblick, der fast wie ein Filmset wirkt.

Der Strand ist weiträumig mit rot-weiß gestreiftem Flatterband abgesperrt. Im Licht der niedrig stehenden Sonne werfen die Strandkörbe lange Schatten auf den feuchten Sand. Vor zwanzig Minuten ist ein Wolkenband über die Insel getrieben und hat sich in einem heftigen Regenschauer entladen. Kurz darauf funkelte die Insel wieder wie frisch abgespült im Morgenlicht, der Himmel war blau und blank geputzt, und niemand, der mit dem Inselwetter nicht vertraut ist, hätte einem den Regenschauer geglaubt. Doch auf den Strandkörben perlt noch das Wasser. Sie alle sind leer bis auf den einen in der Mitte des abgesperrten Areals. Im Schutz der geflochtenen Muschel sitzt eine nackte rothaarige Schönheit. Ihr Körper lehnt entspannt im Strandkorb, obwohl er sie möglicherweise nicht ausreichend gegen den Regen geschützt hat. Denn die langen Haare sind feucht und legen sich wie Schlangen um Hals und Schultern. Die Tote wirkt wie Aphrodite, die eben erst dem Meerwasser entstiegen ist. Und sie hat es geschafft, sehr schnell für Aufsehen zu sorgen. Der Polizeifotograf bemüht sich um sie, als sei sie ein begehrtes Model, das ausnahmsweise nackt posiert. Rundherum wuseln Techniker, uniformierte Beamte und die Kollegen von der Spurensicherung über den Strand. Am Rand der Absperrung haben sie ihre diversen Utensilien aufgebaut oder abgestellt, um im Inneren nicht unnötig Spuren zu verwischen.

Unnahbar und bewegungslos thront die schöne Frau in ihrer Mitte.

Obwohl Sven sicher ist, dass Bastian irgendwo dort unten schon auf ihn wartet, lässt er die abstruse Szene noch länger auf sich wirken. Was sagt dieser Anblick über den Täter aus? Irgendjemand hat sich in der vergangenen Nacht die Zeit genommen, den toten Körper sorgfältig hier zu arrangieren. Es hätte auf der Insel weiß Gott genug abgelegene Plätze gegeben, um die Leiche zu verbergen. Doch darum ist es dem Täter ganz augenscheinlich nicht gegangen. Hier sollte ein Mensch ausgestellt werden. Oder ein Prinzip. Schönheit und Sünde, das sind die beiden Begriffe, die dem Oberkommissar spontan zu dieser Inszenierung einfallen, und er würde sich sehr wundern, wenn er mit dieser Assoziation falsch liegen sollte.

Langsam steigt Winterberg die Stufen zum Strand hinunter, wo nach wenigen Sekunden Bastian Kreuzer auf ihn aufmerksam wird, sein Freund, Kollege und Vorgesetzter, und das genau in dieser Reihenfolge, wie beide gern zu witzeln pflegen.

»Moin, moin, bist du deinen beiden Damen doch noch entkommen? Ich dachte schon, das wird heute nichts mehr.«

»Na, so spät bin ich nun auch nicht dran. Ich hab eine Weile oben gestanden und die Szene auf mich wirken lassen.«

»Hat was Obszönes, oder?«

»Das kannst du laut sagen.«

»Die Frau ist erwürgt worden, das steht schon mal fest. Aber wahrscheinlich war sie vorher baden und das vermutlich nicht allein. Körper und Haare sind voller getrockneter Salzspuren. Ob sie Geschlechtsverkehr hatte, wissen wir noch nicht. Verletzungen gibt es jedenfalls keine.«

»Habt ihr die Identität schon festgestellt?«

»Keine Chance. Von Kleidung und Papieren fehlt jede Spur. Nur die schicken Schuhe hat man ihr gelassen.«

»Sieht nicht unbedingt so aus, als sei sie zu einem Strandspaziergang verabredet gewesen«, entgegnet Sven mit einem Blick auf die knallroten High Heels.

»Oder der Täter hat die Schuhe mitgebracht, um sein Bild zu vervollkommnen.«

»Und wie nennen wir das Bild? Tote Unschuld am Strand?«

»Wohl kaum. Wie wär's mit: Nackte Sünde im Sand?«

»Klingt besser. Aber eigentlich sollten wir Silja fragen.«

»Wegen ihrer Kunstgeschichts-Eskapade?«

»Lass dich nicht von ihr dabei erwischen, dass du ihr Studium so abtust.«

»Für mich ist sie immer noch in erster Linie Kriminalkommissarin«, gibt Bastian missgelaunt zurück.

»Jaja, schon gut, ich wollte dich nicht provozieren.«

Während ihrer Unterhaltung sind die beiden Kommissare näher an die Leiche herangetreten. Jetzt kann Sven kleine Unebenheiten in der Gesichtshaut erkennen, die ein wenig wie Spuren einer schlecht verheilten Akne wirken, die aber auch von den ersten Fliegenbissen herrühren können. Mit einer entschlossenen Handbewegung verscheucht Sven die Insekten, auch wenn er genau weiß, dass niemand den zügigen Verfall dieser Schönheit wird aufhalten können. Im Tod werden alte und junge, attraktive und weniger attraktive Menschen sich in rasender Geschwindigkeit ähnlich, ein Prozess, der vielleicht sogar etwas Tröstliches hat.

Entschieden reißt sich Sven von den metaphysischen Gedanken los und sagt leise: »Wenn wir ein Foto von diesem Gesicht an die Presse geben, dann wissen wir sofort, um wen es sich handelt. Wenn du diese Frau einmal gesehen hast, vergisst du sie nicht so schnell.«

»Wohl wahr. Allerdings sollten wir vorher prüfen, ob sie nicht schon vermisst wird. Wenn dir diese Frau plötzlich fehlt, dann merkst du das nämlich auch ziemlich schnell.«

Sven wirft dem Kollegen einen kurzen Blick zu. Diese Sorte von Gesprächsanfängen kennt er zur Genüge. Für gewöhnlich leiten sie eine Erörterung der gescheiterten Beziehung Bastians zur Kollegin Silja Blanck ein. Doch jetzt scheint der Hauptkommissar anderes im Sinn zu haben.

»Ich rede noch mal mit dem Rechtsmediziner, und dann fahren wir zurück ins Büro und gehen die Vermisstenanzeigen durch.«

»Irgendwelche Zeugen?«, will Sven wissen.

»Gibt es offenbar nicht. Der Jogger, der sie gefunden hat, hat sonst nichts und niemanden beobachtet. Und mit Spuren sieht es auch ganz schlecht aus. Der Jogger ist erst nach dem Regenguss losgelaufen. Da war natürlich auf dem Strand schon alles eingeebnet.«

Sven nickt, kann sich dann aber eine letzte Frage nicht verkneifen.

»Was glaubst du? Wird das eine harte Nuss oder eher ein Routinefall?«

Hauptkommissar Bastian Kreuzer schweigt einen Moment nachdenklich, dann antwortet er entschieden: »Das wird alles, nur kein Mittelmaß. Entweder wir haben diesen kranken Typen sofort, oder wir beißen uns die Zähne aus.«

»Und wenn es der Anfang einer Serie ist?«

»Jetzt mal den Teufel nicht an die Wand.«

»Muss ich doch gar nicht. Der sitzt ja schon als verführerische Hexe verkleidet direkt vor uns im Strandkorb.«

»Vorsicht Kollege, lass dich mit so einer Äußerung nicht von Silja erwischen.«

»Keine Sorge«, Sven sieht auf die Uhr. »Sie schläft bestimmt noch. Hat sich unheimlich auf ihr langes Wochenende gefreut. Soweit ich weiß, bekommt sie Besuch aus Hamburg. Eine Kommilitonin, die sie an der Uni kennengelernt hat.«

»Bist du sicher, dass es eine Frau ist?«

»Silja lügt nicht, so gut solltest du sie kennen.«

»Na, dann wollen wir mal hoffen, dass es uns gelingt, sie bis Montag aus den Ermittlungen rauszuhalten und das Ganze allein zu stemmen. Ich als Single habe kein Problem damit, das Wochenende durchzuarbeiten. Aber wie es deine Familie aufnehmen wird, wenn du deine Zelte für die nächsten drei Tage im Kommissariat aufschlägst, weiß ich natürlich nicht.«

Sven fährt sich nachdenklich durch die Haare. »Unsere Lütte ist auf Klassenfahrt in Sachsen, und Anja und ich wollten morgen eigentlich das hintere Stück vom Wall neu bepflanzen. Das ist ein ziemlicher Knochenjob, allein schafft Anja das niemals. Aber was soll's, dann müssen wir das eben verschieben.«

Freitag, 17. Juni, 07.35 Uhr, Gartenweg, Tinnum

Knallend fliegt die Tür des bescheidenen Reihenhauses ins Schloss. Mit eiligen Schritten läuft Birgit Westermür zu ihrem Auto. Sie hat in der letzten Nacht kaum geschlafen, ist am Morgen entsprechend schlecht aus dem Bett gekommen und hat wieder mal ewig gebraucht, um sich herzurichten. Wenn man als Lehrerin den ganzen

Vormittag vor einer Klasse von Halbwüchsigen steht, dann möchte man nicht unbedingt aussehen wie ein hohlwangiges Gespenst. Und genauso fühlt sich Birgit Westermür, seit ihr Mann ihr vor einer knappen Woche eröffnet hat, dass er die Scheidung will. Selbst das Essen macht ihr seitdem weniger Spaß.

22 Jahre sind Gerd und Birgit jetzt schon verheiratet, die beiden Töchter studieren in Süddeutschland, und Birgit hatte bis vor einer Woche tatsächlich gehofft, dass endlich Ruhe in ihre Beziehung einkehren würde. Und nun das. Eine Scheidung.

Während Birgit den ersten Gang einlegt und langsam aus der Einfahrt rollt, versucht sie, sich auf die anstehenden Schulstunden zu konzentrieren. Der Röhm-Putsch in Geschichte und die Einführung der komplexen Zahlen in Mathematik. Danach eine vierstündige Klausuraufsicht und am Nachmittag die Fachbereichskonferenz. Wie soll sie das nur überstehen?

Ständig schwirren ihr die unterschiedlichsten Gedanken im Kopf herum. Hat Gerd eine Freundin? Und wenn ja, warum leugnet er es dann? Oder will er nur in Ruhe zu seinen Nutten gehen? Hat er vielleicht doch rausbekommen, dass sie ihm draufgekommen ist?

Nein, das kann unmöglich sein. Die Fotos hat sie ja schon vor einem halben Jahr entdeckt und nie darüber gesprochen. Damals dachte sie noch, ihre Ehe sei zu retten. Gehen nicht alle Männer hin und wieder mal zu einer Käuflichen? Und vielleicht ist Gerd noch nicht mal hingegangen, sondern hat sich die Frau mit ihren aufreizenden Posen nur im Netz angesehen.

Immer wieder erscheint der bleiche Körper mit den

erstaunlich kleinen Brüsten vor Birgits innerem Auge. Sie hat damals, als sie den Link zufällig auf Gerds Computer entdeckte, alles in ihrem eigenen Rechner abgespeichert, gut geschützt natürlich, jedenfalls besser als Gerd selbst es offenbar für nötig gehalten hatte. Erstaunlicherweise musste sie nie wieder die entsprechende Datei anklicken, denn wie eingebrannt ist der feste junge Hurenkörper seitdem in ihrem Bewusstsein. In schöner Regelmäßigkeit geistert die Rothaarige durch Birgits Träume und verursacht mit ihren lasziven Bewegungen so manchen nächtlichen Schweißausbruch. Birgit hat das alles klaglos ertragen, und sie hätte es auch weiterhin getan, wenn nicht, ja, wenn nicht Gerd letzte Woche plötzlich von Scheidung geredet hätte. Als sie fassungslos nach seinen Gründen fragte, beschwerte er sich über ihr jahrelanges Nebeneinanderherleben, über das Verlöschen ihrer gemeinsamen Sexualität, vor allem aber über Birgits ständig anschwellenden Körper, der doch früher so rank und schlank gewesen sei.

Letzteres tat fast am meisten weh, denn Birgit bemüht sich ja darum Maß zu halten, sie will auf keinen Fall zu den fetten und unattraktiven Frauen gehören, die jenseits der vierzig nur noch mit Wechseljahresbeschwerden und steigendem Körpergewicht zu kämpfen haben. Aber die Verlockungen sind manchmal eben einfach zu groß, und wäre sie allein gewesen, hätte Birgit sich längst mit ihren Prachtmaßen arrangiert. Nur für Gerd hat sie immer noch gekämpft – und jetzt das.

Birgit Westermür nimmt die Einfahrt zum Schulparkplatz mit zu viel Schwung und fährt fast eine Fünftklässlerin über den Haufen, die gerade noch ihr Fahrrad zur Seite reißen kann. Die Lehrerin stoppt sofort, lässt das Seitenfenster herunter und entschuldigt sich wortreich. Die Schülerin nickt verschreckt und schaut Birgit Westermür mit großen Augen ins Gesicht.

Man sieht es, denkt Birgit erschrocken. Man kann schon sehen, wie schlecht es mir geht. Man kann sehen, was mir alles durch den Kopf schwirrt. Meine Sorgen, meine Ängste, meine Nöte.

Aber kann man auch den Hass sehen?, fragt sie sich jetzt. Diesen unglaublichen Hass auf Gerd und seine Nutten.

Freitag, 17. Juni, 10.25 Uhr, Bahnhof Westerland

Mit einem schabenden Geräusch kommt der Zug am Bahnsteig zum Stehen. Das Sonnenlicht spiegelt sich in den dunklen Scheiben und glänzt auf den Wänden der Waggons. Knallend öffnen sich die Türen.

Kriminalkommissarin Silja Blanck steht im Schatten eines Vordaches. Sie trägt ein hellblaues Leinenkleid und flache schwarze Sandalen. Ihre dunklen Haare sind am Hinterkopf zu einem Knoten gedreht. Die junge Frau ist eine auffällig attraktive Erscheinung und hat in den zehn Minuten, die sie wartend auf dem Bahnsteig verbracht hat, etliche Blicke auf sich gezogen. Silja Blanck nimmt so etwas mit Gleichmut hin, weil sie sich darauf verlassen kann, dass ihre kühle Ausstrahlung die Menschen in der Regel davon abhält, sie anzusprechen. Auch jetzt ignoriert sie die mit ihr Wartenden und beobachtet stattdessen konzentriert die Ankommenden.

Ihre Freundin Judith Lissen ist groß und schlank und wird mit ihren langen blonden Haaren sicher inmitten der aussteigenden Touristen auffallen. Als Silja zu Semesterbeginn in ihrer ersten Hamburger Vorlesung saß, ist ihr Blick auch sofort an Judiths sonnenhellen Haaren hängen geblieben. In einer gemeinsamen Arbeitsgruppe über mittelalterliche Tafelmalerei haben beide sich dann kennengelernt, und Judith, die bereits im vierten Semester ist, hat Silja ein paar nützliche Tipps gegeben. Noch hat die Kommissarin nur einen Gasthörerstatus und besucht einmal in der Woche zwei Veranstaltungen. Nach einer schweren Schulterverletzung im letzten Sommer war sie monatelang dienstunfähig und hat in dieser Zeit beschlossen, sich mit dem Nebenstudium einen alten Traum zu erfüllen. Vielleicht wäre ihr die Mühe der wöchentlichen Hamburgfahrten nach ihrer Rückkehr in den Dienst bald zu viel geworden, doch da hatte sie schon Judith kennengelernt. Und mit der beginnenden Freundschaft gab es bald zwei Gründe für die Exkursionen in die Hansestadt.

Aber wo bleibt Judith bloß?

Wieder lässt Silja den Blick über die Eintreffenden schweifen. Doch bis jetzt kann sie nur ältere Ehepaare, Pulks von Jugendlichen und einige Alleinreisende mit Rucksäcken entdecken. Die üblichen Tagestouristen eben, die im Sommer von morgens bis abends die Insel überschwemmen und nicht immer mit dem Wohlwollen der Bewohner rechnen können.

Doch plötzlich hält ihr jemand von hinten die Augen zu. Obwohl Silja gleichzeitig Judiths Lachen hört, fährt ihr der Schreck in alle Glieder, und sie muss sich zusammenreißen, um nicht mit einer heftigen Abwehrbewegung zu reagieren.

»Hey, entspann dich. Ich bin's.«

Lachend baut sich Judith vor der Freundin auf. Silja fährt sich mit einer erleichterten Bewegung über die Stirn.

»Hast du mich erschreckt! Irgendwie bin ich nicht mehr die Alte, seit diese Frau mich im letzten Sommer niedergeschossen hat.«

Judith hebt beide Arme, als wolle sie sich ergeben.

»Ich bin unbewaffnet und komme in friedlicher Absicht. Großes Kunsthistoriker-Ehrenwort.«

»Okay, überzeugt. Lass uns erst mal aus diesem Trubel hier flüchten. Wollen wir irgendwo frühstücken gehen oder willst du erst zu mir nach Hause das Gepäck abladen? Sind nur zehn Minuten zu Fuß.«

»Frühstücken wäre toll. Ich habe rasenden Hunger. Bin so früh aufgestanden, da habe ich noch nichts runtergebracht. Und auf die Bahn-Sandwiches stehe ich auch nicht so recht.«

»Wie schwer ist deine Tasche denn?« Silja hebt das Gepäckstück kurz an. »Also das können wir zu zweit gut tragen. Was hältst du davon, wenn wir erst mal in Richtung Meer gehen und dann ein Stück die Kurpromenade runter. Ich weiß dort ein tolles Café. Die Terrasse ist im Bäderstil, und das Frühstück richtig gut.«

»Super. Hört sich perfekt an.«

Während die Freundinnen durch die Strandstraße laufen, ziehen wieder Wolken am Himmel auf und ein kühler Wind fegt durch die Fußgängerzone, die am frühen Vormittag noch wenig belebt ist. Einige Rentnerpaare und Familien mit kleinen Kindern schlendern an den niedrigen Häusern vorbei. Überall befinden sich im Erdgeschoss Geschäfte oder Restaurants, der Teeladen neben der Konditorei, die Fischbude neben der Buchhandlung. Mit Blick auf die aneinandergereihten Geschäfte, Restaurants und Imbissbuden sagt Silja: »Wenn es heute noch ein oder zwei Schauer gibt, dann haben die hier einen guten Tag. Keiner geht mehr zum

Strand und alle wollen shoppen.« Nach einer Pause fügt sie hinzu: »Hoffentlich beruhigt sich das Wetter zum Wochenende. Ich habe mich so darauf gefreut, dir meinen Lieblingsstrand zu zeigen.«

»Wo ist der denn?«

»Zwischen Wenningstedt und Kampen, direkt unterm roten Kliff. Dort bei Sonnenuntergang zu sitzen ist überwältigend. Du warst noch nie auf Sylt, oder?«

Judith antwortet nicht gleich, und Silja blickt die Freundin irritiert an. Mit einer kurzen Verzögerung erklärt Judith: »Na ja, doch. Ein- oder zweimal. Ist aber lange her.«

»Als Kind?«

»Nö, so lange auch wieder nicht.«

Silja Blanck wäre keine Kriminalistin, wenn sie nicht merken würde, dass sie offenbar an ein Thema gerührt hat, über das Judith nicht sprechen möchte. Aber Judith ist keine Verdächtige, und Silja nicht dazu da, etwas aus ihr herauszukitzeln. Also redet sie möglichst unbekümmert weiter.

»Wir könnten am Abend unterm Roten Kliff ein Picknick machen. Weißwein und Tramezzini und ein paar Erdbeeren, was hältst du davon?«

»Klingt verlockend. Vielleicht heute? Morgen Abend lade ich dich nämlich ein. Ich weiß ein richtig gutes Restaurant.« Und mit einer kleinen Verzögerung fügt sie an: »Hat mir letztens eine Freundin empfohlen.«

Judith und Silja sind mittlerweile am Ende der Straße angekommen, wo nur noch die Kurpromenade sie vom Meer trennt. Der Wind ist hier viel stärker und lässt Judiths blonde Mähne wehen.

»Brauchst du ein Haargummi?«, fragt Silja und kramt in ihrer Tasche. »Ich habe normalerweise immer eins dabei, weil du nach einer Stunde Wind mit der Bürste nicht mehr durch die Haare kommst.«

»Ja danke.« Judith nimmt Silja das Gummi aus der Hand und zieht die Haare hindurch. Dabei stellt sie sich mit dem Gesicht zum Wind, der von Norden kommt.

»Guck mal da vorn, das ist ja merkwürdig.«

»Was denn?«

Silja muss nicht lange in die angewiesene Richtung sehen, um zu erkennen, was Judiths Aufmerksamkeit erregt hat. Während sich überall am Strand ein geselliges Leben entfaltet, Kinder buddeln und Paare Federball spielen, sind ein Stück weiter hinten alle Körbe leer. Nur ein paar große schwarze Taschen stehen am Rand einer Absperrung aus rot-weißem Flatterband. Und wenn Silja nicht alle Sinne täuschen, dann wird gerade ein Leichensack auf einer Bahre über den Sand getragen.

»Mist, das sieht gar nicht gut aus. Vielleicht ist jemand ertrunken oder hat einen Herzschlag bekommen. Oder aber …«

»Oder es hat einen Mord gegeben?«, fragt Judith neugierig.

»Ich hoffe nicht. Denn dann ist es vorbei mit dem ruhigen Wochenende. Und ich habe mich so darauf gefreut.«

Angespannt zieht Silja ihr Handy aus der Tasche und mustert das Display. Noch ist jedenfalls keine Nachricht von den beiden Kollegen eingegangen. Und sie wird sich hüten, Sven und Bastian von sich aus zu kontaktieren. Vielleicht lässt sich das Wochenende mit Judith ja doch noch retten.

Freitag, 17. Juni, 11.35 Uhr, Kriminalkommissariat Westerland

Fluchend sitzt Bastian Kreuzer in seinem Büro in der ersten Etage des Backsteinbaus. Während unten auf der Wache die uniformierten Kollegen sich wieder ihren alltäglichen Aufgaben widmen, geht für den Hauptkommissar jetzt die eigentliche Ermittlungsarbeit los. Vor sich hat Kreuzer sämtliche Vermisstenanzeigen der letzten zwei Wochen. Und zwar nicht nur aus Sylt, sondern aus ganz Schleswig-Holstein. Unter den vermisst gemeldeten Personen sind drei Frauen, die vom Alter her in etwa zu der Toten passen würden.

Die Erste, eine Bäckereifachverkäuferin aus Husum, verschwand nach einem Ehestreit. Die zuständigen Ermittler schließen einen Racheakt des Ehemannes nicht aus, er ist einschlägig vorbestraft. Aber die Verschwundene hat ein Lebendgewicht von mehr als 90 Kilo auf die Waage gebracht, das wird sie sich kaum in den vergangenen zwei Wochen abgehungert haben. Die zweite ist eine Studentin aus Kiel, deren auffällig rote Haare sogar betont werden, allerdings trug sie eine Kurzhaarfrisur. Und die dritte Frau, über deren berufliche Tätigkeit es keine Angaben gibt, ist eine türkischstämmige Deutsche mit deutlich brünetter Gesichtsfärbung und kräftigen dunklen Haaren. Fehlanzeige auf der ganzen Linie also.

Gerade loggt sich der Hauptkommissar ein, um die deutschlandweite Liste zu überprüfen, als die Bürotür auffliegt und der Kollege Winterberg hereinstürmt. Svens triumphierender Gesichtsausdruck sagt mehr als alle Worte.

»Hast du die Identität?«, fragt Bastian hoffnungsvoll.

»Sieht ganz so aus. Unten steht ein Herr im Anzug, dem die Gattin abhanden gekommen ist.«

»Letzte Nacht?«

»Bingo.«

»Hier auf Sylt?«

»Jepp.«

»Rothaarig?«

»Aber hallo.«

Bastian stöhnt.

»Weiß er schon, was wir gefunden haben?«

»Glaube ich kaum. Und ich habe auch erst mal die Klappe gehalten. Er scheint zwar ziemlich aufgeregt zu sein, was ja auch verständlich ist, aber er hat anscheinend überhaupt keine Ahnung, was mit seiner Angetrauten passiert sein könnte. Die beiden haben wohl auch keinen Streit oder so was gehabt. Jedenfalls sagt er davon nichts.«

»Hat er ein Foto dabei?«

Sven nickt, schluckt kurz und erklärt dann: »Das Hochzeitsfoto. Sie trägt ein weißes Kostüm, einen kleinen Schleier und sieht total glücklich aus.«

»Und so will er sie auch wiederhaben, nehme ich an«, murmelt Bastian betroffen.

»Klar, was denkst du denn.«

»Ich denke, wir haben einen Scheißjob. Wir gehen jetzt da runter, und zwei Minuten später erklären wir dem Typen, dass er seine Frau nur noch ein einziges Mal in diesem Leben wiedersehen wird. Und zwar im Kühlkeller. Wie ich das hasse!« Ächzend stemmt sich Bastian aus seinem Schreibtischstuhl. »Du willst das nicht zufällig allein übernehmen?«

»Wer ist denn hier der Boss? Doch wohl du.«

»Hast ja recht. Also los, bringen wir's hinter uns.«

Als die beiden Kommissare in der holzgetäfelten unteren Etage ankommen, in der sich hinter einem langen Tresen mehrere Schreibtische der Streifenbeamten befinden, schlägt ihnen das leicht süßliche Rasierwasser eines Anzugträgers entgegen. Der Mann ist mittelgroß, leicht korpulent, hält sich aber sehr aufrecht. Seine Haare sind am Oberkopf schon ziemlich gelichtet, was einen merkwürdigen Gegensatz zu dem auffällig jugendlich wirkenden Gesicht bildet. Mit hoffnungsvollen Augen blickt er Bastian und Sven entgegen, ganz als könnten die Ermittler nur durch ihre bloße Anwesenheit die Vermisste wieder hervorzaubern.

»Bastian Kreuzer, Hauptkommissar. Meinen Kollegen Oberkommissar Sven Winterberg kennen Sie ja schon.«

Der Angesprochene nickt. Eine leichte Röte überzieht sein Gesicht. Wahrscheinlich Nervosität, denkt Bastian. Seiner Erfahrung nach ahnen die meisten Menschen bereits kurz vor den entscheidenden Sätzen, was gleich gesagt werden wird. Warum das so ist, wird er wohl nie begreifen. Und auch jetzt bleibt ihm keine Zeit, darüber nachzudenken, denn längst hat sich der Blick des Anzugträgers in Bastians Gesicht festgesetzt, als wolle er die entscheidenden Worte aus dem Kommissar heraussaugen. Mit zittriger Stimme fragt er nun: »Sie wissen etwas über Marga.«

»Vielleicht. Wollen Sie sich nicht setzen, Herr …?«

Erst jetzt fällt Bastian auf, dass Sven es versäumt hat, ihm den Mann vorzustellen.

»Nein, danke, ich stehe lieber. Mönchinger. Hubert Mönchinger ist mein Name. Und bitte spannen Sie mich nicht länger auf die Folter.«

Bastian holt tief Luft. »Wir haben heute früh eine tote

Frau am Strand gefunden. Mein Kollege sagte, Sie hätten ein Foto Ihrer Frau dabei?«

Stumm reicht Hubert Mönchinger dem Hauptkommissar die Aufnahme. Dem genügt ein einziger Blick. Alter, Statur und Haarfarbe stimmen. Sogar die Haarlänge kommt hin.

»Die Tote sieht Ihrer Frau leider sehr ähnlich. Ich muss Sie daher bitten, dass wir sie uns gemeinsam ansehen.«

Hubert Mönchinger nickt. Dann wird er bleich wie die Wand, vor der er steht. Kurz hebt er die Hand, als wolle er Einspruch gegen die Grausamkeit des Schicksals erheben, das ihm sein Liebstes genommen hat. Er öffnet den Mund, ohne dass ein einziger Ton herauskäme. Stattdessen beginnt sein ganzer Körper zu schwanken. Bevor Bastian und Sven eingreifen können, sackt Hubert Mönchinger ohnmächtig auf dem Fußboden der Westerländer Polizeistation in sich zusammen.

»Und dabei weiß er noch nicht mal, wie sie gestorben ist«, murmelt Sven.

Freitag, 17. Juni, 14.15 Uhr, Psychotherapeutische Praxis Manfred Pabst, List

Der Analytiker rutscht unruhig auf seinem Ledersessel hin und her. Manfred Pabst hat in der vergangenen Nacht wenig geschlafen. Erst in den Morgenstunden überfiel ihn eine tiefe und unangenehme Müdigkeit voller wirrer Träume. Seit zehn Uhr am Vormittag sitzt er jetzt in diesem Dachstudio, dessen abgestandene Luft ihn immer wieder zum Öffnen des Fensters zwingt. Jeder der drei Patienten, die Pabst seit dem Morgen empfangen hat, schien heute besonders stark zu transpirieren.

Die Mittagspause verbringt Pabst auf seinem eigenen Patientensofa. Bewegungslos, wie erstarrt und mit geschlossenen Augen liegt er eine geschlagene Stunde lang dort und denkt an die vergangene Nacht. Die Bilder seiner Eskapade trudeln durcheinander, überlagern sich gegenseitig und quälen ihn mit ihrer grellen Deutlichkeit. Erst das Schellen der Türklingel reißt den Analytiker aus seinen Erinnerungen. Mit wackligen Schritten geht Manfred Pabst in die schmale Diele und bittet den ersten Nachmittags-Patienten herein.

Es ist Fred Hübner, ein smarter, sportlicher Mann Ende 50, der in den letzten Jahren als Skandalbiograph und Enthüllungsjournalist ordentlich Kasse gemacht hat. Eigentlich nicht gerade der Typ, der sich freiwillig auf die Couch legt. Aber im letzten Sommer hat Hübner in seinem eigenen Schlafzimmer eine Tote gefunden, als er von einer Recherchetour zurückgekommen ist. Und es war nicht irgendeine Frau, die da lag, sondern seine Geliebte – und zugleich die Ehefrau eines vermögenden Hoteliers. Der Skandal war groß, und die Ereignisse, die die Tat nach sich zog, waren blutig.

Hübner, der sich zunächst in eine bereits überwunden geglaubte Alkoholikerkarriere geflüchtet hatte, ist etwa ein halbes Jahr später bei Manfred Pabst auf der Couch gelandet. Den Satz, mit dem der Journalist sich bei seinem ersten Termin vorgestellt hat, wird der Analytiker so schnell nicht vergessen.

»Wissen Sie, Herr Pabst, ich bin nicht ganz freiwillig hier.

Es scheint mir schon seit einiger Zeit so, als müsse ich in meinem verkorksten Leben grundsätzlich etwas ändern.«

»Und? Haben Sie eine Idee, was das sein könnte?«, hatte Manfred Pabst gefragt.

»Vermutlich gibt es zwei Lösungen für mein Problem. Erstens: Ich könnte zu 'ner Nutte gehen. Oder zweitens: Ich leg mich bei Ihnen auf die Couch. Beides hat was mit Entspannung zu tun. Körperlich oder seelisch. Wahrscheinlich ist der Unterschied gar nicht so groß. Aber bei Ihnen hole ich mir wenigstens kein Aids.«

Pabst fand Gefallen an dem Galgenhumor des Journalisten und nahm ihn als Patienten an. Doch heute wären ihm andere lieber. Die Jammerer zum Beispiel, die ihren Analytiker als seelischen Mülleimer benutzen und recht pflegeleicht sind, solange man nur zuhört und ab und an nickt oder ein *Das ist sicher nicht leicht für Sie* einwirft. Fred Hübner dagegen fordert Aufmerksamkeit. Er ist ein schneller Denker, sprachgewandt und oft witzig, aber er sucht immer den Dialog, auch in der Therapie.

Dazu passt, dass er selten still auf der Bauhausliege ruht, sondern oft die Stellung wechselt, sich dreht und auf Augenkontakt zu seinem Analytiker aus ist. Ausgerechnet heute scheint Fred Hübner besonders agil zu sein, denn er fängt schon in der Tür an zu reden.

»Ich habe ein neues Projekt, davon muss ich Ihnen unbedingt erzählen.«

»Es scheint Ihnen gut damit zu gehen. Trotzdem sollten Sie sich erst mal hinlegen.«

Hübner fläzt sich auf die Couch und verschränkt die Hände hinter dem Kopf, während Pabst sich auf dem Sessel niederlässt, der seitlich hinter Hübners Kopf steht. Beide, Patient und Analytiker, können aus dem großen Dachflächenfenster an der gegenüberliegenden Schräge die Wolken beobachten, die sich wie schwere Lasten über der Insel türmen.

»Ich habe letztens bei einem Empfang einen jungen Politiker kennengelernt, der noch so richtig begeisterungsfähig ist. Der brannte für seine Ideen, sage ich Ihnen. Jens-Uwe Behrmann, wahrscheinlich haben Sie den Namen schon mal gehört.«

»Ist das nicht dieser Umweltaktivist, der eigentlich aus der Werbung kommt?«

Manfred Pabst erinnert sich dunkel an einen Talkshow-Auftritt des Mannes, in dem der ihm ziemlich selbstgefällig vorgekommen ist.

»Genau. Der will hier auf Sylt richtig was bewegen. Windkraft und Ökostrom und so.«

»Und was interessiert Sie persönlich an dem Mann?«, versucht Pabst das Gespräch in therapierelevante Bahnen zu lenken.

»Ich denke daran, ein Buch über ihn zu schreiben. Eine Mischung aus Homestory und politischem Manifest wäre ideal. Ein ganz neues Format eben. Ich weiß, dass das ein schwieriger Ansatz ist, aber …«

Während Fred Hübner ein detailliertes Konzept entwickelt, wandern die Gedanken seines Analytikers immer wieder zurück zu den Ereignissen der vergangenen Nacht. Was gäbe er darum, alles rückgängig machen zu können!

Erst sein kleines privates Besäufnis, dann diese hirnrissige Autofahrt, die in der Begegnung mit der verhuschten Mönchinger-Ehefrau mündete, die so ganz anders wirkte, als die Rothaarige auf dem Foto, und anschließend seine Flucht …

»Sagen Sie mal, Herr Pabst, hören Sie mir überhaupt zu?« Die Stimme Fred Hübners reißt den Analytiker abrupt aus seinen Erinnerungen. »Sonst kann ich mir den Weg zu Ihnen nämlich in Zukunft auch sparen.«

Das ist deutlich. Fahrig streicht sich der Manfred Pabst übers Gesicht. Sein Patient hat sich längst aufgerichtet und mustert ihn mit irritiertem Blick.

»Ist irgendwas mit Ihnen? Wenn Sie wollen, können wir gern mal für zehn Minuten tauschen. Ich frage mich ohnehin schon seit Wochen, wie man sich fühlt, wenn man dahinten auf dem Sessel sitzt und Geld dafür kassiert, dass man im Seelenmüll anderer Leute rumstochert.«

Manfred Pabst bringt ein kurzes Lachen zustande, das sich eher wie ein verunglücktes Husten anhört.

»Ich habe in der letzten Nacht miserabel geschlafen. Und ich war eben wirklich unkonzentriert, tut mir leid. Vielleicht könnten Sie kurz Ihr Konzept noch einmal erläutern? Es scheint ja tatsächlich etwas zu sein, das Sie antreibt und endlich wieder nach vorn blicken lässt.«

Fred Hübner bedenkt seinen Analytiker zwar mit einem skeptischen Blick, als habe er große Zweifel an dessen Konzentrationsfähigkeit, lässt sich aber auf eine Wiederholung seiner Ausführungen ein.

Glück gehabt, denkt Pabst und nimmt sich vor, in der kommenden Nacht sicherheitshalber ein oder zwei Schlaftabletten zu nehmen, damit sich ähnliche Szenen in den nächsten Tagen nicht wiederholen werden. Wäre ja noch schöner, wenn er sich mit den Erinnerungen an die letzte Nacht seinen Ruf als Koryphäe des Fachs ruinieren würde. So viel Aufmerksamkeit hat Hubert Mönchingers kleine rothaarige Schlampe nun auch nicht verdient.

Freitag, 17. Juni, 15.30 Uhr, Nordseeklinik, Westerland

»Sie ist noch so, wie wir sie bekommen haben. Details zu den Umständen des Todes können Sie erst morgen erwarten, vorher wird das nichts mit der Autopsie«, raunt der Rechtsmediziner Bastian Kreuzer zu, als dieser mit Hubert Mönchinger den pathologischen Trakt der Nordseeklinik betritt. Dr. Bernstein ist ein hagerer Fünfzigjähriger, dessen Backenbart an Spitzweg-Figuren erinnert. Mit federnden Schritten führt er Bastian Kreuzer und den unglücklichen Ehemann zu der Bahre, auf der die Tote liegt.

»Es geht uns im Moment erst mal um die Identifizierung.« Der Hauptkommissar wendet sich Hubert Mönchinger zu. »Herr Mönchinger, sind Sie so weit?«

Als Dr. Bernstein vorsichtig das Tuch über dem Gesicht der Rothaarigen zurückschlägt, zuckt Mönchinger zusammen. Gegen die kalkig blaue Blässe des Frauengesichts wirkt die Haarfarbe wie ein Feuerkranz. Notdürftig hat man die Locken geordnet, aber die Fliegenbisse entstellen das ehemals schöne Gesicht. Geduldig wartet Bastian Kreuzer darauf, dass der Ehemann sich fasst. Es wundert ihn noch nicht einmal, als Mönchinger jetzt heftig den Kopf schüttelt. Natürlich will er nicht wahrhaben, dass die Liebe seines Lebens hier vor ihm auf einer Stahlliege gelandet ist. Ermordet und vielleicht sogar geschändet.

Doch Hubert Mönchinger hört gar nicht mehr damit auf, den Kopf zu schütteln. Heftig ringt er nach Luft, dann spuckt er die Worte einzeln aus, als ekelten sie ihn unendlich.

»Das … ist sie nicht. Auf keinen Fall. Marga … sieht ganz anders aus. Die Nase ist kleiner und der Mund breiter. Und die Wangenknochen …« Hubert Mönchinger unterbricht sich, aber nur um all seine Entrüstung in seiner Stimme zu sammeln. »Warum haben Sie mir das angetan? Dieser Schreck vorhin, das musste doch nicht sein«, empört er sich schließlich.

»Sind Sie ganz sicher, dass es sich bei der Toten nicht um Ihre Frau handelt? Sie müssen bedenken, dass wir alle im Tod anders aussehen. Die Veränderungen sind manchmal erheblich. Bitte schauen Sie noch einmal genau hin.«

Widerwillig wirft Hubert Mönchinger einen weiteren Blick auf die Leiche. Dann hebt er vorsichtig das helle Tuch an, das den Körper bedeckt. Als die rechte Schulter und die Achsel der Toten sichtbar werden, sagt er leise: »Da sehen Sie es. Meine Frau rasiert sich nie die Achseln. Marga ist schließlich eine echte Rothaarige und der leichte Flaum unter ihren Armen ist viel zu erotisch, um irgendwelchen amerikanischen Schönheitsidealen geopfert zu werden.«

»Können wir herausfinden, ob die Achselhaare der Toten rot sind?«, will Bastian jetzt von dem Rechtsmediziner wissen.

»Kein Problem. Ich brauche nur eine gute Pinzette.«

Zehn Sekunden später hat Dr. Bernstein eine schlecht rasierte Stelle gefunden und ein winzig kurzes Achselhaar herausgezupft. Ein Blick durch die Lupe schafft Gewissheit. Das Kopfhaar der Toten muss frisch gefärbt sein. Bei dem Achselhaar hat sie sich die Mühe gar nicht erst gemacht, es ist eindeutig dunkelblond.

»Sehen Sie, sie ist es nicht«, schnappt Mönchinger jetzt. »Aber ich beschwöre Sie: Finden Sie meine Frau. Suchen Sie überall nach ihr, damit ihr nicht dasselbe passiert wie dieser armen Seele hier.«

Bastian nickt langsam.

»Wir werden tun, was in unserer Macht steht. Wenn Sie mich zurück aufs Revier begleiten wollen, dann können wir gleich Ihre Aussage aufnehmen.«

»Welche Aussage?«

Hubert Mönchingers Stimme klingt alarmiert.

»Wir müssen doch wissen, unter welchen Umständen Ihre Frau verschwunden ist. Ob es einen Streit gegeben hat oder ob sie verreisen wollte. Je mehr Sie uns über Ihre Gattin erzählen, umso effektiver können wir nach ihr suchen.«

»Ist gut.« Mönchinger atmet tief durch.

»Allerdings muss ich Sie darauf aufmerksam machen, dass wir nach vermissten Erwachsenen erst nach Ablauf einer Frist von 48 Stunden suchen dürfen.«

»Das ist nicht Ihr Ernst.«

»So sind die Vorschriften. Ich könnte mir aber vorstellen, dass wir in diesem Fall eine Ausnahme machen. Das wird allerdings von Ihrer Aussage abhängen.«

»Warum das denn?«

»Herr Mönchinger, Sie sollten ganz ehrlich zu uns sein. Falls es einen Streit oder Ähnliches gegeben hat, kann es doch sein, dass Ihre Frau von allein zurückkommt. Dann ist es eine private Sache zwischen Ihnen beiden, und das sollte es auch bleiben. Es wäre für Ihre Frau sicher sehr unangenehm, wenn eine simple Meinungsverschiedenheit wegen einer verfrühten Suchmeldung an die Öffentlichkeit käme.«

»Na ja, da haben Sie vielleicht recht.«

»Falls Sie sich allerdings keinen Grund für die Abwesenheit Ihrer Frau denken können, dann müssen wir ihr Verschwinden vielleicht in Zusammenhang mit dem Mord sehen und sollten alles tun, um Ihre Gattin so schnell wie möglich aufzuspüren.«

Mönchinger nickt. Er sieht vollkommen ratlos aus.

Freitag, 17. Juni, 16.02 Uhr, Kriminalkommissariat Westerland

Hubert Mönchinger möchte keinen Kaffee. Er will auch kein Glas Wasser. Er will nur eines: möglichst schnell seine Aussage machen. Nervös rutscht er auf seinem Stuhl hin und her, ständig knetet er seine Hände.

»Ich kann Sie verstehen, Herr Mönchinger«, versucht Bastian Kreuzer ihn zu beschwichtigen. »Das war vermutlich alles ein bisschen viel für Sie. Aber glauben Sie mir, ich versuche schon, diese Prozedur für Sie möglichst angenehm zu gestalten. Sehen Sie, normalerweise würde ich Ihre Aussage gar nicht aufnehmen, sondern die Kollegen unten würden das erledigen. Aber wir wollen alles tun, damit Ihre Frau nicht in Gefahr gerät.«

»Wir haben uns nicht gestritten«, platzt es aus Mönchinger heraus. Seine Stimme ist laut und schrill, sie überschlägt sich fast. »Es war ein ganz normaler Abend. Jeden Donnerstag nehme ich den späten Autozug und fahre nach Flensburg. Dort hat meine Firma eine Niederlassung, und freitags koordiniere ich immer die Geschäfte.«

»Was machen Sie beruflich, wenn ich fragen darf?«

»Wir entwickeln Krankenhaus-Software. Verwaltung von Patientendaten und Bestellmanagement.«

»Da ist Sylt aber ein ungewöhnlicher Standort.«

»Wissen Sie, es ist im Grunde genommen egal, wo wir sitzen. Die Firma war schon immer in Norddeutschland beheimatet, und meine Familie ist nun mal von hier. Ich wohne gern auf der Insel, aber die Angestellten sind natürlich auf dem Festland besser aufgehoben.«

»Die Firma gehört Ihnen?«

»Zu zwei Dritteln und erst seit drei Jahren. Es gibt noch einen stillen Teilhaber, aber der mischt sich nicht ins operative Geschäft ein.«

»Und es reicht, wenn Sie einmal die Woche nach Flensburg fahren?«

»In der Regel schon, aber ich bin da flexibel.«

»Reden wir über gestern Abend. Sie sagten, es gab nichts Auffälliges?«

»Genau. Alles war wie immer.«

»Und Ihre Frau war auch nicht besonders nervös oder besonders still?«

»Nein. Sie ist ein ausgeglichener Mensch und zeigt im Alltag selten Gefühlsregungen. Allerdings weiß ich, dass sie zu tiefen Empfindungen fähig ist.«

Ein seltsamer Glanz tritt in Hubert Mönchingers Augen. Bastian wartet einen Moment, aber der Geschäftsmann blickt nur schweigend ins Leere.

»Vielleicht schildern Sie mir den Ablauf des Abends einmal detaillierter. Manchmal fällt einem Fremden ja doch etwas auf.«

»Es war alles wie sonst, wenn ich es Ihnen doch sage.« Mönchinger schlägt mit der flachen Hand auf Bastian Kreuzers Schreibtisch. »Entschuldigung, aber ich kann wirklich nicht sehen, was das hier bringen soll.«

»Bitte, Herr Mönchinger. Ich will mir ein Bild von den

letzten Stunden machen, die Sie mit Ihrer Frau verbracht haben. Das ist doch nicht zu viel verlangt.«

»Also gut. Wir haben zu Abend gegessen. Lachsfilet, wenn Sie's genau wissen wollen. Dann haben wir noch eine halbe Stunde miteinander auf der Terrasse gesessen, und anschließend bin ich ins Auto gestiegen und zur Autoverladung gefahren.«

»Wie spät war es da?«

»Viertel vor neun. Vielleicht auch zwanzig vor. Um diese Zeit ist der Zug immer leer, da muss man nicht lange anstehen.«

»Hat Ihre Frau Sie zum Wagen begleitet?«

»Ja. Sie ist mit rausgekommen und hat mir nachgewinkt. Wie jeden Donnerstag.«

»Wissen Sie, ob Ihre Frau sich für den Abend irgendetwas vorgenommen hatte? Eine Verabredung vielleicht?«

»Nein, ganz bestimmt nicht. Wir leben recht zurückgezogen. Meine Frau geht selten ohne mich aus. Eigentlich nie.«

Bastian Kreuzer sieht auf die Adresse von Hubert Mönchinger. »Sie leben in einem einzeln stehenden Haus?«

Mönchinger nickt. »Mein Vater hat es in den sechziger Jahren gebaut. Er war Arzt an der Nordseeklinik.«

»Stammt Ihre Frau auch aus Sylt?«

Nach einem kurzen Zögern antwortet Mönchinger: »Nein, sie ist aus Polen. Warum wollen Sie das wissen?«

»Wäre sie aus Sylt, hätte sie zufällig jemanden von früher treffen können. So ist das allerdings eher unwahrscheinlich.« Der Hauptkommissar lässt den letzten Satz im Raum stehen und wartet, ob Hubert Mönchinger etwas dazu sagen möchte. Als dieser konsequent schweigt, stellt Kreuzer die nächste Frage: »Was macht Ihre Frau beruflich?«

»Nichts. Sie ist nach dem Abitur als Au-pair nach Deutschland gekommen und dann hier geblieben. Bevor wir geheiratet haben, hat sie in Bremen in einem Krankenhaus gearbeitet. Das ging natürlich nicht mehr, nachdem sie zu mir gezogen ist. Es geht uns finanziell recht gut – und sonst auch«, fügt er nach einem kurzen Zögern hinzu. »Marga muss also nicht mehr arbeiten. Und ich glaube, sie hat auch keine Lust dazu.«

»Haben Sie Kinder?«

Mönchinger schüttelt den Kopf.

»Gibt es irgendwelche Verwandten Ihrer Frau, bei denen wir mal nachfragen sollten? Oder haben Sie das vielleicht schon getan?«

»Nur diesen Bruder. Er ist ein echter Unsympath, habe ihn selbst erst bei unserer Hochzeit kennengelernt. Er hat sich heillos betrunken und anschließend seine Schwester beleidigt. Freunde von mir mussten ihn rausschmeißen.«

»Hält Ihre Frau Kontakt zu ihm?«

»Nein, natürlich nicht. Sie hat sich damals sehr geschämt.«

»Warum hat sie ihn überhaupt eingeladen?«

»Sie wollte nicht, aber ich habe darauf bestanden. Schließlich ist er ihr nächster Verwandter.« Mönchinger streicht sich die Hände an den Hosenbeinen ab und seufzt. »Ich kannte ihn eben nicht.«

»Wissen Sie zufällig, womit der Bruder Ihrer Frau sein Geld verdient?«

»Keine Ahnung. Wahrscheinlich ist das auch besser so.«

»Was wollen Sie damit andeuten?«

»Nichts! Ich habe nichts gesagt.«

»Herr Mönchinger …«

Bastian Kreuzer wartet vergeblich. Hubert Mönchinger

schweigt verstockt und richtet seinen Blick auf das Hochzeitsfoto seiner Frau, das zwischen den beiden auf dem Tisch liegt. Schließlich verliert der Kommissar die Geduld.

»Wie Sie wollen. Es ist Ihre Frau, die verschwunden ist. Vielleicht haben Sie aber wenigstens den Namen und die Anschrift dieses Bruders für uns.«

»Smentek heißt er. Smentek Lavro. Das ist auch der Mädchenname meiner Frau. Als wir heirateten, lebte Smentek in Hamburg bei einem Freund. Wo er sich jetzt aufhält, weiß ich nicht.«

»Okay, wir werden da gegebenenfalls nachhaken. Das Foto kann ich bis Montag behalten?«

Immer noch hängt Mönchingers Blick an dem lachenden Frauengesicht. Leise sagt er: »Aber gehen Sie vorsichtig damit um, ich möchte es in jedem Fall unversehrt zurückhaben.«

Bastian nickt, und Hubert Mönchinger steht auf. Er hält das Gespräch für beendet und schickt sich an zu gehen. Bastians Worte treffen ihn kurz vor der Tür.

»Eine letzte Frage habe ich noch. Warum wussten Sie schon heute früh, dass Ihre Frau verschwunden ist, wenn Sie doch den ganzen Tag in Flensburg arbeiten wollten?«

»Sie geht nicht ans Telefon«, antwortet Hubert Mönchinger leise.

»Und das war so verwirrend für Sie, dass Sie gleich am Morgen zurückgekommen sind?«

Mönchinger nickt. Er sieht blass aus.

»Ich liebe meine Frau sehr, und ich rufe sie recht häufig an. Marga weiß das …«, er räuspert sich, weil ihm fast die Stimme versagt. »Marga weiß das und trägt ihr Handy immer bei sich.«

»Wann haben Sie sie denn angerufen?«

Wieder räuspert sich Mönchinger.

»Am Abend, nachdem ich in Flensburg angekommen war. Dann die ganze Nacht durch bestimmt jede Stunde ein- oder zweimal. Und am nächsten Morgen war ich schließlich so besorgt, dass ich im Büro Bescheid gesagt habe und gleich nach dem Frühstück zurück nach Niebüll und wieder auf den Autozug gefahren bin.«

»Und zu Hause haben Sie nichts gefunden?«

»Was meinen Sie damit?«, erkundigt sich Mönchinger alarmiert.

»Einen Brief vielleicht. Oder irgendetwas anderes, das die Abwesenheit Ihrer Frau hätte erklären können.«

»Nein. Nichts.« Mönchinger schluchzt. Seine Verzweiflung scheint echt zu sein.

»Danke, Herr Mönchinger, das wäre für heute alles.«

Als Hubert Mönchinger den Raum verlässt, bleibt ein Hauch von seinem leicht süßlichen Rasierwasser zurück. Bastian Kreuzer steht auf und öffnet das Fenster. Kontrollzwang, denkt er, ist schon etwas, das einen Partner in den Wahnsinn treiben kann. Oder in die Flucht schlagen. Damit wäre das Verschwinden von Marga Mönchinger wahrscheinlich kein Fall für die Polizei. Wenn eine erwachsene Frau beschließt, ihren Mann zu verlassen und vielleicht in ihr Heimatland Polen zurückzugehen, um ihm zu entkommen, dann ist das ihr gutes Recht und noch lange kein Verbrechen.

Wenige Minuten später betritt Sven Winterberg das gemeinsame Büro der beiden Kommissare und wirft sich stöhnend hinter seinen Schreibtisch.

»Was ist?«, will Bastian wissen.

»Nichts als Ärger. Anja ist natürlich sauer, weil wir den Friesenwall am Wochenende nicht neu bepflanzen können. Bevor die Saison richtig losgeht, wollte sie damit fertig sein.«

»Vermietet ihr immer noch das kleine Haus auf eurem Grundstück?«

»Klar, warum auch nicht. Du weißt ja selbst, dass man bei der Polizei nicht reich wird. Vor drei Jahren, als die drei Mädchen verschwunden sind und viele Sommergäste ihre Buchungen abgesagt haben, hat uns das ganz schön hart getroffen.«

»Dir ist schon klar, dass gerade wieder jemand verschwunden ist.«

»Da habe ich eine irritierende Nachricht für dich. Während du dich mit diesem Mönchinger beschäftigt hast, bin ich noch mal alle Vermisstenanzeigen durchgegangen. Und zwar deutschlandweit.«

»Und?«

»Nichts. Kann es vielleicht doch sein, dass die Tote Mönchingers Frau ist und er der Mörder?«

Bastian Kreuzer lacht auf. »Mensch, Sven, jetzt geht aber deine Phantasie mit dir durch. Der Typ war doch letzte Nacht gar nicht auf Sylt.«

»Überprüft haben wir das noch nicht.«

»Das müssen wir auch nicht. Wenn er etwas mit der Toten am Strand zu tun gehabt hätte, dann wäre er ganz bestimmt mit dem ersten Morgenzug aufs Festland gefahren und hätte sich den ganzen Tag in Flensburg im Büro gezeigt, schließlich hätte er ein Alibi gebraucht. Aber so war ihm das egal. Er wusste ja nichts von der Toten, also ist er einfach zurückgekommen, um so schnell wie möglich bei sich zu Hause nach dem Rechten zu sehen. Und außerdem: Sein Schrecken, als er dachte, es habe seine Frau erwischt, war echt, da bin ich mir sicher. Tut mir leid, aber ich fürchte, wir haben zwei Fälle: eine ermordete Rothaarige und eine verschwundene. Und wenn wir großes Pech haben, dann bestehen irgendwo in diesem Land auch gerade zwei Polizisten darauf, dass man nach der Toten erst in 48 Stunden suchen darf.«

»Ach du Schande, klar, das wird es sein. Sie ist erst kürzlich verschwunden und noch nicht offiziell gemeldet.«

»Wir müssen wohl ein Foto an die Medien geben. Von der Toten, meine ich.« Bastian Kreuzer hebt nachdenklich das Hochzeitsfoto der Mönchinger hoch. »Wollen wir hoffen, dass wir dieses nicht auch noch brauchen werden.« Und mit einem trockenen Lachen fügt er hinzu: »In jedem Fall ist es ansehnlicher als alles, was der Polizeifotograf uns liefern wird. Aber man soll die Hoffnung nie aufgeben. Vielleicht hat er ja ein Porträt für uns, das nicht ganz so gruselig aussieht. Und wenn das nachher in der Tagesschau kommt, dann wissen wir auch mit letzter Sicherheit, ob es sich bei der Toten nicht doch um Frau Mönchinger handelt. Irgendeine Nachbarin würde sie bestimmt erkennen.«

»Gute Idee. So können wir zwei Fliegen mit einer Klappe schlagen.«

»Hoffentlich. Regelst du das mit den Medien? Dann kann ich in der Zwischenzeit mal nach dem Bruder von dieser Marga Mönchinger suchen. Nur der Vollständigkeit halber. Muss ein etwas schräger Kerl sein, wenn man seinem Schwager glauben darf.«

Während Sven den Raum verlässt, fährt Bastian den Rechner hoch. Und es dauert nicht lange, bis er fündig wird. Smentek Lavro, ein hagerer junger Mann mit strahlend blauen Augen und ebenso rotem Haar wie seine Schwester, ist polnischer Staatsbürger und mehrfach wegen Hehlerei und Autodiebstahls vorbestraft. Vor drei Jahren hat er sogar sieben Monate im Knast verbracht, im Anschluss daran aber relativ schnell einen Job gefunden. Er ist in Bremen als Verkäufer bei einem Autohändler angestellt. Wie passend, denkt Bastian. Dann fällt ihm auf, dass er gar nicht weiß, wie lange die Hochzeit der Mönchingers zurückliegt. War das vor oder nach der Haftstrafe des Bruders? Und warum ist der Typ überhaupt zur Hochzeit gekommen?

Fragen, die Hubert Mönchinger ihm sicher beantworten könnte. Allerdings wird Bastian erst einmal die abendliche Tagesschau und mögliche Reaktionen auf das Foto der Toten abwarten. Danach ist immer noch Zeit, sich mit den familiären Besonderheiten der Verschwundenen zu beschäftigen – falls sie nicht irgendwann doch von ganz allein wieder auftaucht.

Freitag, 17. Juni, 22.36 Uhr, Apartmenthaus am Dorfteich, Wenningstedt

Tropfend kommt Fred Hübner aus der Dusche. Schnell rubbelt er sich trocken und zieht die Boxershorts über, dann greift er nach der Jeans und dem T-Shirt, die auf einem Korbstuhl im Bad bereitliegen. Fred graut noch immer vor jedem längeren Aufenthalt in seinem Schlafzimmer. Zumindest tagsüber. Nachts zieht er sich im Dunkeln aus und morgens holt er in aller Eile die Kleidung aus dem Schrank. Dabei vermeidet er jeden Blick auf das komfortable

Polsterbett, das er im letzten Sommer gleich nach der Renovierung gekauft hat. Obwohl die Maler ganze Arbeit geleistet haben und wirklich nicht die winzigste Spur von den Blutflecken geblieben ist, die damals den gesamten Raum verunstaltet haben, sieht Fred die roten Spritzer immer noch vor sich. In vielen unendlich quälenden Träumen haben sie sich durch seine Lider gebohrt und ihm die Nachtruhe geraubt. Vielleicht hätte er nach dem furchtbaren Mord die Maisonette doch verkaufen sollen.

In der unteren Etage fühlt er sich wohler. Während die Maschine einen Espresso zubereitet, klickt Fred sich durch seine E-Mails. Gestern früh hat er den Umweltaktivisten Jens-Uwe Behrmann angeschrieben. Es ist nicht der erste Kontakt zwischen den beiden. Als Werber weiß Behrmann genau, was es für seine politischen Ambitionen heißen könnte, wenn ein prominenter Journalist wie Fred Hübner über ihn berichten will. Trotzdem haben bisher weder sein Büro noch er selbst auf Freds Bitte um einen Interview-Termin geantwortet. Vielleicht nach dem Wochenende, denkt Fred und überlegt, ob Behrmann eigentlich auf der Insel wohnt. Dann fällt ihm aber das alte Bauernhaus in der Nähe von Husum ein. Das *Hamburger Abendblatt* hat letztens in seiner Wochenend-Ausgabe eine Homestory über den Politiker mit herzigen Fotos von Behrmanns Gattin und den drei Kindern vor dieser malerischen Kulisse gebracht. Da wird die Familie wahrscheinlich nicht noch ein Ferienhaus auf der Insel haben. So viel Schotter kann auch ein Jens-Uwe Behrmann in seinem kurzen Leben nicht verdient haben.

Aber das alles und noch viel mehr wird Fred demnächst sicher in ausführlichen Gesprächen erfahren. Jetzt ist erst einmal sein persönliches Wochenend-Programm dran. Um elf ist er mit Dahlia verabredet, und wenn er pünktlich sein will, dann sollte er sich sputen.

Schnell ist das Fahrrad aus dem Unterstand geholt. Die Nacht ist warm, der Himmel sternenklar. Auf der alten Landstraße zwischen Wenningstedt und Westerland ist um diese Zeit kaum Verkehr. Die Feriengäste sitzen alle noch an den Restauranttischen und trinken sich in ihren Wochenend-Rausch. Fred verzieht das Gesicht. Alkohol steht auf seiner persönlichen Verbots-Liste ganz weit oben. Nach seiner vor gut zwei Jahren glücklich beendeten Entziehungskur und dem kurzen Rückfall im letzten Sommer, der ihn erst die Selbstkontrolle und dann fast das Leben gekostet hätte, ist er wieder clean. Die regelmäßigen Gespräche mit Manfred Pabst helfen ihm, dabei zu bleiben. Von Dahlias Beitrag zu seinen Selbstbeherrschungs-Strategien weiß der Analytiker nichts. Geht ihn auch nichts an, findet Fred. Außerdem scheint der Typ im Moment gerade genug eigene Probleme zu haben. Was wohl gestern mit ihm los war? So fahrig hat Fred ihn noch nie erlebt.

Na ja, jeder hat mal einen schlechten Tag, selbst so einen Psychodoktor kann's erwischen. Grinsend schließt Fred sein Rad vor dem unauffälligen Fünfziger-Jahre-Bau am Ortseingang von Westerland an. Das Etablissement ist äußerlich dezent gehalten und fällt nur Eingeweihten auf. Innen sieht das allerdings anders aus. Schummrige Beleuchtung, leise Musik und die allgegenwärtige Präsenz der willfährigen und äußerst leicht bekleideten Damen führen dazu, dass man sich sofort entspannt. Selbst dann, wenn man, wie Fred es jetzt tut, auf den Begrüßungs-Drink an der Bar verzichtet und gleich in der oberen Etage verschwindet.

Dahlia erwartet ihn schon. Ihr Zimmer ist klein und vergleichsweise dezent eingerichtet. Weniger Plüsch als üblich, klare Farben. Ein bisschen Ikea, ein bisschen Puppenstube. An Dahlias Wasserbett hat sich Fred als früherer Futon- und jetziger Boxspring-Freund erst gewöhnen müssen. Aber mittlerweile findet er das Wippen und Wogen erotisch, er fühlt sich dann, als sei er beim Vögeln betrunken und bekifft gleichzeitig. Kein schlechter Ersatz, wenn man sonst auf Drogen aller Art verzichtet.

Dahlia sitzt in ihrem roten Sessel unter dem Fenster und kaut mit Hingabe auf einem Gummischnuller herum. Sie hat sich vor wenigen Monaten das Rauchen abgewöhnt und ist seitdem dauerhaft oral unbefriedigt, wie sie immer wieder mit lüsternem Augenaufschlag betont. Nachdem Fred die Tür hinter sich geschlossen hat, fährt sich Dahlia mit beiden Händen durch ihr langes weißblondes Haar und schlägt sehr langsam die Beine übereinander. Mit einem wachen Blick überzeugt sie sich davon, dass Fred ihre knallroten Spitzendessous unter dem schwarzen Minikleid nicht entgangen sind.

»Hi Süßer, schön dich zu sehen. Ich hatte schon Angst, du kommst heute gar nicht.«

»Ich komme seit drei Monaten jeden Freitagabend – und zwar genau hier in deinem breiten Lotterbett. Du solltest dich langsam daran gewöhnt haben.«

Fred hebt den dunkelgrauen Tonbuddha auf dem Nachttisch hoch und deponiert 150 Euro darunter, dann lässt er sich in den ebenfalls grauen Sessel gegenüber von Dahlia fallen, beginnt, ihre Schenkel zu streicheln und fragt amüsiert: »Hättest du mich vermisst?«

»Klar. Gibt nicht viele Gentlemen unter meinen Freiern, das weißt du doch.«

»Und warum hätte ich ausgerechnet heute nicht kommen sollen?«

»Ich dachte, du recherchierst vielleicht.«

»Das habe ich auch. Windkraft, Umweltpolitik, Energiebilanzen. Alles für mein neues Projekt. Aber nur bis zehn, dann bin ich unter die Dusche gestiegen – und jetzt bin ich hier.«

Wie aufs Stichwort hat Dahlia Freds Hosenschlitz geöffnet und seinen erigierten Penis freigelassen.

»Das sehe ich«, kommentiert sie überflüssigerweise und lacht perlend.

Wegen dieses Lachens hat Fred sich bei seinem ersten Besuch in dem Bordell für Dahlia entschieden. Es klingt fröhlich, offen, echt und mädchenhaft. Und es lässt ihn ihre etwas schiefen Zähne ebenso vergessen wie ihre kurzen, uneleganten Finger und die leicht verrutschte Tätowierung auf der Hüfte. Dahlias Lachen und ihre direkte zupackende Art haben Fred nach langen Monaten der sexuellen Enthaltsamkeit wieder ins Geschlechtsleben zurückgeholt. Ein Liebesdienst, für den Fred ihr nachhaltig dankbar ist.

Während beide jetzt auf das wippende Wasserbett wechseln und Fred den raffinierten Schlitz in Dahlias magentarotem Slip eingehend untersucht, ist die Prostituierte nicht ganz bei der Sache.

»Meinst du, ich muss Angst haben?«, will sie plötzlich wissen.

»Vor mir? Wie kommst du denn darauf?«

Sie lacht, aber es klingt freudlos. »Nicht vor dir, Dummerchen. Aber wegen der Toten am Strand.«

»Welcher Toten?«

Freds Erregung fällt augenblicklich in sich zusammen.

»Oh, entschuldige, es tut mir so leid, ich hab grad echt nicht an deine Geschichte gedacht.«

Energisch streicht Dahlia sich die langen Haare hinter die Ohren und beugt sich über Freds Penis. Aber bevor sie ihn in den Mund nehmen kann, hebt Fred ihren Kopf mit beiden Händen wieder an.

»Hey, lass das jetzt mal und sieh mich an. Was ist da passiert? Ich habe seit heute Mittag keine Nachrichten gehört. Hab ich was verpasst?«

»In den Nachrichten kam auch nichts, jedenfalls nicht tagsüber, aber ein paar Mädels und ich haben vorhin zusammen die Tagesschau geguckt, war noch nicht viel los unten. Und mitten in der Tagesschau haben sie das Foto einer Kollegin gezeigt, die letzte Nacht hier ganz in der Nähe umgebracht worden ist.«

»Eine Professionelle? Kanntest du sie?«

»Nicht direkt. Ich habe sie ein-, zweimal zufällig getroffen. Wie das so ist. Sie hat auch nicht bei uns gearbeitet, sondern auf eigene Kosten. Kleine Wohnung und Anzeigen in diesen Käseblättern, du weißt schon.«

»Lass dich bei einer intimen Massage verwöhnen?«

»Genau. Und immer hat sie mit ihrer roten Mähne angegeben. Dabei war die komplett gefärbt. Eigentlich ist sie nämlich straßenköterblond.«

Fred lacht. »Na solange deine Platinlocken echt sind, soll mir das egal sein.«

»Ich hab nie ein Hehl daraus gemacht, das weißt du genau.«

»Ich wollte dich ja nur ein bisschen aufziehen. Was ich aber nicht verstehe: Wieso ist die Tote ein Fall für die Tagesschau? War sie so prominent? Oder hat man ihre Kundenkartei gefunden? Wahrscheinlich kann man hier auf Sylt ja ordentlich abstauben, wenn man es klug anstellt, oder?«

»Das denken die Leute bloß. Die paar Prominenten machen den Kohl nicht fett. Und zu uns kommen die sowieso nicht. Wenn schon, dann bringen die sich wahrscheinlich ihre eigenen Mädchen mit. Und außerhalb von Kampen gibt's vor allem Rentner. Die sind froh, wenn Omi sie zu Hause in Ruhe lässt. Und die Familienväter stehen ja im Urlaub unter dauernder Beobachtung ihrer Muttis. Und die paar Jungspunde, die auch mal bei einer Nutte gewesen sein wollen, zählen erst recht nicht.«

»Und warum hat es die Tote dann bis in die Tagesschau geschafft?«

»Sie wissen nicht, wer sie ist. Und jetzt muss die Bevölkerung wieder ran.«

»Ist doch okay.« Fred nestelt an Dahlias BH-Häkchen, die sich praktischerweise vorn zwischen ihren ansehnlichen Brüsten befinden. Nachdem er beide Brüste so sorgfältig aus ihrer Spitzenverpackung gehoben hat, als handle es sich um empfindliche Südfrüchte, hält er plötzlich in der Bewegung inne.

»Und? Habt ihr schon ausgesagt?«

»Nee. Wir halten uns da zurück. Das soll die Bullerei mal schön selbst rausfinden. Sonst sind wir die Nächsten, die da morgens tot im Strandkorb sitzen. So wie Lola.«

»Hieß sie so?«

»Keine Ahnung. Jedenfalls hat sie sich so genannt. Die rote Lola, poetisch, oder?«

»Und woher weißt du das?«

»Hat mir Vanessa verraten, die kommt auch aus Russland. Wie Lola – oder wie immer sie heißt.«

»Und Vanessa geht auch nicht zur Polizei?«

»Warum sollte sie?«

»Und warum erzählst du *mir* davon?«

»Vielleicht habe ich Vertrauen zu dir?«

»Vielleicht ist das nicht der einzige Grund?«

»Okay.« Dahlia zögert kurz, dann gibt sie zu: »Ich hab gedacht, dass du als Privatschnüffler da vielleicht was rausfinden kannst.«

»Ich bin kein Privatschnüffler. So nennt man Detektive. Ich bin Journalist, das ist was Anständiges.«

»Von mir aus. Aber die Sache interessiert dich doch sicher.«

»Schätzchen, ob du es glaubst oder nicht, ich habe genug von Verbrechen aller Art. Ich mach jetzt was Sauberes.«

»Politik, ja? Das soll sauber sein? Dass ich nicht lache! Die haben doch den meisten Dreck am Stecken.«

»Mag sein. Aber *der* Typ nicht. Dieser Behrmann hat noch Ideale. Und das ist für mich zur Abwechslung mal ganz erholsam.«

»Fast so erholsam wie ich, oder?«, will Dahlia wissen, während sie ihre Platinlocken über sein Geschlecht hängt.

Freitag, 17. Juni, 23.11 Uhr, Gartenweg, Tinnum

Unsicher wandert Birgit Westermürs Blick von der Schokoladentafel zum Laptop. Der steht in Reichweite auf dem Couchtisch und wäre in Windeseile hochgefahren. Auch das Passwort für den geschützten Bereich weiß Birgit noch genau, obwohl sie es nach der Speicherung nie wieder bemüht hat. Aber *Schweinkram* scheint ihr immer noch eine ziemlich treffende Bezeichnung für die heimlich kopierten Fotos zu sein.

Die ehemals 300 Gramm schwere Schokoladentafel liegt direkt auf Birgits Schoß und ist schon ziemlich dezimiert. Birgit weiß genau, dass jeder Bissen pures Hüftgold ist und bestimmt nicht dazu beitragen wird, ihre Attraktivität in den Augen ihres abtrünnigen Ehemanns zu erhöhen. Doch darum geht es jetzt gar nicht mehr. Ihr Problem ist ein ganz anderes. Während ein weiterer Riegel Vollmilch-Nuss in Birgits Mund verschwindet, angelt sie nach dem Laptop und drückt auf die Start-Taste. Als die Erkennungsmelodie ertönt, schließt Birgit die Augen und versucht, sich die gespeicherten Bilder ins Gedächtnis zu rufen. Doch so intensiv sie die Bilder auch in den letzten Monaten verfolgt haben, so schwammig erscheinen sie ihr jetzt. Immer wieder schiebt sich das blasse Gesicht der Toten aus der Tagesschau vor ihre Erinnerung, und Birgit wüsste einfach nicht zu sagen, ob das nun die Frau von Gerds Porno-Website ist oder nicht.

Nachdem sie das Passwort eingegeben und die Datei geöffnet hat, erscheinen die gespeicherten Fotos. Birgit verschluckt sich an ihrer Schokolade. Sie spült mit Cola nach und hustet.

Die Bilder sind noch drastischer als Birgit sie in Erinnerung hat. Die Schenkel der Nutte noch weiter geöffnet, die Brüste noch höher gebunden. Sogar die Zunge ist zu sehen, wenn auch in deutlich anderer Absicht als auf dem Foto in der Tagesschau. Und wenn man den lüsternen Ausdruck auf dem Laptop-Gesicht durch die starre Schreckmine der Fernseh-Toten ersetzt, dann ist der Befund ganz eindeutig.

Sie ist es. Die Sylter Tote ist Gerds heimlicher Internet-Schwarm.

Birgit steht auf und holt sich eine Flasche Sekt aus dem Kühlschrank. Knallend fliegt der Korken an die Zimmerdecke. Schäumend sprudelt der Sekt auf den teuren Perserteppich. Birgit ist im Moment nichts gleichgültiger als der Zustand ihrer Wohnung. Sie nimmt ein Glas aus der Vitrine und gießt es randvoll.

»Auf dich, du tote Nutte«, prostet sie und leert das Glas mit einem Zug.

Samstag, 18. Juni, 10.19 Uhr, Haus Dünenkante, List

Weit oberhalb der Blidselbucht im Süden von List thront ein dreiflügeliger Bau auf der Kuppe einer Düne. Das reetgedeckte Haus ist in mehrere Eigentumswohnungen unterteilt und wird teilweise an Feriengäste vermietet. Der Psychoanalytiker Manfred Pabst hat vor 15 Jahren beim Bau des Hauses zwei der insgesamt sechs Wohnungen gekauft. Die obere hat er bezogen, die untere wird vermietet und finanziert die Abzahlung der Hypotheken. Das Modell ist zwar steuerlich günstig, aber nicht ohne ärgerliche Nebenwirkungen. Schließlich muss sich Pabst fast wöchentlich an neue Nachbarn gewöhnen, und nicht immer sind die Kinder der Feriengäste so wohlerzogen, wie er sich das wünschen würde. Zum Glück geht wenigstens sein Balkon nicht nach Südosten wie die Terrassen der Wohnungen. So muss Pabst zwar auf den grandiosen Weitblick über die Blidselbucht bis nach Kampen verzichten, aber dafür hat er einen schattigen Frühstückstisch und die Abendsonne für sich ganz allein.

An einem heißen Sommertag wie diesem ist es schon am Morgen warm genug für ein Frühstück im Freien. Manfred Pabst stellt die Kaffeetasse auf dem Teakholztisch ab, legt die *FAZ* daneben und greift nach der Lokalzeitung. Doch als er die *Sylter Rundschau* aufschlägt, erstarrt er.

Die rothaarige Schönheit hat ihn nicht nur bis in seine Träume verfolgt, jetzt liegt sie auch noch hier vor ihm neben dem Frühstücksteller. Ihr Gesicht füllt fast die gesamte Titelseite, immerhin lässt sie sich auf diese Weise in Ruhe betrachten. Kein Hubert Mönchinger nimmt dem Analytiker in eifersüchtigem Besitzstolz viel zu schnell das Foto wieder ab. Manfred Pabst sieht genau hin, er weidet sich ausführlich an den ebenmäßigen Zügen. Vor allem die roten Haare haben es ihm angetan. Schlangengleich ringeln sie sich herab und fallen in weichen Wellen auf die verführerisch nackten Schultern. Ein Prachtweib. Aber leider tot. Der Analytiker bemüht sich, Mitleid zu empfinden, doch es will ihm nicht gelingen.

Die Frau hat schließlich mit ihrem Leben gespielt. Nach allem, was sein Patient ihm erzählt hat, war sie ungeheuer provokant. Kein Wunder, wenn da einer plötzlich ausrastet. Bestimmt wird man Hubert Mönchinger verdächtigen. Ihm doch egal. Dumm nur, dass er selbst so blöd gewesen ist, in der Mordnacht an Mönchingers Tür zu klingeln.

Aufmerksam liest Manfred Pabst den Artikel von vorn bis hinten. Nein, von ihm ist dort nicht die Rede, zum Glück. Allerdings scheint die Tote bisher nicht identifiziert worden zu sein, denn auch von Hubert Mönchinger ist in dem gesamten Bericht nicht einmal die Rede. Dann war die rote Teufelin also auch nicht Mönchingers Ehefrau. Hat er sich ja gleich gedacht!

Dazu passt auch, dass man weder Namen noch Herkunft der Toten kennt. Wer sachdienliche Hinweise habe, der möge sich umgehend melden. Jede Polizeidienststelle nähme diese entgegen.

Von mir erfahrt ihr nichts, denkt Pabst und steckt sich eine Zigarette an. Wäre ja noch schöner, wenn ich euch auf die Spur von dem geschundenen Mönchinger und dieser fusselig mausgrauen nächtlichen Erscheinung setze, die mir tragischerweise die Tür geöffnet hat. Meinetwegen kann die Rothaarige auch gern unidentifiziert bleiben. So werde ich zwar nie erfahren, wie Mönchinger sie dazu gekriegt hat, nackt neben seinem Wagen zu posieren, aber immerhin bleiben mein guter Ruf erhalten und mein Leumund unbefleckt.

Samstag, 18 Juni, 14.20 Uhr, Kriminalkommissariat Westerland

Hauptkommissar Bastian Kreuzer betritt das Backsteingebäude der Westerländer Polizei mit energischen Schritten und verzichtet sogar auf den üblichen Smalltalk quer über den Tresen mit den uniformierten Kollegen, die in der unteren Etage die Stellung halten. Stattdessen grüßt Bastian nur kurz und verschwindet dann in seinem Büro im ersten Stock. Die Kollegen wundern sich kaum über dieses ungewöhnliche Verhalten. Seit einem Jahr hat es keinen Mord mehr auf der Insel gegeben, und im Grunde genommen erwarten sie noch viel mehr Geschäftigkeit von der Mordkommission, als nur den Auftritt des Chefs am späten Samstagmittag.

Was sie nicht wissen ist, dass es immer noch so gut wie keine Anhaltspunkte gibt. Nachdem Bastian die Bürotür hinter sich geschlossen hat, bleibt er erst einmal mit hängenden Armen mitten im Raum stehen. Stickig und heiß ist es hier, und auch ein zügig geöffnetes Fenster schafft kaum Abhilfe. In der Kaffeemaschine steckt immer noch der Filter vom Freitag, und als Bastian ihn im Müll entsorgt, scheint es ihm, als sei dies ein Sinnbild für die Ermittlungen im Fall der toten Rothaarigen.

Niemand will die Frau gekannt haben, ein Umstand, den es quasi gar nicht gibt. Trotz der spektakulären Meldung in der Tagesschau, trotz der riesigen Aufmacher der Lokalzeitungen sind bisher noch keine Meldungen zur Identität des Opfers eingegangen. Das hat man sonst nur bei toten Obdachlosen. Aber diese Frau war nicht obdachlos. Sie wirkte gepflegt und in keiner Weise verwahrlost. Ihre Zähne waren in Ordnung, Achsel- und Schamhaare sorgfältig rasiert und die Augenbrauen frisch gezupft. Sie muss ein funktionierendes soziales Umfeld gehabt haben. Nachbarn und Arbeitgeber. Vielleicht eine Kosmetikerin oder eine Supermarktverkäuferin, mit der sie ab und an ein Wort wechselte. Einen Tankwart oder einen Zeitungshändler, der sie kannte. Irgendwer wird sich doch wohl an ihre alles andere als unauffällige Erscheinung erinnern können. Sollte man jedenfalls meinen.

Ist aber nicht so.

Wer also war die Tote? Nicht nur die aktuellen, auch die Fälle der letzten Jahre sind längst überprüft. Bastian schaufelt großzügig frisches Kaffeepulver in den neuen Filter. Eigentlich ist die Schlussfolgerung klar: Entweder die schöne Tote ist eine Touristin aus dem Ausland, die einfach noch nicht vermisst wird, weil bei ihr zu Hause alle denken, sie genieße unbeschwert ihren Urlaub. Oder es ist eine Illegale, die ohne Genehmigung auf der Insel arbeitet.

Die Touristinnenoption hält Bastian für wenig wahrscheinlich. Sylt ist ein Eldorado für deutsche Urlauber, lediglich die Schweizer aus Zürich, Bern und Basel sind zusätzlich vertreten. Aber für fast alle Urlauber gilt, dass sie mit der Familie anreisen. Häufig kommen gleich mehrere Generationen. Eltern, Kinder, Großeltern und die süßen kleinen Enkel. Alle passen ins eigene Ferienhaus, oder man mietet eben zwei oder drei Ferienwohnungen nebeneinander. Urlaub auf Sylt heißt für viele, dass sich der ganze Clan für einige Wochen zusammenfindet, obwohl er sonst über die Republik verteilt wohnt. Andere, vor allem Ehepaare, kommen schon seit vielen Jahren zur gleichen Zeit und freuen sich darauf, am Strand auf alte Bekannte zu treffen, die der Insel ebenfalls Sommer für Sommer ihre Referenz erweisen. Sylt ist schlicht und einfach kein Reiseziel für Einzelreisende, und wäre die Rothaarige eine Touristin gewesen, dann hätte es mit Bestimmtheit Menschen gegeben, die sie auch hier auf der Insel vermissen.

Also kommt nur noch die andere Möglichkeit in Frage. Die schöne Unbekannte hat sich illegal auf der Insel aufgehalten. Aber wovon hat sie dann gelebt? Wo hat sie gearbeitet? Als Putzfrau? Bei dem Aussehen? Wohl kaum. Bleibt noch die Halbwelt. Auch wenn die auf Sylt erstaunlich bürgerlich daherkommt. Wenn schon die Besitzerin des einzigen Inselpuffs im Kirchenchor singt und auch sonst gesellschaftlich voll integriert ist, dann kann man abenteuerliche Spekulationen über Mädchenhandel und Ähnliches gleich steckenlassen. Das ist Stoff fürs Fernsehen, aber nichts, was mit der Sylter Realität zu tun hat, davon ist Bastian fest überzeugt.

Die Maschine zeigt durch ihr hohles Blubbern an, dass der Kaffee fertig ist, und Bastian füllt einen großen Becher. Nach den ersten Schlucken lehnt er sich weit aus dem Fenster, um wenigstens etwas von dem zögerlich wehenden Lüftchen abzubekommen, das die Mittagshitze erträglich macht. So einen plötzlichen Wetterumschwung habe man selten auf der Insel erlebt, sagen die Kollegen, und Bastian glaubt es gern. Er ist erst im letzten Jahr nach Sylt gezogen. Ausgerechnet kurz nachdem seine Beziehung zur Kollegin Silja Blanck in die Brüche gegangen war, hat man ihn aus Flensburg hierher versetzt. Bei der Wohnungssuche war Sven Winterberg unerwartet hilfreich, denn im Haus seiner Eltern war gerade die Souterrain-Wohnung frei geworden. Ein Glücksfall bei der Wohnungsknappheit und den daraus resultierenden Preisen auf der Insel. Jeder Leerstand wird so schnell wie möglich in eine Ferienwohnung umgewandelt, denn damit verdient man sich als Vermieter eine goldene Nase. Längst sind bezahlbare Wohnungen für die Sylter Bevölkerung eine Rarität geworden.

Aber Meret und Hannes Winterberg wollten jemand Verlässlichen in ihrem Haus wissen, und außerdem hat sich Bastian verpflichtet, den beiden alten Leutchen bei der Gartenpflege zu helfen. Am Vormittag hat er schon den Rasen gemäht und auch der Hecke, die das Grundstück umgibt, eine frische Frisur verpasst. Als Dank dafür steht jetzt in seiner winzigen Küche ein halber Apfelkuchen von Oma Meret, wie die Mutter des Kollegen in der ganzen Nachbarschaft genannt wird. Das Haus der Winterbergs steht im Süden von Westerland, in der sogenannten Vögelei. Der Spitzname rührt von den Vogelnamen, die die Straßen dort tragen, und ist wohl auch ein wenig dem Umstand geschuldet, dass es früher südlich des Bahnhofs die eine oder andere Bar gab, wo die Damen die Gäste zu später Stunde und gegen Bares noch diskret mit aufs Zimmer genommen haben. Doch das ist längst vorbei. Das Viertel ist mittlerweile eine durch und durch bürgerliche Wohngegend mit kleinen Einzel- und Reihenhäusern, in denen die friesische Nachbarschaft noch ziemlich unbeeinflusst von den Touristenströmen funktioniert.

Fahrig streicht sich Bastian Kreuzer übers Gesicht. Nur zu gern lässt er seine Gedanken schweifen, um nicht über diesen vertrackten Fall nachdenken zu müssen. Weiter bringt ihn das natürlich nicht. Und er muss sich bald etwas einfallen lassen, sonst wird Elsbeth von Bispingen, die zuständige Staatsanwältin, sauer. Und das kann ziemlich ungemütlich werden. Wenn nur der Autopsietermin schon feststünde. Aber vielleicht kann ein Gespräch mit dem Rechtsmediziner das Ganze ja etwas beschleunigen.

Bastian greift zum Telefon und hat Glück. Dr. Bernstein hebt sofort ab.

»Wenn das keine Gedankenübertragung war«, begrüßt er den Kommissar fröhlich. »Gerade habe ich unsere Liste durchgesehen. Ihre schöne Tote wäre als Nächstes dran. Kommen Sie vorbei, oder passt es später besser?«

»Wenn's gleich geht, ist es super. Bin in 20 Minuten bei Ihnen«, antwortet Bastian. »Ich brauche nämlich dringend neuen Input.«

»Okay, ich bereite alles vor, dann können wir nach Ihrer Ankunft loslegen.«

Samstag, 18. Juni, 14.40 Uhr, Nordseeklinik Westerland

In den letzten 24 Stunden scheint die Tote vom Strand noch ein zweites Mal gestorben zu sein. Vor Bastian Kreuzer und Dr. Bernstein liegt ein weißblauer Körper, dessen Haut an einigen Stellen schon schleimig wirkt und der einen intensiven Geruch ausströmt.

»Ich hoffe, Sie haben noch nicht zu Mittag gegessen«, frotzelt der Rechtsmediziner und wirft dem Kommissar einen schelmischen Blick zu.

Dass diese Typen immer so eine Freude dabei empfinden, einen zu schockieren, denkt Bastian und schüttelt tapfer den Kopf. Noch nie hat die Anwesenheit bei Leichenöffnungen zu seinen Lieblingsbeschäftigungen gehört, aber in diesem Fall fühlt er einen besonderen Widerstand dagegen, zuzusehen, wie die einstmals so schöne Frau in ihre sterblichen Bestandteile zerlegt wird. Doch bevor es ins blutige Detail geht, wird, das weiß Bastian von früheren Anlässen, der heile Körper »nach Augenschein« beurteilt. Während der gesamten Obduktion müssen immer zwei Rechtsmediziner anwesend sein. So steht auch jetzt neben Dr. Bernstein eine ältere grauhaarige Dame, die viel zu zierlich für ihren rabiaten Beruf wirkt. Sie hat vorhin schon das Diktiergerät eingeschaltet und Größe, Gewicht, Ernährungszustand und Hautkolorit festgehalten. Auch zu Ort und Farbe der Totenflecke sowie zum Grad der Ausprägung der Totenstarre hat sie Angaben gemacht.

»Unverletzte Körperoberfläche«, diktiert Dr. Bernstein jetzt mit sonorer Stimme. »Bis auf die Fliegenbisse im

Gesicht und am Körper. Deutliche Würgemale am Hals, Unterblutungen dort und im Augenbereich. Keine Fingerabdrücke auf dem gesamten Körper.«

»Sind Sie sicher?«, wirft Bastian ein.

Nach einem Blick des Rechtsmediziners schaltet die Grauhaarige das Diktiergerät aus.

»Die Tote war komplett sauber geschrubbt. Und das meine ich im wahrsten Sinn des Wortes. Wir haben das schon am Strand überprüft. Der Mörder, ich nehme jedenfalls an, dass er es war, hat sie ganz offensichtlich ins Meerwasser gelegt, Latexhandschuhe angezogen und sie dann mit einem gelben Schwamm gründlich bearbeitet.«

Der Rechtsmediziner beugt sich tief über den Frauenkörper und zupft mit einer Pinzette einen winzigen gelben Fussel aus ihrem Bauchnabel.

»Es gibt kleinste Partikel von diesem Schwamm überall am Körper, sogar in der Scheide.«

»In der Scheide, das klingt nicht gut. Fast als sei jemand in manische Raserei geraten.«

»Oder er war besonders cool und gründlich«, gibt Bernstein zurück.

»Haben Sie Spermaspuren gefunden?«

»Der Abstrich ist schon untersucht worden. Einige wenige Spuren haben wir isolieren können. Aber die Tote ist, wie schon gesagt, quasi auch innen ausgespült worden.«

»Jetzt machen Sie's nicht so spannend!«

Der Rechtsmediziner grinst. »Zwei verschiedene Spermasorten konnten wir sicherstellen.«

»Also Halbwelt?«

»Ich wäre da vorsichtig. Es soll ja auch ganz normale Frauen geben, die mehr als einen Geschlechtspartner haben. Und sie hatte keine branchentypischen Verletzungen oder Krankheiten. Ist überhaupt körperlich in einem exzellenten Zustand.«

Mit eigentümlich zufriedenem Blick mustert Bernstein die Leiche, als sei es sein Verdienst, dass sich dieser Körper so gut erhalten habe.

»Na, das nutzt ihr jetzt auch nichts mehr«, redet Bastian gegen sein Unbehagen an. »Ihr schneidet sie ja doch gleich in Stücke.«

»Was soll ich machen? Die gesetzlich vorgeschriebenen Routineuntersuchungen kennen Sie ja. Öffnung aller drei Körperhöhlen – also Brust-, Bauch- und Schädelhöhle. Anschließend nehmen wir uns die Organe, Blut, Urin und Knochen genauer vor. Wir ermitteln die DNA, um körperfremde Fasern isolieren zu können.«

»Wie zum Beispiel die Fetzen von diesem Schwamm? Können Sie etwas über dessen Herkunft sagen?«

»Wir sind noch dran. Er ist aus ziemlich großporigem Gewebe, also nicht so fein wie ein Abwaschschwamm zum Beispiel.«

»Aber alle Fingerabdrücke hat er beseitigen können?«

»Alle. Die Tote ist rein wie ein Baby.«

»Das in die Nordsee gefallen ist.«

Der Rechtsmediziner nickt und setzt das Skalpell an, um den großen T-Schnitt auszuführen. Zunächst leicht bogenförmig von Schulter zu Schulter und dann hinunter bis zur Scham. Bastian schaut weg. Die grauhaarige Dame sieht es und schmunzelt. Dann reicht sie Dr. Bernstein die Säge. Bastian weiß, jetzt wird der Rechtsmediziner das Brustbein und die angrenzenden Rippen entfernen, um Zugriff auf die inneren Organe zu haben. Er schließt die Augen und denkt an etwas Schönes.

Samstag, 18. Juni, 18.15 Uhr, Kurzentrum, Westerland

Weinend steht Marga Mönchinger unter der prasselnden Dusche der Eigentumswohnung im 11. Stockwerk des Apartmentkomplexes im Zentrum von Westerland. So hässlich die drei Gebäude aus den sechziger Jahren von unten betrachtet auch aussehen, der Blick, den man aus den oberen Etagen auf die Insel hat, ist phänomenal. Je nach Lage der Wohnung kann man den endlosen weißen Strand von Wenningstedt bewundern oder hinüber bis nach Keitum auf der Ostseite der Insel sehen.

Das Badezimmer, in dem Marga Mönchinger sich gerade aufhält, bietet allerdings keinen dieser Ausblicke. Es ist fensterlos und nur durch zwei grelle Neonröhren erleuchtet. Die hellblauen Fliesen an den Wänden sind stellenweise angeschlagen, und die Fugen weisen Schimmelspuren auf. Auch die Duscharmatur ist nicht neu. Abplatzender Chrom an Hähnen und Brause zeugt von jahrelangem Gebrauch.

Während Margas Körper unter dem viel zu heißen Wasser langsam die Farbe ihrer kupferroten Kopfhaare annimmt, rutschen die fein gekräuselten Achselhaare mit dem Duschstrahl über Hüften, Beine und Füße, drehen eine letzte strudelnde Runde über dem Ausguss, um anschließend auf Nimmerwiedersehen durch die fünf kreisförmig angeordneten Löcher zu verschwinden. Es kommt Marga Mönchinger vor, als beraube man sie ein zweites Mal ihrer Jungfräulichkeit, denn noch nie in ihrem kurzen Leben hat sie die ohnehin spärlich wachsenden Achsel- oder Schamhaare rasiert.

Nicht, dass es ihr nicht wiederholt nahegelegt worden wäre.

Aber immer hat sie widerstanden, es war ihr ganz persönlicher Kampf gegen die Männer und deren Besitzansprüche an ihren Körper. Doch jetzt kann sie nicht mehr kämpfen, man hat ihr alle Waffen genommen.

Seit der letzten Nacht ist sie nicht mehr Herrin ihrer selbst.

Resigniert legt Marga Mönchinger den Einwegrasierer zur Seite. Kurz hat sie darüber nachgedacht, die Klinge herauszunehmen und Hand an sich zu legen, aber so weit ist es noch nicht. Neben der Angst, die sie vor dem Kommenden hat, spürt sie durchaus auch Wut. Und Marga Mönchinger beschließt, erst aufzugeben, wenn diese Wut sich erschöpft haben sollte. Mit einem scheuen Blick streift sie wohl zum hundertsten Mal die gefliesten Wände der Duschkabine. Kaltes Blau giftet zurück. Der Schimmel wächst sich zu hässlich wuchernden Pilzen aus und die Sprünge in den Fliesen fügen sich wie Spinnennetze zusammen.

Marga Mönchinger stellt die Dusche aus.

Samstag, 18. Juni, 20.32 Uhr,
Söl'ring Hof, Rantum

»Auf unsere Freundschaft.«

Judith Lissen hebt ihr Weinglas und stößt es leicht an Siljas. Ein feiner Ton erklingt, und die drei Geschäftsmänner am Nebentisch werfen neugierige Blicke auf die beiden attraktiven Frauen. Natürlich würde niemand es wagen, sie hier anzusprechen, schließlich sitzen sie in einem der besten Restaurants von Sylt. Als Judith die Freundin vom Beifahrersitz ihres Autos aus nach Rantum dirigierte und ihr dann den Weg zu dem kleinen, aber sehr feinen Hotel *Söl'ring Hof* gewiesen hat, das direkt in den Rantumer Dünen steht, ist Silja überrascht gewesen. Sicher, Judiths Kleidung war immer ausgesucht und bestimmt nicht ganz billig, aber ein Abendessen in einem Zwei-Sterne-Restaurant schien ihr doch erheblich über dem Budget einer durchschnittlichen Studentin zu liegen.

»Diese Einladung beschämt mich ein bisschen«, sagt Silja leise.

»Muss sie nicht. Ich will einfach nur, dass wir beide einen wirklich schönen Abend haben, und glaub mir, wenn ich's mir nicht leisten könnte, säßen wir nicht hier.«

Judiths Geste umfasst den lang gezogenen Speiseraum mit seinem einfachen, aber stilvollen Mobiliar. Bequeme Polsterstühle und einige Bänke aus dunklem Holz stehen an weiß gedeckten Tischen. Die schmalen Wandborde zwischen den Fenstern sind von ebenso schlichten wie exquisiten Blumenarrangements geschmückt, die den Blick nicht allzu lange von der prachtvollen Aussicht ablenken. Denn direkt unter den Fenstern liegt das Meer im abendlichen Sonnenlicht. Einzelne Strandläufer flanieren über den feinen Sand, ein Hund tollt in den anrollenden Wellen, und ein später Schwimmer krault dem Horizont entgegen.

Silja wendet sich vom Fenster ab und blickt quer durch den langen Raum zu der offenen Landhausküche hinüber, in der der Hausherr Johannes King mit seinem Team für alle Gäste sichtbar das abendliche Menü zubereitet.

»Warst du schon öfter hier?«, will sie von der Freundin wissen.

Judith nickt, und Silja wartet auf einige erklärende Worte, aber es kommt nichts. Mit fast geschlossenen Augen nippt

Judith noch einmal an ihrem Wein und sagt erst nach einer längeren Pause: »Ich freue mich so, dass wir uns kennengelernt haben. Ich habe sonst nicht so viele Freundinnen, weißt du.«

»Das glaube ich dir nicht. Du bist doch unheimlich offen und kontaktfreudig, jedenfalls habe ich dich immer so erlebt.«

»Ja schon, aber die meisten Kommilitoninnen sind mir irgendwie zu kindlich. Die wirken doch alle, als seien sie gerade erst der Schule entlaufen.«

»Das sind sie ja auch. Ich bin mit meinen 27 Jahren und der fertigen Kripo-Ausbildung schließlich eine echte Exotin unter den Kunstgeschichtsstudentinnen.«

»Das hat mir gerade gut an dir gefallen. Du hast einen ernsthaften Blick aufs Leben, nicht diese Sandkasten-Mentalität.«

Silja zuckt die Achseln. »Ich hab dir ja erzählt, dass ich im letzten Sommer bei einer Festnahme fast selbst hätte dran glauben müssen. So etwas steckt man nicht einfach weg.«

»Was ist da eigentlich genau passiert?«

»Man hat mir in die Schulter geschossen. Aus nächster Nähe. Und dann lag ich da. Ich hatte wahnsinniges Glück im Unglück. Wie durch ein Wunder hat der Schuss die Arterie neben dem Schlüsselbein nicht zerfetzt. Wäre das passiert, wäre ich nach 15 Minuten tot gewesen.«

»Das haben die Ärzte gesagt?«

Silja nickt, dann nimmt sie einen großen Schluck von ihrem Wein. »Und weißt du, wer tatsächlich so gestorben ist? Hat mir auch ein Arzt erzählt.«

»Nee, wer denn?«

»Ötzi.«

»Die Mumie aus den Alpen?«

»Genau die. Den hat ein Speer erwischt, der direkt in diese Arterie eingedrungen ist. Das Blut ist in den Körper gelaufen, und das war's dann. Exitus.«

»Und wie konnte man das heute noch feststellen?«

»Die schieben die Mumien jetzt in die Röhre und untersuchen sie scheibchenweise. Kostet sicher ein Heidengeld und ist ziemlich überflüssig, wenn du mich fragst.«

»Immerhin weißt du jetzt, in welch prominenter Gesellschaft du dich befindest«, lacht Judith.

»Fast. Ich lebe ja noch. Vergiss das nicht. Auch wenn das Ganze ein furchtbarer Schock war.«

»Aber genau das meine ich. Du wirkst sehr reif und erwachsen, das kann man von den anderen Studentinnen echt nicht sagen. Und von den paar Typen, die sich mit uns in dem Höhere-Töchter-Fach tummeln, auch nicht.«

»Obwohl die Kommilitonen dich in den Seminaren ziemlich anhimmeln, das wird dir ja wohl nicht entgangen sein.«

»Ich spiele nicht mit kleinen Jungs.« Judith stößt ein kurzes hartes Lachen aus und sieht Silja gleich darauf neugierig in die Augen. »Und du auch nicht, scheint mir.«

Silja seufzt. »Ich spiele seit dem letzten Sommer überhaupt nicht mehr, wenn du's genau wissen willst. Davor war ich zwei Jahre lang mit einem Kollegen zusammen, aber dann hat's ziemlich gekracht. Das habe ich dir doch schon mal erzählt, oder?«

»In groben Zügen. Aber was ist genau passiert?«

»Irgendwie sind wir im Lauf der Ermittlungen aneinandergeraten. Es war ein komplizierter Fall, wir kamen einfach nicht weiter, und ich hatte den Eindruck, dass meine beiden Kollegen sich zu sehr auf einen männlichen Täter kaprizieren.«

Judith nickt. »Die Kerle glauben einfach immer, nur sie selbst seien gerissen?«

»So ungefähr. Jedenfalls wurde aus einem rein dienstlichen Disput in null Komma nichts ein handfester Streit. Und als Bastian und ich damit fertig waren, fühlte ich mich so provoziert, dass ich ihn rausgeworfen habe.«

»Tut's dir leid?«

»Manchmal schon. Ich weiß jetzt, dass er ein elender Macho ist, aber andererseits hat mich vorher noch nie jemand so tief berührt.«

»Klingt kompliziert.«

Silja zuckt die Schultern. »Ich muss wohl einfach darüber hinwegkommen. Ihm ist das längst gelungen. Er behandelt mich, als sei ich Luft, meist sogar, als sei ich ein besonders eisiger Lufthauch, gegen den man sich am besten durch Türenschließen und eiliges Abwenden schützen kann.«

»Na ich weiß nicht. Besonders souverän klingt das aber nicht.« Judith macht eine kleine Pause, dann lächelt sie Silja aufmunternd zu. »Jetzt frag schon.«

»Was?« Silja fühlt, wie sie rot wird, als habe die Freundin sie bei einem unerlaubten Gedanken ertappt. »Was soll ich fragen?«

»Wie es mit mir und den Männern ist. Jedenfalls wäre diese Frage die logische Konsequenz aus unserem Gespräch.«

»Das du nur deshalb begonnen hast, damit ich das endlich frage, nehme ich an«, grinst Silja plötzlich erleichtert.

»Klar. Ich neige nicht dazu, die Intelligenz anderer Leute zu unterschätzen. Und deine schon gar nicht. Dir ist doch längst aufgefallen, dass hier etwas im Argen liegt, oder?«

»So würde ich das nicht ausdrücken«, antwortet Silja vorsichtig. »Eher ist mir aufgefallen, dass du eine merkwürdig distanzierte Haltung zu Männern hast. Und zu unseren Kommilitonen besonders. Bei mir ist das auch so, aber ich bin auch viel älter als die meisten von denen. Und du bist erst 22, oder?«

»Und welche Schlüsse hat die Frau Kommissarin aus ihrer Beobachtung gezogen?«, erkundigt sich Judith, die sichtbar Gefallen an dem Gespräch zu haben scheint.

»Ich habe schon überlegt, ob du vielleicht lesbisch bist und ob du …« Silja zögert kurz, weil sie weiß, dass sie mit dem, was sie jetzt sagen wird, eventuell den ganzen Zauber des Abends zerstören könnte.

»Ob ich dir jetzt einen Antrag machen will?«, hilft ihr Judith, den Satz zu beenden. »Tut mir leid, Frau Kommissarin, das war die falsche Spur. Willst du noch mal raten?«

Anstelle einer Antwort schließt Silja die Augen und holt tief Luft. Lächelnd sagt sie dann: »Gleich. Erst mal brauche ich eine Pause, um mich zu freuen. Ich bin nämlich ziemlich erleichtert. Das klingt jetzt vielleicht spießig, ist aber so.«

»Wart's ab. Noch steht dir der Schock bevor.«

Silja verdreht die Augen. »Jetzt mach's nicht so spannend, man kann's auch übertreiben. Also gut, ich rate noch mal: Du bist noch Jungfrau, weil du insgeheim davon träumst, dass eines Tages der ultimative Prinz angeritten kommt und dich im Handstreich erobert.«

Zufällig sind Siljas Worte mit einer Gesprächspause am Nachbartisch zusammengefallen, und jetzt ernten die Freundinnen gleich drei erstaunte Blicke auf einmal.

»Meine Freundin hat sich geirrt. Tut mir leid, die Herren, wenn Sie sich schon Hoffnungen gemacht haben sollten«, gurrt Judith zu den Geschäftsleuten hinüber und schenkt der Reihe nach jedem einzelnen von ihnen einen erstklassigen Flirtblick.

Silja traut ihren Augen nicht. So hat sie Judith noch nie erlebt. Und plötzlich weiß sie, woher die coole Einstellung der Freundin Männern gegenüber kommt. Und sie weiß auch, warum es für Judith kein Problem ist, das aufwendige Abendessen zu finanzieren.

»Du lässt dich dafür bezahlen?«, flüstert sie.

»Stimmt nicht ganz«, gibt Judith zurück. »Ich lasse mich *sehr gut* dafür bezahlen.« Und als Silja schweigt und die Herren am Nebentisch sich wieder ihren Verhandlungen zugewandt haben, erklärt sie leise: »Mit 19 bin ich zweimal hintereinander ziemlich übel enttäuscht worden. Dann habe ich begriffen, dass die meisten Männer nur die Dinge wirklich zu schätzen wissen, die sie richtig viel Geld kosten. Das können sie haben, habe ich mir gedacht, und als ich durch Zufall einen Job als Messe-Hostess angeboten bekam, habe ich zugegriffen.«

»Aber das ist doch eigentlich eine ganz seriöse Sache, oder?«

»Eigentlich schon, aber die Übergänge sind fließend und das Schöne an meinem Job ist, dass ich mir die Männer aussuchen kann. Sie buchen mich als Escort-Lady und dafür zahlen sie auch. Wie die Nacht ausgeht, entscheide ich dann selbst.«

»Wow«, stöhnt Silja und wirft einen erleichterten Blick auf die beiden Teller mit köstlich duftendem Deichlammfilet, Kräutermousse und Kartoffelstampf, die gerade vor ihnen abgestellt werden. »Das Essen kommt wirklich wie gerufen. Während ich kaue, kann ich deine Neuigkeiten erst einmal verdauen. Ich hoffe, du nimmst mir das nicht übel.«

»Ach was«, lacht Judith und greift zu Messer und Gabel.

»Ich bin froh, dass ich's dir gesagt habe, und ich hoffe, es tut unserer Freundschaft keinen Abbruch.«

»Für wie spießig hältst du mich eigentlich?«

»Ich würde sagen, deine Spießigkeit ist direkt oberhalb der unteren Wahrnehmungsgrenze angesiedelt, so dass ich mit meiner pikanten Nebenbeschäftigung noch bequem durchgehe.«

»Tust du«, bestätigt Silja und schiebt sich den ersten Bissen in den Mund. »Ist das köstlich!« Dann legt sie Messer und Gabel beiseite und hebt ihr Glas. »Auf die edlen Spender dieses Abendessens!« Sie zwinkert der Freundin zu.

»Auf die Scheißkerle«, antwortet Judith. »Und ob du es glaubst oder nicht: Manche von ihnen sind richtig nett.«

Sonntag, 19. Juni, 09.10 Uhr, Zwischen den Hedigen, Alt Westerland

Noch bevor es klingelt, hat Hubert Mönchinger den dunkelgrünen Passat auf der Einfahrt seines Hauses entdeckt. Mönchinger steht zufällig gerade in der Küche an der Kaffeemaschine und den Wagen da draußen hat er noch nie gesehen. Mit lauter Stimme ruft er nach oben in die Etage mit den Schlafzimmern: »Erwartest du Besuch?«

»Natürlich nicht. Wie kommst du denn darauf?«, antwortet ihm eine Frauenstimme.

Vor dem Haus öffnet sich die Autotür, und der Kommissar, der ihn gestern mit der angeblichen Todesnachricht schockiert hat, steigt aus. Kurz überlegt Mönchinger, dann fällt ihm der Name des Beamten auch wieder ein. Kreuzer. Bastian Kreuzer. Noch bevor der Kommissar klingeln kann, hat Hubert Mönchinger schon die Vordertür seines Bungalows geöffnet.

»Guten Morgen. Haben Sie Neuigkeiten?«, ruft er dem unerwarteten Besucher schon von weitem entgegen.

»Leider nicht. Ich würde aber trotzdem kurz hereinkommen wollen, wenn Sie erlauben.«

»Bitte.« Mönchinger führt den Kommissar in die Küche und schließt sorgfältig die Tür hinter sich. »Die 48 Stunden sind um, oder? Jetzt können Sie auch offiziell nach Marga suchen.«

»Genau so ist es. Aber vorher wollte ich mich schnell noch bei Ihnen versichern, dass sich nichts an den Umständen geändert hat. Oder ist Ihnen noch irgendetwas eingefallen, das ich wissen sollte?«

Mönchinger zögert kurz, doch dann schüttelt er entschieden den Kopf.

»Nein. Es war alles so, wie ich es Ihnen gesagt habe. Marga und ich haben einvernehmlich zu Abend gegessen, dann bin ich aufgebrochen, und dann ist Marga nicht mehr ans Handy gegangen.«

Kommissar Bastian Kreuzer lässt sich schwer auf einen der Küchenstühle fallen.

»Ich darf doch, oder? Ist das Kaffee, der hier so gut riecht? Spendieren Sie mir einen?«

»Ja, gern, allerdings bin ich ein wenig in Eile.«

»Eine Verabredung?«

»So könnte man es ausdrücken.«

»Am Sonntagmorgen kurz nach neun? Wollen Sie in die Kirche?«

»Warum nicht«, antwortet Hubert Mönchinger knapp.

»Na, aber für die Suche nach Ihrer Frau werden Sie doch wohl ein wenig Zeit erübrigen können«, erklärt der Kommissar und lehnt sich entspannt zurück. Als es in der oberen Etage poltert, runzelt er die Stirn. »Sie haben Besuch?«

»Nein, nein, das ist nur …«

Hubert Mönchinger unterbricht sich, als erfordere das Herausnehmen von zwei Kaffeebechern aus einem der Hängeschränke seine ganze Konzentration.

»Das ist nur was? Beziehungsweise wer?«, will der Kommissar jetzt wissen.

»Meine Schwester«, erklärt Mönchinger zögernd. »Am Sonntag schläft sie immer gern lang.«

»Ist sie übers Wochenende zu Besuch gekommen, um Ihnen zur Seite zu stehen?«

Hubert Mönchinger mustert den Kommissar mit einem misstrauischen Blick. Macht der Mann sich über ihn lustig? Aber Bastian Kreuzer blickt dem Hausherrn fest und treuherzig in die Augen. Hubert Mönchinger holt tief Luft.

»Nein. So ist das nicht. Christa lebt bei uns.«

»Bei Ihnen und Ihrer Frau?«

»Ja. Das Haus gehört Christa und mir je zur Hälfte, und es war immer groß genug für uns beide. Christa hat mir den Haushalt geführt, bis ich Marga kennengelernt habe. Und danach auch noch. Marga hatte nie etwas dagegen. Sie interessiert sich nicht für solche Dinge. Habe ich das nicht erwähnt?«

»Nein, haben Sie nicht. Und wissen Sie was? Das finde ich, gelinde gesagt, doch sehr merkwürdig. Schließlich hätten Sie von selbst darauf kommen können, dass uns auch die Aussage Ihrer Schwester zu dem Abend interessieren müsste, an dem Ihre Frau verschwunden ist.«

»Sie war nicht da«, erklärt Hubert Mönchinger schnell.

»Könnte ich das vielleicht von ihr selbst erfahren?«

»Jetzt?«

»Warum nicht?«

»Sie wird noch nicht angezogen sein.«

Der Kommissar verzichtet auf jede Antwort und zieht lediglich die Augenbrauen spöttisch in die Höhe. Hubert Mönchinger gießt Kaffee in beide Becher, wobei er einen Gutteil verschüttet. Nachdem er die Pfütze weggewischt hat, reicht er dem Kommissar einen der Becher und sagt leise: »Ich hole sie.«

Als er die Küche verlässt, nimmt er möglichst unauffällig sein Handy mit, das neben der Kaffeemaschine gelegen hat. Bastian Kreuzer flucht leise. Zu gern hätte er heimlich einen Blick auf die Liste der abgehenden Anrufe geworfen.

Sonntag, 19. Juni, 09.15 Uhr, Haus Dünenkante, List

Als Manfred Pabsts Handy klingelt, regt sich nur auf Marleens Seite des Bettes etwas. Die junge Frau schläft immer schlecht, wenn sie bei dem renommierten Analytiker übernachtet, denn so ganz kann sie es noch nicht fassen, dass er sich ausgerechnet mit ihr abgibt. Marleen ist mit ihren dunklen Locken und dem üppigen Körper sehr attraktiv, das weiß sie auch genau, aber trotzdem neigt sie nicht dazu, sich zu überschätzen. Das Abitur hat sie nur mit knapper Not bestanden, es war nicht annähernd so glanzvoll, wie ihre Eltern, die beide Analytiker sind, es sich gewünscht hätten.

Über die Frage, ob ihre Affäre mit dem bewunderten Kollegen der Eltern, von dem bei ihr zu Hause wie von einem Halbgott gesprochen wird, vielleicht eine wenig subtile Rache für die Druckmechanismen ist, die einen Großteil von Marleens Erziehung ausgemacht haben, möchte sie lieber nicht nachdenken. Schon gar nicht zu dieser Unzeit. Und vor allem nicht nach einer Nacht wie der letzten, in der dem sonst so potenten Manfred buchstäblich die Glieder eingefroren zu sein schienen.

Gerade hat Marleen sich über die andere Seite des Bettes gebeugt, um das lästige Schellen abzustellen. Doch kurz bevor ihre suchenden Finger das Gerät ertastet haben, rührt sich auch Manfred Pabst.

»Lass mich mal«, nuschelt er und nimmt ihr das Handy aus der Hand.

»Pabst.«

Seine Stimme klingt erstaunlich fest – verglichen mit den jämmerlichen Leistungen der letzten Nacht, findet Marleen.

»Herr Mönchinger, dass Sie zufällig meine Handynummer haben, berechtigt Sie noch lange nicht dazu, mich in meiner Freizeit anzurufen. Wir haben jetzt Wochenende, und unser Termin ist erst am Dienstag.«

Am anderen Ende der Leitung wird aufgeregt argumentiert. Marleen kann keine ganzen Sätze hören, versteht aber Worte wie *Notfall* und *Katastrophe*.

Mit einem genervten Stöhnen unterbricht Manfred Pabst schließlich den Redeschwall seines Patienten und erklärt knapp: »Okay, wenn es wirklich so dringend ist, dann kommen Sie am Montag gleich um neun Uhr früh. Ich habe dann eine Stunde Zeit für Sie – und den Dienstags-Termin lassen wir trotzdem bestehen. Das ist doch in Ihrem Sinne, oder?«

Erleichtertes Winseln tönt aus dem Telefon. Manfred verdreht angewidert die Augen und unterbricht das Gespräch nach einem knappen Gruß.

»Behandelst du alle Patienten so abfällig?«, will Marleen wissen.

»Der Typ ist schwer gestört, wenn du dem nicht deutlich sagst, wo's langgeht, dann bringt der dich um den Verstand.«

»Jemand, der keine Grenzen einhalten kann?«

Wie immer in solchen Situationen bemüht sich Marleen sehr um eine professionelle Bemerkung. Manfred soll ja nicht denken, dass er sich mit ihr nur ein williges Häschen ins Bett geholt habe, das anstatt Psychologie zu studieren nun eine Ausbildung als pharmazeutisch-technische Assistentin macht. Leider bekommt sie selten ein Feedback von ihm. Auch jetzt wirft er sich nur schweigend über sie und hängt ihr wenig feinfühlig die Zunge in den Hals. Marleen hält nichts vom Küssen vor dem Zähneputzen, aber sie möchte Manfred auf keinen Fall zurückweisen. Also macht sie mit und stellt sich zum Ausgleich vor, was ihre Eltern wohl für Gesichter ziehen würden, wenn sie je von dieser Affäre erfahren sollten.

Sonntag, 19. Juni, 09.22 Uhr, Zwischen den Hedigen, Alt Westerland

Christa Mönchinger ist eine unscheinbare Frau mit verhärmten Gesichtszügen und mausgrauen Haaren. Ihre ganze Erscheinung strahlt etwas Geducktes, Resigniertes aus, nur ihre Augen rebellieren. Hellwach und strahlend blau blinzeln sie unter schweren Schlupflidern hervor und zeigen deutlich, dass man diese Frau nicht unterschätzen sollte. Trotz des altmodischen Morgenmantels, den sie trägt, und der merkwürdigen Situation, in der sie sich befindet, tritt sie souverän und selbstbewusst auf.

»Guten Morgen, Herr Kommissar. Entschuldigen Sie meine Aufmachung, aber ich wusste nichts von Ihrem Besuch.«

»So ist das mit uns Ermittlern nun mal. Wir sind immer da, wo man uns nicht erwartet«, antwortet Bastian Kreuzer betont mehrdeutig. Er ärgert sich immer noch über den Umstand, dass dieser Mönchinger ihm die Existenz seiner Schwester verschwiegen hat.

Doch Christa Mönchinger reagiert nicht auf seine Worte, sondern holt sich erst einmal einen frischen Becher aus dem Schrank und füllt ihn mit Kaffee. Dann setzt sie sich dem Kommissar genau gegenüber und sieht ihm direkt in die Augen.

»Was wollen Sie wissen?«

»Vor allem eines: Wo waren Sie am Donnerstagabend und in der darauffolgenden Nacht?«

»Ich war hier.«

Verwundert sieht sich Bastian zu Hubert Mönchinger um, der zwar dem Blick des Kommissars ausweicht, aber sein Erstaunen nicht verbergen kann.

»Ihr Bruder sagte mir eben, Sie seien nicht im Haus gewesen.«

»Mein Bruder irrt sich«, entgegnet Christa Mönchinger mit fester Stimme. »Ich weiß, dass er und Marga es vorziehen, wenn ich sie donnerstags allein lasse – bei ihrem liebevollen Abschiedsritual«, fügt sie mit spöttischem Lachen an.

»Aber nicht immer kann ich eine meiner Freundinnen überreden, sich mit mir zu treffen. Und ich werde mich doch nicht allein in irgendein Lokal setzen, nur damit mein kindischer Bruder sich ungestört von seiner Herzensallerliebsten verabschieden kann.«

»Du warst schon häufiger dabei?«, stößt Hubert Mönchinger entsetzt aus.

»Na ja, was heißt schon dabei. Um dich zu beruhigen, tue ich dann so, als verließe ich das Haus. Aber in Wirklichkeit gehe ich oft leise in mein Zimmer zurück. Dort lese ich meistens oder ich sehe fern, mit Kopfhörern selbstverständlich.«

Hubert Mönchinger starrt seine Schwester an, als habe sie soeben einen Mord gebeichtet. Bastian Kreuzer lässt seine Blicke interessiert zwischen den Geschwistern hin und her wandern. Doch entgegen seinen Erwartungen kommt nichts mehr.

»Okay, halten wir fest: Sie, Frau Mönchinger, waren am Donnerstagabend im Haus«, sagt der Kommissar in neutralem Tonfall und wendet sich anschließend mit einer fast werbenden Geste dem Bruder zu. »Seien Sie doch froh, Herr Mönchinger, dass es so war, denn jetzt haben wir eine wichtige Zeugin für die Geschehnisse des Abends.«

Mönchinger nickt fahrig und ringt ruhelos die Hände. »Warum hast du mir das nicht längst erzählt?«, will er von seiner Schwester wissen.

»Du hast mich nicht gefragt«, antwortet sie schnippisch. »Du fragst mich überhaupt sehr selten noch etwas …«

Abrupt unterbricht Bastian den Dialog.

»Aber jetzt frage *ich* Sie, Frau Mönchinger: Haben Sie irgendetwas Auffälliges in der Nacht vom Donnerstag auf den Freitag beobachtet?«

Christa Mönchinger setzt den Kaffeebecher ab, den sie die ganze Zeit zwischen den Fingern gedreht hat, und holt tief Luft. Ihr Bruder dagegen scheint den Atem anzuhalten.

»Ja, das habe ich tatsächlich. Einiges sogar. Nachdem Hubert uns verlassen hatte, ging Marga wieder ins Haus. Nicht dass sie die Küche aufgeräumt hätte, das war immer unter ihrer Würde, aber sie zog im Wohnzimmer etliche Schubladen auf und schien dort etwas zu suchen. Dann ging sie hinauf, holte einen Koffer aus der Kammer, schleppte ihn in euer Schlafzimmer und schien zu packen.«

Sie wirft ihrem Bruder einen triumphierenden Blick zu.

Also doch, denkt Bastian Kreuzer entnervt. Der Typ hat mir einen Bären aufgebunden. Er hat sich mit seiner jungen, äußerst attraktiven Frau gekracht, und sie ist abgehauen. Mehr nicht. Und ich Depp verschwende meine Zeit mit diesem Blödsinn, weil ich denke, wir müssten einen zweiten Mord verhindern.

Ein Japsen Hubert Mönchingers unterbricht Bastians Gedanken.

»Sag, dass das nicht wahr ist!«

»Warum sollte ich lügen? Und es kam noch besser. Etwa zwanzig Minuten, nachdem Marga das Haus verlassen hatte, zu Fuß, den Koffer zog sie hinter sich her, wenn ihr mich fragt, ist das ein deutliches Zeichen dafür, dass sie zum Bahnhof wollte, schließlich ist der nur fünf Minuten entfernt …« Verwirrt unterbricht sich Christa Mönchinger. »Wo war ich? Ach so, ja, also ungefähr zwanzig Minuten später, gegen Mitternacht denke ich, ich war gerade dabei einzuschlafen, da klingelt es unten an der Tür.«

»Nein!« Kaum ist das Wort heraus, stürzt der Hausherr auf

seine Schwester zu und packt sie an den Schultern. »Nicht Smentek! Bitte sag mir, dass es nicht Smentek war!«

Neugierig beobachtet Bastian Kreuzer die Geschwister. Es befriedigt ihn innerlich, dass er gleich in der ersten Vernehmung geahnt hat, dass dieser Typ irgendwie in der Sache mit drinhängt. Doch bevor Bastian in Gefahr gerät, sich in Selbstlob zu suhlen, zerstreut Christa Mönchinger jeden Verdacht.

»Nein, es war nicht Margas widerlicher Bruder. Der Kerl, der vor der Tür stand, war nicht schmal und wendig, sondern ziemlich groß und wuchtig.« Mit einem ironischen Blitzen in den Augen lässt sie ihren Blick über Bastians massige Gestalt gleiten. »Im Grunde genommen glich er dem Kommissar körperlich. Er war vielleicht noch ein bisschen übergewichtiger. Dafür hatte er erheblich weniger Haare auf dem Kopf. Und wahrscheinlich noch weniger Hirn darin.«

»*Noch weniger Hirn* als ich? Was soll das werden? Eine Beamtenbeleidigung?«, fährt Bastian sie an.

Christa Mönchinger stößt ein heiseres Lachen aus, hustet dann kurz und erklärt ruhig: »Sie haben mich falsch verstanden. Noch weniger Hirn im Kopf als Haare darauf. Das habe ich gemeint.«

»Woher wollen Sie das wissen?«

»Ganz einfach. Er redete wirres Zeug. Ich kann mich ehrlich gesagt nicht mehr an die Einzelheiten erinnern. Ich hatte wahnsinnige Angst, weil ich dachte, Hubert sei etwas zugestoßen. Der Mann hielt mich nämlich für deine Frau«, jetzt wendet sie sich wieder direkt an ihren Bruder, »und er stammelte alles Mögliche vor sich hin, das irgendwie mit dir zu tun hatte.«

»Er hat also nicht zufällig an Ihrer Haustür geklingelt, sondern wusste, wer dort wohnt«, wirft Bastian ein.

»Offenbar. Er erklärte mir, er habe einen Schwächeanfall gehabt und sei zufällig in der Nähe gewesen. Aber so recht geglaubt habe ich ihm nicht, eher kam er mir wie ein entlaufener Irrer vor. Trotzdem wollte ich ihn hereinbitten, ich weiß auch nicht, warum. Zum Glück hat er abgelehnt. Wie ein verschreckter Hase ist er durch den Vorgarten zurück auf die Straße gelaufen. Ich müsste lügen, wenn ich nicht sagen würde, dass ich heilfroh darüber war.«

»Und dann?«, will Bastian wissen.

»Dann war er weg. Verschwunden in der Dunkelheit. Mit der Straßenbeleuchtung ist es ja nicht weit her in unserem Viertel. Aber wen schert das schon? Hauptsache, die Touristenmeilen leuchten in der Nacht wie die Sünde selbst«, beschließt Christa Mönchinger verbittert ihre Suada.

»Und das ist alles, was in dieser Nacht Ungewöhnliches geschehen ist?« Bastian Kreuzer steht auf.

»Reicht Ihnen das nicht? Meine Frau verschwindet, und ein Unbekannter bedroht meine Schwester«, fährt Hubert Mönchinger ihn an. Seine Hände zittern und seine Augen streifen unruhig durch den Raum.

»Doch es reicht mir«, antwortet der Kommissar mit leiser Stimme. »Aber anders, als Sie es vielleicht erwarten. Nach der Aussage Ihrer Schwester würde ich Ihnen empfehlen, von einer Suchmeldung nach Ihrer Frau Abstand zu nehmen. Ganz offensichtlich haben Sie mir etwas verschwiegen. Wenn eine Ehefrau heimlich abreist, dann sollte ihr Mann doch wohl wissen, worin die Gründe dafür liegen. Gerade wenn die Beziehung so innig war, wie Sie sie beschrieben haben.«

Bastian Kreuzer steht auf und wendet sich zur Tür, dreht sich aber noch einmal um. »Falls Sie es vergessen haben sollten: Ich bin von der Mordkommission und nicht hauptberuflich mit der Suche nach entlaufenen Ehefrauen befasst. Also überlegen Sie sich gut, was Sie unternehmen werden, und reden Sie erst mal mit Ihrer Schwester, bevor Sie uns weiter bemühen. Wahrscheinlich fällt Ihnen beiden auch ohne uns eine praktikable Lösung ein.«

Wutschnaubend verlässt Kreuzer das Backsteinhaus. Er wirft sich draußen hinter das Steuer seines Wagens und startet ihn mit röhrendem Motor. Wenn die Kriminalpolizei sich in alle Familienstreitereien einmischen würde, dann käme sie aus dem Sumpf gar nicht mehr heraus. Die sollen sich seinetwegen gegenseitig was vormachen, aber ihn gefälligst in Ruhe lassen. Noch während der kurzen Fahrt zurück zu seiner Wohnung ruft er Sven auf dem Handy an.

»Vergiss diesen Mönchinger«, bellt Bastian Kreuzer hinein. »Der führt uns an der Nase rum. Läuft zur Polizei und markiert den Geschockten, während er zu Hause nur seine Schwester hätte fragen müssen, um zu erfahren, was eigentlich los ist. Aber das hätte ihn ja mit der Wahrheit über seine Ehe konfrontiert. Dem ist wahrscheinlich eine tote Frau lieber als eine, die ihn verlässt, weil sie ihn nicht mehr ertragen kann …«

»Bist du fertig?«, unterbricht Sven den Kollegen mit entschiedener Stimme.

»Nein, aber das kümmert dich wahrscheinlich wenig«, gibt Bastian schon etwas besänftigt zurück.

»Ich habe hier nämlich etwas, das uns interessieren sollte.«

»Wo ist *hier* und was ist es?«

»Ich bin gerade im Kommissariat, wir müssen uns knapp

verpasst haben, sagen die Kollegen von der Wache. Und jetzt halt dich fest: Ich bin nicht allein. Gerade eben ist hier ein Zeuge reingeschneit, der Wichtiges auszusagen hat.«

»Mach's nicht so spannend, Mensch. Was ist los?«

»Du wirst es nicht glauben, also komm einfach her und hör es dir mit eigenen Ohren an.«

Sonntag, 19. Juni, 10.40 Uhr, Kriminalkommissariat Westerland

In dem gemeinsamen Büro von Sven Winterberg und Bastian Kreuzer sitzt der Journalist Fred Hübner sehr entspannt in einem Stahlrohrstuhl, während der Oberkommissar nervös auf seine Schreibtischplatte trommelt.

»Hauptkommissar Kreuzer wird gleich hier sein, und dann nehmen wir sofort Ihre Aussage auf.«

»Allein dürfen Sie das nicht, oder wie? Ich hatte nämlich nicht die Absicht, meinem gesamten Sonntagvormittag bei Ihnen zu verbringen.«

»Herr Hübner, nach allem, was wir schon miteinander erlebt haben, sollten Sie vielleicht ein klein wenig geduldiger sein.«

Fred Hübner grinst kurz, bevor er wieder ernst wird. »Sie meinen, nur weil Sie mir im letzten Sommer das Leben gerettet haben, sollte ich Ihnen jetzt dankbar sein. Ich dachte bisher, dass Sie für solche Sachen bezahlt werden.«

»Jetzt werden Sie mal nicht zynisch, ja«, entgegnet Sven, während die Tür auffliegt.

Bastian Kreuzer stürmt mit rotem Kopf und ziemlich

atemlos in den Raum. Als er den Journalisten mit lässiger Pose im Besucherstuhl lehnen sieht, bleibt der Hauptkommissar abrupt stehen.

»Nicht der schon wieder! Sven, sag mir, dass ich halluziniere.«

Bevor der Kollege antworten kann, gibt Hübner ungerührt zurück: »Ich freue mich auch sehr, Sie zu sehen.«

»Immer wenn Sie auftauchen, wird's kompliziert, Mann. Können Sie nicht einfach mal die Finger stillhalten und sich aus unseren Ermittlungen raushalten?«

»Deshalb bin ich hier.«

»Ach? Da bin ich aber neugierig.«

»Es ist doch immer wieder schön zu sehen, wie die vielbeschworene Volksnähe der deutschen Polizei im Detail aussieht«, frotzelt Fred Hübner, ohne den beiden Beamten auch nur das winzigste Lächeln entlocken zu können.

»Kommen Sie zur Sache, Hübner«, sagt Sven stattdessen und stellt das Diktaphon an.

Der Journalist beginnt mit einer Frage.

»Wissen Sie eigentlich schon, wer die schöne Tote vom Strand ist, die es sogar bis in die Tagesschau geschafft hat?«

Verlegen schütteln beide Kommissare die Köpfe.

»Dachte ich mir doch. Dabei war es gar nicht so schwer, darauf zu kommen. Man musste nur mal darüber nachdenken, womit so ein hübsches Menschenkind wohl sein Geld verdienen mag.«

Hübner macht eine Kunstpause und blickt erwartungsvoll von einem zum anderen. Aber Winterberg und Kreuzer tun ihm nicht den Gefallen, sich zu dem heiklen Thema zu äußern.

»Sie könnte natürlich Äpfel auf dem Westerländer Markt

verkaufen. Oder Friesentee am Keitumer Watt servieren. Stattdessen hat sie sich für etwas wesentlich Lukrativeres entschieden.«

»Jetzt kommen Sie endlich zur Sache«, schnauzt Bastian.

Aber Fred Hübner denkt nicht daran, sich aus der Ruhe bringen zu lassen. Er öffnet bedächtig den einzigen Knopf seines leichten Leinenjacketts und durchsucht in aller Ruhe die Innentaschen. »Hier irgendwo hatte ich doch vorhin noch …«, murmelt er zerstreut, bevor er langsam eine der kostenlosen Lokalgazetten herauszieht, die sich durch Werbung finanzieren und allwöchentlich in jedem Briefkasten stecken. »Ah, da ist es ja.«

Hübner beugt sich vor, legt die Zeitung auf Sven Wintergs Schreibtisch und streicht sie glatt. Er hat die Seite mit den Kleinanzeigen aufgeschlagen.

»Das Blättchen ist von letzter Woche, ich habe es unter Einsatz meines Lebens aus der Altpapiertonne gefischt. Wollte schon immer mal wissen, wie sich ein Obdachloser auf der Suche nach Pfandflaschen fühlt.«

»Jetzt machen Sie's nicht so spannend, verdammt nochmal«, Bastian verdreht genervt die Augen.

»Ups, sorry.« Betont langsam fährt Fred Hübner mit dem Finger über die Anzeigenspalten und sieht wenig schuldbewusst dabei aus. »Wo war es denn noch gleich? Ach hier, da haben wir's ja. Soll ich vorlesen?« Abwartend schaut er erst Sven, dann Bastian an.

»Ja bitte.« Bastians Stimme ist gefährlich leise.

Sven wirft dem Kollegen einen besorgten Blick zu. Nicht dass der dem Journalisten noch an den Kragen geht. Die beiden waren schon immer wie Hund und Katze. Alphatiere unter sich eben.

»Die rote Lola verwöhnt dich. Von individueller Massage bis zu strengem Drill. Privat, niveauvoll, diskret«, deklamiert Hübner.

»Telefonnummer?«, fragt Sven betont sachlich und greift zu einem Stift.

»Ich schenke Ihnen die Zeitung«, erklärt Hübner großzügig und schiebt dem Kommissar das Blatt über den Tisch.

»Woher wollen Sie wissen, dass die entsprechende Dame unsere Tote ist?«, schaltet sich Bastian ein.

»Ich habe mehrmals angerufen, aber nur eine säuselnde Stimme auf dem AB erreicht.«

»Vielleicht macht sie Urlaub vom anstrengenden Job.«

»Im Himmel ist Jahrmarkt, wollten Sie wohl sagen«, versucht Hübner Bastians Einwand abzubügeln. Doch der Hauptkommissar gibt nicht auf.

»Zeigen Sie mal her. Da sind doch sicher noch mehr Annoncen von rothaarigen Damen dabei, oder?«

»Das schon. Aber nur eine ist die rote Lola.«

»Und woher wissen Sie, dass unsere Tote ausgerechnet unter diesem Namen arbeitete? Sie trug nämlich zufällig kein Schildchen am Revers.«

»Ich denke, sie war nackt.«

»Das war ein kleiner Scherz am Rande, damit Sie uns nicht für ganz humorlos halten«, gibt Bastian trocken zurück.

»Gut, dass Sie das sagen, wäre ich von allein nicht drauf gekommen.«

»Und?«

»Was und?«

»Spucken Sie's schon aus. Woher wissen Sie das mit der roten Lola?«

Fred Hübner reicht Bastian mit einer förmlichen Geste

die Gazette und erhebt sich. »So leid es mir tut, aber darüber möchte ich nicht reden.«

»Geht's noch? Sie sind hier bei der Kriminalpolizei und nicht beim Teezirkel.«

»Wollen Sie mich jetzt in Beugehaft nehmen, oder was? Glauben Sie mir doch einfach und gehen Sie dieser Spur nach. Die Dame hat sicher auch einen bürgerlichen Namen gehabt – und über ihre Handynummer müsste der doch auch herauszukriegen sein, oder?«

»Das lassen Sie mal unsere Sorge sein, guter Freund.« Bastian hat sich ein wenig beruhigt und streckt dem Journalisten jetzt sogar die Hand zum Abschied entgegen. »Und falls Sie noch irgendetwas erfahren: Sie wissen ja, wo Sie uns finden.«

»Keine Sorge«, murmelt Fred Hübner. »Ich melde mich sofort. Wenn ihr nämlich glaubt, dass ich mich noch ein drittes Mal in eure Angelegenheiten verwickeln lasse, dann habt ihr euch gründlich getäuscht.«

»Umso besser. Sicherer für dich und übersichtlicher für uns«, entgegnet Bastian trocken.

Fred Hübner nickt knapp, salutiert dann grinsend und verlässt das Büro.

»Arschgeige«, zischt Bastian, nachdem sich die Tür geschlossen hat.

»Sei nicht so hart. Das ist immerhin unsere erste richtige Spur«, versucht Sven ihn zu beruhigen.

»Was mich so ärgert, ist ja gar nicht, dass der Hinweis ausgerechnet von dem kommt, sondern, dass wir beiden Dösbaddeln nicht selbst auf die Idee gekommen sind.«

»Ist eben nicht so einfach, wenn man sich immer bemüht, politisch korrekt und feministisch einwandfrei zu denken«, antwortet Sven und verdreht die Augen.

»Schade dass Silja das nicht hören konnte. Na, die wird sich überhaupt freuen, wenn wir sie in die Geheimnisse dieses Falls einweihen. Wann kommt sie eigentlich wieder?«

»Morgen früh. Und lass endlich den anzüglichen Unterton. Sie hatte ein ganz normales dienstfreies Wochenende, mehr nicht.«

»Ist ja gut. Vielleicht habe ich nur Sehnsucht nach ihren Killerblicken.«

»Wollt ihr euch nicht endlich mal aussprechen?«

»Wenn du glaubst, dass ich den Anfang mache, hast du dich aber gründlich getäuscht.«

»Nie hätte ich das angenommen«, gibt Sven Winterberg zurück und greift nach dem Telefon, um die Handynummer aus der Kleinanzeige zu wählen. Es klingelt ewig, genau wie Sven es erwartet hat. Doch dann springt der Anrufbeantworter an. Schnell drückt Sven die Taste für den Lautsprecher.

»Hallo mein Schatz, hier ist die rote Lola.« Ein leises Kichern unterbricht die gegurrte Ansage. »Na ja, nicht direkt, nur ihre Stimme, aber das ist ja für den Anfang auch ganz schön. Wenn du mehr von mir kennenlernen willst, dann ruf mich morgen in der Mittagspause zwischen ein und drei Uhr an, damit wir uns verabreden können.« Ein tiefes Stöhnen füllt die entstehende Pause. »Ich freu mich auf dich.«

Wortlos sehen sich die beiden Kommissare an. Dann wirft Sven noch einmal einen Blick auf die Handynummer.

»Nach einem Kartenhandy sieht mir das nicht aus. Genau kann man das natürlich nicht sagen, aber spätestens morgen früh haben wir die nötigen Auskünfte.«

»Und dann hoffentlich auch die bürgerliche Identität der roten Lola«, fügt Bastian mit leiser Stimme hinzu.

Sonntag, 19. Juni, 12.30 Uhr, Kurzentrum Westerland

Wie ein abgewetztes Ausstellungsstück steht das schmutziggraue Plüschsofa mitten im Raum. Alle anderen Möbel sind an die Wände gerückt und in die Ecken gequetscht, so dass rund um das Sofa mehrere Meter frei bleiben, die Gelegenheit geben, den nackten Körper auf dem Sofa von allen Seiten zu betrachten.

Marga Mönchingers Kreuz biegt sich über die harte Rückenlehne. Ihr Oberkörper hängt hinter dem Sofa herab, mühsam hält sie mit den Händen das Gleichgewicht indem sie die Lehne umklammert. Ihre Beine sind auf der Sitzfläche weit gespreizt, ihr Hals dehnt sich schmerzhaft und die Kehle ist schon ganz ausgetrocknet. Aber seit Minuten fehlt ihr die Kraft, den Kopf oben zu halten.

Außerdem will sie sich den Anblick des Rasierschaums ersparen, der kuppelförmig auf ihrem Schamhügel sitzt und gerade von gierigen Fingern durchpflügt wird.

»Das muss alles weg«, flüstert die Stimme und überschlägt sich vor Erregung. »Jedes einzelne Haar, jedes *schmutzige* einzelne Haar.«

»Sie sind nicht schmutzig«, wagt Marga einzuwenden, worauf die Finger sich wütend um ihren Schamhügel schließen. Schmerzhaft gräbt sich der Daumennagel in ihre Scheide und scheint sie von innen durchstoßen zu wollen. Marga beißt sich auf die Lippen und unterdrückt jeden Aufschrei. Sie wird sich nicht unterkriegen lassen, das hat sie sich fest vorgenommen.

Im Gegenteil.

Marga Mönchinger ist entschlossen, als Siegerin aus diesem ungleichen Duell hervorzugehen. Und sollte es heute ihr Schamhaar kosten, so wird sie das überleben. Hoffentlich überleben, korrigiert sie sich. Denn der silberne Nassrasierer, mit dem die zweite Hand gerade spielerisch über ihren Bauch und die Schenkel fährt, obwohl es dort wirklich nichts zu rasieren gibt, schabt und kratzt auf der Haut, als sei die Klinge falsch eingesetzt worden und könne jederzeit aus ihrer Halterung rutschen und ein blutiges Gemetzel anrichten.

Scharf zieht Marga Mönchinger die Luft ein und schließt die Augen.

Sonntag, 19. Juni, 14.05 Uhr, Bahnhof Westerland

Ein wolkenloser Himmel spannt sich über dem Westerländer Bahnhofsvorplatz. Sogar die meterhohen grünen Figuren, die den Vorplatz zieren, scheinen die Köpfe der Mittagssonne entgegenzurecken.

»Was sind das eigentlich für komische Gesellen?«, will Judith wissen, während sie mit Silja zum Bahnsteig läuft.

»Vor ein paar Jahren wurden die hier aufgestellt. Vater, Mutter, Kinder, eine ganze Familie. Reisefertig, komplett mit Gepäck. Passend zum Bahnhof eben. Viele Sylter hassen sie, die Touristen finden sie, glaube ich, ziemlich witzig.«

»Und warum grün?«

»Bist *du* im vierten Semester Kunstgeschichte oder ich?« Judith lacht. Dann umarmt sie die Freundin spontan.

»Bin ich froh, dass ich ausgerechnet dich im Studium getroffen habe.«

»Was soll ich denn sagen? Du glaubst gar nicht, wie sehr ich dieses Wochenende genossen habe. Auch wenn ich es immer noch nicht ganz fassen kann, dass meine beiden Kollegen mich tatsächlich nicht mit dem Mord am Strand belästigt haben.«

»Und ab morgen früh bist du dann wieder die taffe Polizistin? Irgendwie kann ich mir das überhaupt nicht vorstellen.«

»Ich im Moment auch nicht.«

Während des Gesprächs schieben sich Silja und Judith durch die Menge der Reisenden, um ein ruhiges Plätzchen für die letzten gemeinsamen Minuten zu finden. Obwohl der Zug noch nicht am Bahnsteig steht, ist es schon ziemlich voll. Vor allem Rentnerehepaare und ganze Touristengruppen scheinen die Insel auch ohne Auto zu besuchen.

»Schau mal, am Ende des Bahnsteigs ist noch eine unbesetzte Bank, sollen wir uns dahin durchschlagen?«, fragt Silja, ohne eine Antwort zu bekommen. »Judith?«

»Ja?« Nur langsam wendet sich die Freundin ihr zu. »Entschuldige, aber ich glaube, ich habe dahinten einen Kunden entdeckt. Ist schon Jahre her, dass er bei mir war, vielleicht hab ich mich auch getäuscht.«

»Ist das wichtig?«

»Nein, überhaupt nicht. Würde mich auch nicht wundern, wenn er hier wäre.«

»Du verrätst mir sicher nicht, wer es ist, oder?«

»Na, du hast dir die Antwort ja schon selbst gegeben«, lacht Judith.

Suchend sieht Silja sich um. Der untersetzte Bahnhofsvorsteher wird es ebenso wenig sein wie der schlaksige junge

Mann, der sich gerade schwungvoll eine Tennistasche über die Schulter wirft.

»Warst du eigentlich vor diesem Wochenende mal beruflich auf der Insel? Ich hatte so den Eindruck …«

Judith nickt. »Zweimal. Einmal in einer privaten Ferienwohnung und einmal für ein Wochenende in einem Kampener Luxushotel.«

»Und immer mit dem Typen, den du gerade gesehen hast?«

»Silja, jetzt sei doch nicht so neugierig. Die Männer, die mich bezahlen, müssen sich darauf verlassen dürfen, dass niemand von ihren Eskapaden erfährt. Auch du nicht. Tut mir leid.«

»Sind das eigentlich Leute, die man sonst auch kennt?«

Judith zuckt die Schultern. »Manchmal. Häufig sind sie aus der Wirtschaft, aber wer kennt die schon wirklich? Politiker sind fast nie dabei. Für die ist das wahrscheinlich zu riskant. Ausnahmen bestätigen die Regel.«

Gerade will Judith sich auf die freie Bank fallen lassen, als Silja ausruft: »Stopp. Warte mal.« Sie geht in die Knie und mustert einen Rollkoffer, der zwischen der Sitzfläche der Bank und dem Betonboden steckt. »Das ist ja komisch …«

»Warum denn? Da hat jemand seinen Koffer schon mal zum Bahnsteig gebracht und ist sich vielleicht noch einen Kaffee holen gegangen. Wenn er oder sie zurückkommt und sich setzen will, können wir ja immer noch Platz machen.«

»Das meine ich nicht.«

Silja zieht ihr T-Shirt aus der Hose und wickelt sich den Saum um einen Finger. Vorsichtig streicht sie über den Koffergriff.

»Guck mal, da ist jede Menge Staub auf dem Griff.«

»Ja und?«

»Der Koffer liegt nicht erst seit ein paar Minuten hier. Bestimmt braucht es ein oder zwei Tage, damit sich der ganze Dreck hier ansammelt. Das ist doch merkwürdig, findest du nicht?«

»Aber wer vergisst denn einen Koffer auf dem Bahnsteig?«

»Eben. Da stimmt was nicht.«

Vorsichtig bugsiert Silja den Koffer aus dem Schatten der Bank. Am seitlichen Tragegriff hängt ein ledernes Etui für Visitenkarten. Silja dreht das Sichtfenster nach oben.

»Seltsam, das ist leer.«

»Was bitte soll daran seltsam sein?« Judiths Frage geht fast in dem Kreischen und Bremsen des einfahrenden Zuges unter.

»Normalerweise tut man in dieses Etui einen Zettel mit Namen und Anschrift, und dann bleibt er da auch.« Während sie spricht, greift Silja nach Judiths Reisetasche und dreht deren Adressanhänger nach oben. »Schau, du machst es doch auch so.«

»Stimmt.« Bedauernd fügt Judith an: »Mensch, jetzt könnte ich dich einmal mitten in einer kriminalistischen Aktion erleben und muss ausgerechnet weg.«

»Na, so aufregend wird's schon nicht sein. Ich werde das Ding zum Fundbüro rollen und damit hat sich's«, wiegelt Silja ab. »Mach's gut, du Liebe! Ich vermisse dich jetzt schon. Bist du nicht vielleicht bald mal wieder beruflich hier und könntest dich heimlich wegstehlen?«

»Nee, da komme ich dich schon lieber ganz offiziell besuchen. Aber vorher sehen wir uns am Dienstag im Seminar, oder?«

»Auf jeden Fall. Komm gut heim und grüß mir Hamburg.« Silja umarmt die Freundin fest.

»Mach ich. Und viel Spaß noch mit dem Koffer.«

Judith winkt ein letztes Mal, dann verschwindet sie im Inneren des Zuges. Silja versucht noch eine Zeitlang, die Freundin in dem Gewusel der Reisenden auf dem Gang wiederzuerkennen, aber vergeblich. Schließlich wendet sie sich ab, um sich um den verlorenen Koffer zu kümmern. Zuerst denkt sie, sie habe sich in der Bank geirrt, aber ein kurzer Blick sagt ihr, dass das nicht stimmt. Sie steht genau vor der Bank, an der sie sich von Judith verabschiedet hat. Alles ist wie vorher – nur der Koffer ist weg.

Schnell sieht sich Silja um, doch auf dem Bahnsteig ist niemand mehr.

Es gibt nur eine Erklärung für diese mysteriöse Geschichte: Der Kofferdieb ist auch in den Zug gestiegen und reist jetzt mit Judith nach Hamburg. Schon hat Silja ihr Handy gezückt, um die Freundin anzurufen, doch sie überlegt es sich anders. Ist es nicht am wahrscheinlichsten, dass jemand seinen Koffer vergessen hat und nun zurückgekommen ist, um ihn zu holen? Oder der Koffer war tatsächlich nur für wenige Minuten hier geparkt und ist schon vorher in irgendeinem Keller eingestaubt. Es soll ja durchaus Menschen geben, die geringere hygienische Ansprüche haben als sie selbst. Silja muss fast über ihr eigenes Misstrauen lachen. Sie darf auf keinen Fall vergessen, Judith bei ihrer nächsten Begegnung den Ausgang der Koffergeschichte zu erzählen.

Mit federnden Schritten verlässt die Kommissarin den Bahnsteig.

Sonntag, 19. Juni, 16.10 Uhr, Braderuper Weg, Kampen

Der Wind fährt sanft in die Wildrosenhecke, zaust die Blüten und wirbelt einzelne Blätter durch die Luft, als seien sie spielende Elfenkinder. Am Ende ihres Tanzes landen die Blütenblätter im niedrig gemähten Gras und bilden ein rosafarbenes Tupfenmuster auf sattem Grün unter strahlender Sonne. Nachdenklich lässt Sven Winterberg den Blick über Rasen und Hecke seines Grundstücks schweifen. Er lebt mit Frau und Tochter in dem ehemaligen Haus der Schwiegereltern im Kampener Süden. Und seit einer halben Stunde sitzt er mit dem Kollegen Kreuzer auf der Terrasse bei Ostfriesentee und Bürgermeister. Beiden Beamten klebt Blätterteig von dem saftigen Gebäck am Kinn, was Anja Winterberg, Svens Ehefrau, zum Lachen bringt, als sie kurz darauf die Terrasse betritt. Mit einem aufmerksamen Blick mustert sie das Fax mit Telefonnummern, das vor den Kommissaren zwischen Kuchentellern und Teetassen liegt. Es handelt sich um die Gesprächspartner der Toten vom Strand in den letzten beiden Wochen, deren Nummern die Telefongesellschaft den Kommissaren übermittelt hat. Mitfühlend erkundigt sich Anja: »Seid ihr immer noch nicht fertig?«

»Danke für den Kuchen erst mal«, antwortet Bastian und deutet im Sitzen eine tiefe Verbeugung an. »Ich weiß das echt zu würdigen, zumal ich dir ja auch noch den Gatten klaue.«

Anja lacht. »Kein Problem. Mein Rachefeldzug ist schon durchgeplant.«

»Lass hören.«

»Wenn ihr die Anrufliste durchgesehen habt, dann werde ich Schaufeln und Arbeitshandschuhe ausgeben, und ihr könnt dahinten die Krüppelkiefer und die beiden Buchsbäume ausgraben.« Sie deutet auf einen etwas versteckt liegenden Teil des Friesenwalls, wo der Bewuchs gelb und trocken ist.

»Die sehen allerdings ein bisschen mitgenommen aus. Hat euer Sprenger nicht so weit gereicht?«

»Ich glaube nicht, dass die Büsche vertrocknet sind. Scheint eher eine Krankheit zu sein. Oder dieser komische Buchsbaumschädling, den sie versehentlich aus Asien importiert haben. Vielleicht ist er jetzt auf Sylt gelandet. Jedenfalls sind die Pflanzen nicht mehr zu retten, und ich werde stattdessen Heckenrosen setzen.«

»Ich habe dich gewarnt, Bastian«, mischt sich jetzt Sven in das Gespräch. »Für dieses Wochenende war Arbeit am Wall angesetzt. Dagegen hilft auch eine Tote im Strandkorb nichts. Du kennst ja meine energische Frau.«

»Wenn ich schon bei deinen Eltern den Rasen mähe, dann kann ich auch bei deiner Frau den Wall ausheben«, antwortet Bastian grinsend und fährt wieder an Anja gewandt fort: »Das hier dauert nur noch ein paar Minuten. Die meisten Anrufe, die die Tote auf ihrem Handy gekriegt hat, sind von öffentlichen Apparaten ausgegangen. Ich muss dir ja nicht erklären, wie schnell sich Klatsch auf der Insel verbreitet. Da sind die Kunden der roten Lola lieber vorsichtig gewesen. Pech für uns. Aber zwei Handynummern und drei Festnetzanschlüsse haben wir immerhin ermitteln können. Und die Adresse der Toten haben wir auch. Allerdings kommt die Spurensicherung erst morgen früh wieder vom Festland. Dann gehen wir in die Wohnung. Die fünf relevanten Telefonnummern werden gerade überprüft, aber das wird mindestens eine Stunde dauern. Wir waren schon froh, dass wir überhaupt am Sonntagnachmittag noch jemanden für diesen Job gefunden haben.«

»Na, dann könnt ihr ja super eine Stunde körperliche Arbeit einschieben, bevor ihr die Kunden der Toten durchtelefoniert. Oder fahrt ihr gleich zu denen nach Hause?«

»Eher Letzteres.« Sven und Bastian wechseln einen Blick. Beide wissen genau, dass es ein langer Abend werden wird, denn die drei Festnetznummern haben alle eine Sylter Vorwahl, und auch die anderen beiden Kunden der toten Prostituierten, die übers Handy Kontakt aufgenommen haben, werden wohl kaum vom Festland herübergekommen sein. Fünf Vernehmungen, womöglich quer über die Insel verstreut, können gut und gern den Rest des Tages in Anspruch nehmen.

»Rechne mal lieber nicht zum Abendessen mit mir«, fügt Sven diplomatisch hinzu.

»Schon klar. Dann kann ich mich wohl gleich auf einen einsamen Tatort-Fernsehabend einstellen. Ein toller Ersatz für einen lebendigen Ehemann«, mault Anja.

»Glaub mir, ich würde dir gern Gesellschaft leisten oder einfach nur einen Wein mit dir hier auf der Terrasse trinken. Wann ist es abends schon mal so warm?« Sven nimmt seine Frau in den Arm und drückt ihr einen Kuss aufs Haar. »Weißt du was? Wenn Bastian und ich uns beeilen, dann können wir dir auch noch die Erde austauschen und die neuen Rosenbüsche auf den Wall setzen, bevor die Ergebnisse da sind.«

Anja strahlt. »Und ich räkle mich währenddessen im Liegestuhl in der Sonne und gebe Anweisungen?«

»Meinetwegen auch das«, gesteht Sven ihr großmütig zu.

»Und wer fragt mich«, schaltet sich Bastian ein.

»Typen, die zweimal die Woche vollkommen sinnentleert Bankdrücken im Fitnesstempel machen, haben zwar Muskeln aber kein Mitspracherecht bei wirklich wichtigen Entscheidungen«, erklärt Sven und schiebt sich noch ein Stück Bürgermeister in den Mund. »Da hilft auch so ein blöder Titel wie Dienststellenleiter nichts.«

Bastian grinst und wendet sich direkt an Anja: »Und wo, sagtest du, sind die Schaufeln?«

Sonntag, 19 Juni, 22.34 Uhr, Gartenweg, Tinnum

Das Reihenhaus unterscheidet sich in nichts von den anderen fünf, die auf dieser Straßenseite stehen. Graue Schindeln auf dem Dach, Sprossenfenster aus Thermopane, ein schmaler Carport vor dem Haus und eine Friesentür aus Vollplastik mit Messingklinke und Butzenscheibe.

Während Sven Winterberg und Bastian Kreuzer darauf warten, dass jemand im Hausinneren auf ihr Klingeln reagiert, deutet Sven auf das getöpferte Namensschild mit der strahlend blauen Stranddistel, das dem Eingang wahrscheinlich Individualität verleihen soll, aber eher peinlich wirkt.

»Birgit und Gerd Westermür«, liest er leise. »Wetten, dass die keine Kinder haben, sonst hätten die sicher ein eigenes Schild.«

»Vielleicht mit einer Windel drauf«, schlägt Bastian gerade grinsend vor, als sich die Tür mit einem Ruck öffnet.

Vor den Beamten steht eine korpulente Frau um die vierzig, deren Haar schlampig blondiert ist, so dass ein gut zwei Zentimeter breiter dunkler Streifen den Scheitel betont. Die Frau ist nicht geschminkt und trägt einen Jogginganzug.

»Ja?«, ist alles, was sie sagt. Ihre Stimme ist tief und volltönend und passt wenig zu der ungepflegten Aufmachung.

»Frau Westermür?«, erkundigt sich Bastian höflich.

Schweigend deutet die Frau auf das Klingelschild, als erübrige sich damit jede Antwort.

»Wir würden gern Ihren Mann sprechen.«

»Das würde ich auch gern.«

Bastian, der gerade in die Hosentasche greifen will, um seinen Dienstausweis zu zücken, hält in der Bewegung inne. »Heißt das, er wohnt nicht mehr hier?«

»Richtig. Das Schwein ist vorige Woche ausgezogen. Will sich scheiden lassen. Ich bin ihm wohl nicht mehr gut genug.«

In dem Blick, den Sven und Bastian wechseln, liegt Hoffnung. Und die können sie gut gebrauchen, schließlich ist diese Adresse die fünfte und letzte auf ihrer Liste. Alle anderen Anrufer haben die beiden Kommissare schon abgeklappert. Ein hochnervöser Fliesenleger, dessen Frau sich zwar immer wieder neugierig in den Vordergrund geschoben, ihm aber schließlich zu einem astreinen Alibi verholfen hat. Ein Steuerfahnder, der in der fraglichen Nacht mit vier Freunden ein privates Doppelkopfturnier veranstaltet hat, das erst im Morgengrauen zu Ende ging. Ein Optiker, der der Toten seit Jahren die Kontaktlinsen angepasst hat und gerade sein frisch geborenes Töchterchen in den Schlaf wiegte. Die Hausgeburt hatte in der Mordnacht unter tätiger Mithilfe des Vaters stattgefunden. Und schließlich eine drahtige Fünfzigjährige, die freimütig bekannte, sich vor einer Woche gegen Bares ein paar Tipps von der Professionellen geholt zu haben, um einen neuen Liebhaber zu beeindrucken. Nicht gerade eine Erfolgsbilanz.

Aber jetzt das. Eine verlassene Ehefrau.

Bastian hält Birgit Westermür seinen Ausweis unter die Nase.

»Kriminalpolizei Westerland. Wir ermitteln wegen der Toten vom Strand. Sie haben sicher von dem Mord gehört. Dürfen wir reinkommen?«

Obwohl er mit einer positiven Reaktion gerechnet hat, ist Bastian überrascht von der Begeisterung, mit der die Tür aufgerissen wird.

»Aber gern. Treten Sie näher, meine Herren. Ich hätte morgen Nachmittag ohnehin bei Ihnen auf der Matte gestanden.«

Im Wohnzimmer läuft der Fernseher. Auf dem Couchtisch stehen eine Zwei-Liter-Flasche Cola light, eine Großpackung Pralinen und ein geöffneter Laptop.

»Tut mir leid, dass wir Sie bei Ihrer Abendentspannung stören«, sagt Sven, bevor er auf dem angebotenen Sessel Platz nimmt. Kurz überlegt er, ob es zu Hause bei Anja jetzt auch so aussieht, doch die ausgesprochen fröhliche Antwort unterbricht seinen Gedankengang.

»Aber nicht doch. Ich unterhalte mich gern mit Ihnen. Ich würde Ihnen auch gern etwas zeigen.«

Keine Minute später starren beide Kommissare auf ein Bild der toten Rothaarigen, das Birgit Westermür auf ihrem Rechner gespeichert hat. Blasse Haut, schwarze Lackdessous und weit gespreizte Schenkel.

»Woher haben Sie das?« Bastian bemüht sich um einen möglichst sachlichen Tonfall.

»Von meinem Mann. Exmann, sollte ich vielleicht schon mal sagen.«

»Geht's etwas genauer?«

»Ich hab's heimlich von seinem Computer kopiert.«

»Wann?«

»Vor einem halben Jahr?« Birgit Westermür überlegt kurz. »Kann auch etwas länger her sein.«

»Sie wissen, wer das ist?« Sven deutet auf den Bildschirm.

»Seit vorgestern Abend. Hab die Nutte auf dem Tagesschau-Foto gleich erkannt.«

Bastian, der sich noch nicht gesetzt hat, sondern hinter Svens Sessel steht und von oben auf den Rechner heruntersieht, erkundigt sich mit scharfer Stimme: »Und da wollten Sie morgen mal bei uns vorbeischauen, ja? Volle drei Tage nach unserem Suchaufruf.«

»Moment mal«, fährt ihn Birgit Westermür an. »Sie wollten wissen, wer die Nutte ist. Das kann ich Ihnen aber nicht sagen. Ich kann Ihnen nur sagen, dass mein Mann sich offenbar an diesem Foto von ihr aufgegeilt hat.«

»Weiß Ihr Mann davon, dass Sie diese Bilder gefunden haben?« Sven deutet auf den Laptop.

»Ob ich ihn zur Rede gestellt habe, wollen Sie wissen?«

Sven nickt.

»Erst gestern. Vorher dachte ich noch, ich könnte durch Schweigen meine Ehe retten. Aber gestern war Gerd hier, um mir vorzuschlagen, dass wir doch im Guten auseinandergehen sollten.« Sie lacht hämisch. »Dabei wollte er bloß seinen Arsch retten.«

»Vor Ihnen oder vor der Polizei?«, erkundigt Bastian sich mit neutraler Miene.

Birgit Westermür setzt die Colaflasche direkt an die Lippen und nimmt einen großen Schluck. Den Beamten bietet sie nichts an.

»Keine Ahnung. Ist er verdächtig?«

»Trauen Sie ihm den Mord denn zu?«

»Dem Schwein traue ich mittlerweile alles zu.« Knallend wird die Colaflasche wieder auf den Tisch gestellt. »Am besten, Sie fragen ihn selbst. Er wohnt jetzt bei einem Kumpel in Hörnum.« Sie grinst abfällig. »Für jemanden, der in List arbeitet, ist das keine ideale Lösung.«

»Und was macht Ihr Mann beruflich?«

»Sie werden's vielleicht nicht glauben, aber er ist Computerspezialist. Im Internet zu Hause sozusagen. Er hat in List einen kleinen Laden, in dem er Rechner repariert, aber auch bei Softwareproblemen hilft.«

»Kann man auf Sylt davon leben?«, erkundigt sich Sven spontan.

»Soll das ein Nordfriesenwitz sein?«, gibt Birgit Westermür humorlos zurück. »Hier gibt's genauso viele Computertrottel wie anderswo.«

»Entschuldigung, Sie haben sicher recht. War eine blöde Frage. Wissen Sie zufällig, was Ihr Mann am Donnerstagabend getan hat?«

Die Antwort kommt wie aus der Pistole geschossen: »Zufällig nicht. Aber die Adresse von dem Kumpel meines Mannes gebe ich Ihnen gern. Hier liegt sogar noch der Zettel, auf dem er sie notiert hat.«

Bastian streckt die Hand aus und pflückt den Zettel vom Couchtisch.

»Danke. Und Sie selbst? Was haben Sie an dem Abend gemacht?«, erkundigt er sich anschließend im Plauderton.

Birgit Westermür wird blass. Dann wird sie rot. Und als

die Röte abklingt, beginnt sie trotz ihrer wohltönenden Altstimme zu keifen: »Sind Sie wahnsinnig? Sie wagen es, mich nach einem Alibi zu fragen? Mich, ausgerechnet mich? Raus hier, aber schnell, bevor …«

»Bevor was?«, fragt Bastian höflich. »Bevor Sie die Polizei holen? Da muss ich Sie enttäuschen. Mehr Beamte als uns beide werden Sie heute Abend kaum zu Gesicht bekommen.«

Wieder greift die Westermür zu der Colaflasche. Diesmal trinkt sie lange und ausgiebig. Die Kommissare können sehen, wie sie nachdenkt. Als Birgit Westermür die Flasche absetzt, hat sie offenbar einen Entschluss gefasst.

»Ich war bei meiner Mutter. Im Altenheim«, erklärt sie mit trotziger Stimme.

»Wenn Sie uns die Adresse geben, würden wir das gern überprüfen«, sagt Sven höflich.

»Das können Sie sich sparen.«

»Warum?«

»Meine Mutter ist dement. Die hält selbst ihre eigenen Hände für Abgesandte einer feindlichen Truppe.«

»Und dann sitzen Sie eine ganze Nacht lang an ihrem Bett? Das nenne ich wahre Tochterliebe«, spottet Bastian.

»Raus«, zischt Birgit Westermür. »Verlassen Sie sofort mein Haus, oder ich vergesse mich.«

Sonntag, 19. Juni, 23.02 Uhr, Strandstraße, Hörnum

Nach einer langen Fahrt, die Sven Winterberg und Bastian Kreuzer bis ganz nach unten an die südliche Inselspitze führt, parken sie den Wagen vor einer Reihe von zweigeschossigen Mietshäusern. Die meisten Fenster sind bereits dunkel, aber im Dachgeschoss brennt noch Licht. Jan Maier steht auf dem Klingelschild. Der schmächtige Mann, der den beiden Kommissaren die Tür öffnet, schaut verwirrt, als sie ihr Anliegen vortragen.

»Gerd? Ja, der ist hier. Aber was soll der mit dieser Toten zu tun haben?«

»Das würden wir ihn gern selbst fragen«, gibt Bastian knapp zurück und betritt die karg möblierte Diele der Dachgeschosswohnung. Sofort fällt ihm auf, dass alles extrem sauber und aufgeräumt ist. Aus der offenen Schlafzimmertür duftet es nach frischer Wäsche und Lavendel. Im Wohnraum steht eine Eckcouch aus braunem Leder, davor ein Glastisch mit Fotobänden von Man Ray. Gerd Westermür sitzt in entspannter Haltung auf dem Sofa und dreht ein Rotweinglas in der Hand. Auch er schaut überrascht, vor allem, als die Kommissare erklären, wo sie herkommen.

»Ich habe Birgit zwar die Adresse von Jan gegeben, aber doch nicht, damit sie mir die Polizei auf den Hals hetzt.«

»Sie hat Fotos der Ermordeten auf Ihrem Rechner gefunden. Kompromittierende Fotos, um genau zu sein.«

»Die Tote hat als Prostituierte gearbeitet, oder?«, erkundigt sich Jan Maier, der von der Diele aus das Gespräch verfolgt.

Bastian dreht sich zu ihm um. Eigentlich will er ihn bitten, sie mit Gerd Westermür allein zu lassen, doch irgendetwas an der Miene des anderen hält ihn davon ab. Jan Maier sieht fast ein wenig belustigt aus, obwohl dazu weiß Gott kein Anlass besteht.

»Ganz genau«, antwortet Bastian Kreuzer und fügt leise hinzu: »Warum irritiert Sie das?«

Jan Maier grinst nur und zuckt die Schultern, aber Gerd Westermür räuspert sich, stellt sein Weinglas sorgsam auf dem Tisch ab und erklärt: »Jan und ich sind ein Paar. Seit Jahren schon treffen wir uns heimlich, aber damit wird jetzt Schluss sein. Wir wollen uns nicht mehr verstecken.«

»Und vorher haben Sie es noch einmal gründlich mit heterosexuellem Verkehr versucht, oder wie darf ich mir die Pornofotos auf Ihrem Rechner erklären?«, will Bastian jetzt wissen.

Sven, der bisher geschwiegen hat, setzt hinzu: »Ihre Frau hat ausgesagt, die Bilder vor etwa einem halben Jahr entdeckt zu haben.«

Gerd Westermür schüttelt den Kopf und lehnt sich weit in das braune Lederpolster zurück. »Hat Birgit auch meine Abrechnungen aus dieser Zeit kontrolliert? Wahrscheinlich nicht. Sonst wäre ihr nämlich aufgefallen, dass nicht ich Frau Polenz bezahlt habe, sondern sie mich. Und zwar für die Erstellung einer Website. Dafür hat sie mir auch die Fotos überlassen. Ich habe einen Entwurf designt und ihr vorgelegt. Sie war aber nicht zufrieden. Das ging gar nicht gegen mich, sondern sie hat plötzlich an dem ganzen Website-Projekt gezweifelt. Wir haben also den Entwurf auf Eis gelegt, bis sie sich entscheidet. Soweit ich weiß, hat sie bis heute keine eigene Website. Und jetzt braucht sie ja auch keine mehr.«

Mit einem ebenso freundlichen wie distanzierten Lächeln auf den Lippen sieht Gerd Westermür zu, wie die beiden Kommissare die neue Information verarbeiten. Sven Winterberg mustert verlegen die Cover der Bildbände auf dem Glastisch. Muskulöse junge Männer, die wenig oder gar nichts am Körper tragen. Bastian blickt von Westermür zu

Maier und wieder zurück. Seine Frage klingt wie eine Feststellung.

»Ich nehme an, Ihre Frau weiß nichts von Ihrer Homosexualität.«

»Bisher noch nicht. Aber auf Dauer werde ich ihr den Schock wohl nicht ersparen können.«

»Vielleicht traut sie Ihnen ja mehr zu, als Sie annehmen. Den Besuch bei einer Prostituierten hat sie Ihnen auch zugetraut.«

»Und offenbar auch einen Mord, sonst wären Sie beide jetzt nicht hier.«

Bastian überhört den Vorwurf in Westermürs Stimme und fragt lediglich: »Was haben Sie in der Nacht von Donnerstag auf Freitag gemacht?«

Er erwartet, dass Jan Maier seinem Freund ein Alibi geben wird und denkt schon darüber nach, wie Sven und er die beiden möglichst sofort trennen und unabhängig voneinander vernehmen können, um zu verhindern, dass sie sich absprechen – soweit dies nicht längst geschehen sein sollte. Doch die Antwort Westermürs macht alle weiteren Überlegungen überflüssig.

»Wir waren in Berlin auf dem Christopher Street Day. In den letzten Jahren waren wir auch dort, aber immer heimlich. Ich habe meiner Frau dann jedes Mal etwas von einer Informatikfortbildung vorgelogen, aber nun war das nicht mehr nötig. Ich hatte sie wenige Tage vorher um die Trennung gebeten und bin dann auch gleich ausgezogen. Und für unseren Berlin-Aufenthalt gibt es übrigens jede Menge Zeugen.«

Bastian nickt und schließt die Augen. Während er innerlich den einzig verbliebenen Verdächtigen von seiner Liste streicht, kommt ihm eine neue Idee.

»Wie stark schätzen Sie eigentlich die Eifersucht ihrer Frau ein?«

Geerd Westermür lacht ungläubig. »Sie meinen doch mit Ihrer Frage, ob ich Birgit für fähig halte, einen Mord zu begehen? Vergessen Sie's. Natürlich ist Birgit stocksauer auf mich, schließlich habe ich ihr Bild von unserer gemeinsamen Zukunft zerschossen. Und wenn sie seit einem halben Jahr mit dem Verdacht rumläuft, ich würde heimlich zu Nutten gehen, dann tut mir das leid für sie. Aber im Grunde zeigt es doch nur, dass auch sie schon länger weiß, dass etwas mit uns beiden nicht stimmt. Wenn sie mich gleich darauf angesprochen hätte, dann hätte ihr das vielleicht einigen Kummer erspart. Aber nur weil ich sie enttäuscht habe, wird sie doch nicht zur Mörderin. Ich bitte Sie, da müssen Sie schon woanders nach Ihrem Täter suchen.«

Montag, 20. Juni, 08.13 Uhr, Kriminalkommissariat Westerland

»Mist, verdammter!«

Resigniert blickt Bastian Kreuzer auf den Kaffeestaub, der sich großzügig über Regal und Fußboden des Dienstzimmers verteilt hat. Die letzte Nacht war kurz, und seit dem Aufstehen ist der Hauptkommissar schon fahrig und nervös. Die Zahnpasta rutschte im heimischen Badezimmer von der Bürste ins Waschbecken, das Marmeladenglas ging in der winzigen Küche erst zu Boden und dann zu Bruch und jetzt ist ihm auch noch der Kaffeelöffel aus der Hand gefallen. Und das Schlimmste von allem ist, dass ganz bestimmt nicht der vertrackte Mordfall schuld an Bastians

Unkonzentriertheit ist. Zum Glück ist Sven noch nicht da, denn dessen bissige Kommentare kann sich Bastian zur Not auch selbst denken. *Cherchez la femme* wäre sicher das Mindeste, was er zu erwarten hätte. Wobei Sven natürlich nur Bastians ganz persönliche Femme fatale im Sinn hätte.

Und tatsächlich ist der Hauptkommissar mehr als gespannt darauf, wie sich die Zusammenarbeit mit Silja in dem aktuellen Fall gestalten wird. Es ist schließlich die erste große Sache, an der sie nach Siljas Rückkehr aus der Rekonvaleszenz dran sind.

Bevor Bastian sich bückt, um die Schweinerei am Boden mit feuchten Küchentüchern aufzuwischen, sieht er auf die Uhr. Acht vorbei. Eigentlich müsste Sven längst hier sein. Und Silja auch.

Natürlich kommt sie genau in dem Moment, als Bastian auf allen vieren über den Fußboden kriecht.

»Herrje, was ist denn hier passiert?«

Auch ohne hinzusehen kann Bastian hören, dass sie sich das Lachen verkneift.

»Wonach sieht's denn aus«, antwortet er mürrisch und wischt die letzten Krümel aus einer Ecke.

»Großputz? Beseitigung von hochwichtigen Spuren? Frühmorgendliche Körperertüchtigung?«, schlägt Silja vor.

»Scheinst ja ein amüsantes Wochenende gehabt zu haben, wenn du früh am Morgen schon so schlagfertig bist.«

Ächzend richtet sich Bastian auf. Er hat es in der letzten Woche ziemlich mit dem Krafttraining übertrieben und immer noch ziemlichen Muskelkater.

»Danke der Nachfrage. Meine Kommilitonin ist recht unterhaltsam, aber das Beste an ihr ist, dass sie nicht ständig über Polizeiarbeit redet.«

»Na dann bist du hier falsch. Die Tote von Donnerstagnacht ist dir wahrscheinlich nicht entgangen?«, fragt Bastian, während er den Filter mit Kaffee und die Kanne mit Wasser füllt.

»Sie saß frühmorgens nackt im Strandkorb, hab's in der Zeitung gelesen. Und übrigens euch beide im Einsatz vorher schon von der Kurpromenade aus beobachtet. Machst du mir eine Tasse mit?«

»Alles, was du willst«, rutscht es Bastian heraus und ängstlich prüft er Siljas Reaktion. In den letzten Wochen und Monaten ist sie immer sehr kühl und zurückhaltend ihm gegenüber gewesen. Aber heute blitzt der Schalk in ihren Augen, und sie hebt lediglich erstaunt die Brauen, nachdem sie sich suchend umgesehen hat.

»Kommt Sven nicht?«

»Doch, der müsste eigentlich längst hier sein. Keine Ahnung, wo er bleibt.«

»Kannst du mir kurz erzählen, wie weit ihr mit den Ermittlungen schon seid?«

Bastian seufzt. »Wir wissen noch nicht viel. Gestern waren wir den ganzen Nachmittag und die halbe Nacht bei allen möglichen Verdächtigen. Aber so viele so gute Alibis habe ich schon lange nicht mehr auf einem Haufen gesehen. Wir müssen noch einmal mit einer enttäuschten Ehefrau reden, aber im Grunde genommen traut ihr niemand den Mord zu. Allerdings gibt es eine andere merkwürdige Sache. Zur gleichen Zeit, in der die Frau am Strand ermordet wurde, verschwand hier in Westerland eine zweite Rothaarige, die ihr zumindest auf den ersten Blick recht ähnlich sieht.«

»Eine Verwechslung?«

»Wie meinst du das?«

»Na ja, vielleicht hat der Mörder die Falsche umgebracht, es zu spät bemerkt und sich dann die Richtige gegriffen.«

»Darüber haben wir noch gar nicht nachgedacht. Aber eigentlich glaube ich das kaum. Die Tote arbeitete als Prostituierte, die Vermisste ist eine biedere Sylterin.«

»So bieder wird sie nicht sein, wenn sie mir nichts, dir nichts verschwindet. Oder gibt es eine Lösegeldforderung?«

Bastian schüttelt den Kopf und gießt zwei Kaffeebecher voll. »Wir reden hier von der Ehefrau eines mittelständischen Unternehmers, da ist gar nicht genug Geld da. Außerdem gibt es eine Zeugin, die die Vermisste beim Verlassen ihres Hauses beobachtet hat. Sie ist freiwillig gegangen und hat sogar einen Koffer dabeigehabt.«

»Wann war das?«

»Donnerstagabend. Noch vor Mitternacht.«

Nachdenklich nippt Silja an ihrem Kaffee. »Weißt du, wie der Koffer aussah?«

»Nein. Warum willst du das wissen?«

Silja holt tief Luft. Soll sie Bastian von dem merkwürdigen Fund am Bahnhof erzählen? Oder wird er ihr dann gleich wieder unterstellen, sie sähe Gespenster? Nach einem weiteren Schluck Kaffee entscheidet sie sich für die diplomatische Variante.

»War nur eine Routinefrage. Wer ist denn diese Zeugin?«

»Die Schwägerin der Verschwundenen. Wohnt im selben Haus wie das Paar. Sie hat auch ausgesagt, dass die Verschwundene allein und freiwillig das Haus verlassen habe, und zwar fast direkt nachdem ihr Göttergatte sich am Abend für eine Nacht nach Flensburg verabschiedet hat.«

»Um was zu tun?«

»Nicht, was du denkst. Seine Firma sitzt in Flensburg.«

»Und die beiden hatten keinen Streit?«

»Er behauptet nein. Und ich denke, wir sollten es dabei belassen. Zumal wir im Fall der Toten vom Strand einen wichtigen Hinweis bekommen haben. Rate mal, von wem.« Bastian sieht aus, als habe er gerade ein besonders großes Geschenk unter Siljas Weihnachtsbaum gelegt.

»Nicht Fred Hübner«, stöhnt die Kommissarin.

»Doch, genau der. Er hat uns den Namen verraten, unter dem die Tote als Callgirl gearbeitet hat. ›Die rote Lola‹ hat sie sich in ihren Annoncen genannt. Wir haben den Handyanschluss überprüft und kennen jetzt ihren bürgerlichen Namen: Sibylla Polenz.«

»Polenz wie Potenz?« Silja lacht. »Nee, Bastian, darauf falle ich nicht rein, das hast du dir gerade ausgedacht.«

Der Hauptkommissar hebt in einer pathetischen Geste die Schwurhand. »Heiliges Bullenehrenwort. Sie heißt wirklich so.«

»Die Arme. Kein Wunder, dass sie sich fürs horizontale Gewerbe entschieden hat. Wahrscheinlich ist sie schon als Kind gehänselt worden.«

Bastian meint, sich verhört zu haben. Ausgerechnet die politisch korrekte Silja kommt ihm mit einem derart frauenfeindlichen Spruch. Aber er verkneift sich den zynischen Kommentar. Er ist viel zu erleichtert darüber, dass sich zwischen ihm und Silja endlich so etwas wie ein normaler Tonfall eingestellt hat, um die lang ersehnte Entspannung durch eine unbedachte Bemerkung aufs Spiel zu setzen.

»Noch mal zu der Ähnlichkeit«, sagt Bastian stattdessen. »Das ist doch ein vollkommen irrer Zufall, oder glaubst du, es steckt irgendein System dahinter, das wir nur noch nicht durchschaut haben?«

»Hast du Fotos?«, fragt Silja sachlich.

Bastian nickt und legt das Hochzeitsfoto und das Bild der ermordeten Prostituierten nebeneinander auf Siljas Schreibtisch.

Die Kommissarin studiert die Bilder gründlich.

»Und die Haarfarbe ist bei beiden Frauen echt?«, will sie dann wissen.

»Die Haare der Professionellen sind gefärbt. Eigentlich ist sie mittelblond.«

»Dann lässt sich die Ähnlichkeit ja auf Alter, Körperbau und eben diese auffällige Haarfarbe reduzieren. Und warum eine Prostituierte sich die Haare rot färbt, können wir uns ja denken.«

»Rothaarige gelten als scharfe Nummer. Meinst du das?«

»Ich hätte es anders ausgedrückt«, antwortet Silja mit einem winzigen Lächeln. Doch Sekunden später ist sie wieder ernst. »Wart ihr schon in der Wohnung der Toten?«

»Wir haben noch auf die Spurensicherung vom Festland gewartet. Außerdem wollten wir mit dir zusammen hin. Dachten, dass es ganz gut wäre, wenn sich eine Frau da mal umsieht. Aber da Sven ja irgendwie nicht aufzutauchen scheint, können wir eigentlich auch zu zweit fahren. Was meinst du?«

Bastian hält den Atem an. Bisher hat sich Silja erfolgreich um alle Zweiereinsätze mit ihm gedrückt, aber jetzt nickt sie nur knapp, als sei nie etwas zwischen ihnen gewesen. Und während sie gemeinsam das Büro verlassen, fragt sich Bastian insgeheim, ob das eigentlich ein gutes oder eher ein ziemlich schlechtes Zeichen ist.

Montag, 20. Juni, 08.19 Uhr, Zwischen den Hedigen, Alt Westerland

Sven Winterberg flucht leise, als er den Stau am Ende der Zufahrtsstraße zum Westerländer Zentrum sieht. Ein Lastwagen steht quer, und Blaulicht ist auch schon genügend vorhanden. Schnell biegt Sven nach links in eine der kleinen Anwohnerstraßen ab. Er ist ohnehin schon spät dran und will jetzt nicht noch mehr Zeit verlieren. Und eigentlich ist es auch ganz schön, durch die frühmorgendlich ruhige Straße zu fahren. Mütter bringen ihre Lütten in den Kindergarten oder machen mit Buggy und Hund die erste Runde. Ein paar Jogger kreuzen Svens Weg, und sogar zwei trödelnde Schuljungen begegnen ihm, obwohl die erste Stunde längst begonnen hat.

Sven mag den alten Teil der sonst so umtriebigen Inselmetropole gern. Einige seiner Schulfreunde wohnen immer noch hier in den Häusern ihrer Eltern, die Sven von manchen Wochenendpartys ihrer Pubertätszeit kennt. Viele andere Häuser allerdings sind verkauft worden und nun in den Händen von findigen Immobilienhaien. Auch Touristen schätzen die Vorzüge einer zentralen Lage verbunden mit einem – noch – intakten sozialen Umfeld.

Als Sven an dem Backsteinhaus Hubert Mönchingers vorbeifährt, wirft er einen neugierigen Blick zum Eingang. Ob die reiselustige Ehefrau wohl wieder aufgetaucht ist? Sven erwägt kurz, anzuhalten und sich zu erkundigen, aber dann geschieht etwas Merkwürdiges.

Die Vordertür wird aufgerissen, und ein ziemlich wütend

aussehender Hausherr stürmt durch den Vorgarten zur Garage, neben der zwei Mülltonnen stehen. Unter seinem Arm klemmt ein grauer Aktenordner, den er jetzt im Müll versenkt. Danach fährt sich Hubert Mönchinger mit beiden Händen übers Gesicht, als wolle er sich von irgendetwas reinwaschen und geht deutlich langsamer zurück zum Haus.

Vorsichtig rollt Sven an den Straßenrand und stellt seinen Motor aus. Er kann die Vorgänge auf dem Mönchinger-Grundstück jetzt bequem im Rückspiegel verfolgen, ohne selbst allzu viel Aufmerksamkeit zu erregen.

Und tatsächlich gibt es noch mehr zu beobachten. Denn kaum hat sich die Tür hinter dem Besitzer des Hauses geschlossen, wird sie wieder aufgestoßen und furiengleich jagt Hubert Mönchingers Schwester zu den Mülltonnen. Sie lüftet den Deckel der Altpapiertonne und beugt sich weit hinein. Sekunden später hat Christa Mönchinger den Leitzordner wieder aus dem Papiermüll gefischt. Kurz darauf ist der Bruder schon wieder an ihrer Seite und entreißt ihr den Ordner. Es sieht aus, als wolle er ihn zurück in die Tonne werfen, aber seine Schwester redet gestenreich und energisch auf ihn ein. Mönchinger nickt schließlich, lässt den Mülldeckel knallend zufallen und klemmt sich die Kladde unter den Arm. Sven erwartet, dass nun beide ins Haus zurückkehren werden, aber so ist es nicht.

Während Christa Mönchinger tatsächlich wieder hineingeht, schließt ihr Bruder die Garage auf und steigt in sein Auto, einen silbergrauen BMW kleinerer Bauart. Als Hubert Mönchinger seinen Wagen rückwärts aus seiner Garage chauffiert und auf der Straße direkt an Sven vorbeifährt, kann der Kommissar sehen, dass der Ordner auf dem Beifahrersitz liegt. Die Schwester ist zwar längst wieder im Haus verschwunden, allerdings scheint es Sven so, als bewege sich eine Silhouette hinter dem Küchenfenster, das zur Straße herausgeht.

Was beobachtet Christa Mönchinger? Ist es ihr recht, dass der Bruder mit dem Ordner davonfährt? Oder hätte sie die Akten lieber an sich genommen, und er hat es im letzten Moment vereitelt? Und hat der Inhalt dieses Ordners überhaupt etwas mit der verschwundenen Ehefrau zu tun? Oder geht es um etwas ganz anderes, vielleicht Geschäftliches?

Sven muss sich in Sekundenbruchteilen entscheiden, welche Spur er jetzt verfolgen soll. Er könnte den Geschäftsmann mit dem Wagen observieren und vielleicht herausfinden, wohin er den Ordner bringt. Sven könnte ihn aber auch davonfahren lassen und unter einem Vorwand ein Gespräch mit dessen Schwester führen. So aufgeregt, wie sie wirkt, sind ihr vielleicht doch noch Einzelheiten über die Nacht, in der ihre Schwägerin verschwunden ist, zu entlocken. Nur, was soll das nutzen? Die Kriminalpolizei ermittelt in einem Mordfall und sucht nicht nach einer entlaufenen Ehefrau. Oder hängen beide Vorkommnisse doch zusammen? Schließlich ist Christa Mönchinger bisher die einzige Zeugin, die behauptet, Marga Mönchinger habe das Haus freiwillig verlassen.

Was wäre, wenn es sich ganz anders zugetragen hätte?

Oder steckt sie vielleicht sogar selbst hinter dem Verschwinden ihrer Schwägerin?

Montag, 20. Juni, 08.30 Uhr, Wohnung Sibylla Polenz, Westerland

Als Bastian und Silja vor dem dreistöckigen Sechziger-Jahre-Mietshaus am Rande von Westerland aus dem Dienstwagen steigen, werden sie misstrauisch von einer Rentnerin mit Dackel beobachtet. Die Frau ist klein, ziemlich korpulent und trägt trotz der sommerlichen Temperaturen dicke Stützstrumpfhosen unter ihrem ausgebeulten Rock.

»Wohnen Sie hier?«, fragt Bastian lächelnd.

Aber sein Charme nützt nichts.

»Wüsste nicht, was Sie das angeht«, faucht die Alte und dreht sich weg.

Bastian zückt seinen Dienstausweis, stellt erst sich, dann Silja vor und wiederholt die Frage. Diesmal ohne zu lächeln.

»Sie kommen wegen der Polenz, hab ich recht?«

Eingeschüchtert wirkt die Frau nicht. Nur ihr Dackel kneift den Schwanz ein.

»Wissen Sie, was mit ihr ist?«, erkundigt sich Bastian streng.

»Machen Sie Witze? Die ist doch tot.«

»Moment mal«, mischt sich Silja ins Gespräch. »Wir haben überall nach Zeugen gesucht. Und Sie hätten die Identität der Toten aufdecken können und haben sich nicht bei uns gemeldet?«

Jetzt bekommt die Alte doch Angst. Sie beginnt zu stottern, fasst sich aber relativ schnell wieder.

»Man will ja keinen Ärger haben. Und eigentlich war die Polenz auch gar nicht zu erkennen. Wenn sie ihre Wohnung verlassen hat, hat sie immer eine dunkle Perücke getragen. Mit so Fransen an den Seiten, wie es jetzt modern ist.«

»Und warum haben Sie sie dann in der Tagesschau oder in der Zeitung doch erkannt?«, insistiert Silja.

»Mein Balkon ist direkt neben ihrem, unsere Wohnungen sind die einzigen auf der Etage. Und manchmal, bevor die Polenz ihre Männer empfangen hat, ist sie zum Rauchen rausgekommen. Mit Negligé und diesen roten Haaren. Ehrlich gesagt, habe ich bisher immer gedacht, das ist die Perücke und die schwarzen Haare sind echt. Tja, so kann man sich täuschen.«

»Was können Sie uns über die Männerbesuche sagen?«, fasst Bastian nach.

Die Alte zuckt die Schultern. »Die Polenz war ein Flittchen, das hat jeder hier im Haus gesehen. Ständig andere Kerle in der Wohnung, das ist doch nicht normal. Aber keiner wusste, ob sie auch Geld dafür genommen hat.« Die Rentnerin macht eine Kunstpause und sieht sich spitzbübisch um, als fürchte sie, bei einem Geheimnisverrat entdeckt zu werden. Als sie das Gefühl hat, dass die Luft rein ist, redet sie weiter, allerdings mit deutlich leiserer Stimme. »Nur ich hab's gewusst. Hab nämlich letztens mal die Anzeigen im Blättchen gelesen und einfach die Nummer gewählt. *Die rote Lola*, stand da und ich dachte, das könnte doch passen.«

»Und? Hat es gepasst?«

»Und wie. Hab die Stimme auf den Anrufbeantworter sofort erkannt. Sie hatte so einen Singsang im Tonfall, kam wahrscheinlich aus Russland oder Polen oder wo die immer herkommen.«

Bastian verdreht die Augen. »Frau … wie war noch gleich

Ihr Name? … wenn Sie bitte sachlich bleiben würden, wäre das für alle Seiten ungemein hilfreich.«

Die Alte lässt sich nicht einschüchtern. »Schmarje. Marie Schmarje. Ich hab nix zu verbergen. Wenn das mal auch für die Polenz galt! Ich wär da nicht so sicher.«

»Immer schön der Reihe nach, Frau Schmarje. Wir waren bei der Stimme von Frau Polenz. Die haben Sie also auf dem Anrufbeantworter erkannt. Haben Sie mit irgendjemandem aus dem Haus darüber gesprochen?«

»Nee, das war mir dann doch zu peinlich.«

»Was genau war Ihnen peinlich?«

»Na, den Anruf zu gestehen. Dann hätte ich ja auch zugeben müssen, dass ich diese Schmuddelanzeigen gelesen habe.«

»Wann etwa haben Sie die Annonce entdeckt?«

»So vor drei Wochen vielleicht.«

»Und dann haben Sie auch gleich angerufen?«

Marie Schmarje nickt. »Hab in den Tagen danach natürlich schon ein bisschen gespitzt und manchmal auch die Kerle von Nahem gesehen.« Nach kurzem Zögern setzt sie hinzu: »Die wirkten eigentlich immer alle ganz anständig.«

»Was meinen Sie damit genau?«, erkundigt sich Silja.

»Na ja, sauber und gut gekleidet. Hatten auch Manieren, grüßten freundlich und so. Einmal bin ich nämlich einem im Treppenhaus begegnet.«

»Zufällig natürlich«, wirft Bastian ein, aber Marie Schmarje ist nicht anfällig für Ironie.

»Ja, völlig zufällig. Ich musste noch mal zum Müll, und er kam gerade die Treppe rauf.«

»Wann war das?«

»Vor drei, vier Tagen vielleicht. Kann auch schon eine Woche her sein. Länger bestimmt nicht.«

»Also kurz vor ihrem Tod«, überlegt Silja und erkundigt sich hoffnungsvoll: »Würden Sie den Herrn erkennen?«

»Nee, das nun doch nicht. War so einer mit Anzug und Krawatte. Die sehen doch alle gleich aus.«

»Im Gesicht eigentlich nicht«, murmelt Bastian und fixiert die Zeugin unter zusammengezogenen Brauen. »Frau Schmarje, es ist extrem wichtig, dass Sie sich erinnern: Dieser Herr, den Sie beobachtet haben. War das vielleicht in der Nacht vom vergangenen Donnerstag auf den Freitag?«

»Da ist sie umgebracht worden, ich weiß.« Marie Schmarje zieht die Nase kraus und lässt den Blick nachdenklich über die Fassade des Mietshauses schweifen. Als endlich ihre Antwort kommt, klingt sie entschieden. »Nee, ganz bestimmt nicht, das muss länger her sein. Wenn ich kurz danach vom Tod der Polenz erfahren hätte, das wär mir doch aufgefallen.«

»Wahrscheinlich schon.«

Bastian kann die Enttäuschung in seiner Stimme kaum verbergen. Das hier scheint wieder mal ein Fall zu werden, in dem nichts zusammenpasst. Dabei würde er so gern einen schnellen Ermittlungserfolg vorweisen können, und sei es auch nur, um Silja zu beeindrucken.

»Also Frau Schmarje, wir machen es so. Ich gebe Ihnen meine Karte und wenn Ihnen noch irgendetwas Wichtiges einfällt, dann melden Sie sich bei uns. Sollten wir noch Fragen haben, wissen wir ja, wo wir Sie finden können.«

Marie Schmarje nickt. »Bin immer zu Hause. Verreisen ist für mein Alter zu anstrengend, und mit den dicken Beinen erst recht. Bin schon froh, wenn ich mit Paulchen Gassi gehen kann.«

Der Dackel jault leise, als er seinen Namen hört, und

beginnt heftig mit dem Schwanz zu wedeln und an seiner Leine zu zerren. Schon schickt sich Marie Schmarje an, ihm nachzugeben, als Bastian sie doch noch am Arm festhält.

»Eines wüssten wir aber noch gern: Hat irgendjemand einen Schlüssel von der Wohnung?«

Die Rentnerin bläst die Backen auf. »Bestimmt nicht. Oder würden Sie jemandem einen Wohnungsschlüssel geben, wenn Sie regelmäßig Herrenbesuch empfangen? Nee, so blöd war die nicht, da können Sie Gift drauf nehmen.«

Montag, 20. Juni, 08.32 Uhr, Zwischen den Hedigen, Alt-Westerland

Christa Mönchinger ist nervös. Ihre Hände fliegen, die Augenlider zucken, der Blick irrt durch das Wohnzimmer, klebt an Regalen voller Videofilme und Bildbänden, huscht über den sehr hochflorigen hellen Teppich und versteckt sich in den Ecken der cremeweißen Polstergarnitur hinter buntgemusterten Kissen. Die Teetasse auf dem Couchtisch hat sie noch gar nicht angerührt, wahrscheinlich würde sie den Inhalt nur verschütten.

»Das Verschwinden Ihrer Schwägerin scheint Ihnen sehr nahezugehen«, erklärt Sven Winterberg diplomatisch, denn nichts will er weniger, als seine Gesprächspartnerin zusätzlich zu verschrecken. Über ihre Antwort ist er trotzdem erstaunt.

»Ich will ehrlich zu Ihnen sein, Herr Kommissar. Ich

mochte Marga nicht besonders. Sie hat sich hier ins gemachte Nest gesetzt, sich von meinem Bruder auf Händen tragen lassen, aber sonst wenig zum Familienleben beigetragen.«

»Was hätte sie denn beitragen können, Ihrer Meinung nach?«

»Kinder«, ist die spontane Antwort.

Sven schluckt. Er muss daran denken, dass auch er und Anja späte Eltern sind, beide immerhin jetzt schon über 40 Jahre alt und ihre Lütte ist erst neun. Verheiratet sind sie schon erheblich länger, schließlich kennen Anja und er sich noch aus der Schule, wie das eben auf Sylt so ist. Aber über lange Jahre wollte sich einfach kein Nachwuchs einstellen und erst, als sie schon fast jede Hoffnung aufgegeben hatten, wurde Anja ganz überraschend doch noch schwanger.

»Nicht immer klappt es mit dem Nachwuchs so, wie man es sich vielleicht wünscht«, gibt Sven zu bedenken.

»Das war nicht der Punkt. Marga hat ganz konsequent die Pille genommen, obwohl Hubert damit gar nicht einverstanden war.«

»Frau Mönchinger, warum reden Sie von ihrer Schwägerin in der Vergangenheitsform? Sie wissen doch selbst am besten, dass sie freiwillig das Haus verlassen hat. Oder gibt es Anhaltspunkte dafür, dass sie bedroht wurde und vielleicht in Gefahr schwebt?«

»Davon weiß ich nichts.« Christa Mönchingers Stimme klingt unwirsch. »Und es ist mir auch egal. Marga ist gegangen, sie hat meinen Bruder verlassen und sich heimlich davongestohlen wie eine Verbrecherin. Damit ist sie für mich gestorben. Das müssen Sie doch verstehen.«

»Aber Sie sind auch froh darüber, dass Sie den Bruder wieder ganz für sich haben, oder?«

»Das wird sich noch herausstellen. Vielleicht sucht er sich ja ein neues Betthäschen. Weiß man's? Er pflegt mich bei so etwas nicht um Rat zu fragen.«

Jetzt greift Christa Mönchinger doch nach ihrem Tee. Klappernd tanzt der Löffel auf dem Porzellan, als sie die Untertasse anhebt.

»Wissen Sie zufällig, wo Ihr Bruder jetzt ist?«

Christa Mönchinger zuckt die Schultern. »Da hätten Sie ihn schon selbst fragen müssen. Er ist vorhin gerade raus, Sie haben ihn knapp verpasst.«

»Er hat Ihnen nicht gesagt, wo er hinwollte?«

»Ich bitte Sie, er ist ein erwachsener Mann. Außerdem ist er sauer auf mich. Er meint, ich hätte Marga aufhalten sollen.«

»Haben Sie das erwogen?«

Christa Mönchinger reibt sich fahrig die Hände. Ihr Gesicht spiegelt Unschlüssigkeit, aber auch Wut. Über ihr eigenes Vorgehen? Oder eher über die Fragen des Kommissars?

»Es ging alles so schnell. Ich hörte mehrere Türen ins Schloss fallen, und dann sah ich sie auch schon durch den Vorgarten gehen. Hätte ich da hinterherlaufen sollen? Im Nachthemd? Durch Rufe die Nachbarn wecken? Das hätte wahrscheinlich niemand getan. Und nachdem sie weg war, konnte ich auch nicht lang darüber nachdenken, denn dann kam ja schon bald dieser komische Kerl und klingelte mich heraus.«

»Der nächtliche Besucher, ich erinnere mich. Wie viel Zeit lag zwischen beiden Vorfällen?«

»Zwanzig Minuten vielleicht. Ich glaube es war gegen Mitternacht. Als es klingelte, habe ich kurz auf die Uhr gesehen.«

»Eine ungewöhnliche Zeit für einen Besuch. Und Sie haben gar nicht gezögert, aufzumachen?«

»Ich dachte, es ist Marga. Wenn man für immer gehen will, nimmt man ja keinen Schlüssel mit …«

»Da bringen Sie mich auf eine Idee: Hat sie denn ihren Schlüssel mitgenommen?«

»Verrückterweise ja. Das haben wir aber erst am nächsten Morgen festgestellt. Deshalb hofft mein Bruder ja auch, dass sie zurückkommen wird.«

»Das ist wirklich ein interessantes Detail. Aber lassen Sie uns bitte noch kurz über diesen Mann an der Tür reden. Könnte es sein, dass er mit Ihrer Schwägerin verabredet war? Dass er vielleicht sogar in deren Auftrag zurückgekommen ist?«

»Um was zu tun?«

»Ich weiß es nicht. Hat er sie denn erwähnt?«

»Mit keinem Wort.«

»Da sind Sie sich sicher?«

»Vollkommen. Das wäre mir doch aufgefallen, so kurz nach Margas Abgang.«

»Eine letzte Frage noch, Frau Mönchinger: Warum, glauben Sie, hat Ihre Schwägerin Ihren Bruder verlassen?«

Christa Mönchinger spitzt die Lippen, zieht ein abfälliges Gesicht und verdreht die Augen. Der Kommissar kann sehr deutlich sehen, wie sie über Marga Mönchinger denkt. Und das soll er auch sehen. Aber äußern will sie sich dazu nicht.

»Ich war in ihre Intimsphäre nicht eingeweiht. Da müssen Sie wirklich meinen Bruder selbst fragen. Und ich könnte mir sogar vorstellen, dass er Ihnen eine Antwort gibt, wenn er sich erst mal ein bisschen beruhigt hat.«

»Würden Sie ihm eigentlich empfehlen, eine Suchmeldung zu starten?«

»Definitiv nicht. Es sei denn, er will sich bei allen unseren Bekannten komplett lächerlich machen.«

Montag, 20. Juni, 09.05 Uhr, Psychotherapeutische Praxis Manfred Pabst, List

Unruhig rutscht Hubert Mönchinger auf der schwarzen Bauhausliege herum. Seine Hände zerren an den Knöpfen, mit denen die gesteppten Quadrate fixiert sind, sein Kopf drückt eine tiefe Delle in die Nackenrolle, als könne Mönchinger noch nicht einmal dort locker lassen. Der Analytiker betrachtet seinen Patienten verwundert. Dass Mönchinger angespannt ist, kennt er schon, das ist ein Teil seiner Persönlichkeitsstörung, aber was Manfred Pabst hier und heute beobachten kann, ist mehr. Es wirkt wie ein starker neurotischer Schub.

»Herr Mönchinger, beruhigen Sie sich. Wir haben eine volle Stunde Zeit und morgen noch einen weiteren Termin. Sie müssen sich nicht hetzen. Erzählen Sie einfach der Reihe nach, was seit dem letzten Dienstag geschehen ist.«

»Marga ist weg«, japst Mönchinger.

Der Analytiker holt tief Luft, jetzt darf er keinen Fehler machen.

»Was bedeutet *weg*?«

»Am Donnerstag bin ich nach Flensburg aufgebrochen und wollte sie wie immer vom Autozug aus anrufen. Sie ging nicht ans Handy. Und sie war auch nicht zu Hause. Meine Schwester sagt, sie sei …«

»Ihre Schwester«, unterbricht ihn der Analytiker ganz gegen jede Regel. Er ist vollkommen konsterniert. »Ich wusste gar nicht, dass Sie eine Schwester haben.«

»Das ist doch auch nicht wichtig. Sie wohnt bei mir im Haus und am Donnerstagabend hat sie gesehen, wie …«

»Ihre Schwester wohnt bei Ihnen im Haus?« Manfred Pabst denkt an die fusselhaarige graue Maus, die ihm in dieser verdammten Donnerstagnacht die Tür geöffnet hat. Klar, das muss die Schwester gewesen sein. Und wenn dieser Depp Mönchinger ihre Existenz auch nur einmal erwähnt hätte, dann wäre die ganze Donnerstagsaktion gar nicht passiert.

»Ja sie wohnt bei mir, das sage ich doch gerade, aber es geht jetzt um Marga, nicht um Christa.«

Manfred Pabst atmet einige Male tief durch. Trotzdem hat er allergrößte Mühe, ruhig und besonnen zu wirken. »Sie wollten erzählen, was Ihre Schwester am Donnerstag beobachtet hat.« Der Analytiker fühlt sich, als stünde er mit verbundenen Augen und gefesselten Füßen direkt am Abgrund und ein Wahnsinniger strecke hinter ihm die Hand zum finalen Stoß aus.

Hubert Mönchinger schluckt deutlich hörbar. »Christa sagt, Marga sei gegangen. Freiwillig. Sie hat einen Koffer gepackt und ist einfach gegangen!« Mönchingers Stimme hat sich zum Crescendo gesteigert.

»War sie allein?«, will Pabst wissen.

»Angeblich ja. Fast wäre mir eine Entführung lieber gewesen, es ist das Freiwillige, das ich kaum ertragen kann.«

Mönchinger blinzelt ein paar Tränen weg, beginnt aber

schon Sekunden später heftig zu schluchzen. Manfred Pabst reicht ihm kommentarlos die Kleenex-Box, die immer auf einem Beistelltisch bereitsteht. Wenn ihm der hier jetzt einen Nervenzusammenbruch kriegt, dann wird er gar nichts mehr aus ihm herausbekommen. Spontan beschließt Pabst, die harte Karte zu spielen.

»Jetzt reißen Sie sich mal zusammen, Herr Mönchinger. Nichts auf dieser Welt geschieht ohne Grund, und den werden wir beide jetzt gemeinsam herausfinden.«

»Vielleicht lügt Christa ja«, schluchzt Mönchinger und beginnt zu hyperventilieren. »Sie hat Marga noch nie gemocht, und vielleicht hat sie sie einfach vertrieben.«

»Überschätzen Sie da den Einfluss Ihrer Schwester nicht ein wenig?«

»Christas Einfluss kann man nicht überschätzen.«

Manfred Pabst ist froh darüber, dass er hinter Hubert Mönchinger sitzt, denn das Entsetzen über diese Aussage zeichnet sich bestimmt auch in seinem Gesicht ab. Er hätte längst selbst darauf kommen müssen, dass ein derart schwacher Charakter wie Hubert Mönchinger sich nicht erst mit seiner Eheschließung eine dominante Partnerin gesucht hat. Natürlich hat es eine solche Person schon früher in Mönchingers Leben gegeben. Und ausgerechnet dieser Schwester ist er selbst in der betreffenden Nacht über den Weg gelaufen.

»Können Sie mir möglichst genau beschreiben, was Ihre Schwester über die Vorfälle in der Nacht gesagt hat?«

Mönchinger nickt, er scheint sich etwas beruhigt zu haben und beginnt in abgehackten Sätzen zu erzählen. »Marga hat gepackt, dann ist sie mit dem Rollkoffer zu Fuß aus dem Haus. Vielleicht hat aber doch jemand auf der Straße auf sie gewartet. Das kann Christa ja gar nicht wissen.«

»Und wie kommen Sie auf diese Möglichkeit?«

»Es hat noch jemand bei uns geklingelt, etwa zwanzig Minuten später.«

»Weiter!«

Atemlos wartet Manfred Pabst.

»Es war ein Mann, Christa kannte ihn nicht, offenbar wollte er zu mir. Ich denke, dass das der Entführer war. Jeder weiß ja, wie sehr ich meine Frau liebe, und bestimmt hat er Geld gewollt.«

»Was hat ihm Ihre Schwester gesagt?«

»Sie hat ihn hereingebeten. Immerhin. Aber er wollte nicht, hat sich umgedreht und ist gegangen, fast panisch, sagt sie. Das ist ja auch logisch, er wollte natürlich nur von mir gesehen werden und von niemandem sonst.«

Fast richtig kombiniert, denkt Manfred Pabst, es ist doch immer wieder erstaunlich, wie man aus zutreffenden Voraussetzungen so falsche Schlüsse ziehen kann. Mit banger Stimme erkundigt er sich: »Und? Konnte Ihre Schwester ihn beschreiben?« Pabst ahnt, dass es noch Hoffnung gibt, denn schließlich wäre Mönchinger bestimmt nicht zu ihm gekommen, wenn er wüsste, dass ausgerechnet sein eigener Analytiker der nächtliche Besucher gewesen ist.

»Margas Bruder war es nicht. Das habe ich sie sofort gefragt. Dem Kerl hätte ich diese Aktion nämlich zugetraut. Sonst weiß ich ja nicht so viel von Margas Vorleben. Sie ist als Au-pair nach Deutschland gekommen, hat sich aber wohl mit der Familie nicht verstanden. Aber das ist schon Jahre her.«

»Sind Sie eigentlich zur Polizei gegangen?«

Mönchinger nickt. »Gleich am nächsten Morgen. Die waren mächtig unter Strom. Es gab da ja diese Tote am Strand, bestimmt haben Sie davon gehört. Es bestand wohl eine gewisse Ähnlichkeit, jedenfalls dachten die Herren von der Kriminalpolizei erst, das sei Marga. Aber sie war es nicht. Danach waren die Kommissare ziemlich enttäuscht. Es hat ihnen wahrscheinlich nicht gepasst, dass sie jetzt noch mehr Arbeit am Hals haben. Einer von denen ist sogar ausfallend geworden. Er meinte, ich müsse selbst wissen, warum Marga mich verlassen hat.«

»Haben Sie denen von der Entführungsthese erzählt?«, erkundigt sich der Analytiker mit möglichst ruhiger Stimme. Die Antwort auf diese Frage ist das Einzige, was jetzt zählt. Doch Mönchinger schweigt.

»Also haben Sie?«, wiederholt Pabst ungeduldig.

Sein Patient schüttelt energisch den Kopf.

»Natürlich nicht. Ich bin erst durch Christas Begegnung mit dem Fremden an der Tür darauf gekommen. Davon habe ich aber erst erfahren, nachdem die Polizei bei uns im Haus war. Dann habe ich natürlich die Klappe gehalten. Ich will ja, dass der Entführer sich mit mir in Verbindung setzt. Und wenn ich die Polizei einschalte, dreht er vielleicht durch und tut Marga etwas an.«

Wieder schießen ihm Tränen in die Augen, und er greift nach der Kleenex-Schachtel.

»Das überzeugt mich. Sie sollten sich wirklich von denen fernhalten und erst einmal abwarten«, rät Pabst mit falscher Freundlichkeit und räuspert sich anschließend. Hubert Mönchinger kennt das Zeichen und blickt auf die große Uhr, die deutlich sichtbar an der Wand hängt.

»Zeit zu gehen, ich weiß. Aber morgen darf ich wiederkommen, das müssen Sie mir versprechen. Ich fühle mich so hilflos ohne Marga, ich weiß gar nicht, was ich tun soll«, jammert er.

»Erst einmal abwarten. Und wenn Sie bis morgen nichts von Ihrer Frau gehört haben, dann sehen wir weiter. Natürlich kommen Sie wieder. Und wenn Sie mögen, können wir auch für den Mittwoch einen Frühtermin vereinbaren.«

Als Hubert Mönchinger sich auf der Bauhausliege aufrichtet, steht ihm die Erleichterung im Gesicht geschrieben.

»Danke, Herr Pabst, das werde ich Ihnen nie vergessen!«

Montag, 20 Juni, 09.40 Uhr, Kurzentrum Westerland

Nervös sieht sich Marga Mönchinger ein letztes Mal in dem Wohnzimmer um. Hat sie etwas vergessen? Oder sollte sie vielleicht etwas mitnehmen, was ihr gar nicht gehört? Aber hier ist nichts von Wert. Keine Uhr, kein Schmuck, kein Computer. Noch nicht einmal einen Fernseher gibt es in dieser Absteige. Oder ein Radio. Aber was soll's. Sie ist schließlich keine Diebin. Außerdem ist sie entlohnt worden wie besprochen. Krampfhaft umschließen ihre Finger die 20 Hunderteuroscheine. In den letzten Stunden hat sie sich mehr oder weniger daran festgehalten. Hat sich nicht vom Fleck rühren können, ist immer wieder von Weinkrämpfen geschüttelt worden. Und wenn diese abebbten, kam die Wut. Genutzt hat jedoch alles nichts.

Sie ist jetzt wieder auf sich allein gestellt, und so wird es in Zukunft auch bleiben. An eine Rückkehr zu Hubert ist gar nicht zu denken. Immerhin hat sie die 2000 Euro. Aber wie lange wird das schon vorhalten? Denn sonst hat sie nur, was sie auf dem Leib trägt. Und das ist nicht gerade viel. Eine Jeans, Sneakers, eine teure dunkelgraue Seidenbluse und ihren Ehering. Der ist recht schmal und noch nicht einmal aus 18-karätigem Gold. Sie hätte damals schon ahnen können, dass sich Hubert Mönchinger nicht als der Traummann entpuppen würde, als der er sich bei ihrer Bekanntschaft präsentiert hat. Großzügig, weltmännisch. Die komplette Blender-Show hat er abgezogen.

Dass es in Wahrheit damit nicht ganz so weit her sein kann, hat sie sich zwar gedacht, aber dass Hubert es tatsächlich fertiggebracht hat, ihr diese absolut unerträgliche Hexe von Schwester bis zum Tag ihrer Eheschließung vorzuenthalten, das hat sie dann doch entsetzt. Fast drei Jahre hat sie mit dieser hinterlistigen Ziege jetzt unter einem Dach gewohnt. Es war Marga immer klar, dass Christa Mönchinger nur nach einem Anlass gesucht hat, um sie schlechtzumachen. Aber die Sache mit dem Privatdetektiv hätte sie der Schwägerin trotzdem nicht zugetraut. Einen ganzen Ordner voller Material aus Margas wenig ruhmreicher Vergangenheit hat dieser widerliche Kerl zusammengetragen. Und nur durch Zufall hat Marga den Ordner auf dem Beifahrersitz von Huberts Wagen entdeckt. Wahrscheinlich ist sich Christa sehr schlau vorgekommen, als sie die Schriftstücke zwischen Huberts anderen Unterlagen platziert hat. Und ganz sicher wollte diese feige alte Jungfer nicht dabei sein, wenn ihr Bruder die Gesprächsprotokolle las, die der Detektiv von seinen Unterhaltungen angefertigt hatte.

Marga wollte auch nicht dabei sein, deshalb hat sie noch nicht einmal den Versuch unternommen, Hubert das Ganze zu erklären. Es wäre ohnehin völlig sinnlos gewesen, bestimmte Dinge verzeihen Ehemänner nun einmal nicht. Also ist Marga lieber gleich abgehauen. Und mit Glück in dieser Wohnung gelandet. Glück? Wie man's nimmt. Sicher zum hundertsten Mal blättert Marga die Geldscheine durch. 2000 Euro. Was soll sie jetzt mit denen machen? Wo kann sie das Geld sicher verstecken?

Nach kurzem Nachdenken kommt ihr eine Idee. Sie steht auf und wirft einen letzten Blick auf den Zettel, der auf dem Couchtisch liegt. Der obszöne Vorschlag, mit leiser Stimme geraunt, ist ihr die ganze Nacht nicht aus dem Kopf gegangen. Soll sie darauf eingehen oder lieber nicht?

Kommt gar nicht in Frage, denkt sie jetzt wütend und will mit dem Geldbündel in der Hand das Apartment für immer verlassen. Doch als sie schon in der Tür steht, überlegt sie es sich anders. Zwar hat sie keinen Schlüssel, aber was wäre, wenn sie die Tür nur anlehnen und erst einmal das Geld in Sicherheit bringen würde? Wiederkommen könnte sie dann immer noch. Keiner der Nachbarn, wenn er nicht ganz genau hinsieht, wird den Türspalt bemerken.

Und sie könnte sich alle Optionen offenhalten.

Montag, 20. Juni, 10.12 Uhr, Wohnung Sibylla Polenz, Westerland

Endlich ist die Truppe von der Spurensicherung da. Gleichzeitig ist auch der Schlosser eingetroffen, der die Wohnungstür des Opfers öffnen soll. Bastian und Silja haben zuvor bereits an allen weiteren Türen des Mietshauses geklingelt und sich nach Sibylla Polenz erkundigt. Doch tatsächlich konnte oder wollte niemand sonst eine brauchbare Auskunft geben. Nur wenige wollten überhaupt zugeben, sich an die Frau mit dem dunklen Fransenhaarschnitt zu erinnern.

»Wenn Sibylla Polenz das Ziel gehabt hatte, möglichst unerkannt in dieser Siedlung zu leben, dann ist ihr das meisterhaft gelungen«, murmelt Bastian, nachdem alle Zeugen befragt sind.

»Nur genutzt hat es ihr nichts«, fügt Silja an.

Als das Sicherheitsschloss unter den kundigen Fingern des Fachmanns seine Geheimnisse preisgibt und die Tür sich aufdrücken lässt, stehen die beiden Ermittler in der ersten Reihe. Da der Rechtsmediziner bisher keine eindeutige Antwort auf die Frage geben konnte, wo Sibylla Polenz umgebracht worden ist, wäre es möglich, dass sich hinter der Wohnungstür ein hochgradig kontaminierter Tatort verbirgt.

Doch zunächst blicken alle in eine durchschnittlich wirkende Diele. Melierter Teppichboden, eine Wandgarderobe aus hellem Holz, an der ein Damen-Trenchcoat hängt. Daneben ein Schlüsselbrett mit einem Autoschlüssel. Der Wohnungsschlüssel fehlt.

Langsam, Schritt für Schritt, tasten sich Bastian und Silja in die Wohnung vor. Sie tragen jetzt ebenso wie die Spurensicherer Latexhandschuhe und weiße Schutzanzüge mit Kapuzen. Von der Diele gehen fünf Türen ab, nur eine ist geöffnet. Sie liegt am Kopfende des Flurs und führt in den Wohnraum. Auch hier ist alles aufgeräumt und wirkt auf den ersten Blick unauffällig. Kein Blut, keine Unordnung. Ein mittelblaues Ledersofa gewährt den Blick auf einen recht großen Fernseher, der in der Ecke seitlich des Balkonfensters steht. Ein gläserner Couchtisch und zwei identische Kommoden vervollständigen das Mobiliar. Der mannshohe Kerzenständer aus Gusseisen neben dem Sofa ist mit orangefarbenen Kerzen bestückt. Auf dem Tisch stehen keine Gläser, es liegt auch kein Nippes herum. Und der Kristallaschenbecher weist keine sichtbaren Aschereste auf.

»Wir gehen erst mal in die anderen Räume, um uns ein Gesamtbild zu verschaffen«, erklärt Bastian und fügt an die Spurensicherung gewandt fort: »Dann entscheiden wir, welchen Raum ihr euch zuerst vornehmt. Der Fotograf kann ja hier schon mal anfangen.«

Auch in Bad und Küche gibt es auf den ersten Blick nichts Ungewöhnliches zu sehen. Stark abgestoßene Einbaumöbel, ein schlecht geputzter Herd und ein tropfender Wasserhahn über der Badewanne sind alles, was vielleicht aus dem Rahmen fallen könnte.

»Bleiben noch zwei Zimmer«, murmelt Silja mit einem fragenden Blick auf Bastian. »Irgendwo wird sie ja wohl gearbeitet haben …«

Der Kollege verzieht keine Miene und nickt nur unkonzentriert. Als beide wieder im Flur stehen, fragt er leise: »Glaubst du, sie hat ein oder zwei Schlafzimmer?«

»Genau das Gleiche habe ich auch eben überlegt«, antwortet Silja und öffnet die Tür direkt neben dem Wohnungseingang.

Violette Wände, ein opulentes Polsterbett mit verspiegeltem Betthaupt und ein lippenförmiges Sofa in kräftigem Pink zeigen deutlich, dass es sich hier um den Arbeitsbereich der Toten handelt. Aber wenn die Kommissare gehofft hatten, auf Spuren einer Gewalttat zu stoßen, dann werden sie enttäuscht. Das Bett ist gemacht, die fliederfarbene Tagesdecke ordentlich zurechtgezogen. Selbst die Sammlung von

Dildos, die aufgereiht auf der goldfarbenen Lackkommode steht, wirkt staubfrei und fast schon museal.

»Jetzt das letzte Zimmer. Irgendetwas Persönliches muss in dieser verdammten Wohnung doch zu finden sein.«

Bastian gelingt es nicht ganz, die Enttäuschung aus seiner Stimme zu verbannen. Und als er die Tür des letzten Raums öffnet, erfüllt sich seine Hoffnung.

Hier herrscht das blanke Chaos.

Ein klobiges Holzbett steht vor einem zweiten Fernseher. Das Bett wird auf beiden Seiten von niedrigen Tischen voller Medikamente, Cremedöschen und halb geleerten Chipstüten flankiert. Eine kleine Flasche Kirschwasser, eine aktuelle *Hörzu* und ein rotes Notizbuch vervollständigen die Ansammlung. Auf einem Sideboard steht ein Styroporkopf mit der dunklen Fransenperücke, von der die Nachbarin gesprochen hat.

»Na endlich«, murmelt Bastian und greift nach dem Buch. Es hat einen Kalender und einen Adressteil und wirkt im Zeitalter der Smartphones fast schon antiquiert. Nach kurzem Blättern feuert Bastian das Büchlein allerdings wütend zu Boden, was ihm einen strafenden Blick des Chefs der Spurensicherung einträgt. Leo Blum ist groß und hager, sein Gesicht wird von einer imposanten Hakennase dominiert, und die langen Haare trägt er schon seit Jahren am Hinterkopf zu einem Pferdeschwanz zusammengebunden. Leo Blum befehligt das Team der Flensburger Spurensucher, das in brisanten Fällen wie diesem von der Insel-Kripo angefordert wird. Bastian kennt ihn noch sehr gut aus seiner eigenen Zeit in Flensburg und hält größte Stücke auf ihn.

»Sorry, Leo, das ging nicht gegen dich persönlich«, entschuldigt er sich prompt und hebt das Büchlein wieder auf.

»Du kannst gleich nach Fingerabdrücken suchen. Aber was mich ärgert, ist diese bescheuerte Vorsicht. Ob du es glaubst oder nicht, die Dame hat tatsächlich in ihrer Kundenkartei alle Regeln des Datenschutzes befolgt. Hier stehen nur Nicknames drin, Alonso der Große und Michael der Wichtige und son Scheiß, dahinter dann die Vorlieben der jeweiligen Herren – aber keine einzige Telefonnummer. Nichts, aber auch absolut gar nichts, was uns weiterhelfen könnte. Der Kalender ist komplett leer, den hat sie gar nicht benutzt.«

»Scheint so, als sei Sibylla Polenz wirklich sehr professionell vorgegangen«, unterbricht ihn Silja. »Kein Vertrauensbruch den Kunden gegenüber, eine strikte Trennung von beruflicher und privater Existenz und darüber hinaus die Datenspeicherung in unterschiedlichen Medien.«

»Sag mal, wie redest du denn? Das hört sich ja an, als ob du dich täglich mit so etwas beschäftigen würdest.«

»Echt?« Betont harmlos hebt Silja die Augenbrauen. »Was du mir alles zutraust …«

»Nein, so war das natürlich nicht gemeint.« Bastians Tonfall ist deutlich anzuhören, dass er alles tun würde, um Silja bloß nicht auf die Palme zu bringen. »Aber du hast recht. Irgendwo müsste es noch einen Kalender geben. Schließlich scheint die rote Lola eine üppige Kundenschar gehabt zu haben.«

»Im Handy vielleicht?« Silja wendet sich an die Umstehenden. »Hat einer von euch irgendwo ein Handy gesehen?«

Als alle die Köpfe schütteln, gibt Bastian den Befehl zum Einsatz.

»Ihr könnt die anderen Räume jetzt gern auseinandernehmen. Silja und ich bleiben noch ein bisschen in diesem

Zimmer. Wenn irgendwo ein Handy auftaucht, gebt ihr aber sofort Bescheid.«

»Aye, aye, Chef.« Spaßeshalber hebt Leo Blum die Hand zum Salut und schlägt die Hacken unter den blauen Überziehern zusammen. Doch Bastian Kreuzer lacht nicht, wie sonst immer, sondern zupft mit gerunzelter Stirn an der Bettwäsche herum. Bevor Blum den Raum verlassen kann, ruft er ihn noch einmal zurück.

»Guck mal hier. Siehst du auch, was ich sehe? Da sind doch dunkle Haare auf dem Bezug. Ich denke, sie war rothaarig. Und im Bett wird sie ja wohl kaum ihre Perücke getragen haben, auch wenn die Haarlänge in etwa hinkommt. Tüte das gleich mal ein und sorg dafür, dass wir möglichst schnell eine Analyse bekommen. Vielleicht erfahren wir ja doch noch etwas über das Privatleben dieser Dame.«

Montag, 20 Juni, 11.05 Uhr, Kurzentrum Westerland

Wie gehetzt springt Marga Mönchinger in den Fahrstuhl. Niemand verfolgt sie, aber trotzdem beobachtet sie mit bangem Blick, wie unendlich langsam sich die automatischen Türen schließen. Endlich bewegt sich der Lift, gleitet lautlos nach oben. Im Wandspiegel sieht Marga ihr bleiches Gesicht. Stockend lässt sie die Atemluft entweichen, die sie seit Minuten, so scheint es ihr jedenfalls, angehalten hat. Wenn jetzt nur die Eingangstür der Wohnung nicht ins Schloss gefallen ist!

Der Gang durch die vormittäglich belebten Westerländer Straßen war ein beklemmender Slalom für Marga.

Immerhin hat sie ihre auffälligen Haare unter einem karierten Kopftuch verborgen, das in einer Kommodenschublade in der Diele lag. Aber hätte das im Ernstfall als Tarnung gereicht? Was, wenn sie Hubert begegnet wäre? Oder gar dieser Christa, ihrer ebenso widerwärtigen wie neugierigen Schwägerin?

Nein, damit muss für alle Zeit Schluss sein. Auch dafür hat Marga das Geld sicher verwahrt. Auch dafür ist sie zurückgekommen in dieses Haus, vor dem es ihr graut.

Der Fahrstuhl stoppt, die Türen öffnen sich. Niemand ist auf dem Flur, obwohl er lang ist und zu etlichen Apartments führt. Doch zum Glück sind es nur wenige Schritte bis zum Eingang der Wohnung, die Marga vor kurzem verlassen hat. Ihre bangen Blicke eilen den Schritten voraus. Da ist kein Spalt, die Tür ist zu. Eigentlich muss Marga gar nicht mehr nachsehen, sie ist sich sicher. Trotzdem tritt sie näher. Und als sie probeweise gegen die Tür drückt, schwingt diese auf. Niemand hat sie in ihrer Abwesenheit zugezogen, der Schnapper ist nicht eingerastet. So etwas passiert. So etwas entscheidet über Margas Leben. Vielleicht.

Taumelnd betritt Marga Mönchinger die ihr allzu vertraute Wohnung und drückt die Tür hinter sich ins Schloss. Und wohin jetzt? Nur nicht ins Wohnzimmer, bloß nicht auf die Couch. Marga geht ins Schlafzimmer und legt sich aufs Bett. Es ist aus Messing und frisch bezogen, hier erinnert nichts an die Dinge, die sich am vergangenen Wochenende im Wohnzimmer zugetragen haben. Und das ist wichtig, denn Marga muss ungestört nachdenken. Sie muss einen Entschluss fassen.

Doch zunächst starrt sie minutenlang vor sich hin. Hinter dem schmutzigen Fenster steht eine grelle Sonne am Himmel. Die Hitze dringt auch durch die geschlossenen Scheiben und treibt ihr den Schweiß auf die Stirn. Oder ist es der Zwang, sich endlich zu entscheiden? Unschlüssig senkt sie den Blick auf ihre Hände. Zwischen den Fingern dreht sich wie von selbst der schlanke Schlüssel hin und her, der das Schließfach in der Westerländer Bankfiliale öffnet. Die 2000 Euro sind dort gut verwahrt und können trotzdem jederzeit von ihr abgeholt werden. 2000 Euro. So viel. So wenig.

Es könnten auch 7000 werden. Marga hat die Stimme ständig im Ohr. Seit dem vergangenen Tag geht sie ihr wie ein Refrain immer wieder durch den Kopf. *Es könnten auch 7000 werden.*

7000 Euro. Das wäre wirklich ein Anfang. Nur von was? *Du musst nicht viel dafür tun. Schenk mir noch einmal fünf Tage. Das wäre alles. Denk in Ruhe darüber nach. Wer verdient schon 1000 Euro am Tag? Ich jedenfalls nicht.* Unschlüssig blickt Marga auf den Zettel mit der Handynummer, der die ganze Zeit in ihrer Jeanstasche gesteckt hat. *Du musst nur anrufen, dann bin ich ein paar Stunden später zurück. In dieser Woche könnte ich das einrichten. Später wird es schwierig.*

Lange ruht Margas Blick auf der Tür zur Diele. Dahinter weiß sie das Wohnzimmer und dort die Couch. Ekel steigt in ihr auf, und der Brechreiz ist kaum zu unterdrücken. Es gibt Menschen, die spüren mit traumwandlerischer Sicherheit genau jene Bereiche auf, die anderen heilig sind. Und aus der tiefstmöglichen Verletzung ihres Gegenübers ziehen sie dann ihre Lust.

Marga wirft den Zettel zu Boden und schüttelt sich, als könne auf diese Weise irgendetwas von ihr abfallen. Doch wie sollte das geschehen? Schließlich kennt sie das Verfahren genau. Sie hat es mit Hubert nicht anders gemacht, und damit ihre Ehe auf eine ebenso perfide wie tragfähige Basis gestellt. Hat sie jedenfalls geglaubt. Bis ihre hinterhältige Schwägerin alles kaputtgemacht hat. Geschieht ihr selbst also ganz recht, wenn sie jetzt ein Opfer derselben Taktik wird.

Ein gutbezahltes Opfer, verbessert sie sich. 5000 Euro. Andere müssen dafür ein Auto knacken und es hinterher illegal in Polen verkaufen, wie ihr Bruder. Oder ein halbes Jahr lang schuften, manchmal 24 Stunden am Tag, wie ihre Schulfreundin Maria. In Dresden putzt sie seit Jahren sabbernden Greisen den Hintern ab, lässt sich von undankbaren Angehörigen auch noch beschimpfen oder sogar des Diebstahls bezichtigen, wenn die Alten endlich den Löffel abgegeben haben.

Und sie? Marga Mönchinger, geborene Lavro? Müsste nur ein paar Haare lassen. Für immerhin 5000 Euro.

Langsam streckt Marga die Hand nach dem Zettel mit der Handynummer aus. Ihre Hand zittert entsetzlich, so dass Marga die Nummer gar nicht lesen kann. Erst als sie den Zettel auf ihr Knie legt, gelingt es ihr, die Ziffern ins eigene Handy zu tippen.

Die Verbindung kommt fast sofort zustande, als habe jemand am anderen Ende auf ihren Anruf gewartet.

»Ich mache es«, sagt Marga mit leiser Stimme.

»Schön. Dann bleib wo du bist. Ich bin am Abend bei dir.«

Montag, 20. Juni, 13.05 Uhr, Strandpromenade Westerland

Hungrig beißt Silja in das Matjesbrötchen. Die Semmel krümelt, der würzige Fisch entfaltet sein ganzes Aroma in ihrem Mund, ein Zwiebelring fällt zu Boden. Niemand kümmert sich darum, alle hier auf der Strandpromenade sind mit sich selbst beschäftigt. Während Silja ihre Mittagspause zu einem Spaziergang nutzt, streben um sie herum ganze Familien, beladen mit Luftmatratzen und Buddeleimern, ihrem Strandkorb zu. Ältere Ehepaare schlendern an der niedrigen Mauer entlang, die die Promenade zum Strand hin begrenzt, und mustern neugierig das Treiben im Sand. Die Körbe stehen hier dicht an dicht und rücken ganz nah an die Wasserkante heran. Bei Sturmflut müssen sie auf die Promenade gebracht werden, damit nichts passiert. In Hörnum, in Kampen und auch in List ist der Strand viel breiter, weiß Silja, und dort kann auch niemand angezogen und von oben die Badenden und sich Sonnenden beobachten. Nie käme sie selbst auf die Idee, sich hier einen Strandkorb zu nehmen. Aber vielen Badegästen scheint gerade die Enge und wahrscheinlich auch die schnelle Erreichbarkeit zu gefallen. Leer hat Silja den Westerländer Strand jedenfalls noch nie gesehen.

Doch in der vergangenen Woche, in der Nacht von Donnerstag auf Freitag, muss er leer gewesen sein. Niemand hat beobachtet, wie eine Frau in der Nähe oder gar am Strand selbst getötet worden ist, wie sie am Flutsaum gründlich gewaschen und anschließend in aufreizender Pose in einem der Strandkörbe platziert worden ist. Das wiederum wäre in

List oder Kampen vielleicht schwieriger gewesen. Dort kann man mit dem Auto nicht so nah an den Strand heranfahren, dass es nur wenige Treppenstufen sind, die man mit seiner menschlichen Last zu überwinden hat. Außerdem lockt gerade die Abgeschiedenheit der Strände in lauschigen Sommernächten Liebespärchen, Jugendgruppen und Nachtschwimmer an. Silja als geborene Sylterin weiß das genau. Hat es der Mörder auch gewusst? Kennt er sich gut aus auf Sylt? Hat er seine Tat kaltblütig geplant, und ist sie darum so perfekt gelungen?

Schaudernd muss Silja an das Schicksal ihrer eigenen kleinen Schwester denken, die als Kind entführt, vergewaltigt und getötet worden ist. Nie ist der Täter gefunden worden, und seit vielen Jahren trägt Silja schwer an diesem Wissen. Darum ist sie nach dem Abitur zur Kriminalpolizei gegangen, doch erst jetzt, nachdem sie begonnen hat, zusätzlich die Kunstgeschichtsvorlesungen in Hamburg zu besuchen, kann sie ermessen, wie diese Entscheidung ihr Leben geprägt hat und auch weiter prägen wird.

Silja ist gern Polizistin, das wird ihr immer stärker bewusst. Sicher, sie liebt ihre Hamburger Eskapaden, aber sie möchte auf die Ermittlungsarbeit bei der Sylter Truppe nicht verzichten. Es ist längst nicht mehr nur die furchtbare Erinnerung an damals, die sie antreibt. Und es ist auch nicht mehr der implizite Auftrag, den Silja aus der schrecklichen Erfahrung abgeleitet hat. *Kümmere dich, setz dich ein, damit so etwas nie wieder unaufgeklärt bleiben muss.* Es ist längst mehr.

Plötzlich wird Silja klar, dass sie bei diesem Fall, obwohl es sich doch wieder um ein Sexualverbrechen handelt, keine Probleme hat, sich zu distanzieren. Sie geht professionell damit um, beinahe selbstverständlich, wenn es nicht zynisch wäre, dieses Wort zu gebrauchen. Wie anders war das noch vor drei Jahren, als die drei kleinen Mädchen verschwanden. Fast wäre Silja daran zerbrochen, ihre ganze Familiengeschichte kam wieder hoch. Damals hat Bastian sie gerettet. Ihm, ausgerechnet dem fremden Kollegen vom Festland, hat sie alles erzählen können. Niemand sonst hatte bis dahin von der Tragödie gewusst. Bastian hat sie damals verstanden, er hat sie getröstet und aufgebaut. So ist ihre Beziehung entstanden. Zwei Jahre hat die Liaison gehalten, vor einem knappen Jahr haben Bastian und sie sich getrennt.

Bisher war die Erinnerung daran schmerzlich für Silja, doch nach dem Wochenende mit Judith hat sich irgendetwas verändert. War es das Gespräch über Judiths pikanten Nebenjob? Silja wirft die Serviette, in die das Fischbrötchen gewickelt war, in einen der vielen Papierkörbe. Sie ist jetzt ziemlich genau an der Stelle angekommen, wo Sibylla Polenz' toter Körper im Strandkorb gefunden worden ist. Was hat man mit dem Strandkorb gemacht, nachdem die Truppe von Leo Blum mit ihm fertig war? Steht er jetzt wieder hier unten? Sitzt vielleicht die üppige Barbusige dort hinten darin, oder sind es die beiden Kinder hier links, die gerade fröhlich lachend versuchen, das Dach zu erklimmen und dabei immer wieder in den Sand purzeln? Und wäre das gut oder schlecht? Wäre es besser, würde es irgendetwas helfen, wenn man diesen Strandkorb aus dem Verkehr gezogen hätte?

Silja zeigt dem Kurkartenkontrolleur ihre Einwohnerkarte und steigt hinunter zum Strand. Sie streift die Sandalen von den Füßen und läuft zwischen den Strandkörben hindurch bis zur Wasserkante. Viele Blicke folgen ihr, denn sie ist mit der eleganten Designerjeans und der strengen Bluse nicht besonders angemessen für den Strand gekleidet. Silja kümmert sich nicht darum. Sie denkt noch einmal über das Gespräch mit Judith nach. Hat es mehr an ihrer Sicht auf die Beziehungen der Geschlechter verändert, als sie wahrhaben will? Es war immerhin das erste Mal, dass sie mit einer Frau gesprochen hat, die sich explizit als die Stärkere den Männern gegenüber wahrnimmt. Bisher hat Silja Frauen immer für potentielle Opfer gehalten, das wird ihr jetzt klar. Judith aber ist ganz bestimmt kein Opfer. Judith hat sich entschieden, die Kontrolle zu behalten, und es scheint ihr gut zu gelingen. Nachdenklich fährt Silja mit den nackten Füßen durch den nassen Sand. Sie hinterlässt Spuren, die so flüchtig sind, dass schon die nächste Welle sie zunichte machen wird. Das ist traurig, aber ist es nicht auch schön? Ist es nicht ein Symbol für den Neuanfang, der immer wieder möglich ist?

Silja kann nicht verhindern, dass ihre Gedanken zu Bastian wandern. Aber einlassen will sie sich darauf nicht. Noch nicht, vielleicht. Sie hebt den Kopf, blinzelt in die Sonne und spürt das Wasser um ihre Knöchel fließen. Auf und nieder, auf und nieder. Das Leben ist schön, denkt Silja, auch wenn es manchmal fast unerträglich grausam sein kann. Mein Leben ist schön, jedenfalls in diesem Moment.

Montag, 20. Juni, 17.00 Uhr, Kriminalkommissariat Westerland

»In ihrer Wohnung ist Sybilla Polenz jedenfalls nicht umgebracht worden«, schließt Bastian Kreuzer seinen ausführlichen Bericht von der Hausdurchsuchung. Der Hauptkommissar steht mit dem Rücken zum Fenster und kümmert sich nicht darum, dass Sven Winterberg genauso ins Gegenlicht schauen muss, wie Silja Blanck und Leo Blum, die ebenfalls im Raum sind.

»Und diese Birgit Westermür war es definitiv auch nicht.« Sven zieht einen schmalen Block mit Notizen aus seiner Hosentasche. »Keine Ahnung, warum sie uns den Bären mit ihrer dementen Mutter aufgebunden hat. Die Mutter gibt es zwar, und dement ist sie auch, aber natürlich hat die Westermür nicht die Nacht im Altenheim verbracht, wie sie behauptet hat.«

»Aber dann hätte sie doch schon mal ein Motiv, nämlich Eifersucht, und kein Alibi dazu«, unterbricht ihn Silja.

»Lass mich doch mal ausreden, ja? Ich habe gründlich in Birgit Westermürs Nachbarschaft recherchiert. Diese Reihenhäuser sind so gut wie aus Pappe, da hört man jedes Wort. Und in der Mordnacht hatten die Nachbarn von Frau Westermür einiges zu hören. Sie muss wohl so etwas wie einen hysterischen Anfall gehabt haben. Jedenfalls hat sie zunächst ewig lange telefoniert und dabei wohl immer wieder ziemlich laut auf ihren Mann geschimpft. Sagt die Nachbarin zur Linken, die sich angeblich kaum noch auf ihren Liebesroman konzentrieren konnte. Ich glaube eher, dass sie die Neuigkeiten aus dem Nebenhaus ganz gern belauscht hat. Jedenfalls kann sie bezeugen, dass Frau Westermür zu Hause war. Danach, das war dann schon so gegen Mitternacht, ist die Westermür in ihrem Garten gewesen und hat ein komplettes Rosenbeet verwüstet, das ihr Mann im vergangenen Jahr mit großer Liebe angelegt hatte. Damit sie auch sehen konnte, was sie anrichtet, hat sie die beiden Bewegungsmelder an der Terrasse auf Dauerbetrieb gestellt. Und deren Licht trifft offenbar direkt ins Schlafzimmer des Reihenhauses hinter dem der Westermürs und hat die Bewohner aus dem Schlaf gerissen. Die haben sich die Show im Nachbargarten nicht entgehen lassen und sind erst, als alles vorbei war, wieder eingeschlafen. Das war so gegen drei Uhr morgens. Dann ist die Westermür zurück ins Haus und hat dort im Schlafzimmer randaliert. Dinge gegen die Wand geworfen und immer wieder lauthals ihren Mann verflucht. Erst gegen fünf Uhr morgens muss Ruhe eingekehrt sein, so die Aussage der Nachbarin zur Rechten, deren Schlafzimmer an das der Westermür grenzt.«

»Sauber.« Bastian Kreuzer klingt ehrlich beeindruckt. »Das nenne ich doch mal einen Wutanfall.«

»Ist aber trotzdem Pech für euch. Die Dame könnt ihr wohl vergessen.« Mit der ihm eigenen bedächtigen Art erklärt der Chef der Spurensicherung Leo Blum: »Denn um kurz nach sechs saß die Leiche ja schon blitzblank geputzt im Strandkorb. Und vermutlich ist der Mord auch am Strand geschehen. Vielleicht sogar ganz unten am Flutsaum. Das Meer hat jedenfalls viele Spuren verwischt, und der Täter hat das Seine dazu beigetragen, dass wir ziemlich im Dunkeln tappen.«

»Das wissen wir schon.« Bastian seufzt vernehmlich. »Der Rechtsmediziner hat nicht eine einzige fremde Faser an der Leiche entdecken können. Das gibt es eigentlich fast nie. Irgendwas finden die immer. Unter den Fingernägeln oder bei Frauen in der Scheide. Okay, da gab es auch jetzt etwas. Immerhin zwei winzige Spermareste von unterschiedlichen Männern.«

»Und jede Menge von diesem gelben porösen Material«, wirft Leo Blum ein und wickelt nachdenklich seine langen Haare ums Handgelenk. »Da sind wir übrigens dran. Und es sieht auch so aus, als hätten wir die Herkunft ermittelt.«

»Das sagst du erst jetzt?« Bastian stößt sich vom Fensterbrett ab und springt fast auf den Spurensucher zu. Der bleibt cool und setzt nur ein müdes Grinsen auf.

»Das Beste zum Schluss, ist doch so, oder?«

»Jetzt spuck's schon aus, Leo.«

»Es gibt in jedem Baumarkt und auch an jeder Tankstelle eine bestimmte Sorte von Autoputz-Sets. Habt ihr bestimmt alle schon mal gesehen. Das ist so eine würfelförmige Box aus durchsichtigem Plastik mit unterschiedlichen Lappen und Schwämmen darin. Wenn ihr mich fragt, dann ist das völlig unnötig, höchstens etwas für Neurotiker, aber gut. Vielleicht irre ich mich, und es ist tatsächlich wichtig, den Außenspiegel mit einem anderen Material zu säubern als die Stoßstange.«

»Komm zur Sache«, mahnt Bastian mit ungeduldiger Stimme.

»Immer mit der Ruhe. Materialien können ja auch sehr wichtig sein, wie wir wissen. Und in jedem dieser Sets gibt es einen sehr großporigen gelben Kunststoffschwamm. Angeblich ist der besonders schonend zum Lack und trotzdem bestens geeignet, um hartnäckige Verschmutzungen zu entfernen. Sagt die Gebrauchsanleitung.«

»Und mit diesem Teil hat der Mörder alle hartnäckigen Spuren von der Toten entfernt, oder wie?« Siljas Frage richtet sich weniger an Leo Blum als an Bastian Kreuzer. »Du warst doch bei der Autopsie dabei.«

»Ich hatte das zweifelhafte Vergnügen, ganz genau. Und der Rechtsmediziner hat überall am Körper, sogar im Inneren der Scheide Krümel von diesem gelben Material gefunden.«

Sven Winterberg, der bisher geschwiegen und fast schon

abwesend unter halb geschlossenen Lidern seine Kollegen beobachtet hat, richtet sich abrupt auf.

»Dann stellt sich das Ganze für mich jetzt so dar: Die Polenz hat sich mit dem Täter irgendwo außerhalb ihrer Wohnung getroffen, wahrscheinlich in Strandnähe. Er hatte sein Auto dabei, in dessen Kofferraum sich eine von diesen Putzboxen befand. Die beiden sind in Streit geraten und er hat sie schließlich erwürgt.«

»Warte mal kurz«, unterbricht Bastian den Kollegen. »Kampfspuren gab es nicht, also ist auch nicht von einem Streit auszugehen.«

»Vielleicht war es ein verbaler Streit«, wirft Silja ein. »Frauen streiten sich in der Regel mit Worten und nicht mit ihren Fäusten.«

Sven zieht scharf die Luft ein. Wieder dieses Frauen-Männer-Thema. Daran ist im letzten Sommer die Beziehung zwischen Silja und Bastian gescheitert. Heute scheinen sich die beiden zum ersten Mal vertragen zu haben, obwohl sie einen ganzen Tag miteinander gearbeitet haben. Wird das jetzt gleich wieder aufs Spiel gesetzt? Besorgt blickt Sven dem Kollegen ins Gesicht.

Bastian reibt sich kurz die Stirn, blinzelt mit seinen faltigen Augenlidern, die ihm manchmal das Aussehen eines alten Krokodils geben, und antwortet dann nachdenklich: »Okay, also entweder ein gemäßigter Streit mit Worten, bei dem der Täter dann plötzlich ausrastet. Oder es war noch ganz anders. Sie war immerhin Prostituierte. Vielleicht war es abgemacht, dass er sie leicht würgt. Vielleicht hat ihm das einfach Befriedigung verschafft, und der Rest war ein schlichter Unfall.«

»Quatsch«, fällt ihm Silja ins Wort. »Nur weil Frauen mit

ihrem Körper Geld verdienen, sind sie noch längst nicht so blöd, sich auf so etwas einzulassen.«

»Du hast recht«, lenkt Bastian ein. »Gerade wenn sie mit ihrem Körper Geld verdienen, werden sie sehr genau die Risiken abschätzen.«

Da hat der Kollege aber mächtig Kreide gefressen, denkt Sven amüsiert. Und auch Silja mustert Bastian mit einem nachdenklichen Blick, der ihm kaum entgehen kann. Aber Bastian tut, als bemerke er nichts. Ungeduldig treibt er die Kollegen an.

»Okay, weiter. Was ist geschehen? Ein Streit mit Worten. Wo ist es passiert? Am Strand oder zumindest in dessen unmittelbarer Nähe. Das überzeugt mich. Denn wie wir wissen, hinterlässt es andere Spuren, wenn Menschen nach ihrem Tod bewegt werden. Davon hat es einige gegeben, sagt der Rechtsmediziner, was ja auch klar ist, da die Leiche im Meerwasser gewaschen wurde. Aber er schließt aus, dass ein längerer Transport nach Eintritt des Todes stattgefunden hat.«

»Also ist die Polenz aus ihrer Wohnung gegangen, um sich mit wem auch immer zu treffen. Das Treffen ist eskaliert, und sie wurde erwürgt.«

»Weiß man, ob sie direkt vor ihrem Tod Geschlechtsverkehr hatte?«, fragt Silja leise.

»Nicht genau. Es kann zwei Stunden, es kann aber auch sieben oder acht Stunden zurückliegen. Die Spermienmenge war zu gering, um da eindeutige Aussagen zu machen.«

»Na toll!« Sven rauft sich die Haare. »Kann es sein, dass sich da jemand ziemlich genau mit der Polizeiarbeit ausgekannt hat? Oder der Täter ist Arzt. Irgendeiner jedenfalls, der weiß, wie man Spuren beseitigt.«

»Es könnte aber auch sein, dass die Spurenbeseitigung aus einem anderen Grund so sorgfältig war«, überlegt Bastian.

»Und der wäre?« Silja runzelt die Stirn.

»Besessenheit, Zwanghaftigkeit. Irgend so etwas. Ich bin kein Psychologe, aber wir alle bekommen doch eingeimpft, dass Prostitution etwas Schmutziges ist. Vielleicht sollte aus der Hure im Tod einfach wieder eine Heilige werden.«

Silja nickt. »Dann müssten wir den Täter tatsächlich in Sibylla Polenz' Kundenstamm suchen. Und dafür brauchen wir ihr Handy.«

»Soweit ich weiß, wird der Mord in Zusammenhang mit der aufgeklärten Identität der Toten morgen noch einmal der ganz große Aufmacher in den Zeitungen sein. Vielleicht meldet sich dann der eine oder andere Freier auch freiwillig als Zeuge«, überlegt Sven.

»Träum weiter.« Bastian tippt sich mit eindeutiger Geste an die Stirn. »Das glaubst du doch selbst nicht. Wär das erste Mal, dass jemand, der irgendwie mit der Halbwelt zu tun hat, freiwillig aussagt.«

»Tja, wie kommen wir dann an die Kundendaten der Polenz? Irgendetwas müssen wir doch …«

»Das Auto«, fällt Sven ihr ins Wort. »Haben wir schon nach ihrem Wagen gesehen?«

Bastian blickt Leo Blum fragend an. Der zuckt mit den Schultern.

»An der Garderobe hing ein Autoschlüssel. VW, glaube ich. Aber niemand hat das weiterverfolgt.«

»Okay, dann mal los.« Bastian greift nach seinem eigenen Handy und steckt die Waffe ins Holster. »Wir beide machen das, Leo. Oder will einer von euch auch mit?« Bastian sieht nur Silja an, aber sie schüttelt den Kopf.

»Ich gehe lieber die Ergebnisse noch mal durch.« Immerhin ist ihre Absage von einem Lächeln begleitet.

»Sven?«

»Nee, lass mal. Wenn ich heute zum Abendessen zu Hause sein könnte, dann würde das erheblich zur Verbesserung des Familienklimas beitragen. Meine Frau hat eine Schulfreundin mit deren Mann eingeladen. Das war schon längst mal fällig.«

»Na dann, ab an die Futtertröge und danach in die Kiste, mein Freund«, ruft Bastian noch über die Schulter, während er mit Leo Blum das Büro verlässt.

Sven Winterberg lacht leise. Erst als sich die Tür hinter den beiden Männern geschlossen hat, sagt er zu Silja: »Der hat heute aber prächtige Laune. Du scheinst ihn gut behandelt zu haben. Macht sich doch gleich beim Betriebsklima bemerkbar.«

»Freut mich, dass ich auch etwas zu den Ermittlungen beitragen kann.«

»Jetzt sei nicht eingeschnappt, Silja. Es war ziemlich großzügig von Bastian, dass er dich am Wochenende in Ruhe gelassen hat.«

Silja nickt. Und dann lächelt sie geheimnisvoll. Sven zieht fragend die Augenbrauen in die Höhe, aber Silja wehrt seine Neugier mit einer energischen Geste ab.

Sven stöhnt leise auf. »Ach du Scheiße, du hast dich verliebt. Ich seh's dir an. Die Kommilitonin aus Hamburg war in Wirklichkeit ein Typ und jetzt bist du …«

»Halt die Klappe«, unterbricht ihn Silja lachend. »Du bist so was von auf dem Holzweg, dass es für einen Ermittler schon echt peinlich ist. Dafür sollte man dir glatt das Gehalt kürzen.«

»Lass das nicht Anja hören«, antwortet Sven und wendet sich ab, damit Silja auf keinen Fall seinen erleichterten Gesichtsausdruck sehen kann. Denn dass sie verliebt guckt, lässt er sich nicht ausreden. Und wenn es dabei nicht um irgendeinen Hamburger Schnösel geht, hat Bastian immer noch Chancen auf ein Revival. Und das würde er dem Kollegen von ganzem Herzen gönnen.

Montag, 20. Juni, 20.34 Uhr,
Haus am Dorfteich,
Wenningstedt

Fred Hübner sitzt mit gebeugtem Rücken auf einem der geflochtenen Freischwinger, die seinen Esstisch umstehen, und hackt auf sein MacBook ein. Auf dem Tisch stehen zwei geleerte Espressotassen, daneben liegt ein angebissenes Sandwich. Im Unterschied zu dem angebissenen Apfel auf dem MacBook-Deckel ist das Sandwich echt und riecht ziemlich penetrant nach Zwiebeln. Nicht nur darum ist Freds Stirn gerunzelt, ein diffuser Ärger anderer Art beschleunigt sein Schreibtempo zusätzlich. *Ein Saubermann im Sozialstaat* steht über dem Artikel, an dem er gerade arbeitet.

Jens-Uwe Behrmann, der aufstrebende Umweltpolitiker, hat sich immer noch nicht bei Fred zurückgemeldet, so dass der Journalist sich langsam von seinem Projekt verabschiedet. Aus der reißerischen Jubel-Monographie wird wohl nichts werden. *Ein junger Held, gutaussehend, mit intakter Familie und ökologisch brauchbaren Ideen, das ist es doch genau, was dieses Land braucht.* Mit diesem Satz konnte Fred Hübner den zuständigen Verlagslektor ziemlich schnell überzeugen. Aber jetzt müsste er langsam weitere Ideen liefern. Und das ginge nur, wenn dieser Behrmann sich prinzipiell einverstanden erklärte. Aber der Typ schweigt sich aus.

Und weil Fred mittlerweile ziemlich sauer über das Desinteresse des Politikers ist, wird der Artikel für den *Spiegel*, der eigentlich eine Vorbereitung der Öffentlichkeit auf das Thema hätte sein sollen, wohl auch erheblich kritischer ausfallen, als eigentlich geplant. Gerade formuliert Fred ein paar boshafte Bemerkungen über die heile Familie Jens-Uwe Behrmanns, die schön abseits des Großstadtrummels in einem behaglichen Landhaus lebt, da klingelt sein Telefon.

Fred stutzt und sieht auf die Uhr. Die Hamburger Redaktion wird das jetzt nicht mehr sein. Als Fred den Hörer in die Hand nimmt und seinen Namen nennt, klingt seine Stimme fragend.

Die Antwort erstaunt ihn nicht wenig.

»Entschuldigen Sie die späte Störung. Manfred Pabst am Apparat. Ihr Analytiker.«

»Herr Pabst, das nenne ich eine Überraschung. Was kann ich für Sie tun?«

»Ich muss leider Ihren nächsten Termin verschieben. Normalerweise wäre der am kommenden Freitag um 14 Uhr.«

»Wie jede Woche, genau.«

»Ich nehme an, Ihnen geht es so weit ganz gut?«

Der Stimme des Analytikers ist anzuhören, dass die Erkundung von Freds Gemütszustand nicht der eigentliche Anlass der Frage ist. Fred denkt, wenn dieser blöde Politbonze ein bisschen kooperativer wäre, würde es mir noch besser gehen, aber das behält er für sich. Auch dass er schon länger keine größeren depressiven Schübe mehr hatte, erwähnt er nicht. Denn irgendetwas in Pabsts Tonfall hat seinen Spürsinn geweckt. Was ist mit dem sonst so ruhigen und gefassten Analytiker bloß los? Schon am vorigen Freitag bei der letzten Sitzung war der Typ wie ausgewechselt. Fahrig, nervös und unkonzentriert.

Aber was geht ihn das eigentlich an?

Doch das Bedürfnis, diesem Phänomen auf den Grund zu gehen, lässt sich schlecht unterdrücken.

»Na ja, es ist mir schon mal besser gegangen«, murmelt Fred und legt mehr Dramatik in seine Stimme, als eigentlich nötig gewesen wäre. »Ich habe Ihnen doch von meinem Projekt erzählt, oder?«

»Das Buch über diesen Behrmann, ich erinnere mich.«

»Der Typ lässt mich hängen, und das macht mich so was von mutlos«, übertreibt Fred.

»Was heißt *mutlos* genau?«, erkundigt sich sein Analytiker mit angespannter Stimme.

»Ich weiß auch nicht. Nichts klappt. Also, wenn Sie jetzt auch noch meine Therapiesitzung absagen wollen …«

»Nein, nein, so war das nicht gemeint.« Fred hört hektisches Blättern am anderen Ende des Anschlusses und sieht den altertümlichen Pultkalender Manfred Pabsts fast plastisch vor sich. »Ich könnte Ihnen einen Ersatztermin gleich morgen Abend anbieten, wenn Sie wollen. Nur am Freitag geht es in dieser Woche eben nicht.«

»Morgen?« Fred lässt den Analytiker ein bisschen zappeln. Der atmet schwer durchs Telefon. Dir ist aber eine mächtige Laus über die Leber gelaufen, denkt Fred noch, dann lenkt er ein.

»Morgen Abend, okay. Und die Uhrzeit?«

»Acht?«

»Sehr schön. Ich werde da sein.«

Anstatt sich gleich wieder in den *Spiegel*-Artikel zu vertiefen, versucht Fred noch ein paar Minuten lang, sich vorzustellen, was diesen beherrschten und sonst so knochentrocken wirkenden Typen wohl aus der Ruhe gebracht haben könnte. Ob er in einer Beziehung lebt? Fred weiß es nicht. Und im Gegensatz zu dem Klischee eines Therapiepatienten, der ja wohl immer bestrebt ist, so viel wie möglich über das Privatleben seines Therapeuten herauszufinden, hat ihn das auch nie interessiert. Dass er jetzt anfängt, darüber nachzudenken, nimmt Fred einfach als ein weiteres Zeichen dafür, dass seine psychische Situation sich stabilisiert. Er schaut nicht mehr nur zwanghaft nach innen, sondern beschäftigt sich immer häufiger mit seiner Außenwelt. In zwei Monaten wird sich der grässliche Mord, der im letzten August ausgerechnet in seinem Schlafzimmer stattgefunden hat, zum ersten Mal jähren, und Fred hofft sehr, dass er danach tatsächlich Ruhe vor den Gespenstern der Vergangenheit haben wird.

Bevor er weiter darüber nachgrübeln kann und vielleicht doch noch in Gefahr geraten würde, in eine Depression zu rutschen, zeigt ein helles Klingeln auf seinem MacBook an, dass eine Mail eingegangen ist. Froh über die Ablenkung öffnet Fred den Account. Und als er den Absender sieht, hebt sich seine Laune noch weiter. Jens-Uwe Behrmann hat ihm geantwortet. Endlich! Ungeduldig öffnet Fred die Mail.

Bin sehr interessiert. Hoffe, dass meine bescheidenen Leistungen Sie nicht enttäuschen. Wie wäre es mit einem ersten Treffen noch in dieser Woche? Könnte sogar zu Ihnen nach Sylt kommen.

Na, wenn das kein Erfolg ist. So viel Entgegenkommen hätte Fred nun wirklich nicht erwartet. Schnell überfliegt er seinen Artikelanfang und verwandelt ihn mit wenigen raffinierten Änderungen in die eigentlich geplante Lobeshymne zurück. Dieser Behrmann ist eben doch ein Vollblutpolitiker, schießt es Fred durch den Kopf. Der merkt es mit fast telepathischer Sicherheit, wenn ihm irgendwo Gefahr droht, und macht genau das Richtige.

Fred klickt auf »Antworten«, um dem vielbeschäftigten Politiker so schnell wie möglich ein paar Terminangebote zu mailen.

Montag, 20. Juni, 23.45 Uhr, Braderuper Weg, Kampen

Sehr leise schließt Sven Winterberg die Haustür hinter sich. Er weiß genau, dass Anja Fragen stellen würde, wenn sie wüsste, dass er zu dieser Zeit noch spazieren geht. Er lenkt seine Schritte auf schnellstem Weg aus dem Ort heraus nach Süden, wo zwischen Watt und Hauptstraße nur Felder und Weiden liegen. Außer dem gelegentlichen traumtiefen Schnaufen eines Galloway-Rindes ist nichts zu hören. Genau die richtige Umgebung, denkt Sven, der schon den ganzen Abend unruhig war und sich kaum auf das Gespräch mit den Freunden konzentrieren konnte, die sie zu Besuch hatten. Jetzt sind die Gäste weg, und das schmutzige Geschirr ist abgeräumt. Anja liegt schon oben im Schlafzimmer und ist hoffentlich längst eingeschlafen.

Aber Sven kriegt den aktuellen Fall einfach nicht aus dem Kopf. Irgendetwas stimmt da nicht. Nur was?

Normalerweise hätte er seine Bedenken, was den gegenwärtigen Fall betrifft, im Gespräch mit Bastian geklärt. Aber seitdem der Kollege ihm im letzten Sommer vorgezogen worden ist und nun die Westerländer Dienststelle leitet, nagt ein kleiner Unmut an Svens Seele. Es ist nichts Wichtiges und auch nichts, was die tägliche Zusammenarbeit in irgendeiner Weise stören oder gar beschweren würde. Aber manchmal drängt sich Sven eben doch die Frage auf, ob er selbst nicht ein ebenso guter Hauptkommissar und Dienststellenleiter gewesen wäre. Vielleicht ist es die freundschaftliche Nähe zu Bastian und gerade ihr besonders offenes Verhältnis in dienstlichen Dingen, die dazu führen, dass sich für Sven die Unterschiede verwischen. Wenn die meisten Entscheidungen in kollegialer Übereinkunft gefällt werden, dann ist es oft schwer zu sagen, wer den entscheidenden Anteil am Gelingen einer Ermittlung hat.

Doch seit Sven am Morgen durch Zufall die Geschwister Mönchinger beim Streit beobachtet hat, versucht er, sich allein einen Reim auf die Vorfälle zu machen. Auch wenn es nur intern bliebe, würde er gern mit einem Geistesblitz zu den Ermittlungen beitragen. Und sich im umgekehrten Fall natürlich nur sehr ungern blamieren.

Was also könnte der Geschwisterstreit bedeuten?

Hat Christa Mönchinger die Schwägerin vielleicht heimlich aus dem Haus vergrault? Oder hat ihr Bruder im Gegenteil längst von dem Entschluss seiner Frau gewusst, ihn zu verlassen, und hat nur seiner Schwester nichts davon gesagt? Vielleicht kann er im Nachhinein den Gedanken daran nicht mehr ertragen und hat sich daher die Story von der rätselhaft verschwundenen Gattin ausgedacht? Hatte er möglicherweise Rachegelüste, die er an der rothaarigen Toten vom Strand ausgelebt hat, weil seine Frau nicht mehr greifbar war? Und welche Rolle spielt der ominöse Ordner, der am Morgen schon in Mönchingers Müllkasten lag?

Sven seufzt vernehmlich, doch nur die Galloways hinter dem Elektrozaun könnten ihn hören, wenn sie nicht mit ihren eigenen unruhigen Träumen beschäftigt wären. Tief atmet Sven die milde Nachtluft ein, spürt dem Aroma von Heide, Schlick und Salz nach, das sich zu dem ganz besonderen Duft der Insel mischt. Langsam macht sich auch seine Müdigkeit bemerkbar, und es fällt ihm immer schwerer, die Gedanken zu ordnen. Er dreht sich um und beschließt, morgen früh mit neuen Kräften noch einmal an das Problem heranzugehen. Erst, wenn es ihm gelungen sein sollte, eine tragfähige Hypothese zu entwickeln, wird er das Ganze mit Bastian und Silja besprechen. Noch einmal holt er tief Luft. Er ist jetzt nur noch auf den Duft der Insel konzentriert, und wie so oft, wenn man ein bestimmtes Ziel aus den Augen lässt, fügen sich plötzlich die Fakten in einer Weise zusammen, die zwingend logisch scheint, auf die man vorher aber einfach nicht gekommen ist.

»Dat is ja man 'n Ding«, murmelt Sven plötzlich, während er beständig den einen Fuß vor den anderen setzt und wie ein Kind versucht, den mächtigen Schatten seines eigenen Körpers einzuholen. Und fast würde er darauf wetten, dass die Idee, die er gerade hatte, sich auch am nächsten Tag noch als Volltreffer erweisen wird.

Dienstag, 21. Juni, 8.00 Uhr, Kriminalkommissariat Westerland

»Das Auto von der Polenz war die volle Enttäuschung«, schimpft Bastian Kreuzer und reibt sich die verspannten Muskeln. Er war heute noch vor Dienstbeginn im Fitnessstudio und hat es wohl mit den Situps etwas übertrieben. Aber wenn er auf den Bauchansatz schielt, der sich leider über seinem Hosenbund wölbt, dann weiß er wieder, dass sich jeder Einsatz lohnt. »Wir haben die Karre buchstäblich auf den Kopf gestellt. Innenraum, Kofferraum, sogar die Motorhaube hat Leo untersucht. Das Handy war einfach nicht aufzutreiben. Aber das war noch nicht alles, das Schlimmste kommt noch …«

»Lass mich raten.« Silja streicht mit einer nachlässigen Geste ihren cremefarbenen Leinenrock glatt, setzt sich auf Bastians Schreibtischkante und schlägt die Beine übereinander. »Ihr habt nur Fingerabdrücke von dieser Sibylla gefunden.«

»Ganz genau. Die hat in den letzten drei Jahren noch nicht mal einen lausigen Anhalter mitgenommen. Von irgendwelchen Freiern ganz zu schweigen.«

»Und Blut oder so etwas gab es auch nicht, oder?«

»Meinst du mit *oder so etwas* vielleicht Sperma?«

Bevor Silja antworten kann, überlegt Bastian schon, ob er vielleicht zu weit gegangen ist. Aber andererseits ist es doch ziemlich offensichtlich, dass Silja und er hier das verspätete Eintreffen Svens nutzen, um ein Gespräch auf zwei Ebenen zu führen, von denen nur eine etwas mit ihrem Beruf zu tun hat.

Siljas entrüstete Stimme unterbricht seine Gedanken. »Sperma? Spinnst du? Wie soll denn Sperma in das Auto kommen, wenn es noch nicht mal fremde Fingerabdrücke gibt?«

Mist, denkt Bastian, jetzt habe ich es doch übertrieben. Und um von dem heiklen Thema abzulenken, sieht er stirnrunzelnd auf seine Armbanduhr.

»Sag mal, ist Sven nicht gestern auch schon zu spät gewesen?«

»Jetzt sei nicht so kleinlich, er hat schließlich das Wochenende durchgearbeitet.« Silja stößt sich mit beiden Händen von der Schreibtischkante ab und hüpft auf den Boden. »Während ich mich amüsiert habe.« Der Blick, den sie ihm zuwirft, hat etwas Provokantes. *Frag doch*, steht darin. *Oder traust du dich etwa nicht?*

Oder täuscht er sich? Ist sie einfach nur gut gelaunt, und das aus Gründen, die er schon aus Selbstschutz besser nicht genauer ergründen sollte?

Bevor Bastian sich weiter mit diesen wenig ermittlungsrelevanten Fragen beschäftigen kann, stürzt Sven ins Büro. Seine Wangen sind gerötet, sein Atem geht schnell. Er wirft den Autoschlüssel auf seinen Schreibtisch und beginnt sofort zu reden.

»Ich muss euch was erzählen. Ich habe ein bisschen auf eigene Faust ermittelt. Gestern war ich noch nicht sicher, ob das überhaupt von Interesse sein könnte. Da habe ich nämlich am Morgen auch schon mit Christa Mönchinger gesprochen. Das ist die Schwester von dem verlassenen Ehemann«, erklärt er kurz mit Blick auf Silja.

»Schwester? Ehemann? Ich dachte, wir haben es mit einer ermordeten Prostituierten zu tun.«

Ein fragender Blick aus sorgfältig geschminkten Augen fordert Bastian zum Reden auf.

»Ich habe dir gestern früh doch davon erzählt. Die Frau, die nachts mit einem Koffer von zu Hause abgehauen ist.«

»Richtig, jetzt erinnere ich mich wieder. Es gab diese zeitliche Überschneidung und eine oberflächliche Ähnlichkeit der beiden Frauen, stimmt's?«

»Genau. Trotzdem bin ich eigentlich der Meinung, dass die verschwundene Ehefrau ein Privatproblem von diesem Hubert Mönchinger ist.«

Silja nickt, ohne wirklich überzeugt auszusehen. Doch bevor sie etwas sagen kann, redet Sven weiter.

»Heute früh bin ich noch mal bei denen vorbeigefahren. Das Haus liegt ja quasi auf meinem Weg hierher. Und die haben sich schon wieder gestritten.«

»Langsam, langsam«, unterbricht ihn Bastian. »Was heißt schon wieder? Und worum ging es in dem Streit?«

»Er wirft ihr vor, seine Frau aus dem Haus getrieben zu haben. Es war heute früh ja ziemlich warm, und das Küchenfenster der Mönchingers stand weit offen. Da bin ich ein bisschen die Straße entlanggeschlendert und habe gelauscht. Der Streit der Geschwister war echt nicht zu überhören.«

»Wir ermitteln doch aber in einem Mordfall«, schaltet sich Silja ein. »Und das, was du gerade sagst, bedeutet wohl eher, dass die Frau wirklich Gründe hatte, abzuhauen und gerade nicht die Gefahr besteht, dass ein Triebtäter schon sein nächstes rothaariges Opfer auf Vorrat beiseite geschafft hat.«

Sven schüttelt energisch den Kopf und fährt sich mit gespreizten Fingern durch die dunklen Locken, die wie immer akkurat geschnitten und gestylt sind.

»Ich habe mittlerweile eine andere Theorie«, setzt er an

und überzeugt sich durch einen Blick davon, dass er auch wirklich die volle Aufmerksamkeit seiner beiden Kollegen hat. »Ich denke, dass Mönchingers Schwester irgendetwas Unsauberes herausgefunden hat. Entweder aus dem beruflichen Umfeld Mönchingers oder aus der Vergangenheit der verhassten Schwägerin. Gestern früh hat sie nämlich einen Aktenordner aus dem Müll gefischt, den ihr Bruder kurz vorher voller Wut dort hineingedonnert hatte. Vielleicht haben die Eheleute sich am letzten Donnerstagabend deswegen richtig in die Wolle gekriegt, und Marga Mönchinger ist noch in derselben Nacht abgehauen. Das Alibi ihres Mannes haben wir ja nie überprüft.«

»Moment, Moment, ich verstehe nur Bahnhof«, unterbricht Silja Svens Ausführungen. »Warum muss er denn ein Alibi haben? Es ist doch gar nicht seine Frau, die ermordet worden ist.«

»Aber die Tote sah ihr sehr ähnlich. Und sie hat in Zeitungsanzeigen mit ihrem roten Haar und für ihren Körper geworben.«

»Langsam kapier ich's.« Bastian setzt sich an seinen Schreibtisch, neben dem immer noch Silja steht. Sorgfältig achtet er darauf, den Bauch einzuziehen, als er sich vorbeugt, um den Kopf in die Hände zu stützen. Dann redet er stockend weiter, als formten sich erst beim Sprechen seine Gedanken. »Du meinst also, in dieser Donnerstagnacht hat es in der Ehe kräftig gekracht. Vielleicht hat diese Marga ihrem Mann gedroht, je nachdem, was sie von den Dingen aus dem Ordner wusste. Mönchinger ist stinksauer mit dem Auto von dannen gerauscht, aber nicht auf dem Autozug gelandet, sondern auf der Insel geblieben.«

»So in etwa. Vielleicht ist er sogar erst mal rübergefahren

und dann wieder umgekehrt. Jedenfalls könnte er sich theoretisch spontan mit der roten Lola verabredet haben. Und während sie noch dachte, es handle sich um einen ganz normalen Termin mit einem ganz normalen Freier, sind ihm alle Sicherungen durchgeknallt, und er hat sie erwürgt. Als Ersatztat sozusagen, denn seine Gattin war ja nicht mehr greifbar.«

»Das Auto mit dem Putzkasten hätte er jedenfalls dabei gehabt.«

Auch Silja scheint jetzt Gefallen an Svens These zu finden, wird aber von Bastian unterbrochen.

»Warte mal, Silja, nicht so schnell. Lass uns noch mal bei der Situation vor dem Mord bleiben. Mönchinger müsste aber zuerst nach Hause zurückgekehrt sein, um seiner Frau die Meinung zu sagen.«

»Dort könnte er erfahren haben, dass sie abgehauen ist«, fällt Sven ein.

»Genau. Dann lag da vielleicht eine dieser Gratiszeitungen herum, Mönchinger hat die Anzeige der roten Lola entdeckt und gedacht, jetzt geh ich zu 'ner Nutte und lass mal so richtig die Sau raus …«

»… und dann hatte er sich plötzlich nicht mehr unter Kontrolle«, vollendet Silja den Satz. »Stimmt, so könnte es gewesen sein.«

Schweigend blicken die drei Ermittler sich an. Schließlich fragt Bastian leise: »Oder bauen wir uns das jetzt nur zurecht, um alle Merkwürdigkeiten schön säuberlich unter einen Hut zu kriegen?«

Er muss ziemlich lange auf eine Antwort warten. Etliche besorgte und nachdenkliche Blicke wandern durch den Raum. Schließlich bricht Sven das Schweigen.

»Das glaube ich eigentlich nicht. Dafür benehmen sich die beiden Mönchingers zu auffällig. Und wir müssen ihn ja nicht gleich festnehmen. Wir können erst mal sein Alibi checken und dann weitersehen.«

»Okay, so machen wir es. Sven, übernimmst du das? Frag ihn nach der Unterkunft in Flensburg, in der er gewöhnlich übernachtet. Außerdem brauchen wir eine Speichelprobe, um Mönchingers DNA mit den Spermaresten in der Scheide der Toten abzugleichen. Ich sehe zu, dass das so schnell wie möglich untersucht wird. Vielleicht wissen wir heute Abend schon mehr.«

»Am einfachsten wäre es aber, wir würden Marga Mönchinger finden. Dann könnten wir sie nämlich fragen, was am Donnerstag wirklich passiert ist«, gibt Silja zu bedenken.

»Können wir nicht vielleicht eine Suchmeldung starten, ohne dass Mönchinger seine Ehefrau offiziell als vermisst meldet?«, überlegt Sven.

»Er hat sie bereits als vermisst gemeldet. Am Morgen nach dem Mord. Ich habe die Meldung selbst aufgenommen«, erklärt Bastian.

»Das habe ich anders in Erinnerung. Du hast ihm ziemlich energisch davon abgeraten, nach ihr suchen zu lassen.«

Sven kann die Kritik nicht ganz aus seiner Stimme verbannen, aber mit einer derart aggressiven Reaktion Bastians hätte er nicht gerechnet. Der Hauptkommissar springt auf und stürzt sich fast auf den Kollegen.

»Verdammt nochmal, Sven, machst du nie Fehler? Was soll das denn? Wollen wir uns jetzt gegenseitig zerfleischen oder was? Ich denke, wir sind ein Team.«

»Sachte, Bastian, sachte. So war das nicht gemeint.«

»Hat sich aber verdammt danach angehört«, brummt Bastian, jetzt schon wieder etwas beruhigt.

»Hört auf damit, ihr beiden. Das bringt doch nichts«, schaltet sich Silja vermittelnd ein. »Hast du was dagegen, wenn ich mit Sven zu den Mönchingers fahre? Ich würde mir gern selbst ein Bild von denen machen.«

»Nur zu. Hier ist jede Meinung willkommen. Bevor ich den Typen wirklich festnehme, möchte ich mich so weit wie möglich absichern. Ihr kennt ja die Bispingen.« Bei dem Gedanken an die resolute Staatsanwältin in Flensburg schüttelt sich Bastian wie ein nasser Hund. »Die reißt mich ungekocht in Stücke, wenn ich den ersten großen Fall nach meiner Versetzung auf die Insel versemmle.«

»Ein bisschen schade wäre es schon um dich.«

Silja sieht Bastian nicht an, begleitet ihre Worte aber mit einem Lächeln. Erst jetzt wird ihm klar, wie selten sie in letzter Zeit so gelöst gewirkt hat. Nur dass das an irgendwelchen Gefühlen liegen sollte, die sie vielleicht doch noch für ihn hat, kann er noch nicht so ganz glauben. Trotzdem klingt seine Stimme plötzlich ungewöhnlich weich, fast zärtlich.

»Sag mal, Silja, du bist doch heute Nachmittag wieder in Hamburg, oder?«

»Ja und?«

»Könntest du bei der Gelegenheit nicht vielleicht einen Abstecher nach Bremen machen? Da lebt nämlich der Bruder von Marga Mönchinger. Vielleicht ist sie ja bei dem untergeschlüpft, und du kannst mit ihr reden.«

»Muss das ausgerechnet jetzt sein?«

»Was willst du damit sagen?«

»Na heute ist doch Mittsommernacht. Da wollte ich eigentlich am Abend zurückkommen.«

»Alle Sylter lieben diese Nacht«, springt Sven ihr bei. »Mittsommer ist ein bisschen das Fest der Insulaner, musst du wissen. Neben Biike natürlich.«

»Ach so?« Bastian kratzt sich nachdenklich den Kopf. »Ich war ja letzten Sommer im Juni noch nicht hier. Erzählt doch mal, was gibt's denn da Besonderes?«

»Anja und ich sind immer an Buhne 16.« Sven grinst. »Ich weiß schon, was ihr jetzt denkt: Guck mal an, der geht heimlich zu diesem Promitreff. Aber so ist das nicht, jedenfalls nicht am 21. Juni. Sind ja noch nicht so viele Touristen auf der Insel, und meist ist das Wetter ziemlich bescheiden.«

»Letzte Nacht waren es zwölf Grad, wenn ich mich recht erinnere. Da müsst ihr euch heute Abend ganz schön warm anziehen.«

Bastian streift Silja mit einem Seitenblick. In den letzten beiden Jahren hat sie nie von diesen Nächten erzählt. Und blöderweise war er nie zu diesem Zeitpunkt auf der Insel. Also ist dieses Thema wie so vieles in ihrer Fernbeziehung unter den Tisch gefallen. Dabei würde Bastian jetzt zu gern erfahren, was Silja normalerweise in dieser besonderen Nacht macht. Aber sie schweigt, und nur Sven redet weiter.

»Dicke Pullis haben wir Sylter ja genug. Und wenn man sich ans Feuer setzt, und das ist jedes Jahr ziemlich beeindruckend, dann wird es schon warm.«

»Alkohol soll ja auch helfen«, grinst Bastian.

»Ganz recht. Es wird ordentlich gebechert, getanzt wird auch, meist haben sie eine Band an Buhne 16, richtig guten Reggae, und alle Einheimischen kommen mit dem Fahrrad.«

Bastian holt tief Luft und nimmt all seinen Mut zusammen, dann fragt er die Kollegin direkt: »Und du, Silja, was hattest du heute Abend vor?«

»Jetzt nichts mehr. Ich bleibe nach der Vorlesung wohl am besten in Hamburg«, antwortet Silja achselzuckend. »Warum soll ich erst zurück auf die Insel kommen? Besser wäre es sicher, ich würde gleich morgen früh von Hamburg aus nach Bremen fahren. Die eine Nacht kann ich bestimmt bei meiner Freundin schlafen.«

Mist, denkt Bastian, das habe ich jetzt davon. Wenn ich diesen bescheuerten Vorschlag mit dem Bremen-Besuch nicht gemacht hätte, hätten wir uns vielleicht Sven und seiner Frau anschließen können. Er sieht es förmlich vor sich: Die längste Nacht des Jahres, ausgelassene Partystimmung, Silja, die sich an einem guten Grog wärmt, der Feuerschein spiegelt sich in ihren Augen, vielleicht tanzt sie am Strand …

»Aber …«, unterbricht Silja zögernd seine Überlegungen. Bastian schöpft Hoffnung. Vielleicht weigert sie sich ja doch noch, die Insel zu verlassen. Er würde mit sich reden lassen.

»Aber was?« Bastian probiert einen Flirtblick, der allerdings an Siljas ernster Miene abprallt.

»Na ja. Haben wir nicht schon längst darüber geredet, dass Marga Mönchinger zurück zu ihrem Bruder gefahren sein könnte? Ich wundere mich gerade darüber, dass ihr das nicht damals schon gecheckt habt.«

»Jetzt fang du nicht auch noch an«, seufzt Bastian und verabschiedet sich innerlich von seinen Phantasien. »Es ist eben besser, wenn wir zu dritt sind. So ein konstruktives Gespräch wie gerade jetzt hatten wir schon lange nicht mehr.«

Abrupt bricht der Hauptkommissar ab. Alles, was er außerdem noch sagen könnte und auch ganz gern sagen würde, würde viel zu viel über seinen Seelenzustand verraten. Ein kurzer Blick in die Runde sagt ihm, dass die beiden anderen es auch so verstanden haben. Sven unterdrückt mit Mühe ein anzügliches Grinsen, und Silja hat überraschenderweise wieder dieses verträumte Lächeln aufgesetzt, das Bastian schier um den Verstand bringt.

»Raus, ihr beiden«, schnauzt er deshalb unnötig laut. »Und versucht möglichst, einen Keil zwischen die Geschwister Mönchinger zu treiben.«

»Einen Keil?« Sven lacht höhnisch. »Zwischen denen klafft schon ein ganzer Abgrund, das kannst du mir glauben.«

Dienstag, 21. Juni, 08.31 Uhr, Zwischen den Hedigen, Westerland

Als Sven und Silja aus dem Wagen steigen, rollt das Auto Hubert Mönchingers gerade aus der Einfahrt des Einfamilienhauses. Sven stellt sich dem Wagen kurzerhand in den Weg. Ungehalten bremst Mönchinger und lässt sein Fenster herunter.

»Ich habe einen Termin. Was ist denn noch?«

Sven ignoriert den aggressiven Unterton und antwortet höflich.

»Wir müssen dringend mit Ihnen reden. Dauert nicht länger als eine halbe Stunde. Können Sie Ihren Termin vielleicht verschieben?«

»Nein.«

Mönchinger lässt den Motor aufheulen. Inzwischen ist auch Silja seitlich an den Wagen herangetreten.

»Herr Mönchinger, es ist wichtig. Wir haben möglicherweise neue Erkenntnisse, was Ihre Frau betrifft«, behauptet sie, ohne zu wissen, wie sie sich später aus der Notlüge retten soll. Immerhin zeigen ihre Worte Wirkung. Mönchinger guckt ungläubig, zückt aber sein Handy und ruft eine gespeicherte Nummer auf.

»Mönchinger hier. Es tut mir leid, ich muss heute absagen. Die Polizei hat irgendetwas herausgefunden. Kann ich stattdessen morgen kommen? Bitte! Sie wissen ja, es ist mir sehr wichtig. Ich melde mich nachher noch einmal.«

Sven und Silja entgeht es nicht, dass Hubert Mönchinger jede Namensnennung seines Gesprächspartners vermeidet. Die beiden Ermittler wechseln einen kurzen Blick, dann wird ihre Aufmerksamkeit auf Christa Mönchinger gelenkt, die sichtlich alarmiert aus dem Haus kommt.

»Was gibt es denn jetzt schon wieder?«

»Wir müssen das Alibi Ihres Bruders überprüfen«, erklärt Sven mit ernster Miene.

Die Reaktion der Geschwister ist eindrucksvoll. Hubert Mönchinger gibt plötzlich Gas und fährt den Oberkommissar fast über den Haufen. Erst in letzter Sekunde macht er einen Schlenker. Doch anstatt anschließend davonzubrausen, wie er es wahrscheinlich vorhatte, überlegt er es sich anders, stoppt nur wenige Meter hinter dem Gartentor und parkt den Wagen auf der Straße. Als er mit niedergeschlagenen Augen zu den drei anderen zurückkommt, schlägt Silja vor, ins Haus zu gehen.

»Wird besser sein«, murmelt Hubert Mönchinger und geht voran, ohne seine Schwester eines Blickes zu würdigen.

Wenig später sitzen alle vier im Wohnzimmer, die beiden Ermittler auf der Couch, Bruder und Schwester einander gegenüber in je einem Sessel. Zwischen ihnen auf dem Couchtisch liegt wie eine stumme Anklage der Sylter Anzeiger. Die riesigen Lettern der Titelzeile sind kaum zu übersehen. *Tote am Strand war Westerländer Prostituierte.* Alle Anwesenden bemühen sich, die Zeitung zu ignorieren. Sven bricht als Erster das belastende Schweigen. Eindringlich sieht er dem Hausherrn ins Gesicht.

»Es tut uns leid, dass wir Sie beide so überfallen haben. Aber der Mord am Strand ist keine Kleinigkeit. Und dass quasi gleichzeitig Ihre Frau verschwunden ist, gibt uns natürlich zu denken.«

»Ich habe Ihnen doch schon erklärt …«, fällt ihm der Hausherr ins Wort, wird aber durch eine entschiedene Geste Sven Winterbergs zum Schweigen gebracht.

»Moment bitte, ich war noch nicht fertig. Wir sind hier, um diesen Teil der Ermittlungen möglichst endgültig abzuschließen. Dafür brauchen wir aber noch einige Informationen von Ihnen, Herr Mönchinger.«

»Und die wären?«

»In welchem Hotel in Flensburg haben Sie in der Mordnacht geschlafen, und gibt es dafür Zeugen?«

»Sie verdächtigen jetzt aber nicht meinen Bruder, diese Nutte erwürgt zu haben?« fährt Christa Mönchinger mit schriller Stimme dazwischen und schlägt mit der flachen Hand auf die Titelseite des Sylter Anzeigers.

»Frau Mönchinger, bitte.«

Siljas beschwichtigende Handbewegung wird von Christa Mönchinger mit einem verächtlichen Blick beantwortet. Die Wut steht ihr im Gesicht geschrieben, doch bevor sie weitertoben kann, schaltet sich ihr Bruder ein.

»Ich war in dieser Nacht überhaupt nicht in Flensburg.«

»Sondern?« Sven rutscht auf der Sofakante nach vorn und beugt sich so weit wie möglich zu Mönchinger hinüber. Dieser beginnt leise und stockend zu reden.

»Ich bin wie üblich zum Autozug gefahren. Und auf dem Festland dann weiter Richtung Flensburg. Aber dann …« unstet tastet sein Blick das Gesicht des Kommissars ab, bevor er weiterredet, »… aber dann hatte ich plötzlich so ein merkwürdiges Gefühl, ich weiß auch nicht.«

»Sie hatten sich doch mit Ihrer Frau gestritten«, fällt Sven ein.

»Nein!« Hubert Mönchingers Stimme wird schrill. »Ich schwör's Ihnen. Es war alles in Ordnung. Nur zur Sicherheit habe ich Marga noch einmal angerufen.« Ein eindringlicher Blick Mönchingers wandert zu seiner Schwester, doch die bemerkt es gar nicht, denn sie schaut mit starren Augen auf das Foto der ermordeten Prostituierten, als sei diese eine wichtige Zeugin, deren Aussage dringend benötigt wird. »Ich habe also Marga auf dem Handy angeklingelt. Aber sie ist nicht rangegangen.«

»Und das war ungewöhnlich?«, fragt Silja mit sehr leiser Stimme. Sie will es unbedingt vermeiden, Mönchinger aus seinem Redefluss zu reißen.

Mönchinger nickt. »Sehr sogar. Ich habe es anschließend noch zwei- oder dreimal probiert. Erfolglos. Da bin ich dann umgekehrt.«

»Auf die Idee, den Festnetzanschluss anzurufen, sind Sie nicht gekommen?«

»Nein. Warum hätte ich das tun sollen? Ich dachte ja, Christa ist nicht zu Hause. Und Marga geht eher an ihr Handy als ans Festnetz.« Wieder sendet er seiner Schwester einen eindringlichen Blick. Diesmal erwidert sie ihn.

»Das reicht jetzt.« Sven Winterberg springt auf und fasst Hubert Mönchinger unsanft am Arm. »Sie beide kommen mit aufs Revier. Ich möchte Sie getrennt vernehmen.«

»Sie haben keinen Haftbefehl«, japst Mönchinger.

Sven zückt sein Handy und antwortet cool: »Das wäre eine Sache von einer Viertelstunde. Höchstens. Aber ich frage mich, warum Sie davon ausgehen, dass ich einen Haftbefehl brauchen werde. Bisher will ich Sie nur als Zeugen vernehmen. Und Ihre Schwester auch.«

»Natürlich kommen wir mit.« Christa Mönchinger redet plötzlich sehr schnell. »Wir sind gern bereit auszusagen, dass Hubert noch vor Mitternacht wieder hier war. Ich kann das bezeugen.«

»Halten Sie die Klappe, verdammt nochmal«, schimpft Sven und zerrt Mönchinger am Arm aus dem Zimmer. In der Tür dreht er sich kurz um. »Ich nehme das Dienstauto und schicke dir einen Streifenwagen, Silja. Damit kommt ihr beide dann nach. Wir sehen uns auf dem Präsidium.«

Silja nickt. Nachdem beide Männer das Haus verlassen haben, sagt sie eindringlich zu Christa Mönchinger: »Sie haben Ihrem Bruder eben keinen Gefallen getan, auch wenn Sie selbst das vielleicht anders sehen. Wie sollen wir Ihnen denn glauben, wenn wir den Eindruck bekommen, dass Sie das Alibi absprechen?«

»Mein Bruder ist kein Mörder«, flüstert die Mönchinger, greift nach der Zeitung auf dem Tisch und reißt das Titelblatt mit dem Foto der Toten in zwei Stücke. Der Riss geht genau durch die weit geöffneten Augen. »Er hat diese Hure nicht umgebracht. Dazu ist er gar nicht fähig, das werden Sie auch noch feststellen. Und im Übrigen war er hier. Die ganze Nacht lang, dabei bleibe ich. Er kam noch vor Mitternacht, Marga war schon weg, und dann hat Hubert das Haus bis zum nächsten Morgen nicht mehr verlassen.«

»Wir werden ihn dazu befragen, Frau Mönchinger. Allerdings nicht in Ihrer Anwesenheit. Und glauben Sie mir, wenn wir auch nur den geringsten Widerspruch in Ihrer beider Äußerungen finden, dann werden Sie jedes Wort bereuen.«

»Reue«, faucht Christa Mönchinger. »Reden Sie doch nicht so, als wüssten Sie, was das ist.« Ihr ganzer Körper richtet sich kerzengerade auf, als sie aus dem Sessel aufsteht. »Reue ist etwas für Schwächlinge«, fügt sie leise hinzu und geht hocherhobenen Hauptes zur Eingangstür, öffnet sie einen Spalt breit und sieht hinaus. »Da draußen steht schon der Streifenwagen, von dem Ihr Kollege geredet hat. Ich wusste gar nicht, dass die Polizei so schnell sein kann. Gehen wir?«

Dienstag, 21. Juni, 11.35 Uhr, Kriminalkommissariat Westerland

»Fassen wir zusammen.« Bastian Kreuzer lehnt an seinem Lieblingsplatz am Bürofenster und dreht den Kaffeebecher zwischen den Händen. »Die Aussagen der Geschwister stimmen darin überein, dass Hubert Mönchinger in der Mordnacht ab Mitternacht zu Hause war. Beide haben außerdem übereinstimmend ausgesagt, dass er erst für seinen Besuch bei uns am nächsten Morgen das Haus wieder verlassen hat. Das haben sie nicht abgesprochen, jedenfalls nicht in eurer Anwesenheit. Ist das richtig?«

Silja und Sven nicken einträchtig. Sie wissen beide sehr genau, dass ihnen noch eine kräftige Strafpredigt bevorsteht.

Sie hätten von Anfang an damit rechnen müssen, dass die Situation im Hause Mönchinger eskaliert, und die Geschwister gleich trennen sollen. Silja kann sich sogar daran erinnern, dass sie kurz darüber nachgedacht hat, aber dann entwickelte sich das Gespräch mit einer solchen Geschwindigkeit, dass Sven und sie nur noch reagieren und nicht mehr agieren konnten. Dass Bastian über diese Panne mehr als wütend ist, sieht Silja an der Hektik, mit der er den Kaffee in sich hineinschüttet. Sie kennt diese Angewohnheit zur Genüge aus der Zeit ihrer Beziehung und weiß mit großer Sicherheit, dass die Entladung seines Zorns nicht mehr lange auf sich warten lassen wird. Doch noch hält sich Bastian zurück und gibt den wohlwollenden Vorgesetzten. Irgendwo in seinem Inneren muss aber der wütende Boss schon bereitstehen.

»Okay, so weit, so gut«, fährt der Hauptkommissar fort. »Habt ihr denn wenigstens im Nachhinein irgendwelche Unstimmigkeiten ermitteln können? Immerhin habt ihr die beiden jetzt fast zwei Stunden lang getrennt vernommen.«

Silja räuspert sich, bevor sie zögernd zu reden beginnt. »Der Knackpunkt ist dieser mysteriöse Typ, der gegen Mitternacht bei den Mönchingers vor der Tür gestanden haben soll.«

»Behauptet die Schwester«, fällt Sven ein.

»Das weiß ich«, schnauzt Bastian. »Ich leide nicht an Alzheimer.«

Silja wirft dem Kollegen einen kühlen Blick zu, verzichtet aber darauf, ihn durch eine direkte Reaktion noch weiter zu provozieren. Stattdessen erklärt sie: »Wir haben uns also überlegt, unsere Vernehmung um diesen Vorfall herum zu intensivieren. Wann kam Mönchinger genau nach Hause? Hat er den mysteriösen Besucher gesehen? Hat seine Schwester vielleicht sogar von ihm erzählt?«

»Das wissen wir doch alles schon«, unterbricht sie Bastian unwirsch. »Mönchinger hatte keine Ahnung von diesem Besucher, denn die Schwester ist ja erst bei unserer ersten Vernehmung mit der Neuigkeit herausgerückt.«

»Ja, schon, aber damals hat er auch noch behauptet, gar nicht nach Hause zurückgekommen zu sein.«

»Stimmt auch wieder. Also weiter.« Bastian füllt seinen Becher noch einmal, verzichtet aber darauf, den Kaffee gleich hinunterzustürzen, sondern betrachtet den Inhalt des Bechers lediglich mit finsterem Blick. Silja beschließt, das als gutes Zeichen zu sehen, und redet eifrig weiter.

»Es war natürlich ziemlich mühsam. Sven und ich mussten uns immer wieder absprechen und austauschen, deswegen haben die Vernehmungen auch so lange gedauert, aber am Schluss hatten wir die beiden am Haken.«

»Und?« Bastian blickt mit drohend gerunzelten Brauen von seinem Kaffee auf.

»Der Kniff war, dass sie sich ja nach Hubert Mönchingers Rückkehr begegnet sein müssen, sonst kann die Schwester dem Bruder schlecht ein Alibi geben. Sie sagt, sie hätten sich getroffen, als sie sich in der Küche ein Glas Wasser geholt habe. Er sagt, es war im Bad, als er sich die Zähne putzen wollte …«

»… und sie sich ein Glas Wasser geholt hat«, vervollständigt Sven triumphierend den Satz.

»Das war knapp, oder?« Bastian grinst jetzt unverhohlen.

»Kannst du wohl sagen.« Sven lächelt erleichtert. »Die beiden sind ziemlich aufeinander eingespielt, sie kennen sich sehr gut, und die wenigen Hinweise, die diese Christa ihrem

Bruder noch beim Vierergespräch gegeben hat, hätten fast ausgereicht, um ein astreines Alibi zu konstruieren.«

Bastian Kreuzer nickt nachdenklich. »Wo sind die beiden Vögelchen jetzt?«

»Noch in den Vernehmungszimmern. Wir wollten nur schnell mit dir besprechen, wie es weitergeht.«

Der Hauptkommissar stößt sich vom Fensterbrett ab, geht die paar Schritte zur Spüle und kippt den Inhalt seines Kaffeebechers mit angewidertem Gesichtsausdruck hinein. »Ekelhaft, diese Brühe. Wir sollten dringend die Sorte wechseln. Und Mönchinger buchten wir ein. Verdunkelungsgefahr. Ich telefoniere gleich mit der Bispingen und kümmere mich um den Haftbefehl.«

»Okay. Wie du meinst.« Sven Winterbergs Stimme klingt zögerlich.

»Habt ihr sie jetzt am Haken, oder nicht?«

»Ja, schon. Aber ein Widerspruch ist noch keine Mordmotiv«, gibt Silja zu bedenken.

»Leo ist vor zwei Stunden mit der Speichelprobe abgezogen. Bis wir kein eindeutiges Ergebnis haben, lassen wir diesen Mönchinger in der Zelle schmoren. Mal sehen, was ihm noch alles zu der Nacht einfällt.«

»Und seine Schwester?«

»Schickst du nach Hause, Silja. Hast du nicht gesagt, sie wird bei dem Gedanken daran, dass ihrem Bruderherz etwas zustoßen könnte, fast hysterisch?«

Silja nickt.

»Na siehst du. Dann lassen wir's doch mal darauf ankommen. Willst du ihr dic frohe Botschaft überbringen?« Ohne Siljas Antwort abzuwarten, redet Bastian weiter. »Klar willst du. Und ich komme mit. Mal sehen, was ihr dazu einfällt.«

Während alle drei Ermittler das Büro verlassen, Sven, um Hubert Mönchinger in eine der Zellen zu bringen, und Silja und Bastian auf dem Weg ins andere Vernehmungszimmer, denkt Silja verwirrt, dass sie es in ihrer immerhin zwei Jahre dauernden Beziehung mit Bastian noch nie erlebt hat, das er sich von selbst beruhigen konnte, nachdem schon so deutlich alle Vorzeichen auf Sturm gestanden hatten. Aber auf den fragenden Blick, den sie ihm unterwegs zuwirft, reagiert der Hauptkommissar nicht. Stattdessen pfeift er leise und falsch vor sich hin. Silja kommt aus dem Staunen nicht mehr heraus. Pfeifend hat sie ihn wirklich noch nie erlebt.

Dienstag, 21. Juni, 11.49 Uhr, Kurzentrum Westerland

Die Handschellen reiben an den Gelenken und scheuern die Haut wund. Marga Mönchinger wirft den Kopf zur Seite, kann aber das Ziffernblatt des Weckers auf dem Nachttisch nicht erkennen. Nach ihrem Zeitgefühl ist sie schon mindestens eine Stunde an das Bett aus schwerem Messing gefesselt. Gespreizte Beine und weit auseinandergerissene Arme. Von oben betrachtet muss sie aussehen wie ein menschliches Kreuz. Nur betrachtet sie niemand von oben. Es betrachtet sie überhaupt niemand. Seit einer Stunde liegt sie hier nackt auf dem Bett und bereut ihre Geldgier zutiefst.

Aufstehen, duschen, anziehen, sogar das gemeinsame Frühstück – das alles ist heute Morgen ganz zivilisiert abgelaufen, so dass Marga innerlich schon über diese leichte Art, 1000 Euro pro Tag zu verdienen, frohlockt hat.

Doch dann kam plötzlich die Frage: »Würde es dir etwas ausmachen, dir kurz die Augen verbinden zu lassen?«

Marga hat den Kopf geschüttelt. Was sollte sie auch tun? Schließlich wurde sie gut bezahlt.

Mit verbundenen Augen hat man sie dann ganz sanft und fürsorglich ins Schlafzimmer geleitet und auf dem Bett drapiert. Marga war noch vollständig angekleidet, sie hatte also weniger Angst vor der Rasierklinge als sonst und verhielt sich still und fügsam. Ein Fehler, wie sich bald herausstellen sollte.

Denn plötzlich ging alles ganz schnell. Natürlich hat sie gemerkt, dass sich jemand an Fuß- und Handgelenken zu schaffen machte, aber es waren Seidentücher, die da ihre Haut berührten. Nicht unangenehm, das Ganze. Wie hätte Marga ahnen sollen, dass die Metallhandschellen lediglich mit den Tüchern umwickelt waren, um sie in Sicherheit zu wiegen? Als plötzlich sehr laut Musik aus einem Handy spielte, schrak sie zusammen. Und diese zwei, höchstens drei Schrecksekunden wurden sofort ausgenutzt, um die Hand- und Fußfesseln nacheinander zuschnappen zu lassen, ohne dass sie beim ersten oder zweiten Mal durch die dabei entstehenden Geräusche misstrauisch hätte werden und sich vielleicht noch hätte wehren können.

Nachdem die Musik verstummt war, wurden die Seidentücher aus den Handschellen gezogen. Marga machte den Fehler, sofort wie verrückt an den Fesseln zu zerren. Sie erntete nur höhnisches Lachen – und aufgescheuerte Gelenke. Dann begann sie zu schreien – ein weiterer Fehler, wie sich umgehend herausstellen sollte. Jetzt verschließt ein Knebel ihren Mund. Er stinkt nach Schweiß und Sperma und saugt jeden Tropfen Speichel auf.

Doch während Marga noch wie verrückt den Kopf hin und her warf, sich aufbäumte und wütende Protestschnaufer ausstieß, berührte plötzlich etwas Kaltes ihre Haut am rechten Knöchel. Sie fuhr zusammen und stellte sofort jede Gegenwehr ein. Einen furchtbaren Moment lang dachte Marga, die Rasierklinge sei wieder da und würde nun über ihre Kleidung gezogen. Doch dann begriff sie, dass es sich um eine Schere handelte, vermutlich eine große Küchenschere, die von innen ihr Jeansbein aufschnitt. Es folgten das zweite Hosenbein und dann der Schritt. Das Gefühl des kalten Metalls an ihrer kahlrasierten Scham war so furchtbar, dass sie noch einmal alle Kraft zusammennahm und in einer vollkommen sinnlosen Aktion die Hüfte hochschnellen ließ, um die Schere wenn möglich davonzuschleudern. Ein deftiger Fluch und eine kräftige Ohrfeige waren die Folgen, danach ging die Prozedur weiter. Die teure Seidenbluse ergab sich den Scherenblättern ganz von allein, der BH klemmte kurz am Bügel, nur der Spitzenslip hatte ein erstaunlich widerspenstiges Gummi.

Als Marga vollkommen nackt war, wurde ihr die Binde abgenommen. Lieber hätte sie das triumphierende Funkeln in den Augen ihres Gegenübers nicht gesehen.

Fast zeitgleich klingelte das Handy, das eben noch den Walkürenritt gespielt hatte. Der lüsterne Gesichtsausdruck verschwand, das Gespräch wurde angenommen, allerdings sehr schnell in den Nebenraum verlegt. Die Tür ist schon seit geraumer Zeit fest verschlossen, Marga kann kein einziges Wort verstehen, nur ein beunruhigendes Murmeln ist zu vernehmen.

Was wird geschehen, wenn das Gespräch beendet ist? Oder ist es vielleicht nur darum gegangen, ihr zu drohen und sich an ihrer Angst zu weiden? Auch die Rasierklinge hat schließlich keinerlei Schaden auf ihrer Haut hinterlassen. Die Scham- und Achselhaare werden nachwachsen, doch die Erfahrung von Panik und vollständiger Erniedrigung wird Marga für immer erhalten bleiben. Sie hat gedacht, dass nichts schlimmer sein kann, doch jetzt beginnt sie zu ahnen, dass dies alles nur der Anfang gewesen ist.

Die plötzlich einsetzende Atemnot treibt ihr den Schweiß aus den Poren. Sie wird das hier nicht durchhalten. Hektisch saugt Marga die Luft durch die Nase ein. Der Gestank des Knebels in ihrem Mund scheint von Sekunde zu Sekunde intensiver zu werden, er bereitet ihr starken Brechreiz. Aber sie weiß genau, wenn sie sich übergibt, ist sie verloren. In wenigen Sekunden erstickt. Doch jetzt weicht ihre diffuse Panik einer sehr viel konkreteren Angst. Denn das Telefonat im Nebenraum ist beendet, und die Tür öffnet sich.

Der irre Gesichtsausdruck des Hereintretenden lässt Marga alle bisherigen Sorgen vergessen.

Dienstag, 21. Juni, 13.10 Uhr, Kriminalkommissariat Westerland

Es gibt viele Dinge an seinem Beruf, die Bastian Kreuzer besonders mag. Das Kombinieren zum Beispiel. Oder die Teamarbeit. Es gibt auch einige Dinge, die er weniger mag. Dazu gehört auf jeden Fall das Berichteschreiben. Aber es gibt nur eine Sache, die Hauptkommissar Bastian Kreuzer hasst wie die Pest. Und das sind die Telefonate mit Elsbeth von Bispingen, der Flensburger Staatsanwältin mit den Haaren auf den Zähnen.

Seit Jahren schon ist Bastian insgeheim davon überzeugt, dass diese Dame mit Vergnügen jeden Morgen einen Kripobeamten frühstückt. Und er kann nur hoffen, dass sie dies heute früh schon getan hat und sein Anruf sie jetzt in einer Art Verdauungstätigkeit antrifft, die ihm vielleicht eine freundliche Aufnahme beschert.

Schnell, damit er es sich nicht noch anders überlegt, wählt Bastian die Flensburger Nummer. Am anderen Ende wird sofort abgenommen. Ein schlechtes Zeichen, wie Bastian findet. Und tatsächlich klingt die Staatsanwältin ganz danach, als habe sie seit Stunden vor dem Telefon gelauert und auf eine dicke, fette Versagerbeute zum Nachtisch gehofft.

Nachdem Bastian seinen Namen genannt hat, legt die Bispingen sofort los.

»Seit wir Sie nach Sylt versetzt haben, scheint die Kriminalitätsrate auf der Insel zugelegt zu haben. Muss ich da einen Zusammenhang vermuten?«

»Sie glauben doch nicht wirklich, ich hätte die Prostituierte umgebracht, um meinen Arbeitsplatz zu sichern«, versucht es Bastian mit einem Witz.

Dass die Staatsanwältin über größere Mengen an schwarzem Humor verfügt, ist ihm nicht neu. Dass sie ihn aber auch zur Ironisierung ihrer eigenen Person einsetzen kann, schon eher. Entsprechend überrascht ihn ihre die Antwort.

»Na ich war's auch nicht, Herr Hauptkommissar. So sehr liegt mir Ihr Arbeitsplatz nämlich nicht am Herzen. Wer also könnte es dann gewesen sein?«

»Wir haben einen Verdächtigen, Frau von Bispingen.«

»Wie schön für Sie. Besteht denn auch die Spur einer Chance, dass Sie ihm die Tat nachweisen können?«

»Nur weil wir im letzten Sommer zweimal die Falschen

erwischt haben, heißt das noch nicht, dass uns das in diesem Fall wieder passiert.«

»Kommen Sie zur Sache, Kreuzer. Meine Zeit ist knapp.«

Bastian seufzt. Das Vorgeplänkel ist beendet, jetzt gilt es zu überzeugen.

»Gern. Es gibt hier auf der Insel eine merkwürdige Kombination von Ereignissen. In derselben Nacht nämlich, in der die Prostituierte ermordet wurde, verschwand die brave und unbescholtene Ehefrau eines Westerländer Geschäftsmanns. Und zwar spurlos. Sie hatte in Körperbau und Haarfarbe große Ähnlichkeit mit der Ermordeten, und ihr Mann hat sie gleich am nächsten Morgen als vermisst gemeldet.«

»Bisher kann ich darin noch nichts Verwerfliches erkennen.«

»Seine Angaben über den Verlauf der fraglichen Nacht waren falsch. Er hat kein Alibi für die Tatzeit.«

»Aber seine Frau ist nur verschwunden und nicht tot, oder?«

»Jedenfalls haben wir sie noch nicht gefunden.«

»Und Ihre These dazu?«

Elsbeth von Bispingens Stimme klingt ungeduldig. Bastian weiß, jetzt kommt es auf jedes Wort an. Wenn er sie nicht spontan überzeugen kann, dann wird er sich an ihr die Zähne ausbeißen.

»Vielleicht hat der holde Gatte beide Damen umgebracht und nur die käufliche ausgestellt. Er hofft, dass wir annehmen, es handle sich um einen Serienmörder, und uns dumm und dämlich nach seiner Frau suchen. Und während wir versuchen, sie zu retten, lacht er sich heimlich ins Fäustchen.«

»Weil er die Prostituierte nur zum Schein getötet hat?«

»Um von den wahren Motiven abzulenken, genau.«

Bastian Kreuzer hält den Atem an. Hat er sich verhört, oder geht die Bispingen tatsächlich auf seine Argumentationslinie ein? Immerhin klingt ihre Stimme nicht ganz ablehnend.

»Nehmen wir mal an, so wäre es gewesen. Was können Sie dem Verdächtigen jetzt schon nachweisen? Nach meinen Informationen war die Leiche vollkommen clean.«

»Bis auf die Spermareste in der Scheide. Wir lassen gerade die sichergestellte DNA mit der von Mönchinger vergleichen – das ist der Verdächtige.«

»Selbst wenn es Übereinstimmungen gibt, heißt das nur, dass er kurz vor der Tat Geschlechtsverkehr mit ihr hatte ...«

»... den er uns verschwiegen hätte.«

»Okay ...«

Am anderen Ende der Leitung zieht die Staatsanwältin den letzten Laut in die Länge, und Bastian stellt sich auf eine dieser unangenehmen Wartezeiten ein, die er aus früheren Telefonaten kennt. Doch heute fällt die Bispingen erstaunlich schnell eine Entscheidung.

»Sie bekommen den Bescheid, Kreuzer. Setzen Sie den Typen fest und suchen Sie mit allen Mitteln nach der verschwundenen Ehefrau. Seit wann läuft die Vermisstenmeldung?«

Scheiße, denkt Bastian entsetzt, jetzt ist sie mir draufgekommen.

»Ich gebe sie gleich raus«, bekennt er kleinlaut.

»Sie geben die Vermisstenmeldung gleich raus?« Elsbeth von Bispingens Stimme ist plötzlich sehr leise geworden. »Habe ich richtig gehört? Die Frau ist seit Donnerstagnacht verschwunden. Jetzt ist Dienstag. Das ist ganze fünf Tage her.«

»Wir dachten anfangs, es habe einen Streit zwischen den Eheleuten gegeben, und sie sei einfach abgehauen.«

»Und wer sagt Ihnen jetzt, dass es nicht genauso war?«, ätzt die Staatsanwältin.

»Es gibt widersprüchliche Aussagen von diesem Mönchinger und seiner Schwester, die in der Tatnacht auch anwesend war.«

»Schwester, soso, nett, dass ich auch schon von der erfahre.« Die Stimme der Staatsanwältin trieft jetzt vor Hohn. »Scheinen ja sehr strukturierte Ermittlungen zu sein, die Sie da auf der Insel führen, Herr Hauptkommissar. Aber ich will mich nicht weiter darüber auslassen. Für heute nur so viel: Geben Sie sofort eine Suchmeldung nach der Ehefrau raus. Und zwar über alle Medien, verstanden? Machen Sie richtig Druck. Und wenn das nichts hilft und die Dame verschwunden bleibt, tja, dann weiß ich auch nicht weiter.«

»Ich kümmere mich sofort darum, Frau von Bispingen. Und ich werde auch morgen gleich eine Kollegin nach Bremen schicken, dort lebt der Bruder der Gesuchten.«

»Bruder, Schwester, das scheint ja ein ganzes Familienkomplott zu sein, was sich da auftut. War das im letzten Jahr nicht ganz ähnlich, als Sie diesen betrügerischen Hotelmanager mitsamt seiner Schwester verdächtigten? Hat man das jetzt bei Ihnen auf der Insel, ja?«

»So ist es, Frau von Bispingen. Familienfehden sind bei uns zurzeit der letzte Schrei, wussten Sie das nicht?«, giftet Bastian zurück. Er weiß, dass es falsch ist, was er tut, aber manchmal kann sich auch der gutwilligste Mensch nicht mehr beherrschen. Zu seiner großen Überraschung lacht die Staatsanwältin am anderen Ende der Leitung. Das Lachen klingt erstaunlich jung und unverstellt.

»Sie sind ja ein ernst zu nehmender Sparringspartner, Kreuzer. Sehr schön. Das werde ich mir merken, echte Widersacher sind rar gesät. Also, sehen Sie zu, dass Sie Tempo in die Sache bringen, und dann schaukeln wir das Kind schon.«

Wie üblich beendet die Staatsanwältin das Gespräch ohne Abschiedsgruß. Bastian Kreuzer atmet tief durch, beglückwünscht sich innerlich zum gewonnenen Gefecht und beginnt sofort, die Vermisstenanzeige aufzusetzen.

Dienstag, 21. Juni, 14.00 Uhr, Psychotherapeutische Praxis Manfred Pabst, List

Lang ausgestreckt liegt der Analytiker auf seiner Behandlungsliege. Er hat die Augen geschlossen, im Radio läuft ein Kultur-Feature. Jetzt ertönt das Zeitzeichen, es ist 14 Uhr, Halbzeit der Mittagspause, in einer Stunde wird die nächste Patientin erscheinen. Manfred Pabst seufzt. Er weiß jetzt schon, dass er Kopfschmerzen von deren immer gleichen Klagen bekommen wird. Er will auch keine Nachrichten hören, lieber noch ein Mozart-Klavierkonzert auf der CD. Aber dafür müsste er aufstehen, und dazu fehlt ihm die Kraft. Selten sind ihm seine alltäglichen Verrichtungen so schwer gefallen.

Die Frauenstimme aus dem Radio reißt Manfred Pabst aus seinen matten Gedanken. Sie klingt aufgeregt, fast schon freudig erregt, dabei ist es doch sicher ein trauriger Hintergrund, der zu der Meldung Anlass gibt.

»Auf Bitten der örtlichen Polizeibehörden senden wir eine Vermisstenmeldung. Seit der Nacht von Donnerstag, den 16. Juni, auf Freitag, den 17. Juni, wird die Sylterin Marga Mönchinger vermisst. Sie hat in der fraglichen Nacht das Westerländer Einfamilienhaus, in dem sie mit ihrem Mann lebt, gegen 24 Uhr mit einem Rollkoffer verlassen und wurde danach nicht mehr gesehen.«

Mist, denkt Pabst, jetzt ist dieser Mönchinger doch zur Polizei gelaufen und hat charakterschwach, wie er ist, alles Weitere in deren Hände gelegt. Ob er wohl auch schon von dem rätselhaften Unbekannten berichtet hat, dem seine Schwester in eben jener Nacht die Tür geöffnet hat?

»Marga Mönchinger ist 27 Jahre alt, mittelgroß, schlank und hat auffällig rote überschulterlange Haare. Sachdienliche Hinweise, die zur Auffindung der Vermissten führen können, nimmt jede Polizeidienststelle entgegen. Nun die Nachrichten …«, setzt die Moderatorin ihre Durchsage fort.

27 Jahre alt? Mittelgroß und schlank? Auffällig rote überschulterlange Haare?

Hat er da richtig gehört? Manfred Pabst steht auf, geht zum Radio und schaltet es aus. Er blinzelt mehrmals, reibt sich dann die Augen und setzt sich wieder auf die Liege. Wird er jetzt etwa schizophren? Das ist doch die Beschreibung der Toten, die in der fraglichen Nacht am Westerländer Strand ermordet worden ist. Der Sylter Anzeiger hat eine ganzseitige Meldung darüber gebracht. Erst aus dieser Meldung hat er selbst doch erfahren, dass das rote Biest tatsächlich eine Prostituierte war, dass Hubert Mönchinger sie also bezahlt haben muss für ihre Nacktfotos vor seinem Wagen – und für anderes vermutlich auch.

Und jetzt soll Mönchingers verschwundene Ehefrau eine

Doppelgängerin der Toten sein? Eine junge, schöne Rothaarige, die noch lebt? Und alles, was Mönchinger ihm in endlosen Therapiegesprächen vorgegaukelt hat, könnte vielleicht doch der Wahrheit entsprechen? Das kann nicht sein. Nein, das widerspricht jeder Logik!

Welchen perfiden Streich spielt ihm da seine Einbildungskraft?

Manfred Pabst bemüht sich sehr um Konzentration. Er wird doch wohl noch in der Lage sein, diese neuen Fakten in sein Bild von der Wirklichkeit zu integrieren. Er ist nicht verrückt, sondern im Gegenteil intelligent und ausgesprochen kombinationsstark. Er hat sich nur zeitweise verwirren lassen und ein wenig den Überblick verloren, aber jetzt wird er alles wieder ordnen, die Fakten in neuem Licht besehen und zu einer Theorie finden, in der es keine Widersprüche mehr gibt.

Dienstag, 21. Juni, 14.05 Uhr, Zwischen den Hedigen, Westerland

Mit einer wütenden Bewegung stellt Christa Mönchinger ihr Radio aus. Jetzt ist es also öffentlich, und alle wissen, dass ihr Bruder von dieser Schlampe verlassen worden ist. Es kann keine Stunde dauern, bis die erste Nachbarin unter irgendeinem Vorwand vorbeikommen wird, um Näheres zu erfahren. Natürlich wird sie sich nach dem Gemütszustand Huberts erkundigen, vielleicht sogar nach seinem Aufenthaltsort.

Was soll seine Schwester dann sagen?

Hubert sitzt in einer dreckigen kleinen Zelle der Westerländer Polizeidienststelle und steht unter Verdacht, in der letzten Woche die Doppelgängerin seiner Frau ermordet zu haben?

Wohl kaum.

Sie muss alles tun, um den Verdacht von ihrem Bruder abzulenken. Aber sie darf dabei keinen Fehler machen. Keinesfalls darf sie alles erzählen, was sie über jene verdammte Nacht wirklich weiß. Sie muss es raffiniert anstellen und den Verdacht geschickt auf jemand anderen lenken. Und sie weiß auch schon, auf wen. Das Bild dieses mysteriösen nächtlichen Besuchers hat sie noch ziemlich deutlich vor Augen und im Gegensatz zu ihrer bisherigen Aussage erinnert sie sich auch daran, dass der Typ sich als Huberts Analytiker vorgestellt hat. Bisher wollte sie die pikante Information, dass Hubert einen Seelenklempner braucht, lieber für sich behalten und irgendwann gegen den Bruder verwenden. Aber jetzt stellt sich die Situation anders dar. Denn wahrscheinlich wusste dieser Typ, an dessen Namen sie sich leider nicht mehr erinnern kann, viel mehr über Marga als alle anderen. Warum sollte er dieses Wissen nicht ausgenutzt haben? Vielleicht hat er sie erpresst? Vielleicht war er sogar scharf auf sie? Schließlich lag in Margas Vergangenheit einiges im Argen. Zur Not könnte Christa sogar den Aktenordner herausrücken, auch wenn sie das nur sehr ungern tun würde. Und wahrscheinlich wird es auch nicht nötig sein, denn theoretisch könnte dieser Analytiker sogar die Nutte vom Strand umgebracht haben. Immerhin war er zur Tatzeit in Westerland. Soll sich die Kriminalpolizei doch zur Abwechslung erst mal mit dessen Alibi beschäftigen.

Energisch greift Christa Mönchinger nach den Schlüsseln für Auto und Haus. Sie wird das sofort erledigen. Und solange sie auf der Polizeidienststelle sitzt und ihre Aussage macht, kann wenigstens auch keine der tratschsüchtigen Nachbarinnen sie erreichen.

Dienstag, 21. Juni, 15.44 Uhr, Hörsaal der Universität Hamburg

Das Licht geht aus. Auf der breiten Leinwand oberhalb des Rednerpults erscheint eine magische Szene: Vor pompejanischem Rot und zwischen grazil gemalten Säulen bewegen sich Apollo und Venus inmitten junger Bewohner der untergegangenen Stadt. Raffiniert wehen Schleier über Faltenwürfe, schimmert Stoff durch Chiffon. Die annähernd 2000 Jahre alten Fresken entfalten selbst in der Wiedergabe einen Zauber, dem sich wohl keiner der anwesenden Studenten entziehen kann.

»Schau mal, diese Farben«, wispert Judith Silja ins Ohr. »Wie ein ganzes Gewürzlager. Zimt, Safran und dazwischen Hibiskusrot.«

»Aber auch sehr königlich«, gibt Silja flüsternd zurück. »Allein die Kombination von Türkis, Gold und Violett ist doch hinreißend.«

Die Stimme des Dozenten unterbricht das leise Gespräch.

»Die Entstehung dieser meisterhaften Fresken lässt sich ziemlich genau datieren. Zwischen 62, als der römische Imperator Nero die Pompejanerin Poppaea heiratete, und dem Tod Neros sechs Jahre später müssen diese Wandbilder gemalt worden sein. Eventuell war Poppaeas plötzlicher Tod drei Jahre nach der Eheschließung der Anlass für eine

Auftragsarbeit, mit der die Pompejaner sich die Gunst Neros sichern wollten.«

Ein neues Bild erscheint auf der Leinwand. Vor schimmernd schwarzem Hintergrund steht gebückt ein Mädchen seitlich der Venusfigur und ordnet die Saumfalten am Prunkgewand der Göttin. Der Laserpointer des Dozenten umkreist für einige Sekunden die Kindergestalt.

»Möglicherweise handelt es sich bei diesem Fresko aus einem Nebenraum um ein Bildnis der Claudia, der frühverstorbenen Tochter Neros und Poppaeas. Auch hier ist die Absicht klar. Indem der Tochter des Imperators eine so bedeutende Funktion als Gesellin der Göttin zugeteilt wird, soll sie in ihrem Rang erhöht werden.«

Wieder beugt sich Judith zu ihrer Freundin hinüber.

»Ist das nicht beeindruckend, was die Kunstgeschichte alles aus so wenigen Details schließen kann? Obwohl du so etwas wahrscheinlich kennst, oder? Schließlich arbeitet ihr bei der Kripo ja mit ganz ähnlichen Verfahren.«

»Nur ist das, was wir zu sehen bekommen, in der Regel nicht annähernd so hinreißend wie diese Fresken.«

»Aber ihr müsst auch in den Details lesen, so wie die Kunsthistoriker in den Werken vergangener Epochen. Je länger ich darüber nachdenke, umso besser verstehe ich, was dich an unserem Studium faszinieren muss.«

»Wenn du willst, dann könntest du mir bei einer dieser Knobelaufgaben sogar helfen«, antwortet Silja, während auf der Leinwand weitere Bilder erscheinen. Ein die Lyra schlagender Apollo wird als nur diskret kaschiertes Porträt Neros identifiziert, und Thalia, die Muse aller Dichter, trägt die Gesichtszüge Poppaeas.

»Ich helfe dir gern. Worum geht's denn?«

Silja räuspert sich und schweigt noch einen Moment. Ihr ist etwas unbehaglich zumute, aber andererseits hat sie sonst keine Möglichkeit, an die gewünschten Informationen zu kommen.

»Es geht um deinen lukrativen Nebenjob.«

»Hab ich's mir doch gedacht, dass dir das keine Ruhe lässt«, antwortet Judith schmunzelnd.

»Na ja, so schlimm ist es auch wieder nicht. Aber ich wüsste gern, wie du …«, Silja unterbricht sich kurz, um dann noch leiser fortzufahren, »… also wie du deine Kundenkartei führst. Oder hast du so etwas gar nicht?«

»Ich würde es anders nennen, aber es gibt schon Notizen zu den Herren, falls du das meinst.«

»Genau das meine ich. Wir bräuchten nämlich dringend Informationen zu den beruflichen Kontakten der Toten vom Strand und bisher haben wir nur ein Notizbuch mit Decknamen.«

»Und wonach sucht ihr? Nach Telefonnummern?«

»Zum Beispiel.«

»Vielleicht hat sie die nie gehabt, schließlich war es ja nicht ihre Aufgabe, die Kunden zu kontaktieren.« Als Silja schweigt, fährt Judith fort: »Und als Kunde würde ich auch nicht unbedingt meine Telefonnummer rausrücken.«

»Die meisten rufen von öffentlichen Anschlüssen aus an, oder von Prepaid-Handys.« Siljas Stimme klingt verzagt. »Kennst du überhaupt die Namen deiner Kunden?«

»Ich meistens schon, aber wir bewegen uns ja auch in der Öffentlichkeit. Ich glaube nicht, dass normale Freier ihren echten Namen nennen, wenn's nicht unbedingt nötig ist.«

»Und das ist es nicht, oder?«

»Schlaues Mädchen. Natürlich nicht.«

»Mist«, entfährt es Silja ein wenig zu laut. »Dann kommen wir auf dieser Schiene unter Umständen gar nicht weiter.«

»Habt ihr das Handy?«

»Du meinst, wegen der eingegangenen Anrufe?«

Judith nickt.

»Leider nicht. Es scheint spurlos verschwunden zu sein. Und die Anrufliste vom Telefonbetreiber hat uns nichts gebracht.«

»Aber wenn das Telefon weg ist, wisst ihr immerhin eins: Der Mörder hatte ein Interesse daran, dass ihr die Anrufe nicht zurückverfolgen könnt.«

»Also gehört er zu ihrem Kundenstamm«, vervollständigt Silja Judiths Satz. »Nur bringt uns diese Spur nicht weiter, deshalb brauchen wir eine andere.«

»Was ist eigentlich aus dem verlassenen Koffer auf dem Bahnsteig geworden? Wahrscheinlich auch nichts, oder?« Als Silja nicht gleich antwortet, konzentriert sich Judith wieder auf den Vortrag des Dozenten, doch nach wenigen Augenblicken fällt ihr noch etwas ein. »Das Modell scheint es übrigens häufiger zu geben. Bei mir im Zug stand haargenau derselbe auf dem Gang.«

»Was sagst du da?« Aufgeregt packt Silja die Freundin am Arm. »Es war vermutlich derselbe! Der Koffer war nämlich verschwunden, nachdem ich mich von dir verabschiedet hatte.«

»Du meinst, jemand hat ihn mit in den Zug genommen?«

»Anders kann ich mir das nicht erklären. Hast du denn gesehen, wem er gehört hat?«

»Leider nicht. Ich habe mich aber auch nicht weiter darum gekümmert«, murmelt Judith, und irgendetwas an ihrer Stimme macht Silja misstrauisch.

»Du verschweigst mir doch etwas.«

Das plötzlich aufflammende Raumlicht zeigt, wie Judith rot wird. Und während der Dozent am Rednerpult weitere Details zu den Wandmalereien verkündet, flüstert sie Silja zu: »Ich habe doch erwähnt, dass ich auf dem Bahnsteig einen ehemaligen Kunden gesehen habe. Erinnerst du dich?« Als Silja nickt, fährt sie fort: »Er ist es, der den besagten Koffer in der Bahn bei sich hatte.«

»Verrätst du mir jetzt seinen Namen«, bittet Silja eindringlich, aber Judith schüttelt energisch den Kopf.

»Das ist völlig unmöglich. Aber lass es uns so machen: Solltest du rausfinden, dass mit dem Koffer irgendetwas nicht stimmt, dann sag mir Bescheid. Aber du musst einfach verstehen, dass ich nicht ohne guten Grund so brisante Informationen weitergeben kann.«

Silja nickt, obwohl sie alles andere als zufrieden ist. Am Rand ihrer Vorlesungsmitschriften notiert sie sich eine dringende Aufgabe für die Sylter Kollegen: *Vermisste und gefundene Koffer checken. Möglichst in ganz Norddeutschland.*

Dienstag, 21. Juni, 16.13 Uhr, Haus am Dorfteich, Wenningstedt

Die Stimme Jens-Uwe Behrmanns ist energisch und melodisch zugleich. Es geht etwas Bezwingendes von ihr aus, findet Fred, etwas, das nachvollziehbar macht, dass dieser Politiker so erfolgreich ist. Man möchte sich einfach gern dem Zauber seiner Stimme ergeben und alles glauben, was sie einem zuflüstert. Und im Moment hat Fred damit ganz bestimmt kein Problem, denn Jens-Uwe Behrmann scheint geradezu um seine Aufmerksamkeit zu buhlen. Dreimal hat er sich schon für die Verzögerung bei der Beantwortung von Fred Hübners E-Mail-Anfrage entschuldigt und jetzt bietet er dem Journalisten einen exklusiven Termin für ein Gespräch an – und zwar nicht etwa erst in drei Wochen, sondern gleich für morgen Abend. Er sei nämlich gerade privat auf der Insel, und man könne sich gern treffen. Ob er das Restaurant *Schneckenhäuschen* in Westerland kenne? Als Fred verneint, gibt er ihm die Adresse durch.

»Also morgen um acht«, beschließt der Politiker das Telefonat.

»Wunderbar. Ich freue mich auf unser Gespräch.«

»Ich auch. Bis später also.«

Fred öffnet sein iPad, um Ort und Zeit im Kalender einzutragen. Selbstverständlich würde er die Verabredung auch sonst nicht vergessen, aber eine akkurate private Terminführung gehört zu den Gerüsten, die er sich nach den Ereignissen des letzten Sommers als Stützen in den Alltag eingebaut hat. Und wer weiß schon, ob er nicht später einmal den genauen Termin ihres ersten Gesprächs recherchieren möchte. Routinemäßig checkt Fred, da er schon mal am Bildschirm sitzt, gleich noch die Nachrichten. National und international ist alles ruhig, offenbar beginnt in diesem Jahr die Sommerflaute schon im Juni.

Doch als Fred ganz zum Schluss die Startseite des Sylter Anzeigers aufruft, wird er stutzig. Dort springt ihm als neueste Meldung ein Phantombild entgegen, das ihm sofort bekannt vorkommt. Wenn das nicht sein Analytiker ist, dann weiß er auch nicht. Nachdenklich betrachtet er die Zeichnung und liest den dazugehörigen Text. Der Abgebildete habe in der Mordnacht gegen Mitternacht an der Tür des

Wohnhauses einer kurz vorher verschwundenen Frau geklingelt. Dort habe er nach deren Ehemann gefragt. Es sei also nicht auszuschließen, dass der Gesuchte Angaben zum Verbleib der gesuchten Frau machen könne, darum werde er dringend aufgefordert, sich als Zeuge zur Verfügung zu stellen.

Fred versteht nur Bahnhof. Es gibt außer der Toten noch eine Vermisste? Warum war davon bisher nichts zu lesen?

Neugierig geworden folgt er einem Link und stößt auf das Porträtfoto einer rothaarigen Schönheit im Brautkleid, die ziemliche Ähnlichkeit mit der Toten vom Strand hat. Sie werde tatsächlich vermisst, liest er, und zwar genau seit der Mordnacht. Bisher sei ermittelt worden, ohne die Öffentlichkeit einzubeziehen, aber jetzt habe die Polizei ihr Vorgehen korrigiert und suche nun dringend nach dem kahlköpfigen Herrn auf dem Phantombild.

Ungläubig schüttelt der erfahrene Journalist Fred Hübner den Kopf.

Wenn man hier zwei und zwei zusammenzählt, dann läuft es doch darauf hinaus, dass ausgerechnet Manfred Pabst, der Staranalytiker, nachts über die Insel schleichen und geile Bräute kidnappen soll. Kidnappen und kaltmachen, korrigiert sich Fred Hübner und versucht, diese Vorstellung mit seinem Eindruck von Manfred Pabst in Einklang zu bringen.

Dass man nicht ganz richtig im Oberstübchen sein kann, wenn man sich jahrzehntelang tagtäglich die Wahnvorstellungen anderer Leute anhört, leuchtet ihm unmittelbar ein. Aber dass man dabei gleich zum Triebtäter mutieren soll, ist vielleicht doch ein wenig überzogen. Andererseits … Fred blättert kurz in seinem elektronischen Kalender … war Pabst an dem Tag nach dem Mord tatsächlich ziemlich neben der

Kappe. Allzu deutlich erinnert sich Fred an die Unkonzentriertheit, Fahrigkeit und sichtliche Nervosität seines Analytikers bei dieser Sitzung.

Das Klingeln des Telefons reißt ihn aus seinen Gedanken. Die Nummer des Anrufers ist unterdrückt. Das wird doch wohl nicht der Politiker sein, der die so bereitwillig getroffene Verabredung nun doch wieder absagen muss? Kurz erwägt Fred, den Anruf gar nicht erst anzunehmen, doch letztendlich würde das nichts an den Tatsachen ändern.

Als der Journalist Sekunden später die Stimme am anderen Ende der Leitung erkennt, glaubt er seinen Ohren nicht zu trauen.

»Hallo, Herr Hübner, hier ist Pabst, Ihr Analytiker. Leider muss ich unseren Termin für heute Abend nun doch absagen. Es gibt da ein paar private Dinge, die ich regeln muss.«

»Ja klar, verstehe ich«, antwortet Fred und denkt fast amüsiert: *private Dinge*, so kann man das natürlich auch nennen.

»Danke für Ihr Entgegenkommen. Wir telefonieren nächste Woche noch mal, wäre das für Sie in Ordnung?«

Normalerweise natürlich nicht, du Idiot, denkt Fred, aber da du ja gewissermaßen unter Mordverdacht stehst, will ich mal nicht so sein. Mit verbindlicher Stimme säuselt er ins Telefon: »Selbstverständlich. Sie melden sich dann?«

»Das tue ich. Alles Gute für Sie bis dahin.«

Er hat es durchgehalten, denkt Fred. Fast ist ihm zwar die Stimme weggebrochen, aber er hat es geschafft. Und man muss sich ja wohl vorstellen, dass der arme Kerl jetzt sicher zehn oder zwanzig solcher Anrufe vor sich hat. Bei acht Patienten am Tag kommt da schon einiges zusammen.

Genüsslich malt sich Hübner die Pein und die Scham seines Analytikers aus. Erst dann fällt ihm ein, dass vielleicht auch seine Aussage zu der ungewöhnlichen Therapiesitzung von Wichtigkeit sein könnte.

Nicht schon wieder zu den Bullen, ist sein spontaner Impuls und der ist ziemlich stark. Möglicherweise würde sich sogar eine kleine Privatrecherche anbieten, auch wenn er sich so etwas für die Zukunft eigentlich strikt verboten hat.

Dienstag, 21. Juni, 19.40 Uhr, Gosch am Hafen, List

»Champagner?«, Marleen hebt überrascht die Augenbrauen, als der Kellner die bestellte Flasche öffnet und die beiden Kelche füllt. »Gibt es etwas zu feiern?«

»Ich hoffe doch«, antwortet Manfred Pabst charmant, hebt sein Glas und lässt den Inhalt im abendlichen Sonnenlicht perlen.

Marleen und er sitzen auf dem nördlichsten Platz der nördlichsten Restaurantterrasse Deutschlands. Es ist ein für Sylter Verhältnisse ausgesprochen milder Sommerabend und rund um den hohen Ecktisch, an dem das Pärchen auf Barstühlen thront, sind alle Plätze belegt. Doch wenn die beiden den anderen Gästen den Rücken zuwenden, haben sie die grandiose Aussicht ganz für sich allein. Das Lister Hafenbecken mit den schaukelnden Booten. Die Fähre, die in einer großen Kurve gerade auf ihren Kurs in Richtung der dänischen Insel Rømø einschwenkt. Den weiten Landarm des Ellenbogens, der sich wie ein schützender Wall um die Nordseite der Insel zieht. Und über allem die immer noch warme und strahlend helle Abendsonne, deren Schein heute erst gegen halb zwölf Uhr nachts völlig verschwunden sein wird.

»Auf die längste Nacht des Jahres – und auf uns!« Pabst stößt mit seiner Freundin an und nimmt dann mit geschlossenen Augen den ersten Schluck. »Köstlich«, befindet er. »Die Witwe Cliquot im Abendlicht. Dazu eine schöne Frau und eine grandiose Aussicht. So muss es im Paradies sein. Oder was meinst du?«

»Der Champagner ist perfekt temperiert und die Aussicht wie immer phantastisch. Nur du bist irgendwie anders«, antwortet Marleen zögernd.

Natürlich liegt ihr nichts daran, den Zauber des Abends zu zerstören, aber sie wundert sich ziemlich über den plötzlichen Sinneswandel ihres Geliebten. War er es doch sonst immer, der größten Wert auf eine ausgewogene Mischung aus Distanz und Nähe gelegt hat, so benimmt er sich heute Abend gerade so, als wolle er ihr einen Heiratsantrag machen. Dabei hat er in der Vergangenheit schon den kritischen Beobachter herausgekehrt, wenn sie mal ein paar Tage hintereinander bei ihm übernachtet hat. Leider ist seine Lister Wohnung so viel schöner und größer als ihr Souterrain-Apartment in Klanxbüll, dass sie nur allzu gern bei ihm ist. Und außerdem kann sie die Apotheke, in der sie arbeitet, von Manfred Pabsts Haus aus zu Fuß erreichen.

»Ich bin nicht anders als sonst. Oder warte, vielleicht bin ich es doch.« Ein schelmisches Lächeln erscheint auf Pabsts Gesicht, das Marleen ihm nie im Leben zugetraut hätte. »Ich habe nämlich nachgedacht. Über uns.«

»Aha.«

»Sei nicht so cool, ich bitte dich. Ich bin schließlich gerade dabei, dir in aller Form eine Liebeserklärung zu machen.«

Jetzt muss Marleen doch lächeln. Sie schließt kurz die Augen und hebt das Gesicht ins Sonnenlicht. So wie die warmen Strahlen von außen ihre Haut streicheln, so gut tun ihr auch die Gefühle, die plötzlich ihr Inneres durchfluten. Sollte sie es tatsächlich geschafft haben, die Mauer aus Ironie und wohldosierter Distanz zu überwinden, die Manfred Pabst stets um sich zu errichten pflegt? Besorgt öffnet sie die Augen und mustert Pabsts Gesichtsausdruck. Die reine Zuneigung strahlt ihr entgegen. Vorsorglich verzichtet Marleen auf jeden Kommentar und vertieft nur ihr Lächeln.

»Ich möchte, dass du zu mir ziehst, Marleen. Ich hätte dich schon längst darum bitten sollen«, sagt Pabst jetzt leise. »Es würde mich freuen, jeden Morgen neben dir aufzuwachen. Vorausgesetzt natürlich, dir geht der Anblick meines immerhin etwas in die Jahre gekommenen Körpers nicht auf den Nerven.«

Tatsächlich erscheint nun etwas wie Verzagtheit auf Pabsts Gesicht und verleiht seinen Zügen eine ungewohnte Milde. Gerührt greift Marleen nach seiner Hand.

»Du weißt wahrscheinlich ganz genau, dass ich mir das immer gewünscht habe, oder?«

»Woher sollte ich das wissen, meine Schöne?« Pabst zieht Marleens Hand an seine Lippen.

»Na, bist du nicht der Seelendoktor mit den Röntgenaugen, dem noch die geheimsten Regungen seiner Mitmenschen nicht verborgen bleiben?«

Pabst lacht ein trockenes Lachen, das ziemlich unfroh klingt.

»Um ehrlich zu sein, habe ich mir das auch immer eingebildet. Aber letztens ist mir ein ganz blöder Schnitzer passiert. Ich schäme mich sehr dafür. Und, um ehrlich zu sein, ist dieser Schnitzer auch der Auslöser für meinen Antrag. Es ist nicht sehr schmeichelhaft, das muss ich zugeben, aber hättest du letzte Woche schon bei mir gewohnt, dann wäre ich sicher besser beraten gewesen.«

»Was hast du denn Furchtbares angestellt?«, erkundigt sich Marleen lachend und hält dem Analytiker auffordernd ihr leeres Glas entgegen. Allerdings ist ihr nicht entgangen, dass die doppelte Erwähnung von Ehrlichkeit in so kurzem Abstand in der Regel eher auf eine dicke Lüge hinweist. Während Manfred Pabst seiner Freundin großzügig nachschenkt, wartet sie gespannt auf seine Erklärung.

»Ich habe mich in der Einschätzung eines Patienten verhoben. Mir fielen diverse Widersprüche auf, alle im Hinblick auf sein häusliches Umfeld. Ich will nicht indiskret sein und dich außerdem nicht mit der ganzen Geschichte langweilen, aber es ist Folgendes passiert: Er wohnt in Westerland, und ich bin in der Nacht nach einer ziemlich quälenden Therapiesitzung, leider nicht mehr ganz nüchtern, zu seinem Haus gefahren. Dort habe ich geklingelt. Ich wusste, dass er nicht da sein würde, wollte aber mal einen Blick auf seine Frau werfen, von der er merkwürdigste Dinge erzählt hatte.«

»Okaaay. Bisher kann ich daran noch nichts besonders Verwerfliches erkennen. Ist vielleicht etwas übergriffig, aber wenn es der therapeutischen Klarheit dient.«

»Ich traf auf die Schwester dieses Patienten, er hatte sie nie erwähnt. Das hat mir in der Tat bei der Einschätzung der Lage geholfen. Das Problem ist allerdings, dass die Ehefrau, die ich mir eigentlich ansehen wollte, offenbar kurz vor meinem Eintreffen abgehauen war. Und zwar endgültig. Niemand hat sie danach gesehen. Jetzt sucht die Polizei nach ihr – leider mit einer Phantomzeichnung von mir.«

»Echt? Du bist auf einem Steckbrief?« Marleen kichert.

»Das ist weniger lustig, als du vielleicht denkst. Wir Analytiker leben von unserer Diskretion. Und jetzt das.«

»Aber warum suchen die überhaupt nach dir?«

»Ich muss die Ehefrau meines Patienten knapp verfehlt haben, und diese Schwester hat meinen Besuch offenbar mit dem Verschwinden der Schwägerin in Beziehung gesetzt.«

»Und warum kommen die Beamten dann nicht direkt zu dir und fragen dich?«

»Ich war anscheinend so clever, mich nicht zu erkennen zu geben. Oder die Schwester hat sich meinen Namen nicht gemerkt. Ich weiß selbst nicht mehr genau, was ich zu ihr gesagt habe.«

»Also wird demnächst irgendjemand dein Bild identifizieren, und du brauchst jemanden, der bezeugt, dass du gar nicht dort warst.«

»Wäre jedenfalls besser für meine Reputation«, gibt Manfred Pabst kleinlaut zu.

»Das könnte ich aber auch machen, ohne dass du mit mir zusammenziehen musst«, bietet Marleen an.

»Lieb, dass du das sagst. Aber weißt du, es geht um mehr. Ich schäme mich ziemlich für diese Aktion und habe, wie du dir denken kannst, mir schon heftige Vorwürfe deswegen gemacht. Es war im Grunde genommen eine Entgleisung, es ist übergriffig und durch nichts zu rechtfertigen. So etwas darf einfach nicht passieren. Und, na ja, um es kurz zu machen, ich dachte, es könnte mir gut tun, wenn wir beide ein gemeinsames Leben hätten, etwas das normal ist und nichts mit dem gelinden Irrsinn meiner Patienten zu tun hat. Wenn ich abends allein bin, kreisen meine Gedanken viel zu oft um deren Probleme. Mit dir zusammen ist das anders.«

»Dass ich das noch mal von dir hören würde, hätte ich ja nicht gedacht.« Marleen schiebt energisch die Bedenken beiseite, die die Äußerungen Manfred Pabst in ihr ausgelöst haben. Wie gern wäre sie einfach nur gerührt von den offenen Worten ihres Liebhabers. Aber fragt er wirklich aus lauteren Beweggründen? Andererseits hat sie kaum eine Wahl. Liebend gern würde sie bei ihm wohnen, also sollten sie die wahren Gründe für Manfred Pabsts Bitte vielleicht einfach nicht kümmern.

Marleen stellt ihr Glas ab und lässt sich vom Barstuhl gleiten. Dann schüttelt sie ihre dunklen Locken im Sonnenlicht und geht langsam auf den Analytiker zu. Sie legt ihre Hände an seine Wangen und küsst ihn auf den Mund.

»Ich würde furchtbar gern mit dir zusammenziehen. Es gibt wenig, was ich mir mehr wünsche …«

»Und du hilfst mir bei der Polizei?«, fragt Pabst mit bangem Blick.

Scheiße, denkt, Marleen und ist plötzlich sehr desillusioniert. *Jetzt hat er mit einer kleinen Frage alles kaputtgemacht.*

Doch laut sagt sie nur: »Natürlich helfe ich dir, was glaubst du denn.«

Mittwoch, 22. Juni, 11.10 Uhr, Kriminalkommissariat Westerland

»Frühstückspause, Kumpel.«

Mit einer heftigen Bewegung stellt Bastian Kreuzer einen bis zum Rand gefüllten Becher auf Sven Winterbergs Schreibtisch ab.

»Nicht so stürmisch, wenn ich bitten darf, sonst habe ich die ganze Brühe hier auf den Leichenfotos.«

Während er redet, schiebt der Oberkommissar die Bilder der toten Frau im Strandkorb zu einem ordentlichen Stapel zusammen und legt diesen auf die Kante des Schreibtischs.

»Vom ständigen Draufstarren wirst du auch nicht auf den Mörder kommen«, mokiert sich Bastian und reißt beide Fensterflügel auf. »Es ist den ganzen Morgen schon so schwül. Ob das auf dem Festland auch so ist?«

»Du denkst immer noch viel an sie, oder?« Sven weist auf Siljas verlassenen Schreibtisch.

»Vor allem denke ich daran, dass sie sich heute Vormittag den Bruder von Marga Mönchinger in Bremen vorknöpfen sollte. Aber daraus wird jetzt erst mal nichts.«

»Warum denn nicht?«

»Sie hat vorhin angerufen. Ihre Stimme klang, als sei sie kurz vorm Abnippeln. Magenprobleme. Sie hat sich angeblich irgendeinen Virus eingefangen und hängt jetzt bei ihrer Freundin überm Klo.«

Bastian Kreuzers Stimme klingt wütend. Dabei wäre eigentlich Mitleid das angemessene Gefühl, denkt Sven.

»Was ist los? Glaubst du, sie macht blau?«

Bastian antwortet mit einer Gegenfrage. »Bist du sicher, dass diese Kommilitonin kein Kommilitone ist?«

Sven hütet sich davor, zu verraten, dass er schon ähnliche Überlegungen angestellt hat, und sagt in versöhnlichem Tonfall: »Lass mal gut sein. Silja lügt nicht. Und morgen früh ist sie bestimmt wieder fit und kann nach Bremen fahren. Immerhin hat sie ja gestern schon auf die Sache mit diesem verschwundenen Koffer hingewiesen. Hast du da eigentlich was unternommen?«

Bastian grunzt abfällig. »Das ist Bullshit, wenn du mich fragst. Aber damit sich Silja nicht wieder aufregt, habe ich ganz artig alle Fundbüros anschreiben lassen und ihre Beschreibung des Koffers weitergegeben.«

»Auf die Vermisstenanzeige hat sich immer noch niemand gemeldet?«

»So würde ich das nicht sagen«, brummt der Hauptkommissar. »Die erste Reaktion kam ja ganz erwartungsgemäß von Mönchingers Schwester. Nur deshalb können wir jetzt nach diesem ominösen nächtlichen Besucher mit dem Eierkopf fahnden. Aber den scheint auch niemand zu kennen.«

»Oder niemand will ihn verpfeifen«, schlägt Sven vor.

»Oder Christa Mönchinger hat ihn sich nur ausgedacht, um ihren Hubert zu entlasten. Wie auch immer …«, der Hauptkommissar legt den Kopf in den Nacken und schüttet sich den abgekühlten Kaffee in die Kehle, bevor er weiterspricht, »… jedenfalls scheint Marga Mönchinger in der fraglichen Nacht verschwunden zu sein. Und der Koffer am Bahnhof sah tatsächlich wie ihrer aus. Ich habe Christa Mönchinger gefragt. Aber was nutzt uns dieser blöde Koffer, wenn niemand seine Besitzerin gesehen hat.«

In den resignierten Blick, den die beiden Ermittler tauschen, fährt das Schrillen des Telefons wie ein Fanal. Sven hebt als Erster den Hörer ans Ohr, lauscht kurz und unterbricht dann die Verbindung.

»Heute scheint ein Tag zu sein, an dem Jammern ausnahmsweise hilft«, sagt er frohlockend. »Unten ist ein Typ, der eine Aussage zu Marga Mönchinger machen möchte. Holst du ihn, oder soll ich?«

Bastian Kreuzer knallt seinen Kaffeebecher in die Spüle.

»Ich geh schon. Du solltest inzwischen noch eine Kanne

aufsetzen, dann können wir unserem Gast was anbieten. Das entspannt die Atmosphäre.«

»Du redest, als wüsstest du schon, wer es ist.«

»Du etwa nicht? Der Eierkopf wird es sein, der Typ vom Fahndungsfoto. Wenn ich er wäre, würde ich auch selbst zur Polizei gehen. Macht sich einfach besser.«

»Dein Wort in Gottes Ohr«, murmelt Sven Winterberg, nachdem der Kollege das Büro verlassen hat.

Als Bastian Kreuzer nach wenigen Minuten zurückkehrt, sieht Sven sofort, dass der Zeuge nicht der Gesuchte ist. Sein Gesicht ist spitz, und der volle dunkelblonde Schopf verhüllt nur notdürftig die extrem abstehenden Ohren. Mit dem eher aristokratisch wirkenden Eierkopf auf dem Fahndungsfoto hat der Besucher nicht die geringste Ähnlichkeit.

»Max Kowalski«, stellt er sich auch sogleich vor und weist mit rudernden Gesten auf den eigenen Brustkorb, als gäbe es noch irgendwelche weiteren Unbekannten im Raum. »Komme wegen Ihrer Meldung, also wegen der verschwundenen Marga Mönchinger.«

»Setzen Sie sich erst einmal, Herr Kowalski«, unterbricht ihn Bastian und schiebt ihm einen Stuhl zurecht. »Kaffee?«

»Gern. Mit Milch und viel Zucker. Wenn schon, denn schon, sage ich immer.«

Während Bastian den Kaffee einschenkt, nimmt Sven die Personalien des Besuchers auf. Er wohnt in Tinnum und gibt als Beruf »Privatdetektiv« an.

»Das lässt ja hoffen«, entfährt es Sven und bevor er sich für diese unangemessene Vorwegnahme entschuldigen kann, nickt Max Kowalski bestätigend mit dem Kopf.

»Eigentlich gibt es bei uns so etwas wie ein Berufsgeheimnis. Schweigepflicht ist Ehrensache, kennen Sie ja wahrscheinlich auch«, beginnt er gleich darauf. »Aber in diesem Fall ist mir das Ganze zu heiß. Ich will nicht schuld sein, wenn da noch eine Frau dran glauben muss. Und Sie können mir doch bestimmt zusichern, dass alles, was ich Ihnen erzähle, unter uns bleibt?«

»Nichts, was ich lieber täte.« Mit konzentriertem Gesichtsausdruck setzt sich Bastian Kreuzer auf einen Stuhl dem Besucher genau gegenüber. »Reden Sie weiter, wir sind ganz Ohr.«

Max Kowalski räuspert sich. Dann kratzt er sich an einem seiner abstehenden Ohren und anschließend reibt er sich mit dem Handrücken über die Nase. Erst als Bastian Kreuzer ihn mit einer ungeduldigen Geste mahnt, beginnt er auszupacken.

»Ist vielleicht drei Wochen her, da kam die Schwägerin von der Verschwundenen zu mir. Tat furchtbar geheimnisvoll, fragte, ob ich nie jemandem was sagen würde und ihrem Bruder schon gar nicht. Sie habe da so einen Verdacht, was dessen Frau anginge. Die habe ihren Bruder nur aus Berechnung geheiratet. Und dafür müsse es einen Grund geben.«

»Und der sollte in Marga Mönchingers Vergangenheit liegen?« Bastian kann ein Grinsen nicht ganz unterdrücken.

»Wo sonst? Meiner Klientin war aufgefallen, dass die Schwägerin nie über ihre Jahre in Deutschland geredet hat. Nur dass sie als Au-pair nach Bremen gekommen ist, hat sie mal erzählt. Aber ein Au-pair bleibt höchstens ein Jahr, und Marga ist insgesamt schon seit sechs Jahren hier.«

»Es ging also darum, die Schwägerin möglichst beim Bruder anzuschwärzen, um sie im besten Fall ganz loszuwerden«, wirft Sven ein.

»Tja, also, was meine Klienten mit den Informationen anstellen, die ich ihnen liefere, interessiert mich nicht. Ich will's gar nicht wissen. Ich mache meine Arbeit, und dann hat sich die Sache für mich.«

Bastian nickt. »Kann ich gut verstehen. Ich wünschte manchmal, wir könnten unseren Job auch so sehen. Aber zurück zu Ihnen: Was ist bei Ihren Ermittlungen herausgekommen?«

»Der Klassiker. Irgendwas ist in der Au-pair Familie schiefgelaufen, habe ich von einer Lehrerin des Sohnes der Familie erfahren, dann ist das Au-pair, also Marga Lavro, spätere Mönchinger, vor der Zeit gegangen. Hat sich wahrscheinlich an ihren Bruder gewandt, der auch in Bremen lebt und übrigens ein ganz schräger Vogel ist. Der Typ hat dann vermutlich nicht lange gezögert und seine Schwester direkt an eine Nachtbar vermittelt.«

»Nachtbar oder Nacktbar?« Bastian legt die Hand hinters Ohr, als sei er schwerhörig.

»Beides. Die Übergänge sind da ja fließend. Zwei ehemalige Kolleginnen von ihr habe ich zum Reden gebracht, Geld brauchen die Damen schließlich immer. Sie sagen, dass Marga das übliche Programm durchgezogen hat.«

»Sex für Geld?«

»Genau. Im Hinterzimmer und ohne Konzession. Wahrscheinlich hat der Bruder mitverdient. Aber lange ging das nicht, dann ist Marga verschwunden.«

»Aus der Bar?«

»Aus der Bar und aus Bremen, wenn ich die Damen richtig verstanden habe. Leider verliert sich ihre Spur dann für knapp zwei Jahre. Erst als sie Hubert Mönchinger kennenlernt, taucht sie wieder auf dem Schirm auf.«

»Wissen Sie zufällig auch, wo und wie sich die beiden zum ersten Mal getroffen haben?«

»Ich habe keinen blassen Schimmer, aber vermutlich hat er eine Annonce aufgegeben, und sie hat sich darauf gemeldet.«

»Eine Heiratsannonce?«

»Bekanntschaft, Sex, Heirat, was weiß ich. Auch da sind die Übergänge manchmal mehr als fließend.«

»Wie kommen Sie auf die Annonce?«

»Frau Mönchinger hat es vermutet, weil diese Marga ziemlich plötzlich als Verlobte ihres Bruders aufgetaucht ist und keiner von beiden jemals etwas über das Kennenlernen erzählt hat.«

»Klingt plausibel«, Bastian Kreuzer wendet sich an den Kollegen, »oder was meinst du?«

»Sie hat vielleicht einen sicheren Hafen gesucht, wollte sich gewissermaßen zur Ruhe setzen, und da kam ihr der alternde Junggeselle gerade recht.«

»Fragt sich nur, was in der Zwischenzeit geschehen ist.«

»Nachdem sie aus Bremen weg ist und bevor sie Hubert kennengelernt hat, meinst du?«

»Genau. Dazwischen liegen immerhin zwei Jahre. Da muss sie ja irgendwo gelebt haben.«

»Vielleicht kann Margas halbseidener Bruder dazu Auskunft geben. Wie hieß er noch gleich?«

»Smentek Lavro«, mischt sich der Detektiv ungefragt in das Gespräch der beiden Ermittler. »Mag sein, dass Sie mehr herauskriegen, aber ich hatte den Eindruck, dass er nichts weiß. Vermutlich war es sogar so, dass Marga abgehauen ist, um ihm zu entkommen, und bewusst ihre Spuren verwischt hat.«

Bastian steht auf und holt sich noch einen Kaffee. »Für Sie auch?«, fragt er den Gast. Als dieser verneinend den Kopf schüttelt, murmelt der Kommissar nur: »Sehr vernünftig. Die scharfe Brühe wird mir eines Tages noch den gesamten Magen wegputzen. Wird Zeit, dass ich auf Tee umsteige.«

»Du machst seit neuestem schon Sport, jetzt übertreib's mal nicht«, gibt Sven grinsend zu bedenken.

»Ist ja 'ne ziemlich lockere Atmosphäre bei Ihnen, habe ich mir gar nicht so vorgestellt«, frotzelt der Detektiv.

»Reiner Galgenhumor«, gibt Bastian zurück und fügt mit vertraulicher Stimme an: »Wir sitzen ein bisschen in einer Ermittlungsklemme. Aber vielleicht können Sie uns heraushelfen.«

»Wie das?«

»Es gibt doch bestimmt Unterlagen, Aufzeichnungen, Gesprächsmitschnitte, die Sie der Schwester übergeben haben, oder?«

»Einen ganzen Ordner voll …«, setzt der Detektiv an, wird aber sofort von Sven Winterberg unterbrochen.

»Hey Bastian, das war also in dem Ordner, um den sich Bruder und Schwester gestritten haben. Hubert wollte ihn wegschmeißen, und Christa wollte ihn aufheben.«

»Hat sie schließlich auch eine ganz schöne Stange Geld gekostet«, wirft Max Kowalski trocken ein.

»Aber warum sollte der Ehemann von dem Thema nichts wissen wollen? Es ging ja immerhin um seine Ehefrau«, überlegt der Hauptkommissar.

»Mann, Bastian, das ist wieder mal eine typische Junggesellenfrage. Stell dir vor, du bist glücklich verheiratet und dann kommt jemand und macht dir alles kaputt. Da ist eine spontane Abwehrreaktion doch nur verständlich.«

»Hast recht, Sven. Haben Sie eigentlich Kopien ihrer Rechercheergebnisse?«, wendet Bastian sich an den Detektiv.

»Klar, was glauben Sie denn? Hab sie sogar dabei«, er deutet auf eine prall gefüllte Plastiktüte, die an seinem Stuhl lehnt und der Aufmerksamkeit der beiden Ermittler bisher entgangen ist. »Ich lasse Ihnen das Zeug auch hier, aber hängen Sie es bloß nicht an die große Glocke, sonst kann ich meinen Laden dichtmachen.« Besorgt blickt Kowalski von einem zum anderen.

»Keine Angst. Wir wissen Ihre Kooperationsbereitschaft wirklich zu schätzen«, versichert Bastian Kreuzer und erhebt sich. »Wir sehen das Ganze gleich durch und dann können Sie es morgen oder übermorgen zurückbekommen. Eine letzte Frage habe ich aber noch.«

»Ja?«

»Nur unter uns: Was glauben *Sie* eigentlich, was geschehen ist?«

Kowalski schweigt. Er legt seine Stirn in Falten und reibt sich wieder das Ohr. Es dauert lange, bis er zu sprechen beginnt. »Diese Christa Mönchinger ist nicht dumm. Und sie kennt ihren Bruder wahrscheinlich besser, als der sich selbst. Er ist ein Weichei, jede Wette. Und deshalb hat meine Auftraggeberin ihre Schwägerin wahrscheinlich direkt mit meinen Ergebnissen konfrontiert. Und die hat dann die Konsequenzen gezogen.«

»Das heißt?«

Kowalski zuckt die Schultern. »Ist abgehauen, würde ich sagen. Entweder zurück nach Polen oder zum Bruder oder …«

»Oder gleich ins Puff?«, versucht Bastian den angefangenen Satz zu vollenden.

»Vielleicht auch das. Jedenfalls scheint sie kein Interesse daran zu haben, gefunden zu werden. Vielleicht hat sie ja auch die Haushaltskasse geleert, bevor sie gegangen ist. Oder das gemeinsame Konto abgeräumt. Und der geprellte Ehemann schweigt aus Scham. Soll alles schon vorgekommen sein.«

Bastian nickt nachdenklich. »Klingt plausibel. Und hört sich nicht unbedingt so an, als müsse sich die Mordkommission mit der Sache abgeben.«

»Aber es gab da ja diese Tote am Strand. Die sah praktisch genauso aus wie Marga Mönchinger«, wendet Max Kowalski ein. »Können Sie sich das eigentlich irgendwie erklären?«

»Sie meinen die Ähnlichkeit?«, fragt Bastian vorsichtig.

Der Detektiv nickt nachdenklich. »Für mich klingt das so, als würde jemand Frauen nach einem bestimmten Beuteschema entführen.«

»Auf die Idee sind wir auch schon gekommen«, antwortet Bastian unverbindlich. »Aber unabhängig davon haben Sie uns wirklich sehr geholfen, vielleicht haben Sie sogar einen entscheidenden Hinweis geliefert.«

»So was wie eine Erfolgsprämie zahlt ihr wohl nicht, oder?«, erkundigt sich der Detektiv augenzwinkernd, wiegelt aber gleich ab. »Keine Angst, war nur ein Scherz.« Dann deutet er noch einmal auf seine Plastiktüte. »Viel Spaß mit der Lektüre und … Wiedersehen macht Freude.«

»Keine Sorge, Sie kriegen Ihre Unterlagen zurück, Ihre Personalien und die Anschrift haben wir ja. Und vielen Dank noch mal.«

Nachdem der Detektiv den Raum verlassen hat, sehen die beiden Kommissare sich triumphierend an.

»Na, das war's wohl, Kumpel«, frohlockt Bastian.

»Du denkst auch, was ich denke?« Sven gestattet sich ein breites Grinsen.

Bastian nickt. »Ist doch klar, oder? Als seine Frau nicht ans Telefon gegangen ist, hat Mönchinger kehrtgemacht und ist wieder nach Hause gefahren. Aber sie war schon weg, und die Schwester hat wahrscheinlich ausgepackt. Daraufhin sind Mönchinger die Sicherungen durchgebrannt, er hat in die Kontaktanzeigen vom örtlichen Blättchen geguckt …«

»… wahrscheinlich nicht zum ersten Mal, vermutlich hat er seine Frau ja auch so gefunden …«, wirft Sven ein.

»… und dann hat er die Prostituierte angerufen, sie gepoppt, anschließend umgebracht und dabei die ganze Zeit an seine Frau gedacht«, vollendet Bastian den Satz.

»Sehr poetisch, das solltest du genauso in den Ermittlungsbericht schreiben. Was meinst du, sollen wir den Vogel gleich noch mal hochkommen lassen und ihn ordentlich in die Mangel nehmen? So ein sauberes Geständnis am Vormittag, das wär's doch jetzt.«

»Erst die Arbeit, dann das Vergnügen.« Bastian weist auf die Plastiktüte mit den Überwachungsunterlagen. »Das ziehen wir uns erst mal gründlich rein, und dann setzen wir Mönchinger unter Druck. Je mehr wir über seine Frau wissen, desto besser. Zur Not kann der Typ in seiner Zelle auch noch bis morgen schmoren. Mir ist es lieber, das Ganze ist absolut wasserfest, als dass er uns wieder mit irgendwelchen halbseidenen Ausflüchten kommt.«

Sven guckt enttäuscht. »So pflichtbewusst kenne ich dich ja gar nicht.«

»Tja, mir ist gestern auch ein Wunder geschehen. Die Bispingen hat mit mir geflirtet, da möchte man sich nicht unbedingt gleich im Anschluss blamieren.«

»Die Bispingen flirtet? Du halluzinierst doch.«

Besorgt fasst Sven Winterberg nach Bastians Stirn. Doch der bückt sich nur nach der Plastiktüte und klatscht dem Kollegen ungerührt einen Stapel Unterlagen auf den Tisch.

»Lies das jetzt und überlass das Denken mir.«

Mittwoch, 22. Juni, 20.05 Uhr, Restaurant Schneckenhäuschen, Westerland

Jens-Uwe Behrmann ist ein Alkoholiker, das sieht Fred Hübner sofort.

Natürlich nicht einer von der Sorte, die auf Parkbänken schläft und Discount-Fusel trinkt. Aber die Art, wie der Politiker nach der Weinkarte greift, sich dabei die Lippen leckt, wie seine Augen flink über die Zeilen hüpfen, als gebe es dort ein Stück vom Paradies zu besichtigen, sagt alles. Die Bestellung des Menüs erledigt Behrmann knapp und lustlos, doch beim Alkohol lässt er sich Zeit. Den Aperitif, einen Veuve-Clicquot-Cocktail, bestellt er gleich zweimal, und das nicht etwa, weil Fred Hübner plötzlich zu seinem alten Laster zurückgekehrt wäre.

»Das Zeug ist köstlich, Ihnen entgeht echt was«, murmelt Behrmann schon bevor er den ersten Schluck genommen hat. »Allein wie sich das eigentlich etwas zu dominante Aroma der Minze mit dem des Jahrgangschampagners verbindet, ist preiswürdig. Wussten Sie überhaupt, dass diese Special Edition Jahr für Jahr nur an wenigen ausgewählten Orten der Welt ausgeschenkt werden darf? Kein Witz. Ich glaube, außer Sylt sind es noch Miami, Rio und ein Promidorf irgendwo in der Schweiz. Ja, die Jungs von Veuve Clicquot verstehen was von Marketing, das muss man denen lassen.«

Fred nickt stumm und denkt sich seinen Teil. Zum Beispiel fragt er sich gerade, ob Behrmann selbst wirklich so ein Marketing-Genie ist, wie er immer angenommen hat. Ein Politiker, der als Erstes über Alkohol redet? Geht eigentlich gar nicht. Und trotzdem tut Behrmann es. Fred nippt an seinem Wasser und lehnt sich zurück.

Das Restaurant ist nur zur Hälfte gefüllt, es besteht aus mehreren kleinen Räumen, die verwinkelt ineinander übergehen. Zudem hat man ihnen einen Tisch in einer Nische gegeben, der von den anderen Gästen kaum zu beobachten ist. Fred Hübner ist sich sicher, dass Jens-Uwe Behrmann extra darum gebeten hat. Der Abend verspricht interessant zu werden.

Nachdem Behrmann zu Vor- und Hauptgang noch mehrere Glas Wein getrunken hat und beide mit dem üblichen Vorgeplänkel fertig sind, beginnt Fred, die interessanten Fragen zu stellen. Warum sind Sie nach dem Jurastudium in die Politik gegangen? Was sagt Ihre Frau dazu? Leben Sie auch privat nach den Maximen der ökologischen Nachhaltigkeit, die Sie öffentlich so lautstark postulieren?

Routiniert entwirft Behrmann das Bild seiner Vorzeigefamilie, die ihn in allem unterstützt. Ebenso routiniert beschreibt er seinen Weg vom Wald- und Wiesenpolitiker, wie er sich in seinen Anfängen selbst nennt, zum Ökologie- und Nachhaltigkeits-Spezialisten.

»Sie müssen wissen, dass ich hier meine Berufung gefunden habe. Deshalb interessiere ich mich auch so für Ihr Projekt. Ich will«, er sagt tatsächlich *ich will*, »dass alle Welt weiß, wie sehr dies mein Thema ist. Schreiben Sie darüber, schreiben Sie ausführlich darüber, damit die Menschheit davon erfährt.«

Alle Welt? Die Menschheit? Hat der Typ vielleicht einen an der Waffel, und ich bin der Erste, der das bemerkt, überlegt Fred gerade, als Behrmann einen Gang herunterschaltet. Wahrscheinlich ist ihm trotz seines mittlerweile beträchtlichen Alkoholpegels aufgefallen, dass er es ein wenig übertrieben hat. Darum greift er jetzt noch einmal zu der politischen Allzweckwaffe, der Beschwörung seiner harmonischen Familienverhältnisse.

»Ohne meine Frau wäre ich gar nichts. Das dürfen Sie so natürlich nicht schreiben«, vertraulich fasst er Fred am Arm. »Aber wie wichtig meine Frau und die Kinder für meinen emotionalen Rückhalt sind, das sollten Sie schon herausstreichen.«

»Sie wohnen ja auch sehr idyllisch auf dem Land, oder?« Vergnügt gibt Fred dem Affen Zucker.

»Ja, super idyllisch. Rings um unser Haus sind nur Wiesen und Felder, die Lütten sehen nichts als Natur, wenn sie das Haus verlassen. Sie wachsen gewissermaßen im Paradies auf.«

Nicht ohne innere Befriedigung stellt Fred Hübner fest, dass Jens-Uwe Behrmanns Artikulation bereits zu wünschen übriglässt. Der Politiker sagt idyllich und paradiesich, außerdem senkt er die Stimme am Ende jedes Satzes so weit, dass die letzten beiden Worte praktisch nicht mehr zu verstehen sind. Wenn sich Fred jemals vor den Folgen des Alkoholkonsums geekelt hat, dann tut er das jetzt. Der angesehene Politiker, der ihm gegenübersitzt, verwandelt sich von Minute zu Minute mehr in einen Popanz, ein lächerliches Abziehbild seiner öffentlichen Figur. Diese Erkenntnis fasziniert Fred Hübner, und es reizt ihn unglaublich, die Situation auf die Spitze zu treiben. Er weiß genau, er könnte es. Es fehlt nicht viel, und der allseits geachtete und beliebte Politstar Jens-Uwe Behrmann wird sich heute Abend gemeinsam mit dem bekannten Journalisten Fred Hübner sinnlos betrinken. Und dies aus Gründen, die Fred Hübner vollkommen schleierhaft sind, die er aber sehr gern erfahren würde. Außerdem wäre eine solche Aktion nicht der schlechteste Beginn für eine Männerfreundschaft. Und sicher ein ertragreicher Auftakt für die Abfassung einer Biographie, die vielleicht doch nicht nur eine Lobeshymne werden würde.

Es gibt nur ein Problem bei der ganzen Sache. Fred Hübner müsste mitziehen. Wenn er weiterhin beim Wasser bleibt, dann wird dieser Behrmann vielleicht noch einen Eiswein zum Dessert nehmen, danach unter Umständen noch einen Digestif kippen und dann die Fliege machen. Allein weitersaufen kann er nämlich auch zu Hause.

Fred schließt kurz die Augen und erinnert sich an seinen letzten Absturz. Der liegt jetzt fast ein Jahr zurück und hätte ihn um ein Haar das Leben gekostet. Manchmal sieht er nachts im Traum diese unglaubliche blau-silberne Knarre noch vor sich und hört die geifernde Stimme hinter dem Abzug ihre höhnischen Worte ausspucken. Wenn das keine Warnung war. Aber andererseits: Was soll's, er hat es schließlich überlebt. Und Jens-Uwe Behrmann ist bestimmt kein Schwerstkrimineller, sondern nur ein schwer alkoholkranker Selbstüberschätzer. Und die Gelegenheit, einen von allen als charismatisch beschworenen Politiker abstürzen zu sehen, kommt bestimmt so schnell nicht wieder.

Mit einer entschiedenen Geste hebt Fred die Hand und ordert einen doppelten Cognac. Jens-Uwe Behrmann nickt befriedigt.

»Und ich dachte schon, Sie halten das tatsächlich durch«, ist alles, was er zu Freds Entschluss sagt, bevor er wieder zum Glas greift.

Mittwoch, 22. Juni, 23.15 Uhr, Kurzentrum Westerland

Marga Mönchinger kann nicht mehr schlucken, ihre Kehle ist trocken, ihr Mund auch. Die Gelenke in den Handschellen sind so dick aufgequollen, dass das Metall auch ohne jede Bewegung schmerzhaft zu spüren ist. Längst hat Marga jedes Zeitgefühl verloren. Draußen ist es dunkel, aber wie lange schon? Sind es zehn Minuten oder drei Stunden, die sie jetzt wieder allein hier liegt? Seit das Licht gelöscht wurde, erscheinen an der Zimmerdecke über ihrem Kopf immer die gleichen Muster: Kreise und völlig schiefe Vierecke in grellen Farben. Margas Augen brennen, aber sie traut sich nicht, sie zu schließen. Denn was wäre, wenn plötzlich die Tür aufginge und sie es nicht sofort bemerken würde? Vielleicht wäre es sogar besser, überlegt sie jetzt. Vielleicht wäre jede Sekunde, in der sie die Rasierklinge nicht sehen muss, diesen irren Blick nicht ertragen muss, eine gewonnene Sekunde. Vielleicht könnte sie mit geschlossenen Augen sogar die brennenden Schmerzen vergessen und die vielen winzigen Verletzungen, deren Blut längst getrocknet ist und krustig auf ihrer Haut klebt.

Marga Mönchinger möchte nichts sehnlicher als weinen, doch auch das kann sie nicht mehr. Weder über ihr eigenes Schicksal noch über ihre unglaubliche Dummheit, die sie tatsächlich freiwillig hierher zurückgeführt hat. Warum konnte sie nicht mit den 2000 Euro zufrieden sein? Warum sollten es ausgerechnet 7000 werden?

Jetzt schließt Marga Mönchinger doch die Augen.

Aber der einen Frage, die sie seit Stunden quält, kann sie damit nicht entkommen: Wird sie ihre Geldgier mit dem Leben bezahlen müssen?

Donnerstag, 23. Juni, 05.02 Uhr, Drosselstieg, Westerland

Silja Blanck dreht sich mit einer entschiedenen Gebärde im Bett. Sie wendet Bastian Kreuzer jetzt den Rücken zu und spricht gegen die Wand seines Schlafzimmers.

»Du bist echt das Letzte. Erst jammerst du so lange herum, bis ich ein Einsehen habe und zu dir zurückkomme, und dann versagst du beim Sex. Ist dir eigentlich nicht klar, dass ich immer nur das von dir gewollt habe? Du kannst dir doch unmöglich einbilden, dass ich auf dein runtergekommenes Äußeres abgefahren bin. Oder denkst du vielleicht, es waren diese Softiesprüche, die du plötzlich herausgekramt hast und von denen jeder so abgestanden war wie der muffige Qualm, der gerade aus deinen Sportschuhen steigt, die du freundlicherweise direkt neben dem Bett postiert hast?«

Bastian Kreuzer öffnet den Mund, um irgendetwas gegen

die unfairen Anschuldigungen vorzubringen, aber es kommt nur übel riechender Bieratem heraus. Verwirrt haucht Bastian in die eigene Hand. Er putzt sich doch immer die Zähne, bevor er mit einer Frau ins Bett geht, wie oft hat sich Silja schon darüber lustig gemacht. Überhaupt Silja. Wo ist sie eigentlich abgeblieben? Bastian sieht sich um. Silja ist nicht da. Natürlich nicht. Er hat sie sich herbeigeträumt. Das kommt schon mal vor. Nur dass sich die geträumte Silja so entschieden gegen ihre unfreiwillige Vereinnahmung wehrt, das ist neu für Bastian. Und er ist geneigt, es für ein ganz schlechtes Zeichen zu halten.

Bastian blickt auf sein Handy, das wie immer griffbereit neben dem Bett liegt. Es ist kurz nach fünf, und er fühlt sich hellwach. Leider macht das Fitnessstudio erst um sechs auf, aber wenn er jetzt aufsteht und vielleicht einen kleinen Morgenspaziergang dorthin unternehmen würde, wäre die Zwischenzeit gut genutzt. Und ein wenig frische Luft wird ihm gut tun. Das Nachdenken soll durch Sauerstoffzufuhr zuweilen erheblich erleichtert werden, auch die Qualität der logischen Schlüsse soll zunehmen. Ein Phänomen, das Bastian Kreuzer jetzt gut gebrauchen kann, denn er muss heute früh eine Entscheidung fällen. Nicht aus übertriebener Gründlichkeit hat er nämlich gestern Abend darauf bestanden, die Vernehmung Hubert Mönchingers zu verschieben, sondern weil er innerlich trotz aller Indizien immer noch nicht von dessen Schuld überzeugt war.

Selbst nach dem nächtlichen Schlaf ist das so geblieben. Allerdings spielt es kaum noch eine Rolle. Denn Bastian weiß genau, heute ist der Verdächtige fällig. Und wenn er ihn erst einmal kräftig in die Zange nimmt, dann wird dieser Schlappschwanz auch gestehen.

Vorausgesetzt, er war es, wagt ein schwaches Stimmchen in Bastians Hirn einzuwenden.

Halt die Klappe, murmelt der Hauptkommissar leise, steht auf, geht ins Bad und putzt sich die Zähne.

Donnerstag, 23. Juni, 05.13 Uhr, Weststrand, Westerland

Der Rücken tut weh. Und der Arsch. Die Kniekehlen sind taub, dafür kribbelt es in den Armen. Und der Kopf explodiert gerade in Turbogeschwindigkeit.

Fred Hübner schlägt ein Auge auf. Was er sieht, ist grau. Morgengrau mit etwas Rosa am Rand. Das Meer schwappt schlapp über den Sand, halbverdeckt von der Seitenkante des Strandkorbs, in dem Fred sitzt. Ihm wird schlecht. Er beugt sich nach vorn und erbricht sich in den Sand, genau zwischen die weit gespreizten Beine. Danach geht es ihm etwas besser. Mit Betonung auf *etwas*, wohlgemerkt. Denn eigentlich geht es ihm immer noch beschissen. Kein Wunder, wenn er an die vergangene Nacht denkt. Wobei es da so viel gar nicht zu denken gibt, denn selbst wenn er sich Mühe gibt, kann er sich an kaum etwas erinnern.

Natürlich, da war das abendliche Date mit Jens-Uwe Behrmann, seine Überraschung über den Alkoholkonsum des Politikers und sein waghalsiger Entschluss, es ihm gleichzutun. Blöde Idee, denkt Fred gerade und kotzt gleich noch einmal in den Sand. Danach steht er auf. Er ist vielleicht ein rückfälliger Alkoholiker, aber so tief gesunken, dass er vor einer Lache des eigenen Erbrochenen sitzen bleibt, ist er noch nicht. Schwankend tastet Fred Hübner sich zwischen den eng stehenden Strandkörben entlang. Alle sind leer, zum Glück, er ist im Moment sicher kein erfreulicher Anblick. Hoffentlich war das gestern Abend anders. Jedenfalls so lange, wie er mit dem Politiker zusammen war. Aber wie lange war das eigentlich? Langsam kommen einige Erinnerungsreste zurück. Erst das Restaurant mit den verwinkelten Räumen, dann eine schummrige Bar im Bahnhofsviertel, anschließend eine dreckige Alkoholiker-Bude direkt hinter den Gleisen. Fred bleibt stehen und stützt sich an einem Strandkorb ab. Mit der freien Hand reibt sich der Journalist die Augen und kneift sich anschließend in den Hals. Es tut weh, also ist er wach. Und er erinnert sich noch an diesen Kiosk und den Politiker, der zum Abschied nicht nur ihm, sondern auch dem grenzdebilen Alkoholverkäufer das Du angeboten hat. Fred fasst es nicht. Jens-Uwe Behrmann muss doch von allen guten Geistern verlassen sein, wenn er vor Zeugen solch einen Scheiß verzapft.

Kopfschüttelnd stößt sich Fred von dem Strandkorb ab. Er hätte besser beides lassen sollen. Das Kopfschütteln und das Abstoßen. Jetzt liegt er im Sand und hat keinen Schimmer, wie er jemals wieder aufstehen soll.

Ist eigentlich Jens-Uwe, sein neuer Duzfreund, auch noch mit an den Strand gekommen? Gute Frage. Fred kann sich beim besten Willen nicht erinnern. Wozu auch? Helfen könnten sie sich heute früh gegenseitig nicht mehr. Obwohl Behrmann fast mit dem Trinken aufgehört hat, nachdem Fred richtig in das Spiel eingestiegen war. Oder täuscht er sich da? Ist das sein schlechtes Gewissen, das jetzt alle Schuld auf ihm selbst ablädt?

Er war es jedenfalls, der, nachdem er einmal angefangen hatte, nicht mehr aufhören konnte. Nicht mehr aufhören wollte. Zu betörend waren Geschmack und Aroma des Alkohols, zu verführerisch war die Gewissheit, dass er sich diesmal seinen Rausch in gepflegter Gesellschaft antrank und damit quasi auch noch seinen beruflichen Ambitionen diente. Und ist das nicht immer noch so? Was macht es da schon aus, dass er jetzt hier liegt, hilflos wie eine Krabbe im Sand, die trotz langer Suche das Meer nicht mehr findet?

Nein Fred muss sich korrigieren. Das ist ein ganz und gar unzutreffender Vergleich. Er sucht nämlich gar nichts, sondern hat im Gegenteil schon die große Wundertüte gefunden. Und was ist drin? Zweierlei. Eine Aufgabe, die Ehre und Profit gleichermaßen verspricht, und ein Verbündeter, der ihm auf eine nicht unangenehme Weise ausgeliefert ist. Wäre Fred nicht so hundeelend zumute, würde er triumphieren. Er, der große Journalist Fred Hübner, wird wieder ein vielbeachtetes und hochgelobtes Buch schreiben. Eine Enthüllungsbiographie über den noblen und ehrbaren Öko-Politiker Jens-Uwe Behrmann, hinter dessen glanzvoller Fassade sich ein jämmerliches Stück Scheiße verbirgt, das nur noch im Alkohol Trost findet.

Zufrieden grunzend dreht sich Hübner trotz seiner mörderischen Kopfschmerzen im Sand um, bis er auf der Seite liegt. Mühsam hievt er einen Arm unter dem Körper hervor und winkelt ihn an. Mit dem zugehörigen Knie tut er das Gleiche. Denn auch wenn er zurzeit nicht ganz Herr seiner Sinne ist, eines weiß Fred Hübner sehr genau: Die stabile Seitenlage ist immer noch das Beste, wenn man nicht im Schlaf an der eigenen Kotze ersticken will.

Donnerstag, 23. Juni, 05.38 Uhr, Weststrand, Westerland

Der Wind auf der Strandpromenade treibt die frische Seeluft in Bastian Kreuzers Lungen. Die Böen sind nicht allzu stark und kommen direkt von Norden, was einen schönen sonnigen Tag verspricht. Bastian atmet tief ein, hält die Luft lange und lässt sie dann nur langsam entweichen. Wie gut das tut. Frei atmen, nichts sehen außer Sand, Strandkörben, Meer und der völlig leeren Betonpromenade unter seinen Füßen. Noch einen Atemzug nimmt Bastian und dann noch einen. Er weiß genau, dass die frühmorgendliche Erfrischung vorhalten muss, denn im Fitnessstudio ist die Luft meist abgestanden und schweißgeschwängert. Und sobald er im Büro angekommen sein wird, kann von Entspannung ohnehin nicht mehr die Rede sein.

Wenn Hubert Mönchinger erst einmal gestanden hat, wird die ganze Polizeimaschinerie anlaufen. Genug Arbeit für zwei. Und nicht nur das. Auch für Silja sollte durchaus noch etwas übrig bleiben. Gestern Abend hat sie schon signalisiert, dass es ihr besser geht und dass sie direkt nach ihrem Bremen-Abstecher so schnell wie möglich zurückkommen wird. Und wenn dieser Mönchinger dann endlich eingebuchtet und der Fall abgeschlossen sein wird, dann wird er sich mit Silja aussprechen. Er wird energisch auf einem Date bestehen, und er wird es bekommen. Einen Traum wie den von heute Morgen tut er sich nicht noch einmal an. Das hält auf Dauer auch das stärkste Ego nicht aus.

Vor Bastian liegt der Abgang zum Strand. Noch ist die Bude des Kurkartenkontrolleurs unbesetzt und die Treppe auf der Landseite menschenleer. Hier muss er hinunter, um das Fitnessstudio zu erreichen. Bevor Bastian Kreuzer die erste Stufe nimmt, wendet er sich noch einmal frontal zum Meer, um einen letzten tiefen Atemzug zu genießen.

Doch kaum hat der Hauptkommissar eingeatmet, sieht er die Möwen. Viele Möwen. Sie scharen sich um einen einzigen Strandkorb. Fliegen auf und kommen wieder, hacken gierig mit ihren Schnäbeln im Sand.

Fast gegen seinen Willen geht Bastian zum Meer hinunter. Er will wissen, was diese Möwen dort anzieht. Polizist bleibt Polizist.

Als Bastian den Grund für die Aufregung der Möwen entdeckt, wendet er sich sofort ab. Das Erbrochene stinkt wie die Pest, und der Anblick der Bröckchen in den gierigen Möwenschnäbeln dreht ihm fast den Magen um. Trotzdem sieht der Kommissar sich kurz um. Es könnte ja sein, dass jemand hilfsbedürftig ist. Doch da ist niemand. Wer auch immer sich hier erleichtert hat, er ist nicht mehr da.

Bastian Kreuzer läuft die wenigen Schritte bis zur Wasserkante und bleibt dort stehen. Er beschließt spontan, das Fitnesstraining für heute sausen zu lassen und stattdessen einfach nur seinen Blick in die Weite zu richten und die Ruhe zu genießen, bevor die Hektik des Alltags nach ihm greifen kann. Noch ein paarmal durchatmen, die Salzluft inhalieren, den Wind auf der Haut spüren.

Der Kommissar setzt sich in den Sand und stützt die Hände hinter dem Rücken auf. Er legt den Kopf in den Nacken, schließt die Augen und konzentriert sich nur aufs Atmen. Rein, Luft anhalten und raus. Rein, Luft anhalten und raus. Großartig. Rein, Luft anhalten und raus.

Kreuzer spürt, wie er sich innerlich entspannt, wie er bald

jedes Zeitgefühl verliert und vollkommen zur Ruhe kommt. Als er erheblich später doch widerstrebend auf die Uhr sieht, ist es schon fast halb sieben. Von der Promenade hallen jetzt Schritte und Stimmen herunter. Zuerst sind es für Kreuzer nur diffuse Geräusche, die kaum bis zu ihm vordringen, doch dann taucht er langsam aus seiner Trance auf und unterscheidet einzelne Wörter, versteht schließlich sogar einen ganzen Satz.

»Da liegt jemand«, ruft eine Frauenstimme.

»Wo denn?«, fragt ein Mann.

»Da vorn im Sand, gleich neben dem Strandkorb«, antwortet die Frau.

Meinen die etwa ihn? Bastian Kreuzer dreht sich um. Doch die beiden gestikulierenden Gestalten auf der Promenade zeigen nicht auf ihn, sondern nach Norden, dorthin, wo er noch nicht entlanggelaufen ist. Und jetzt sieht er es auch. Im Sand zwischen den Strandkörben liegt ein Mann, eingerollt wie ein Baby und völlig reglos. Bastian springt auf und läuft hinüber. Beim Näherkommen erkennt er fluchend, dass der Typ am Boden niemand anderer als dieser Quälgeist Fred Hübner ist, der ihnen in den letzten Jahren häufig genug in die Parade gefahren ist. Der Hauptkommissar beugt sich über den Liegenden. Der Typ atmet, zum Glück. Aber er stinkt nach Alkohol, und das nicht zu knapp.

Es gehört keine ausgeprägte Phantasie dazu, die Schnapsleiche und die Kotzlache dort hinten zusammenzubringen. Ohne lange nachzudenken, zückt Bastian Kreuzer sein Handy und ruft die Kollegen von der Wache an.

»Hilflose Person am Strand«, gibt er mitsamt einer Ortsangabe durch. »Ich warte hier auf euch, dann können wir den

Kerl gemeinsam nach oben tragen und in den Wagen hieven. Ein paar Stunden Ausnüchterung in einer unserer Zellen werden ihm gut tun.«

Donnerstag, 23. Juni, 08.50 Uhr, Kriminalkommissariat Westerland

Als Sven Winterberg mit erheblicher Verspätung im Büro eintrifft, warten Bastian Kreuzer und der Spurensicherungsexperte Leo Blum schon auf ihn.

»Tut mir leid, ich musste schnell noch zum Zahnarzt. Gestern Abend ist mir so eine blöde Füllung aus dem Backenzahn gefallen. Aber das wollt ihr gar nicht hören, stimmt's?« Jetzt erst bemerkt Sven, wie angespannt die beiden anderen sind. »Hey, gibt's Neuigkeiten?«

»Kann man so sagen«, brummt Bastian. »Fragt sich nur, ob du dich darüber freuen wirst.«

»Habt ihr doch noch irgendwelche Spuren am Strand gefunden?«

»Nee, das nun auch wieder nicht. Nur eine Schnapsleiche lag da rum.« Bastian grinst. »Ich bin auf dem Weg ins Fitnesscenter fast drüber gestolpert – und jetzt darfst du raten, wer es war.«

»Spuck's schon aus. Ich steh nicht auf Quizfragen am frühen Morgen.«

»Es war unser alter Freund Fred Hübner. Zur Abwechslung mal wieder total besoffen. Der scheint sich gestern Abend seinen jährlichen Absturz genehmigt zu haben.«

»Immerhin mischt er sich diesmal nicht in unsere Ermittlungen ein«, wiegelt Sven ab. »War's das schon?«

Bastian schüttelt den Kopf und nimmt ein Fax von seinem Schreibtisch. »Das hier ist interessanter. Marga Mönchingers Koffer ist tatsächlich aufgetaucht. Es ist derselbe, den Silja am Bahnhof gesehen hat.«

»Und wo hat man ihn gefunden?«

»In Niebüll. Er stand mutterseelenallein an einer Bushaltestelle vor dem Bahnhof.«

»Und das sagst du erst jetzt?«

»So sensationell ist der Fund nun auch wieder nicht. Dass die Frau nicht mehr auf Sylt ist, hat ja sowieso jeder angenommen. Fragt sich nur, warum sie ihren Koffer schon zum zweiten Mal einfach stehen lässt.«

»Was war denn drin?«

Bastian zuckt die Schultern. »Das Übliche. Klamotten, Dessous, Kosmetik. Kein Geld, kein Pass, keine Drogen.«

»Vielleicht ist der Mörder jetzt auf dem Festland unterwegs und hat sie sich dort geschnappt«, schlägt Sven lustlos vor.

»Vielleicht spinnst du gerade?«, gibt Bastian ebenso lustlos zurück. Dann lehnt er sich nach hinten und verschränkt die Arme vor der Brust. »Die ist nicht tot, die ist einfach nur untergetaucht. Trotzdem ist das hier ein Scheiß-Fall, ich sag's euch. Nichts passt, nichts funktioniert. Also, Leo, du bist unsere letzte Hoffnung.«

Der Chef der Spurensicherung greift sich bedächtig mit beiden Händen in das lange Haar, das im Nacken zusammengebunden ist. Langsam zieht er das Haargummi heraus und platziert es neu.

»Hör mal Kumpel, ist ja nett, dass du uns bei deiner Morgentoilette zuschauen lässt, aber geht's vielleicht etwas schneller?«, schnauzt Bastian.

»Du willst sowieso nicht hören, was ich zu sagen habe«, gibt Blum zurück. »Erfolgsmeldungen sehen anders aus.«

»Du hast das DNA-Ergebnis der Spermareste?«

Leo nickt und präzisiert: »Die Analyse beider Spermaspuren aus Sibylla Polenz' Scheide liegt vor. Wir können's aber nicht zuordnen. Nur eines steht fest: Hubert Mönchingers DNA ist das definitiv nicht.«

»Scheiße«, Bastian Kreuzer schlägt mit der flachen Hand auf die Schreibtischplatte. »Kann denn nicht mal was klappen?«

»Erinnert ihr euch an die dunklen Haare auf dem Kopfkissen der Toten?«, unterbricht ihn Leo Blum.

»Die, die wir in ihrer Wohnung gefunden haben?«, fragt Sven.

»Im Auto hat sie meines Wissens nicht geschlafen«, gibt Blum unfroh zurück. »Also diese Haare stammen nicht von einem möglichen Freier, sondern tatsächlich von ihrer eigenen Perücke.«

»Toll. Habt ihr sonst noch Spuren gefunden?« Bastian bemüht sich gar nicht erst, seine Frustration zu verbergen.

»Einiges. Interessant ist vor allem das, was an Prints in ihrem *Arbeitszimmer* an den Möbeln klebte.«

»Hast du eben *Arbeitszimmer* gesagt?« Sven grinst.

»Wie würdest du es nennen? *Behandlungsraum?* Das Bett war schließlich ihr Arbeitsplatz.«

»Und was habt ihr jetzt genau gefunden?«, unterbricht Bastian die beiden ungeduldig.

»Diverse Fingerabdrücke zum Beispiel. Kannst du dir ja vorstellen.«

»Kann ich. Und? Bringt uns das weiter?«

»Leider nicht. Kein einziger ist in unserer Kartei.«

»Also alles unbescholtene Bürger, die bei ihr die Sau rausgelassen haben.«

»Genau.«

Bastian flucht leise, dann reißt er sich zusammen. »Wir sollten uns einfach an Hubert Mönchinger halten. Die Indizien sind erdrückend. Wenn wir ihn gleich in die Mangel nehmen, dann werden wir bestimmt …« Das Klingeln des Telefons unterbricht ihn.

»Winterberg, Kriminalpolizei«, meldet sich Sven unwirsch und verdreht gleich darauf die Augen. »Du hast dich verwählt, Kleine. Du sprichst mit der POLIZEI.«

Doch plötzlich wird der Oberkommissar still und lauscht aufmerksam ins Telefon. Nach wenigen Sekunden stellt er den Apparat auf Zimmerlautsprecher. Die Stimme eines Mädchens ist zu hören.

»Ja und dann saß da die Frau. Ich dachte erst, die darf doch gar nicht in unserem Strandkorb sitzen und hab ihr das auch gesagt, aber sie hat sich überhaupt nicht bewegt. Dann habe ich sie angefasst und wollte sie da wegziehen, aber sie war ganz kalt, und ich glaube, ich glaube …« Die Stimme bricht und Schluchzen dringt durch die Leitung.

»Es ist gut, dass du uns gleich angerufen hast.« Sven Winterbergs Stimme klingt leise und beruhigend. »Wo bist du genau? Kannst du das beschreiben?«

»Ganz am Ende vom bewachten Strand. Fast schon in Wenningstedt. Meine Eltern wollen nicht so gern im Trubel sein, sagen sie immer. Wir haben hier den letzten Strandkorb, da sind wir jedes Jahr.«

»Musst du nicht in die Schule? Wie alt bist du denn?«, erkundigt sich Fred.

»Zehn. Meine Eltern haben mich beurlauben lassen.«

»Und wo sind deine Eltern jetzt?«, unterbricht Sven das Mädchen.

»Die kommen gleich. Ich war mit dem Fahrrad schneller, hab's angeschlossen und bin schon mal vorgelaufen. Das mache ich immer, aber jetzt weiß ich gar nicht ... ist die Frau tot?«

»Das kann ich dir erst sagen, wenn wir da sind. Am besten, du bleibst beim Strandkorb und lässt niemanden in die Nähe. Wir beeilen uns. Schaffst du das?«

Am anderen Ende der Leitung entsteht eine Pause. Dann flüstert das Mädchen: »Ich hab Angst.«

»Musst du nicht.« Sven greift nach Handy und Autoschlüsseln. Bastian und Leo warten schon an der Tür. »Wenn deine Eltern kommen, ist es wichtig, dass sie nichts anfassen. Das gilt auch für alle anderen Leute. Du musst sie warnen, hörst du?«

»Ja, ist gut«, antwortet das Mädchen. Überzeugt klingt es nicht.

Sven Winterberg denkt an seine eigene Tochter. Es fällt ihm nicht schwer, sich vorzustellen, wie verstört Mette in solch einer Situation wäre und welche Angst sie hätte. Allein mit einer Leiche am Strand. Doch dann kommt ihm die rettende Idee. Hektisch kritzelt der Oberkommissar die Handynummer des Mädchens, die auf dem Display angezeigt ist, auf einen Zettel. »Pass auf, ich hab eine Idee. Wir legen jetzt auf, aber nur ganz kurz. Ich rufe dich sofort von meinem Handy aus zurück. Dann sind wir die ganze Zeit in Verbindung, bis wir bei dir sind. Ist das okay?«

»Ja. Das ist gut. Bis gleich.« Das Mädchen legt auf.

Donnerstag, 23. Juni, 10.15 Uhr, Hauptbahnhof Bremen

Knirschend kommt der Zug zum Stehen. Silja greift nach ihrem Trolley und schiebt sich durch den schmalen Gang. Ihr ist immer noch etwas flau im Magen, aber seit gestern Abend hat sie sich nicht mehr erbrochen und heute früh sogar etwas Tee und Zwieback zu sich genommen. Dass sie noch ziemlich geschwächt ist, wird ihr hoffentlich nicht anzusehen sein.

Am Ausstieg wuchtet ein junger Mann einen Cellokasten auf den Bahnsteig. Prompt beschwert sich die ältere Dame, die hinter ihm steht, darüber, dass sie warten muss. Bei ihrem eigenen Gepäck lässt sie sich aber trotzdem Zeit. Als Silja endlich selbst auf dem Bahnsteig angekommen ist, klingelt ihr Handy. Zunächst will sie den Anruf gar nicht annehmen, dann schaut sie aber doch neugierig aufs Display. Dort erscheint das Foto des lachenden Bastian am Lister Strand, ein Relikt aus glücklicheren Tagen, das Silja nie gelöscht hat und das immer noch jeden Anruf des Kollegen anzeigt.

»Hallo Bastian.«

Obwohl sich Silja Mühe gibt, locker zu wirken, kann sie einen verkrampften Unterton nicht ganz verbergen. Aber Bastian hat heute kein Ohr dafür. Er klingt angespannt.

»Silja, wo bist du?«

»Gerade in Bremen angekommen. Ich nehme mir jetzt ein Taxi und fahre zu dem Autohaus, in dem dieser Smentek Lavro arbeitet.«

»Fahr lieber erst mal zu seiner Wohnung. Falls er dort

sein sollte, was ich nicht ausschließen will, hast du die Überraschung voll auf deiner Seite.«

»Hatten wir das nicht anders besprochen?«

Bastian holt tief Luft und antwortet dann mit ernster Stimme: »Wir müssen reden, Silja. Kannst du dich irgendwo für einen Moment hinsetzen?«

»Ist was passiert?«

»Wir haben eine zweite Leiche. Ein zehnjähriges Mädchen ist vorhin am Strand auf eine tote Frau gestoßen.«

»Wieder in Westerland?« Silja lässt sich auf eine der Stahlbänke auf dem Bahnsteig fallen.

»Ganz genau. Ein Stückchen weiter nördlich als beim letzten Mord. Ansonsten war das Setting ähnlich. Die Frau saß im Strandkorb, sie ist erdrosselt worden, ebenso wie ihre Vorgängerin. Ihr Körper wurde von allen Fingerabdrücken befreit und komplett sauber gewaschen, diesmal allerdings nicht in Meerwasser. Ob Sperma in der Scheide ist, wissen wir noch nicht. Aber es gibt zwei Unterschiede. Erstens: Die Leiche war mit einem weißen Bademantel bekleidet. Wahrscheinlich ist sie darum auch erst am späten Morgen entdeckt worden, sie lehnte ganz natürlich in der Strandkorbecke und jeder, der zufällig vorbeikam, musste denken, sie ruhe sich nach einem frühen Bad aus. Erst als die Mieter des Strandkorbes auftauchten und die Frau sich nicht rührte, wurde klar, dass etwas nicht stimmte.«

Silja schluckt. Ein Serienmörder auf Sylt. Sie muss an die Kindesentführungen vor drei Jahren denken, an die Panik, die damals ausbrach, und an ihre eigene Angst. Doch dann reißt sie sich zusammen. »Und der zweite Unterschied?«

Bastian Kreuzer zögert kurz, bevor er leise antwortet. »Der Körper weist überall Verletzungen auf.«

»Was für Verletzungen?«

»Ganz feine Schnittwunden, wie von einer Rasierklinge.«

»O Gott. Wurden sie ihr vor dem Tod zugefügt?«

»Der Gerichtsmediziner sagt, ja.«

»Und wisst ihr schon, wer die Tote ist?«

»Tja, jetzt halt dich fest. Wir sind ziemlich sicher, dass es sich diesmal tatsächlich um Marga Mönchinger handelt. Zwar hat ihr Mann sie noch nicht identifiziert, aber ich halte das für eine Formsache. Die Tote ist schlank, jung, rothaarig und der Mönchinger, von der wir ja immerhin dieses Hochzeitsfoto besitzen, wie aus dem Gesicht geschnitten.«

»Dann kann ich mir den Besuch bei dem Bruder wahrscheinlich sparen, oder?«

»Auf keinen Fall. Es ist sogar noch wichtiger als bisher und ganz gut, dass du noch nicht bei ihm warst. Du musst jetzt allerdings komplett andere Fragen stellen. Es ist nämlich auch der Koffer der Mönchinger aufgetaucht. Du hattest da den richtigen Riecher.«

»Oh, danke. Ein Lob aus berufenem Munde.« Silja kann sich das Lächeln nicht verkneifen. Und sie ist sicher, dass Bastian es ihrer Stimme auch anhört.

Seine Antwort gibt ihr recht. »Bitte. Gern geschehen. Kann ich sonst noch was für dich tun?«

So gern Silja sich auch auf den Flirtton einlassen würde, sie nimmt sich zusammen und konzentriert sich auf den Fall.

»Ja, kannst du. Sag mir einfach, was ihr von dem Bruder wissen wollt.«

Bastian räuspert sich kurz, dann legt er los: »Also, zunächst fragst du ihn nach seinen Alibis. Für die letzte Nacht und die des ersten Mordes. Dann versuchst du möglichst viel über seine Beziehung zur Schwester rauszukriegen. Außerdem ist wichtig, wann er sie zum letzten Mal gesehen hat. Und dann müssen wir noch wissen, ob er in den letzten Tagen in Niebüll war. Die Sache mit dem Koffer gibt mir echt Rätsel auf.«

»Er stand da am Bahnhof einfach so herum?«

»Nicht am, sondern vor dem Bahnhof. An einer Bushaltestelle.«

»Ich verstehe das alles nicht. Erst verschwindet die Frau und nimmt den Koffer extra mit, in den nächsten Tagen vergisst sie ihn aber zweimal an unterschiedlichen Stellen, als sei er überhaupt nicht wichtig. Dabei müssen doch all ihre Habseligkeiten darin sein. Und dann die nächste Sache: Die Spur des Koffers führt eindeutig aufs Festland. Gefunden wird die Frau dann aber wieder auf Sylt.«

Bastian seufzt. »Du bist nicht die Einzige, der die Zusammenhänge unklar sind. Aber du bist im Moment vielleicht die Einzige, die Licht in diese Angelegenheit bringen kann. Fahr jetzt zu Smentek Lavro und nimm ihn in die Zange. Ich hab schon mit der Bremer Kripo telefoniert. Die schicken dir einen Kollegen vorbei, der kriegt deine Handynummer und wird vor dem Wohnblock auf dich warten.«

Donnerstag, 23. Juni, 10.30 Uhr, Kriminalkommissariat Westerland

»Auf in den Kampf …«, skandiert Hauptkommissar Bastian Kreuzer mit schiefen Tönen, während er die Treppe hinunter und vorbei an dem Tresen der uniformierten Kollegen zu den Zellen läuft. Sie liegen in einer Reihe an der rechten Seitenwand des Gebäudes und entsprechen erstaunlich genau der Vorstellung, die Laien sich von

Arrestzellen machen. Ihre stabilen Türen sind doppelt gesichert und in Augenhöhe mit einer Beobachtungsklappe versehen. Innen weist jede Zelle einen Pritsche und eine Waschgelegenheit auf. Die ehemals hell getünchten Wände sind bedeckt von Schmutz, Graffiti und Ritzereien.

Hubert Mönchinger liegt mit geschlossenen Augen auf seiner Pritsche. Als Bastian Kreuzer die Tür aufzieht, öffnet er sie nicht. Sein Gesicht ist bleich, und im ersten Moment denkt Bastian, der Mann habe sich etwas angetan. Mit zwei Schritten ist der Hauptkommissar neben der Pritsche.

»Herr Mönchinger?«

Sehr langsam schlägt Mönchinger die Augen auf.

»Bleiben Sie mir vom Leib. Ich will nicht mit Ihnen reden.«

»Aber ich mit Ihnen. Und zwar aus Gründen, die Sie nicht erfreuen werden.«

Bastian bemüht sich sehr, durch einen einfühlsamen Tonfall die Härte seiner Worte zu mildern, doch Mönchinger scheint dies nicht wahrzunehmen.

»Ich will meine Frau zurück, der Rest ist mir egal.«

»Herr Mönchinger, bitte hören Sie mir jetzt genau zu. Wir haben ernste Gründe zu der Annahme, dass Ihre Frau ermordet worden ist.«

»Nicht schon wieder diese Leier«, gibt Mönchinger genervt zurück. »Ich habe Ihnen doch bereits gesagt, dass die Tote andere Haare hatte als Marga.«

»Es gibt eine weitere Tote. Und diesmal sieht sie wirklich aus wie Ihre Frau.«

»Was sagen Sie da?« Hubert Mönchinger fährt abrupt von der Pritsche auf.

»Herr Mönchinger, ich muss Sie bitten, mich noch einmal in die Pathologie zu begleiten.«

Der Angesprochene vergräbt das Gesicht in beiden Händen und beginnt, leise zu schluchzen. Ihm scheint völlig klar zu sein, dass die Polizei sich nicht ein zweites Mal die Blöße geben wird, ihn mit einer falschen Leiche zu konfrontieren. Nach einigen Minuten, in denen Bastian Kreuzer schweigend an der Tür gewartet hat, hebt Mönchinger den Kopf. Seine Augen sind rot unterlaufen, das Gesicht ist geschwollen, die Stimme klingt unsicher.

»Wie ist sie gestorben?«

»Sie wurde erdrosselt.«

»Wie die erste Frau?« Mönchinger ist kaum zu verstehen, er redet sehr leise und schluckt mehrmals zwischendurch.

Bastian Kreuzer nickt, dann fügt er an: »Sie ist ebenfalls am Strand gefunden worden, saß auch in einem der Strandkörbe. Allerdings war sie nicht nackt. Vielleicht tröstet Sie das ein wenig.«

»Trösten? Was soll mich denn noch trösten, wenn man mir sagt, dass meine Frau umgebracht worden ist? Was soll mich denn trösten, wenn ich weiß, dass Sie mich hier festhalten, und zwar unter falschem Verdacht festhalten, während da draußen ein Killer herumläuft, der mir das Liebste nimmt, was ich habe? Können Sie mir das vielleicht mal sagen?«

Bastian hört, wie sich hinter ihm vorsichtshalber zwei der uniformierten Kollegen postieren. Hubert Mönchinger hat sich mit jedem Wort mehr in Rage geredet und hört sich inzwischen so an, als sei seine Wut kurz vor dem Explodieren.

»Herr Mönchinger, ich schlage vor, wir fahren zunächst in die Pathologie und reden dann in Ruhe über alles andere.«

Ebenso überraschend wie er aufgefahren ist, sackt Hubert

Mönchinger in sich zusammen. Er lässt sich zurück auf die Pritsche fallen und stützt den Kopf in beide Hände.

»Wie ist sie gestorben? Sagen Sie mir bitte genau, wie sie gestorben ist«, murmelt er mit gequälter Stimme.

»Sie wurde erdrosselt, sie hat vielleicht nicht lange leiden müssen.«

Die scharfen Schnitte, die den gesamten Körper der Toten überziehen und sehr wohl von ausführlichem Leid künden, verschweigt Bastian lieber, auch wenn er es für wenig wahrscheinlich hält, dass Mönchinger darauf verzichten wird, einen letzten Blick auf den Körper seiner getöteten Frau zu werfen.

Donnerstag, 23. Juni, 10.40 Uhr, Kriminalkommissariat Westerland

Nachdenklich steht Sven Winterberg am Fenster seines Büros. Unten verlässt Bastian gerade mit Hubert Mönchinger das Gebäude. Während die Schritte des Hauptkommissars energisch ausholend sind, wirken die des anderen Mannes schleppend. Seine Gestalt ist gebückt und strahlt etwas Greisenhaftes aus. Sven Winterberg beneidet ihn nicht um den Anblick, der ihm bevorsteht.

Als es kurz darauf klopft, wendet sich Sven vom Fenster ab. In der Tür erscheinen zwei Kollegen von der Wache, die zwischen sich Fred Hübner halten. Der Journalist wirkt nicht so, als könne er auf eigenen Füßen stehen. Seine Augen sind glasig, die Gesichtsfarbe weist einen starken Grünstich auf und seine Worte klingen verwaschen.

»Was wollt ihr denn nun schon wieder von mir? Mir geht's

beschissen. Lasst mich doch einfach in eurer stinkenden Zelle in Ruhe sterben.«

»So schnell stirbt's sich nicht, Herr Hübner. Setzen Sie sich dahinten in den Stuhl, der hat Armlehnen, dann fallen Sie mir wenigstens nicht herunter.«

»Danke, sehr fürsorglich«, murmelt Hübner, während die Kollegen ihn in den Drehsessel hinter Bastian Kreuzers Schreibtisch drücken.

»Kleiner Absturz gestern Abend?«, beginnt Sven das Gespräch.

»Leck mich doch. Was geht dich das an?«, ist die wenig verbindliche Antwort.

»Mehr als Sie vielleicht denken. Denn ob Sie es glauben oder nicht, Sie waren in der letzten Nacht nicht die einzige Leiche am Strand.«

»Weiß ich schon. Hab mir längst gedacht, dass mein Kumpel nicht weit gekommen sein kann.«

»Welcher Kumpel?«

»Geht euch 'n feuchten Kehricht an. Was soll das Ganze hier überhaupt? Ich hab vielleicht besoffen am Strand gelegen, aber ich hab niemanden belästigt und nichts getan. Ihr könnt mir also gern 'n Taxi rufen.«

»Nicht so eilig, Herr Hübner. Vorher erwarte ich eine Antwort auf meine Frage: Mit wem haben Sie den gestrigen Abend verbracht, und wer müsste heute Morgen Ihrer Meinung nach auch am Strand gelegen haben?«

Fred Hübner zögert einen Moment mit seiner Antwort. Er runzelt die Stirn und kratzt sich den Kopf. Und als er zu reden beginnt, klingt seine Stimme entschieden klarer als bisher.

»Glauben Sie vielleicht, ich kenn den Namen von jedem

Alki, der hier auf der Insel unterwegs ist? Hab den Typen am Bahnhof angesprochen und ihm einen ausgegeben. Irgendwie tat er mir leid, tja und dann tat ich mir plötzlich selbst am meisten leid und hab mitgesoffen. War vielleicht keine so gute Idee, aber wie gesagt: Was geht euch das Ganze eigentlich an?«

»Es hat in der letzten Nacht eine weitere Tote am Strand gegeben, Herr Hübner. Sie erinnern sich wahrscheinlich an das erste Opfer, das wir am vergangenen Freitag dort gefunden haben und mit Ihrer Hilfe identifizieren konnten. Seitdem haben ja alle Gazetten das Foto der Frau gebracht …«

»Höre ich da Missbilligung gegenüber manchen Presseerzeugnissen heraus?«, wirft Hübner spöttisch ein und richtet sich mühsam auf. Sein Gesicht nimmt langsam wieder eine normale Farbe an. »Ein Glas Wasser wäre jetzt ganz angenehm, wenn ich eine Bitte äußern dürfte.«

Sven füllt ein Glas und knallt es auf Bastian Kreuzers Schreibtisch.

»Bedienen Sie sich. Und dann will ich alles wissen, was Sie in der letzten Nacht am Strand beobachtet haben.«

»Danke.« Hübner trinkt. Er lässt sich Zeit und scheint dabei mehr oder weniger konzentriert zu überlegen. Als er das leere Glas wieder auf dem Schreibtisch abstellt, verzieht er sein Gesicht zu einer Grimasse.

»Der Cognac gestern Abend war besser, aber lassen wir das. Sie wollen also meine Aussage, ja? Leider muss ich da passen. Aber vielleicht können Sie sich vorstellen, dass ich die Vorstellung, dass jemand eine Frau am Strand kaltmacht, während ich besinnungslos danebenliege, auch nicht besonders anziehend finde. Ich kann Ihnen nur sagen, dass ich nichts weiß. Ich hab nichts gesehen und nichts gehört.

Ich kann mich noch nicht mal daran erinnern, wie ich selbst dahin gekommen bin.«

»Würden Sie das auch unter Eid aussagen?«, Sven Winterberg gibt sich Mühe, seine Enttäuschung zu verbergen.

»Jederzeit. Aber wenn wir schon mal so nett beisammensitzen, dann würde ich Ihnen gern noch was anderes erzählen. Das liegt mir nämlich seit gestern auf der Seele. Natürlich nur, wenn Sie noch einen Moment Zeit haben und falls es Sie überhaupt interessiert.«

»Kommen Sie zur Sache, Hübner.«

»Sie haben doch nach diesem Glatzkopf gesucht, oder? Er sollte irgendetwas im Fall der ersten Toten bezeugen.«

»Ja?«

»Ich weiß zufällig, wer's ist. Aber wahrscheinlich wissen Sie es auch schon.«

»Selbst wenn, möchte ich es sehr gern noch einmal von Ihnen hören.«

Svens Gestalt strafft sich. Wenn sie tatsächlich erfahren könnten, wer der ominöse Besucher bei den Mönchingers in der Nacht des ersten Mordes war, dann hätten sie endlich einen wirklich Verdächtigen. Denn dass sie mit Hubert Mönchinger den Falschen inhaftiert hatten, ist nach dem zweiten Mord leider recht wahrscheinlich geworden. Und auch Fred Hübner gibt trotz seiner Anwesenheit am Tatort keinen brauchbaren Verdächtigen ab. Man kann ihm vieles unterstellen, aber wie ein Triebtäter wirkt er nicht.

»Also: Raus mit der Sprache.«

»Sie werden's vielleicht nicht glauben, aber dieses Phantombild, das Sie da veröffentlicht haben, zeigt einen angesehenen Sylter Bürger.«

»Kennen Sie auch seinen Namen?«

»Klar kenne ich den. Manfred Pabst ist mein Psychoklempner. Wenn Sie wüssten, was ich dem monatlich an Honorar überweise, würden Sie sich noch nicht mal darüber wundern, wenn ich sogar seine Kontonummer auswendig wüsste.«

Sven macht sich eine kurze Notiz. »*Papst* wie der Papst?«

»Mit b wie Berta«, korrigiert ihn Hübner und schiebt schnell noch eine Frage nach: »Der Tipp ist tatsächlich neu für Sie, oder?« Als Winterberg auf eine Antwort verzichtet, murmelt er nur: »Na ja, kein Wunder. Wer verpfeift schon seinen eigenen Analytiker? So blöd kann ja wieder mal nur ich sein.«

»Wir behandeln Ihre Angaben selbstverständlich vertraulich«, versichert ihm der Oberkommissar.

»Ja klar, das hoffe ich auch. Denn wenn ich erst mal meinem Turkey in voller Lebensgröße gegenüberstehe, dann brauche ich meinen Analytiker mindestens genauso nötig, wie ihr diesen verdammten Frauenmörder braucht.«

»Dann wollen wir beide mal ganz fest hoffen, dass es sich hierbei nicht um ein und dieselbe Person handelt«, erwidert Sven Winterberg ungerührt und greift nach dem Telefon. »Ich rufe Ihnen jetzt ein Taxi. Sie fahren nach Hause, nüchtern gründlich aus, und dann will ich Sie hier noch einmal zur Vernehmung sehen. Vielleicht erinnern Sie sich bis dahin wieder an Details.«

»Morgen Vormittag?«, schlägt Fred Hübner unerwartet kooperativ vor.

»Elf Uhr«, bestätigt der Oberkommissar. »Und wenn Ihnen vorher einfällt, mit wem Sie die Nacht durchgesoffen haben, dann wissen Sie ja, wie Sie uns erreichen können.«

Donnerstag, 23. Juni, 10.47 Uhr, Trabantenstadt Tenever, Bremen

»Hier in Bremen gibt es eher Probleme mit Türken und Arabern als mit Russen oder Polen. Besonders unangenehm sind allerdings die mafiösen Strukturen einer Großfamilie aus den Nahen Osten, die fast die ganze Stadt kontrolliert«, erklärt Kommissar Hauke Wolter, ein hagerer Kollege von der Bremer Kriminalpolizei, der beim Lachen schadhafte Zähne entblößt. Während er Silja durch eine Straßenflucht lotst, die links und rechts von einfallslos gestalteten Hochhäusern gesäumt wird, redet er weiter. »Die Ausländer sind fast alle in den sechziger und siebziger Jahren gekommen, als Deutschland noch Arbeitskräfte brauchte. Damals ist auch dieses Viertel entstanden. Als es mit der Wirtschaft dann abwärts ging, haben sich besonders hier in der Trabantenstadt Tenever und weiter unten Richtung Hafen in Groepelingen ganze Slums gebildet, in denen die Polizei kaum noch durchkam. In Groepelingen lag der Ausländeranteil zeitweise bei bis zu 90 Prozent. Ich glaube, bei dem, was in den letzten Jahrzehnten hier abging, hätten selbst die hartgesottenen Kollegen aus Berlin kapituliert.«

»Aber manches sieht doch ganz manierlich aus«, wirft Silja ein und deutet auf eine frisch renovierte Fassade.

»In den letzten zehn Jahren hat sich einiges getan. Kreative haben dieses Viertel für sich entdeckt. Die Mieten waren günstig, und außerdem hatte alles etwas leicht Verruchtes – das hat sie wohl angezogen.«

»Und von denen hat dann das ganze Viertel profitiert?«

»So ist es. Ich will nicht behaupten, dass wir hier gar keine Probleme mehr haben, aber es ist im Vergleich zu früher doch erheblich besser geworden.« Kriminalkommissar Wolter stößt eine metallene Eingangstür auf und lässt Silja den Vortritt in ein karges Treppenhaus. »Was ist das eigentlich für ein Typ, zu dem wir unterwegs sind?«

»Smentek Lavro ist Pole, er arbeitet offiziell bei einem Bremer Gebrauchtwagenhändler als Verkäufer, hat aber schon ein paar Vorstrafen kassiert. Kann durchaus sein, dass er weiterhin geklaute Autos nach Polen verschiebt. Jedenfalls ist in der letzten Nacht seine Schwester auf Sylt erwürgt worden. Und Smentek Lavro hatte nicht immer das beste Verhältnis zu ihr.«

»Wäre es nicht besser gewesen, den Mann an seinem Arbeitsplatz abzupassen?«

»Das können wir immer noch tun. Ich will erst mal sehen, ob er nicht vielleicht zu Hause ist. Außerdem würde ich gern mit dem einen oder anderen Nachbarn reden. Wir wissen nämlich nicht, wo sich die Ermordete in ihren letzten Lebenstagen aufgehalten hat. Eine wichtige Spur führt aufs Festland, wir haben in Niebüll ihren Koffer gefunden, immerhin das Einzige, was sie bei ihrer Flucht aus einer Ehe mitgenommen hat.«

»Und ihr glaubt, sie ist hierhergefahren?«

»Eher hierher als nach Polen. Denn dann hätte man sie wohl kaum ermordet am Sylter Strand gefunden. Und dieser Bruder in Bremen ist unseres Wissens der einzige Bezugspunkt, den Marga Mönchinger in ganz Norddeutschland hatte.« Vor Silja und dem Bremer Kollegen stoppt ein Fahrstuhl mit zerkratzter Stahltür. Knirschend gehen die Seitenteile auseinander. Silja runzelt die Stirn. »Der wirkt ja nicht gerade vertrauenerweckend.«

»Aber wenn die Alternative das Steigen von zwölf Stockwerken ist, dann wird man bescheiden«, antwortet Hauke Wolter und entert die Kabine. »Außerdem sind die Treppenhäuser meist das Scheußlichste an diesen Wohnsilos. Gerade weil sie wenig genutzt werden, klumpt sich dort der Mist, im wörtlichen wie im übertragenen Sinn.«

»Gibt's bei Ihnen eigentlich einen großen Schwarzmarkt für geklaute Autos?«, will Silja wissen, während der Lift sich in Bewegung setzt.

»Wo gibt's den nicht?«

»Und wohin müsste ich mich wenden, wenn ich an einem illegalen Kauf Interesse habe?«

»Da sind Sie hier in Tenever nach wie vor nicht falsch. In Sebaldsbrueck könnten Sie es auch noch versuchen, da sitzt nicht nur Mercedes Benz, sondern es gibt auch massig dunkle Geschäfte.«

»Haben Sie eine Waffe dabei?«, fragt Silja vorsichtshalber, als der Fahrstuhl anhält.

»Ja, ist besser so«, antwortet Wolter und greift sich unter die Achsel.

Der Flur, der sich vor den beiden Ermittlern öffnet, stinkt nach Schweiß und kaltem Tabak. Die einstmals hellgrünen Wände sind voller Graffiti und Schmutzspuren.

»Hierhin ist offenbar nur eine ganz bestimmte Sorte Kreativer vorgedrungen«, murmelt Silja und geht suchend an den Klingelschildern entlang. Vor der vierten Wohnungstür bleibt sie stehen und wendet sich zu ihrem Kollegen um. »Fertig?«

Hauke Wolter nickt, zieht seine Dienstwaffe und tritt einen Schritt zurück. Silja drückt fest auf den Klingelknopf. Eine Minute lang geschieht gar nichts. Silja klingelt ein weiteres Mal. Im Inneren der Wohnung fällt scheppernd etwas zu Boden, dann hört man schlurfende Schritte.

»Joschi, bist du es?«, erkundigt sich eine Männerstimme hinter der Tür.

Hauke Wolter gibt ein knurrendes Geräusch von sich, das alles bedeuten kann. Zur Not auch Zustimmung. Langsam schwingt die Wohnungstür auf und erlaubt den Ermittlern den Blick auf eine spießig eingerichtete Diele, in der ein schlanker gutaussehender Mann mit kräftigem roten Haar steht. Er ist barfuß und trägt einen etwas zerknitterten Nadelstreifenanzug über einem hellblauen Hemd, dessen Kragen bis zur Brust geöffnet ist.

»Was zum Teufel …«, beginnt der Bewohner der Wohnung. Als er die Waffe in Hauke Wolters Hand erblickt, hebt er beschwichtigend beide Hände. »Hey, hey, hey, jetzt mal langsam. Ich habe nichts verbrochen.«

»Das haben wir auch gar nicht behauptet.« Silja zückt ihren Kripoausweis und stellt sich vor. »Wir würden gern mit Ihnen reden, Herr Lavro. Es geht um Ihre Schwester Marga.«

»Heilige Muttergottes. Was hat die Schlampe denn jetzt schon wieder angestellt?« Ohne Anzeichen von größerer Aufregung lässt Smentek Lavro seine Besucher eintreten und führt sie in einen aufgeräumten Wohnraum.

»Nichts. Sie ist ermordet worden.«

»Auf Sylt?« Smentek Lavro sieht die Kommissarin ungläubig an.

»Woher wissen Sie das, Herr Lavro?«

»Na, da wohnt sie doch, oder?«

»Sie wohnte dort – bis vor einigen Tagen jedenfalls. Seit Freitag letzter Woche ist sie verschwunden. Und jetzt ist sie tot.«

»Und was habe ich damit zu tun?« Smentek Lavro fährt sich durch das dichte Haar und wirft sich auf eine nagelneue weiße Ledercouch. Mit generöser Geste weist er auf die dazugehörigen Sessel. »Wenn Sie beide sich vielleicht auch setzen wollen. Und die Knarre können Sie übrigens wegstecken. Ich bin Pazifist, aus Überzeugung und immer schon«, fügt er an Hauke Wolter gewandt hinzu.

Silja verkneift sich ein Grinsen. Irgendwie imponiert ihr die Coolness, die dieser Typ ausstrahlt. Einen halbseidenen polnischen Autoschieber hat sie sich anders vorgestellt. Der Bremer Kollege scheint allerdings wenig Lust zu verspüren, sich auf den Schmusekurs einzulassen.

»Wer ist Joschi?«, will er jetzt wissen.

»Und was geht Sie das an?«, gibt Lavro freundlich zurück.

»Moment mal, so kommen wir nicht weiter«, mischt sich Silja in die beginnende Kontroverse. »Herr Lavro, wir haben mehrere Gründe für unseren Besuch. Wenn Sie mir einfach nur einige Fragen beantworten wollen …«

»Für schöne Frauen tue ich fast alles.« Ein kleines Lächeln spielt um Smentek Lavros Mund. Es ist nicht anzüglich, eher höflich.

Silja sieht an dem Mann vorbei auf die Salzkristalllampe, die neben dem Sofa am Boden steht. »Hatten Sie in der letzten Woche Kontakt zu Ihrer Schwester?«

»Kommt drauf an, wie Sie Kontakt definieren. Ich habe eine SMS von ihr bekommen. Das war am … warten Sie …« Lavro zieht ein iPhone der neuesten Serie aus der Hosentasche und tippt einige Male aufs Display. »Freitagmorgen gegen vier. Merkwürdige Zeit, um seinen einzigen Bruder um Geld anzuhauen, finden Sie nicht?«

»Darf ich mal sehen?«

Silja streckt ihre Hand aus und lässt sich das Smartphone geben.

»Kannst du mir Geld leihen?«, liest sie und scrollt weiter. »Da ist noch eine zweite SMS von Ihrer Schwester.«

»Die können Sie sich ruhig auch anschauen. Sie kam am späten Vormittag, ich hatte Marga auf die erste noch gar nicht geantwortet.«

»Hat sich erledigt«, liest Silja. »Ein bisschen merkwürdig ist das schon, finden Sie nicht? Erst die Bitte und dann das. Haben Sie nach den beiden Nachrichten Kontakt zu Ihrer Schwester aufgenommen?«

Smentek Lavro schüttelt den Kopf. »Wir waren nicht unbedingt die dicksten Freunde. Marga hielt sich für was Besseres, seit sie diesen Fuzzi geheiratet hatte. Ich habe damals den Fehler gemacht, zu ihrer Hochzeit zu gehen. Das war vielleicht eine ätzende Veranstaltung, kann ich Ihnen sagen. Hab mich ziemlich schnell zugesoffen und mich ein bisschen mit dem glücklichen Bräutigam angelegt. Der hatte ja keine Ahnung, was für ein Früchtchen er sich mit meiner kleinen Schwester ins Haus geholt hatte.«

»Was meinen Sie damit?«

»Die süße Marga hat ein paar Jahre im Puff gearbeitet. Erst hier in Bremen, das habe ich sogar selbst vermittelt. Ich war nämlich mal ein böser Junge, aber das wissen Sie vermutlich besser als irgendjemand sonst. Und auf Sylt wird Marga ihr Geld auf ähnliche Weise verdient haben, jedenfalls nehme ich das an. Nachdem sie von hier abgehauen ist, hat sie den Kontakt zu mir abgebrochen. Ziemlich undankbar, wenn Sie mich fragen. Wahrscheinlich dachte sie, Sylter Nutten sind was Besseres.«

»Ihre Schwester ist in den zwei Jahren, die nach ihrem Bremenaufenthalt und vor der Ehe mit Hubert Mönchinger lagen, nirgends gemeldet gewesen. Wir haben das überprüft, sie war für die deutschen Behörden nicht vorhanden. Keine Krankenversicherung, keine Steuernummer. Woher wollen Sie wissen, dass sie in der Zwischenzeit nicht wieder in Polen war?«

»Und wie soll sie von dort aus ihren Sylter Ehemann aufgerissen haben? Und selbst wenn es so war. Ist das jetzt noch wichtig? Weiß man eigentlich, wer Marga umgebracht hat?«

»Nein, weiß man nicht.«

»Und warum fragen Sie mich nicht endlich nach meinem Alibi? Deswegen sind Sie doch gekommen, oder?«

Silja nickt und holt einen kleinen Block und einen Stift aus ihrer Tasche. »Wo waren Sie in der letzten Nacht? Und was haben Sie in der Nacht vom Donnerstag auf den Freitag der vergangenen Woche gemacht?«

»Letzte Nacht waren wir hier«, kommt überraschend eine Frauenstimme aus der Diele. »Bis Mitternacht hatten wir Freunde zu Gast. Wir haben zusammen gekocht und später noch einen Film gesehen.«

Hauke Wolter und Silja Blanck wenden die Köpfe zur Zimmertür. Eine zierliche dunkelhaarige Frau in einem geblümten Sommerkleid steht in der Tür. Das Kleid wölbt sich deutlich über einem Schwangerschaftsbauch.

»Hallo Joschi, du kommst gerade recht«, ruft Smentek Lavro und winkt die Frau neben sich aufs Sofa. Zärtlich legt er ihr die Hand auf den Bauch und stellt sie vor. »Johanna Lavro, die werdende Mutter meines Sohnes und seit einigen Tagen meine Ehefrau.«

»Wer sind die beiden? Was ist hier eigentlich los?«

Johanna Lavro lässt ihren fragenden Blick zwischen ihrem Mann und den Ermittlern hin und her wandern.

»Meine Schwester ist umgebracht worden. Und weil ich vor Jahren mal eine paar Vorstrafen kassiert habe, denkt die Polizei jetzt, sie könne mir den Mord praktischerweise auch noch anhängen. Und um sicherzugehen, dass ich sie nicht gleich mit kaltmache, stehen sie mit gezogener Knarre vor der Tür. Du hast echt was versäumt, mein Herz.«

»Entschuldigung«, Siljas Stimme ist leiser als sonst, »wir haben vielleicht wirklich etwas überzogen gehandelt.«

»Schon gut. Ist ja auch völlig logisch, dass einer, der mal Autos verschoben hat und eh aus Polen ist, nebenbei und ohne mit der Wimper zu zucken die eigene Schwester abmurksen würde.«

»Jetzt machen Sie mal halblang, Herr Lavro«, springt Hauke Wolter seiner Sylter Kollegin bei. »Sagen Sie uns einfach, wo Sie in der Nacht vom vergangenen Donnerstag auf den Freitag waren.«

Smentek Lavro grinst und auch seine Frau kann sich das Lachen kaum verkneifen.

»Was ist daran so komisch?«, will der Bremer Kommissar wissen.

»Wir haben am Donnerstag geheiratet«, antworten die beiden auf dem Sofa wie aus einem Munde. Dann schweigt Johanna, und nur Smentek redet weiter. »Und in der Nacht zum Freitag gab's in einem der Restaurants am Hafen die ganz große Sause. Die Party ging bis sechs Uhr morgens, wenn Sie's genau wissen wollen. Zeugen? Etwa 50, würde ich sagen. Den Zwerg hier noch nicht mitgerechnet.« Zärtlich streichelt Smentek Lavro den Babybauch seiner Frau.

Johanna Lavro nickt. »50 waren es bestimmt. Außerdem

können der Wirt und die Wirtin bestätigen, dass wir die ganze Zeit da waren – falls Sie unseren Freunden nicht trauen sollten.«

»Wir werden das überprüfen.« Silja steht auf. »Wenn Sie uns nur noch den Namen des Restaurants sagen wollen. Und entschuldigen Sie bitte die Störung.« Nach einer kurzen Pause fügt sie an: »Und alles Gute für das Kind.«

Johanna Lavro lächelt nicht. »Danke, das wird es brauchen können, wenn die deutschen Behörden vielleicht später mal auch ihm die Straftaten seines Vaters vorhalten werden.« Die Schwangere geht zur Wohnungstür und öffnet sie weit. »Den Weg nach unten finden Sie ja bestimmt allein. Zur Not mit der Waffe in der Hand.«

Kaum stehen die Ermittler wieder auf dem stinkenden Hausflur, fliegt die Wohnungstür von Smentek und Johanna Lavro mit einem lauten Knall ins Schloss.

»Scheiße«, flucht Hauke Wolter leise.

»Die haben uns ganz schön vorgeführt«, murmelt Silja und greift nach ihrem Handy, um die Sylter Kollegen auf den neuesten Stand zu bringen.

Donnerstag, 23. Juni, 11.22 Uhr, Nordseeklinik, Westerland

Der Seziertisch ist auf die höchste Stufe gestellt, so dass der nackte Körper Marga Mönchingers möglichst nah vor den Augen des Gerichtsmediziners Dr. Bernstein liegt. Noch ist der Kopf geschlossen, noch der große T-Schnitt von der Brust bis zur Scham nicht ausgeführt. Ungeduldig trommelt Bernstein auf die Edelstahlplatte des

Tisches. Erst hat man ihn aufgescheucht, damit er möglichst schnell alle nötigen Untersuchungen an dem Mordopfer vornimmt und plötzlich stellt sich heraus, dass die Frau erst noch von einem Angehörigen identifiziert werden muss. Bernstein blickt auf seine Uhr. Längst hat er sich die Würgemale am Hals genau angesehen und die Fesselspuren an Hand- und Fußgelenken untersucht. Besonders ausführlich aber hat er die nur wenige Zentimeter langen Schnitte studiert, die fast überall am Körper der Toten zu finden sind. Nur das Gesicht der Rothaarigen ist verschont worden und wirkt, als gehöre es gar nicht zu dem geschändeten Körper.

»Wenn da mal nicht ein ziemlich manischer Charakter am Werk war, dann weiß ich auch nicht«, murmelt der Mediziner gerade, als die schwere Tür zur Pathologie aufgestoßen wird. Schnell wirft Bernstein ein Tuch über den Körper, zieht es hinauf bis zu dem geschwollenen Hals und bedeckt mit einem zweiten Tuch notdürftig das Ablaufbecken, die Wasserhähne und die restlichen Apparaturen am Kopf des Tisches. Normalerweise vermeiden sie es unbedingt, die Hinterbliebenen mit den profanen Details der postmortalen Körperöffnung zu konfrontieren, aber heute scheinen es alle außerordentlich eilig zu haben.

»Alles bereit?«, erkundigt sich Bastian Kreuzer von der Tür aus. Erst als Bernstein nickt, holt der Hauptkommissar Hubert Mönchinger in den Raum.

Der nähert sich mit vorsichtigen Schritten dem Seziertisch und bleibt schließlich in einigem Abstand stehen, als wolle er den Tod seiner Frau immer noch nicht wahrhaben. Mit einer behutsamen Geste fordert der Kommissar den Witwer zum Nähertreten auf.

»Sie müssen nur einen kurzen Blick auf Ihre Frau werfen, Herr Mönchinger. Sowie Sie uns ihre Identität bestätigt haben, sollten wir wieder gehen, damit Ihre Frau in Ihrer Erinnerung so weiterleben kann, wie Sie es möchten.«

Schon während Bastian die Worte ausspricht, kann er sehen, dass sie genau das Gegenteil des Beabsichtigten bewirken. Hubert Mönchinger stürzt auf den Tisch zu und zieht mit einem kräftigen Ruck das Tuch von der Leiche. Entsetzt starrt er erst auf die Würgemale am Hals und dann auf die vielen Schnitte, die wie feine blaugraue Linien eines geheimen Musters die blasse Haut überziehen.

»Was ist da passiert? Was hat man meiner Frau angetan?«

Hubert Mönchingers Stimme ist schrill, er japst beim Reden nach Luft.

»Bitte beruhigen Sie sich.«

Vorsichtig nimmt Bastian Kreuzer den Witwer am Arm, um ihn möglichst schnell aus dem Raum zu führen. Aber Hubert Mönchinger krallt sich am Rand des Seziertisches fest.

»Ich lasse sie nicht allein. Ich will hier bleiben, hier bei ihr, bei meiner Frau. Ich will alles sehen, was man ihr angetan hat. Und dann will ich sehen, was dieser Kerl da mit ihrem Körper anstellt, ich will nicht, dass er ihr weh tut, dass er ihr noch mehr weh tut, als irgendein Monster es sowieso schon getan hat.«

»Herr Mönchinger, glauben Sie mir, es ist besser, wenn wir beide jetzt gehen«, beginnt Bastian Kreuzer von neuem.

»Besser? Was Sie nicht sagen! Für Sie ist es vielleicht besser. Für Sie und ihre unfähigen Kollegen, die es nicht geschafft haben, Marga zu beschützen. Und für diesen widerlichen Arzt hier ist es ganz bestimmt besser, wenn er mich endlich loswird. Der wartet doch nur darauf, meine Frau mit seinen dreckigen Fingern berühren zu dürfen. Alle wollen sie sie immer mit ihren dreckigen Fingern berühren. Aber das werde ich nicht zulassen, niemand soll Marga jemals wieder anfassen dürfen. Es ist mein Recht, das zu verbieten! Ich bin ihr Ehemann, immer noch.«

»Herr Mönchinger, Ihre Frau ist einer Gewalttat zum Opfer gefallen. Das Gesetz schreibt eine Obduktion zwingend vor«, erklärt Dr. Bernstein bestimmt.

»Seien Sie doch still, Sie elender Leichenfledderer. Sie haben keine Spur von Anstand im Leib, sonst hätten Sie einen ordentlichen Beruf gelernt. Einen, bei dem Sie nicht heimlich am ihren Opfern herumgrapschen dürfen!«

»Herr Mönchinger, wir gehen jetzt.«

Energisch nimmt Kreuzer den Witwer am Oberarm und zieht ihn unter Aufbietung aller Kräfte aus dem Raum. Mönchinger wehrt sich heftig, er schlägt nach dem Kommissar und versucht, sich an der Tür des Sezierraumes festzuhalten. Der Gerichtsmediziner beobachtet den ungleichen Kampf einige Sekunden lang, dann greift er zum Handy.

»Bernstein, Pathologie. Schicken Sie schnell einen Pfleger mit einer Beruhigungsspritze herunter. Hier dreht gerade ein Hinterbliebener durch.«

Donnerstag, 23. Juni, 12.50 Uhr, Zwischen den Hedigen, Westerland

Das Zimmer Marga Mönchingers war noch nie sehr ordentlich. Christa hat immer mal wieder einen neugierigen Blick hineingeworfen, wenn die Schwägerin die Tür öffnete, sich aber nie getraut, heimlich dort zu spionieren. Außerdem war der Raum fast immer abgeschlossen. Selbst nach Margas Verschwinden hat ein unklarer Impuls Christa tagelang davon abgehalten, den Raum zu betreten. Vielleicht war es die Angst, vom eigenen Bruder beim Schnüffeln erwischt zu werden. Vielleicht war aber auch die Erleichterung, die verhasste Schwägerin endlich los zu sein, so groß, dass Christa Mönchingers Neugier zunächst abflaute.

Doch jetzt ist alles anders.

Marga ist letzte Nacht tot am Strand gefunden worden.

Christa Mönchinger hat es zwar noch nicht offiziell erfahren, aber die Beschreibung der Toten im Radio war eindeutig. Außerdem hat Christa sich das passende Ende für die Schwägerin ohnehin seit Tagen genauso vorgestellt. Das Beste an der ganzen Sache ist allerdings, dass ihr Bruder nun jenseits jeden Verdachts steht. Ein sichereres Alibi, als sich zur Tatzeit in Polizeigewahrsam zu befinden, lässt sich kaum denken. Christa rechnet zwar nicht damit, dass die Polizei Hubert sofort freilässt, aber sie weiß, dass sie ihre Ungestörtheit besser so lange nutzen sollte, wie es noch möglich ist.

Energisch stößt sie die Tür zu Marga Mönchingers ganz privatem Reich auf.

Früher hatte Christa selbst in diesem Raum ihr Nähzimmer, aber Marga hat gleich nach ihrem Einzug in das gemeinsame Haus ihre Ansprüche auf ein eigenes Zimmer angemeldet. Bald darauf flogen alle Möbel raus, und der Raum wurde neu eingerichtet. Helle Ikea-Schränke, ein dunkelrotes Sofa und ein ziemlich großer Flachbildfernseher wurden geliefert. Und wie es schien, füllte sich der Raum bald mit allerlei Krimskrams, der gern auch mal auf den niedrigen Schränken und dem Boden herumlag.

Auch jetzt herrscht Unordnung. Christa muss sich ihren Weg zwischen Stapeln von Frauen- und Fernsehzeitschriften bahnen, um zu den Anrichten vorzudringen. Zunächst zieht sie die Schubladen zögerlich auf, durchsucht eine nach der anderen und schließt sie wieder, bevor sie die nächste öffnet. Doch bald überkommt Christa ein rauschhaftes Gefühl des Sieges über die verhasste Schwägerin. Sie hat es geschafft! Marga ist endgültig aus dem Rennen um die Gunst des Bruders ausgeschieden. Oder, um genau zu sein, sie ist verschieden und damit verschwunden, jetzt und in alle Ewigkeit, wie Christa Mönchinger sich triumphierend immer wieder sagt. Der Rausch steigert sich zur Extase. Christa fühlt sich gut, sie fühlt sich in einer Weise euphorisch, wie sie es seit langem nicht mehr erlebt hat. Vielleicht sogar noch nie. Mit Wollust zieht sie jetzt alle Schubladen gleichzeitig auf, auch die, die sie bereits durchsucht hat, sie greift mit beiden Händen hinein und wirft den Inhalt in hohem Bogen auf den Boden. Zunächst sind da nur weitere Zeitschriften, ein paar Taschenbücher und einige DVDs, doch bald stößt Christa auf anderes.

Dessous tauchen auf. Sie sind weinrot, rosa und schwarz. Sie bestehen aus Gummi oder aus Spitze, und sie haben Löcher und Schlitze an Stellen, an denen anständige Unterwäsche eher doppelt gewebt zu sein hat. Ekel überfällt Christa Mönchinger wie ein plötzliches Fieber. Ekel und Hass, nicht nur auf die Schwägerin, sondern auch auf den Bruder, der offensichtlich Gefallen an solchen Schweinereien gefunden hat. Oder sollte er von Margas heimlichen Schätzen nichts gewusst haben? Hat Marga möglicherweise auch Hubert gegenüber die Rolle der anständigen Ehefrau gespielt und vielleicht anderswo ihr lasterhaftes Vor-Ehe-Leben weitergeführt?

Vor Schreck über diesen Gedanken bleibt Christa fast die Luft weg. So weit hat sie bisher selbst in ihren bösesten Phantasien nicht gedacht. Aber könnte das nicht manches erklären? Hektisch verlässt sie das Zimmer der Schwägerin und läuft hinüber in ihren eigenen Schlafraum. Der ist spartanisch eingerichtet, ein Bett, ein Kleiderschrank, ein Nachttisch und ein kleiner Spiegel an der Wand, mehr braucht eine anständige Frau nach Christas Meinung nicht. Allerdings hat sie die Woche, in der Hubert und Marga vor zwei Jahren ihre Hochzeitsreise gemacht haben, genutzt, um unten im Kleiderschrank einen kleinen Safe anbringen zu lassen. Dort bewahrt Christa seitdem den Schmuck ihrer Mutter auf. Es ist nicht viel und wahrscheinlich auch nichts besonders Kostbares. Aber der Gedanke daran, vielleicht eines Tages die alte Perlenkette, die schmale Weißgolduhr oder den Granatarmreif an dem verhassten Körper der rothaarigen Schlampe zu sehen, die so heimtückisch das Herz ihres Bruders gestohlen hat, trieb Christa Mönchinger zum Handeln. Seit dieser Reise ist der Schmuck im Safe verschlossen, und Christa trägt ihn selbst nur heimlich, nämlich dann, wenn sie genau weiß, dass weder Hubert noch Marga sie mit dem Geschmeide zu Gesicht bekommen werden. Nur keine schlafenden Hunde wecken und den Bruder auf leichtsinnige Gedanken bringen, ist seit zwei Jahren ihre Devise.

Doch als Christa jetzt die Zahlenkombination in den Safe eingibt, geht es ihr nicht um den Familienschmuck, sondern um etwas anderes, das sich erst seit kurzer Zeit hier befindet. Denn in der Nacht von Margas Verschwinden hat es einen weiteren kleinen Zwischenfall gegeben, von dem sie bisher wohlweislich niemandem erzählt hat – und schon gar nicht der Polizei.

Christa Mönchinger hat ihre Schwägerin den ganzen Abend über sehr genau beobachtet. Und als Marga sich nach ausführlichem Packen endgültig zum Gehen anschickte, ist Christa panisch aus ihrem Schlafzimmer gestürzt. Sie war in heller Aufregung, jedenfalls sollte das Marga so vorkommen. Mit wütender Stimme bezichtigte sie die Schwägerin eine Diebin zu sein. Es seien kostbare Dinge verschwunden. Ein Diamantring und eine Perlenkette, die beide angeblich gestern noch auf Christas Nachttisch gelegen hätten.

Marga machte den Fehler, sich auf ein Wortgefecht mit der Schwägerin einzulassen und ihr zum ersten Mal zu sagen, was sie wirklich von ihr hielt. Christa erinnert sich nur ungern an die hämischen Worte, die dabei gefallen sind. *Ausgetrocknete Pflaume* war noch eines der höflicheren. Aber sie ertrug die Beschimpfung relativ geduldig, schaffte es sogar, die Schwägerin zu immer neuen Worttiraden zu provozieren und schließlich in ein leichtes Handgemenge zu verwickeln. Dabei war es ihr gelungen, in die linke Tasche des Mantels der Schwägerin zu greifen. Denn Christa wusste von Margas Angewohnheit, dort sowohl ihr Handy als auch den Hausschlüssel hineinzustecken, bevor sie das Haus verließ.

Und während sie sich von Marga wüst beschimpfen ließ und diese gleichzeitig in Richtung Tür schubste, konnte Christa Schlüssel und Handy aus der Tasche ziehen. Marga richtete ihre ganze Aufmerksamkeit auf den Trolley, den sie ja auch noch aus der Tür bugsieren musste.

Wann die Schwägerin den Verlust von Handy und Schlüssel letztendlich bemerkt hat, wird Christa wohl nie erfahren. Jedenfalls ist Marga in der Nacht nicht zurückgekehrt. Christa hätte sie auch nicht hineingelassen, und Hubert, der natürlich alle zehn Minuten das verdammte Handy klingeln ließ, konnte der verhassten Schwägerin endlich auch nicht mehr helfen.

Ungeduldig öffnet Christa Mönchinger jetzt ihren geheimen Safe und zieht das gestohlene Handy heraus. Marga war leichtsinnig genug, es nicht mit einem Passwort zu sichern. Warum auch? Schließlich hat sie das verdammte Ding ja Tag und Nacht am Körper getragen wie einen frisch geborenen Säugling.

Christa Mönchinger schaltet den Apparat an und ruft zielstrebig die Liste der abgehenden Anrufe auf. Sie findet sehr schnell, wonach sie gesucht hat. Alle ein bis zwei Wochen hat die Schwägerin eine Handynummer angewählt, die nicht im ohnehin kärglich bestückten Adressverzeichnis vorhanden ist. Und in der Nacht ihres Verschwindens hat sie gleich zweimal dort angerufen. Nachdenklich tippt Christa auf die Wahlwiederholungstaste. Dann presst sie das Handy aufgeregt ans Ohr.

Donnerstag, 23. Juni, 14.06 Uhr, Pizzeria Tino, Westerland

Mit einem Stöhnen lässt Bastian Kreuzer sich auf die Polsterbank fallen. Das Bier und die Pizza hat er gleich vorn beim Tresen bestellt und Sven Winterbergs Wunsch nach einer Apfelsaftschorle und einem Salat nur mit einem Kopfschütteln kommentiert.

»Ich weiß schon, was du jetzt sagen willst, Kumpel. Kein Alk im Dienst. Aber erstens ist es nur Bier, und zweitens finde ich, dass besondere Situationen auch besondere Maßnahmen erfordern. Vielleicht flutscht es auf den Gedankenbahnen ja besser, wenn man sie ein bisschen ölt.«

Sven lacht nur, dann bemerkt er Bastians angespannten Blick auf die Uhr. »Du hast recht, eigentlich können wir uns eine Mittagspause beim Italiener gar nicht leisten. Wir müssten längst bei diesem Analytiker oben in List sein. Aber du warst es doch, der unbedingt hier in Westerland noch was essen wollte. Ich hätte gegen ein paar Scampi am Hafen auch nichts gehabt.« Als Bastian nicht gleich reagiert, schlägt sich Sven plötzlich mit der flachen Hand vor die Stirn. »Was rede ich eigentlich? Dir geht's doch um ganz was anderes. Es ist wegen Silja, stimmt's? Wann kommt ihr Zug an?«

»Halb drei«, murmelt Bastian, um gleich darauf mit energischer Stimme fortzufahren: »Und bis dahin sollten wir beide einen brauchbaren Schlachtplan entworfen haben. Vor allem müssen wir uns darüber klarwerden, ob wir von der Ein-Täter- oder von der Zwei-Täter-Theorie ausgehen wollen.«

»Haben wir das nicht längst entschieden? Sonst würden wir ja wohl kaum erwägen, Hubert Mönchinger am Nachmittag aus unserer Obhut zu entlassen und zurück zu seiner verklemmten Schwester zu schicken.«

Bastian greift nach dem Bier, das der Kellner gerade auf den Tisch gestellt hat und nimmt einen langen Zug. »Nur weil es Mönchinger vermutlich nicht war, heißt das noch nicht, dass es nicht zwei andere unabhängig voneinander gewesen sein können. Zum Beispiel könnte die Polenz von jedem beliebigen Freier erwürgt worden sein, die Mönchinger aber vielleicht eher von ihrer Schwägerin.«

»Der traust du so etwas zu?« Sven Winterberg dreht unschlüssig sein Apfelsaftglas zwischen den Fingern.

»Darum geht es doch jetzt gar nicht. Ich sage ja nur, dass immer noch zwei Täter denkbar wären, auch wenn wir Mönchinger wieder laufen lassen müssen.«

»Warum bist du dir eigentlich so sicher, dass er es nicht war?«

»Na hör mal. So wie der angesichts seiner toten Frau zusammengebrochen ist und wie wir ihn anschließend in die Zange genommen haben, hätte er uns jeden zwanzig Jahre zurückliegenden Kaufhausdiebstahl gestanden. Und erst recht einen solchen Mord. Schließlich wäre ja der Mord an seiner Frau eine klassische Trittbrettfahrer-Tat und der trauernde Witwer damit indirekt dafür verantwortlich.«

»Das überzeugt mich nicht ganz. Immerhin wurde die Mönchinger gefesselt und offenbar über einen längeren Zeitraum gequält. Sibylla Polenz dagegen scheint eher im Affekt ermordet worden zu sein.«

»Hast du schon mal was von Brutalitätssteigerung bei Serientätern gehört? Vielleicht wollte er diesmal ein Vorspiel vor dem Akt.«

»Hat der überhaupt stattgefunden?«

»Mist, ich habe glatt vergessen danach zu fragen, weil Mönchinger so ein Theater gemacht hat.«

Bastian Kreuzer wirft dem Kollegen einen knappen Blick zu. Wahrscheinlich wird der sich die Gelegenheit zu einem spöttischen Kommentar nicht entgehen lassen. Doch Sven Winterberg winkt ab.

»Ist jetzt ja auch nicht so wichtig. Lass uns ruhig mal von einem Täter ausgehen, bevor wir uns zwei verschiedene Täterprofile aus den Fingern saugen.«

»Das hieße allerdings, dass wir am Beginn einer Mord-Serie stehen.«

»Ist auch nicht besonders prickelnd, was?«

»Darum geht's leider nicht.« Bastian Kreuzer deutet auf die tiefe Schüssel mit dem Thunfischsalat, die gerade vor Sven auf den Tisch gestellt wird. »Iss brav dein Gemüse, Kleiner, dann erkläre ich dir unterdessen, was ich denke.«

»Ist das jetzt die harte Ich-bin-hier-der-Boss-Nummer, auf die ich seit deiner Beförderung warte?«, erkundigt sich Sven grinsend.

»Klar, was glaubst du denn? Also hör gut zu. Nach allem, was wir über Serienmörder wissen, fangen sie meist vorsichtig an. Beim zweiten Mal sind sie dann schon mutiger und haben sich oft auch in ihrer Brutalität gesteigert.«

»Wenn ich an die vielen Schnitte denke, mit denen Marga Mönchingers Körper verunstaltet war, könnte mir glatt jetzt noch schlecht werden.«

»Hauptsache, du verlierst den Appetit nicht. Sonst würde ich deinen Salat nämlich direkt als Vorspeise vertilgen.«

»Keine Sorge.« Sven Winterberg legt wie zum Schutz den linken Arm um seine Schüssel. »Red weiter, Boss.«

»Es spricht auch sonst viel für einen einzigen Täter. Der

fast identische Ablageort der Leichen, die zeitliche Nähe der Morde, das ähnliche Aussehen der beiden Opfer und nicht zuletzt die gleiche Todesart. Erwürgen. Andererseits haben wir durchaus ein kleines Problem, wenn wir von nur einem Täter ausgehen.«

»Und das wäre?«

»Die Sache mit dem Bademantel. Sibylla Polenz war nackt. Sie sollte auffallen und sie fiel auf. Die Drapierung der Leiche war ein wichtiger Teil der Inszenierung. Denk nur an ihre roten Schuhe. Der Mörder hat ein Statement abgegeben, er hat uns gewissermaßen eine Botschaft übermittelt.«

»Die was genau besagt?«

Bastian Kreuzer zuckt die Schultern und verdreht die Augen. »Na ist doch klar. *Seht her*, will er uns sagen, *ich habe die Macht, zu richten und zu töten. Ich bin furchtlos, denn ich verstecke nichts und niemanden. Im Gegenteil: Ich präsentiere mein Opfer vor euren Augen in aller Öffentlichkeit.*«

»Das ist im zweiten Fall doch genauso.«

»Ja schon, aber nur auf den ersten Blick. Sibylla Polenz war körperlich unversehrt und in ihrer ganzen Schönheit ausgestellt. Marga Mönchinger dagegen war gewissermaßen beschädigt und vielleicht sogar deswegen bekleidet. Mag sein, dass der Täter sich für seinen plötzlichen Gewaltrausch nachträglich geschämt hat.«

»Aber dann passt doch wieder alles in die Theorie.«

»Mein Problem ist eher, dass die Mönchinger nicht nur bekleidet, sondern so überaus angemessen bekleidet war. In dem weißen Bademantel wirkte sie wie eine etwas verfrorene Schwimmerin, die es sich in ihrem Strandkorb bequem gemacht hat. Jeder musste denken, sie schläft, und sie demzufolge in Ruhe lassen.«

»Bis auf die Mieter des Strandkorbs, die aber in der Regel erst zwischen neun und elf auftauchen«, vervollständigt Winterberg den Satz des Kollegen.

»Ganz genau.« Bastian Kreuzer greift zum Besteck, als der Kellner den Teller mit der dampfenden Pizza vor ihm abstellt. »Aber was schließen wir daraus? Dass der Täter plötzlich doch Angst vor Entdeckung hatte? Dass er seiner Unverletzlichkeit nicht mehr sicher war?«

»Wir schließen daraus vor allem, dass er intelligent ist und sich nicht wie ein dummer Junge auf seine vermeintliche Unantastbarkeit verlässt. Er ist sich des Risikos bewusst, das er eingeht, wenn er zum zweiten Mal eine Leiche am selben Ort platziert. Er muss also sicherstellen, dass er nach der Tat einige Stunden Zeit hat, um vielleicht Spuren zu beseitigen.«

»Überzeugt mich nicht«, antwortet Bastian kauend. »Am Strand kann er sich nicht weiter aufhalten und überall sonst könnte er auch dann die Spuren beseitigen, wenn wir die Leiche schon gefunden hätten. Oder ist diesmal der Fundort auch der Tatort? Was sagt Dr. Bernstein?«

»Nein, sie wurde woanders getötet. Todeszeitpunkt war gegen zwei Uhr nachts. Anlieferung am Strand zwischen drei und halb vier. Da war sie dann schon sauber und angezogen. Und weil die Leichenstarre noch nicht eingesetzt hatte, konnte der Mörder den Körper auch bequem in eine möglichst natürlich wirkende Position bringen. Alle weiteren Untersuchungsergebnisse stehen noch aus. Aber gegen Abend will Bernstein den Bericht schreiben und auch gleich faxen.«

»Dann wissen wir mehr«, murmelt Bastian und säbelt ein neues Stück von seiner Pizza ab. »Auch wenn es mir generell widerstrebt, beim Essen zu denken, will ich mal nicht so sein und eine Ausnahme machen. Nach allen Für und Wider scheint mir doch mehr für einen Täter als für zwei verschiedene zu sprechen. Oder was meinst du?«

»Auf jeden Fall.« Verstohlen sieht Sven auf seine Uhr. »Gleich halb drei. Weiß Silja eigentlich, dass wir hier sind?«

»Ich hab's ihr gesagt.«

»Dann redet ihr also wieder miteinander?«

»Wie man's nimmt. Wir telefonieren immerhin schon wie zwei normale Menschen und gehen nicht sofort wie die Kampfhähne aufeinander los.«

»Klingt super. Willst du vielleicht allein mit ihr nach List zu dem Psychofritzen fahren?«

»Machst du jetzt hier auf Kuppler, oder was?«

»Du weißt doch, dass ich euch immer für ein ideales Paar gehalten habe. Außerdem könnte ich in der Zwischenzeit Hubert Mönchinger nach Hause bringen. Dann kann ich gleich sehen, wie seine Schwester auf die frohe Botschaft reagiert.«

»Super Idee, so machen wir's. Willst du ein Stück?« Bastian Kreuzer schiebt dem Kollegen seinen halb geleerten Teller entgegen.

»Was ist denn mit dir los? Kein Appetit? Muss ich mir Sorgen machen? Oder bist du wegen Silja aufgeregter, als du zugeben willst?«

Mit energischer Geste zieht Bastian den Teller wieder zurück. »So weit kommt's noch. Da ist man einmal höflich, und schon wird man behandelt wie ein Milchbubi. Glaub ja nicht, dass ich dir noch mal was anbiete.«

Doch als Silja zehn Minuten später das Restaurant betritt, überzieht eine leichte Röte Bastians Gesicht, die Sven deutlich verrät, dass sein Ermittlerinstinkt ihn im Fall des akut liebeskranken Kollegen nicht getrogen hat.

Donnerstag, 23. Juni, 14.57 Uhr, Haus Dünenkante, List

Die Mittagssonne lässt das Dünengras glänzen. Schillernd wogt es im Licht, dient als ständig bewegte Untermalung für den Flug der Möwen und das Segeln der Schwalben. Kehre für Kehre schiebt sich der Wagen der Westerländer Kriminalpolizei durch die Hügel der Süderheide. Wie hingetupft und in angemessen weiter Entfernung stehen die behäbigen Backsteinhäuser auf den Kuppen und in den Mulden. Das Haus, zu dem Bastian Kreuzer und Silja Blanck unterwegs sind, thront ganz oben auf dem äußersten Hügelkamm. Bastian stößt einen anerkennenden Pfiff aus, als er sieht, dass der Psychofritze von hier aus einen kompletten Rundblick über das Sylter Watt nördlich von Keitum hat. Die gesamte Blidselbucht und mit ihr alle Austernbänke Sylts liegen dem Kerl quasi zu Füßen.

Natürlich weiß der Hauptkommissar, dass ein Ermittler vorsichtig mit Antipathien umgehen muss, trotzdem wird es ihm schwerfallen, bei der kommenden Vernehmung von der Unschuldsvermutung auszugehen, das ahnt er jetzt schon. Allein der Gedanke an die zu erwartende Reaktion der Flensburger Staatsanwältin Elsbeth von Bispingen auf die Freilassung des bisherigen Tatverdächtigen lässt Bastian Kreuzer hoffen, dass der Typ, der da oben so prominent logiert, sich ziemlich schnell ziemlich heftig verdächtig machen wird. Außerdem stachelt ihn die Anwesenheit von Silja auf dem Beifahrersitz zusätzlich an. Es wäre zu schön, wenn er in ihrer Gegenwart eine geniale Vernehmung gefolgt von einer schnellen Verhaftung hinlegen könnte.

Ein Seitenblick auf die Kollegin zeigt Bastian, dass auch sie unter Strom steht. Wenn dieser Manfred Pabst es nicht war, dann sitzen sie nämlich alle miteinander ganz schön in der Tinte. Ohne Spur, ohne Anhaltspunkt.

Aber noch ist es ja nicht so weit.

Mit einem scharfen Bremsen stoppt Kreuzer den Wagen vor dem letzten Haus der Straße. Auf dem kleinen Parkplatz stehen zwei Vans mit Berliner und Bremer Kennzeichen, die bestimmt Feriengästen gehören. Der protzige offene BMW mit nordfriesischem Kennzeichen ist vermutlich der Wagen des Analytikers. Außerdem parkt hier ein knallroter Kleinwagen, aus dessen Kofferraum eine gutaussehende junge Frau mit dunklen Locken einige Kisten hebt und auf dem Parkplatz stapelt. Gerade tritt ein großgewachsener schlanker Mann mit kahlem Kopf aus dem Hauseingang und schickt sich an, eine der Kisten hineinzutragen.

Bastian und Silja steigen gleichzeitig aus und gehen auf die beiden zu.

»Moin, moin. Dürfen wir kurz stören?«, fragt der Hauptkommissar knapp.

»Worum geht's denn?«

Der Tonfall des Kahlkopfs ist nicht gerade verbindlich, also zückt Bastian seine Dienstmarke.

»Bastian Kreuzer, Kripo Westerland. Und Sie sind Herr Pabst, nehme ich an. Wir würden Sie gern sprechen.«

In einer wohldosierten Mischung aus Amüsement und Irritation hebt Manfred Pabst die Augenbrauen und wechselt einen kurzen Blick mit der jungen Frau. »In welcher Angelegenheit, wenn ich fragen darf?«

»Es geht um die beiden Morde am Westerländer Strand. Vielleicht haben Sie mitbekommen, dass wir nach Ihnen als Zeugen gesucht haben.«

»Moment mal. Sie haben ein Phantombild an die Medien gegeben, das mir ähnlich sieht. Das heißt aber noch lange nicht, dass Sie auch genau nach mir gesucht haben.«

»Sie haben sich schon intensiv mit der Sache befasst, wie schön«, antwortet Bastian spöttisch. »Aber wollen wir unsere Unterhaltung wirklich in Gegenwart der jungen Dame hier führen?«

»Warum denn nicht? Ich habe nichts zu verbergen. Und wenn ich vorstellen darf: Marleen Anding, meine Lebenspartnerin.«

Mit einem verliebten Lächeln deutet Pabst auf die Dunkelhaarige, die allerdings das Lächeln nicht zurückgibt, sondern seltsam angespannt wirkt.

»Okay, vielleicht können Sie uns ja sogar helfen«, wendet sich Bastian an die junge Frau. »Wohnen Sie auch hier?«

»Ich ziehe gerade ein. Aber liiert sind wir schon länger«, antwortet sie schnippisch.

»Na, das wäre sonst ja auch merkwürdig, oder?«, mischt sich Silja ins Gespräch.

»Was wollen Sie denn nun genau von mir?« Ungeduldig trommelt der Analytiker auf eine der Kisten. »Wir haben nämlich noch einiges zu tun.«

»Zunächst wüsste ich gern, warum Sie sich nicht bei uns gemeldet haben, wenn Sie doch gesehen haben, dass wir nach Ihnen suchen – oder nach jemandem, der Ihnen ähnlich sieht.«

»Das ist ganz einfach. Ich habe leider gar nichts zu Ihren Ermittlungen beizutragen, da wollte ich Sie nicht unnötig belästigen und mich über das unvorteilhafte Phantombild beschweren.«

Sein Versuch, durch ein unbefangenes Lachen die Situation zu entspannen, misslingt.

»Herr Pabst, damit wir uns richtig verstehen: Es geht hier um Mord. Zweifachen Mord sogar. Da ist es wenig komisch, wenn ein Zeuge, nach dem die Polizei dringend sucht, sich nicht freiwillig meldet. Im schlimmsten Fall kann Ihnen das sogar als Behinderung von Ermittlungen ausgelegt werden. Und das ist strafbar.«

»Jetzt lassen Sie die Kirche aber mal im Dorf, Herr Kommissar. Ich bin nicht der, den Sie suchen. Denn angeblich soll dieser Herr ja in der Mordnacht an der Tür von Hubert Mönchinger geklingelt haben. Ich war aber den ganzen Abend und auch die ganze Nacht lang hier. Meine Freundin und ich haben es uns auf dem Balkon mit einer Flasche Wein gemütlich gemacht. Und danach bin ich selbstverständlich nicht mehr Auto gefahren, ich hatte ja erheblich zu viel getrunken.«

Wieder schallt das tiefe Lachen des Analytikers über die Hügel. Bastian findet, dass es falsch klingt. Falsch und gestellt. Ein kurzer Seitenblick zu Silja zeigt ihm, dass auch sie von der Aussage Pabsts nicht überzeugt ist.

»Ich nehme an, Sie werden die Aussage Ihres Lebensgefährten gleich bezeugen«, wendet er sich an Marleen Anding.

Die junge Frau nickt entschieden. »Ich erinnere mich gut, denn Manfred hat mich an diesem Abend gebeten, zu ihm zu ziehen. So etwas vergisst man natürlich nicht.«

»Natürlich nicht.« Bastians Stimme klingt plötzlich sehr warmherzig und zugewandt. Den erstaunten Blick Siljas ignoriert er. »Allerdings frage ich mich dann, warum uns die Schwägerin des letzten Mordopfers eine so genaue Beschreibung von Herrn Pabst geben konnte. Sie werden mir ja sicher beipflichten, wenn ich sage, dass es sich bei Ihrem Partner nicht gerade um einen Allerweltstypen handelt.«

»Woher soll ich das wissen? Ich weiß nur, dass Manfred mit dieser Sache nichts zu tun haben kann.«

Energisch greift Marleen Anding nach einer Kiste, um sie ins Haus zu tragen, doch Bastian legt eine seiner Pranken auf ihre Hand.

»Einen Moment bitte noch. Wussten Sie auch, dass Manfred Pabst den Ehemann des zweiten Mordopfers sehr gut kennt?«

Bevor der Analytiker protestierend eingreifen kann, wendet sich Bastian ihm zu. »Herr Pabst, es wäre äußerst hilfreich, wenn Sie sich jetzt einen Moment zurückhalten würden.«

»Nein, das wusste ich nicht.« Marleen Andings Stimme klingt seltsam desinteressiert. Überraschung hört sich anders an, denkt Bastian und redet weiter.

»Hubert Mönchinger ist bei Herrn Pabst in therapeutischer Behandlung. Das ist eine Information, die, wie Sie sich leicht vorstellen können, nicht öffentlich bekannt ist. Der Herr, der nachts an Hubert Mönchingers Haustür geklingelt hat, hat sich aber als der Analytiker des Hausherrn vorgestellt. Das heißt, er müsste nicht nur über ausgeprägte maskenbildnerische Fähigkeiten, sondern auch über echtes Geheimwissen verfügt haben.«

»Das ist ja unglaublich!«

Marleen Anding stemmt die Arme in die Seiten und funkelt die Kommissare an, als könnten die etwas dafür, dass vertrauliche Details, die ihr Freund ganz zu Recht für sich behalten sollte, offenbar bekannt geworden sind. Bastian überzeugt sich durch einen Seitenblick, dass auch Silja dieses Detail nicht entgangen ist.

Leise sagt er zu ihr: »Pass auf. Wir machen es jetzt genauso wie letztens mit den Geschwistern Mönchinger. Wir trennen die beiden. Du vernimmst die Frau. Ich knöpfe mir den Kerl vor. Ich fordere gleich einen zweiten Wagen an, dann kannst du mit ihr schon mal in unserem zurückfahren.«

Sichtlich irritiert haben Manfred Pabst und Marleen Anding das Geraune verfolgt. Als sich Bastian den beiden wieder zuwendet, ist ihm ihre volle Aufmerksamkeit sicher.

»Leider müssen wir Sie bitten, uns zur Vernehmung aufs Kommissariat zu begleiten. Und zwar beide. Meine Kollegin wird mit Ihnen, Frau Anding, schon mal vorfahren. Herr Pabst, wir zwei werden uns noch ein wenig gedulden müssen, bis ein weiterer Wagen eintrifft. Wenn Sie mögen, kann ich Ihnen in der Zwischenzeit helfen, die Kisten ins Haus zu tragen. Auch wenn es recht wenige Diebstähle auf der Insel gibt, sollte man doch lieber vorsichtig sein.«

Donnerstag, 23. Juni, 15.09 Uhr, Dorfteich, Wenningstedt

Das schrille Klingeln fährt wie ein Messer in Fred Hübners Schlaf, es zerschneidet seine Träume und zerrt ihn in die Wirklichkeit. Hübner schreckt hoch, schafft es aber weder, die Augen zu öffnen, noch, sich in Zeit und Raum zurechtzufinden. Zunächst nimmt er nur dieses entsetzliche Schädelbrummen wahr, dann spürt er seine trockenen Lippen, die ausgedörrte Kehle und den monströsen Durst, der ihn plagt. Wieder einmal bin ich abgestürzt, denkt Fred und wähnt sich in dem bruchreifen Gartenhaus der Witwe Manthey, das er noch vor drei Jahren bewohnt hat, damals, als seine Trinkerei ihn täglich an den Rand des Wahnsinns trieb, ihm aber schließlich auch zu der Entdeckung des inselweit gesuchten Kindesentführers verhalf.

Mühsam öffnet Fred die verquollenen Augen und findet sich zu seinem nicht geringen Erstaunen in seinem Schlafzimmer unterm Dach des Wenningstedter Apartments wieder. Schlagartig wird ihm klar, dass es Jahre später sein muss. Vielleicht zwei Jahre später, überlegt er und hofft wenige Sekunden lang sogar, seine große Liebe Susanne Boysen könne auf der anderen Seite des Bettes liegen. Aber da ist niemand – und auch das Bett ist nicht mehr der Futon vom letzten Jahr. Natürlich nicht.

Plötzlich sieht Fred das ganze Blut wieder vor sich, die Flecken und Spritzer an Wänden und Decke dieses Raumes, und der komplette Horror des vergangenen Sommers ist zurück. Stöhnend vergräbt der Journalist das Gesicht in den Kissen. Zu dem entsetzlichen Kater sind nun noch die grausamen Erinnerungen an den Mord gekommen, der ausgerechnet hier in seinem Schlafzimmer verübt worden ist. Aber war er da nicht schon längst trocken? Und hat nicht ausgerechnet der einzige Rückfall, der ihm im letzten Jahr unterlaufen ist, fast zu einer weiteren tödlichen Katastrophe geführt? Das Bild des schussbereit auf ihn gerichteten Revolvers gehört nicht unbedingt zu seinen favorisierten Erinnerungen. Es waren nur einige Gläser Cognac, die ihn damals jede Vorsicht verlieren ließen und ihn fast das Leben gekostet hätten.

Cognac.

Das Wort stellt sich plötzlich quer in Fred Hübners Hirn. Eine fast übermächtige Sehnsucht nach nur einem winzigen Schluck überfällt ihn. Cognac, genau das war es, was er gestern Abend vollkommen hemmungslos in sich hineingeschüttet hat. Aber warum? Und mit wem?

Wieder schrillt das Telefon. Der Ton ist eine Beleidigung für Fred Hübners Ohren und eine Marter für sein geschundenes Hirn. Fred nimmt das Gespräch nur aus einem einzigen Grund an: um die Folter möglichst schnell zu beenden.

Die Stimme aus dem Hörer gehört einem Mann. Sie ist leise und dezent, so leise, dass Fred den Namen nicht verstehen kann, doch nach den ersten Sätzen wird ihm klar, wer ihn da anruft. Langsam kehrt die Erinnerung an den vergangenen Abend zurück. Das Essen mit Jens-Uwe Behrmann. Den unmäßigen Alkoholkonsum des Politikers. Und schließlich seine, Fred Hübners ureigene Entscheidung, den Abend an seine Grenzen zu führen, indem er sich diesem Behrmann als Saufkumpan anbot. Entgegen jeder Vernunft, entgegen jeden besseren Wissens.

Dann kam der Cognac ins Spiel. Ein, zwei, drei, viele Gläser. Jedes schmeckte köstlicher als sein Vorgänger. Und wurde schneller hinter die Binde gekippt. Dunkel erinnert Fred sich plötzlich auch an eine Bahnhofskneipe und einen Strandkorb im Morgenlicht. Und während der Typ am Telefon belangloses Zeug von neuer Freundschaft und peinlichem Absturz und großem Bedauern labert, fällt Fred Hübner schlagartig der ganze Rest wieder ein.

Sein Aufenthalt in der Ausnüchterungszelle der Westerländer Polizei, das Gespräch mit dem schmächtigen Kommissar, dessen Namen er sich einfach nicht merken kann und der ihm von einem zweiten Leichenfund am Strand erzählt hat. Und leider weiß Fred Hübner plötzlich auch nur zu genau, was danach geschehen ist. Der Spacki hat ihn in ein Taxi gesetzt und dem Fahrer die Adresse seiner Wohnung am Dorfteich genannt. Allerdings hat Fred ziemlich schnell darum gebeten, auf dem Weg kurz beim Supermarkt an der großen Kreuzung zu halten. Mit zwei Flaschen Hennessy unter dem Arm ist er wenig später in seinem Apartment angekommen. Und während Fred Hübner nun endlich mit belegter Stimme die ersten Worte in dem bisher sehr einseitig verlaufenden Telefonat formt und anstelle eines höflich wohlgesetzten *Kann ich Sie zurückrufen?* nur ein lallendes »Kaichsiesurkhufn« seinen Mund verlässt, tastet er nach den Cognacflaschen. Eine steht neben seinem Bett und scheint tatsächlich unangebrochen zu sein, die zweite rollt schon bei der ersten Berührung ans andere Ende des Zimmers. Sie klingt nicht gerade so, als befinde sich noch besonders viel Alkohol in ihrem Inneren.

»Fred, Menschenskind, dich hat's aber übel erwischt, oder?«, erkundigt sich gerade die besorgte Stimme des Alkoholliebhabers und Umweltaktivisten Jens-Uwe Behrmann am anderen Ende der Leitung.

»Kannsu wohl sagn«, presst Fred mühsam heraus.

»Kann ich dir irgendwie helfen? Es ist ja schließlich auch meine Schuld, dass es dir jetzt schlecht geht.«

»Lassma, ehtschon. Könnwi mogn nochma sprechn?«

»Ja klar, kein Problem. Und falls du dich nicht mehr an unseren Zug um die Häuser erinnern kannst, ruf mich an. Jederzeit, hörst du? Meine Handynummer hast du ja. Ich helfe deinem Gedächtnis dann schon auf die Sprünge.«

»Danke, machich. Isaber immoment nich so mein Problem.«

»Ich wollt's nur anbieten. Mach's gut, mein Freund, erhol dich erst mal und bis morgen dann.«

Erleichtert lässt Fred das Telefon auf den Boden fallen und sich selbst zurück ins Bett sinken. Scheißfreund, Scheißtag, Scheißalkohol. Nur zu gut kann er sich plötzlich an die mühsamen Wochen nach dem Rückfall des letzten Jahres erinnern. Sie haben ihn auf die Couch des Lister Analytikers Manfred Pabst getrieben und schließlich auch in die Arme von Dahlia, der Westerländer Prostituierten. Gemeinsam haben diese beiden so unterschiedlichen Dienstleister ihn wieder fit fürs Leben ohne Alkohol gemacht.

Und jetzt das. Alles wird wieder von vorn losgehen. Die Sucht, die Sehnsucht, die Qual, der ganze Entzug. Und warum? Wegen eines saublöden Politikers, der aus Gründen, die wirklich nicht zu begreifen sind, sich ausgerechnet Fred Hübner zum Saufkumpan auserwählt hat.

Genau, denkt Fred noch, während die erste Welle aus hämmerndem Kopfschmerz und kaltem Fieber ihn überspült, warum musste gerade ich es sein, mit dem der Typ sich volllaufen lässt? Und warum sind wir eigentlich am Ende der Tour ausgerechnet am Strand gelandet? Und weiß Jens-Uwe Behrmann vielleicht sogar etwas über die Tote, wenn er sich doch angeblich so deutlich an die Nacht erinnern kann?

Mit letzter Kraft schafft Fred Hübner es jetzt, aufzustehen und zwei zusätzliche Decken aus seinem Wandschrank zu zerren, bevor all diese Gedanken sehr plötzlich in seinem Hirn zerbersten, an die Peripherie geschleudert und von knallendem Schmerz zermalmt werden.

Fred Hübner kriecht unter seine Decken, rollt sich so eng wie möglich zusammen und denkt nur noch eines: Herrgott im Himmel, wer auch immer du bist und wo auch immer du dich gerade aufhältst, lass das hier vorübergehen. Und lass es mich überleben!

Donnerstag, 23. Juni, 15.11 Uhr, Lister Landstraße

Der uniformierte Kollege rast wie ein Irrer zurück nach Westerland. Manfred Pabst, der auf der Rückbank hinter Bastian Kreuzer sitzt, schweigt konsequent. Kreuzer ist das ganz recht, denn gerade überkommen ihn die Erinnerungen an bessere Zeiten. Wie oft ist er schließlich mit Silja hier heraufgefahren, um gleich da vorn abzubiegen und die Privatstraße zum Ellenbogen zu nehmen. Die Mautgebühr, die man an der Schranke entrichten muss, schreckt nicht wenige ab, so dass hier oben die Strände leerer sind und die Gespräche besser, wie Silja immer behauptet hat. Und tatsächlich galt das auch für die längste Zeit ihrer Beziehung. Doch dann kam dieser fatale Streit im letzten Sommer, der ebenfalls hier stattfand und der mit dem endgültigen Bruch und Bastians Auszug aus Siljas Wohnung endete. Wie wäre es eigentlich, hier oben auch eine Versöhnung zu inszenieren, überlegt der Hauptkommissar gerade sehnsuchtsvoll, während sein Blick über die Dünenkuppen des Listlandes streift und wehende Gräser liebkost, als seien sie Siljas Haar. Tief atmet Bastian Kreuzer den Duft der Nordsee ein, der sich für ihn untrennbar mit dem von Siljas Parfüm verbunden hat, als aus dem Fond des Wagens ein Räuspern kommt.

»Ja?« Kreuzer verscheucht die romantischen Gedanken und dreht sich um.

»Sie vernehmen jetzt Marleen und mich getrennt, habe ich das richtig verstanden?«

Kreuzer nickt. »Irgendetwas an Ihrer Aussage ist doch nicht koscher, da können Sie mir erzählen, was Sie wollen.«

»Ich habe nichts mit den Morden zu tun, das müssen Sie mir glauben. Aber wenn Sie mich hier wie einen Verdächtigen im Polizeiauto durch die Gegend fahren, dann schädigen Sie mit ziemlicher Sicherheit mein Renommee. Es fehlt ja nur noch, dass Ihr Kollege das Blaulicht anstellt, so wie er rast.«

»Und?«

»Es muss mich nur jemand im Wagen erkennen oder nachher aus dem Auto aussteigen sehen …«

»Jetzt tun Sie mal nicht so, als hätten wir Ihnen Handschellen angelegt.«

»Soll das eine Drohung sein?«

»Wäre sie denn berechtigt?«

Der Analytiker seufzt tief, schweigt kurz und erklärt dann leise: »Okay, wenn wir bei Ihnen angekommen sind, erzähle ich Ihnen, was wirklich in der Nacht des ersten Mordes geschehen ist. Ich hoffe allerdings auf Ihr Wohlwollen und Ihre Verschwiegenheit.«

Die Hoffnung stirbt zuletzt, denkt Bastian sarkastisch, zwingt sich aber zu einer anderen Antwort.

»Wenn Sie die Wahrheit sagen, dann werden wir das mit ziemlicher Sicherheit auch erkennen können, darauf immerhin können Sie sich verlassen.«

Donnerstag, 23. Juni, 15.29 Uhr, Zwischen den Hedigen, Westerland

Wie ein geschundenes Tier schleicht Hubert Mönchinger durch sein Haus. Überall sind Fallen aufgestellt, jeder Raum ist kontaminiertes Gelände, aus allen Ecken springen ihn die Erinnerungen an.

Marga, wie sie in der Küche sitzt und die Teetasse zwischen den Händen dreht. Marga lachend vor dem Fernseher im Wohnzimmer, wenn ihre Lieblingssoap im Vorabendprogramm läuft. Marga in der Badewanne zwischen Schaumbergen verborgen, nur die hochgesteckten roten Haare leuchten hervor. Und am schlimmsten von allen Bildern: Marga lasziv auf dem großen Ehebett ausgestreckt, bekleidet nur mit einer ihrer exquisiten Garnituren, drapiert wie für ein Foto in einem Hochglanzmagazin. Marga die Schöne, Marga die Unberührbare, die ihm mit strenger Stimme verbietet, sich ihr zu nähern und damit seine Begierde bis ins Unfassbare anstachelt, so lange, bis er sich nicht mehr halten kann, bis er über sie herfällt und sie sich nimmt, weil sie ihm gehört, nur ihm allein, weil er ihr Besitzer ist, trotz allem der Herr über ihren Körper und ihre Seele – und zwar der alleinige Herr.

Hubert weiß, dass das nicht stimmt. Zumindest nicht, was Margas Seele angeht. Hubert weiß auch, er hat es immer gewusst, dass Margas Körper ein Vorleben gehabt haben muss. Wann sonst sollte sie diese ganzen Tricks und Kniffe gelernt haben, mit denen sie ihn regelmäßig zum Wahnsinn treibt? Und Hubert weiß natürlich durch seine vielen

Gespräche mit dem Analytiker Manfred Pabst auch ganz genau, dass es so nicht ewig weitergegangen wäre. In irgendeiner Weise hätte er die Beziehung zu seiner Ehefrau auch als solche gestalten müssen. Vielleicht hätte Marga sogar mitgemacht, vielleicht hätte sie sogar gern mitgemacht. Hubert wird es nicht mehr erfahren, denn er hat es ihr nie vorgeschlagen. Zu groß war seine Angst, dass der Zauber dann verloren ginge, dass seine Gier verschwinden und die bedrohliche Mischung aus Anziehung und Abweisung, die das Geheimnis ihres Sexlebens war, verpuffen würde wie ein allzu instabiles Gas bei einer chemischen Reaktion.

Auch das sorgsame Verbergen ihrer heimlichen Spiele vor der ewig prüden Christa hat viel zum prickelnden Vergnügen Huberts beigetragen. Allein die Vorstellung, dass Christa mit Flanellnachthemd und Bettjäckchen nur zwei Zimmer weiter in ihrem keuschen Bett lag und keine Ahnung davon hatte, was er und Marga miteinander trieben, konnte ihn fast zum Höhepunkt bringen. Endlich hatte er die immer herrische Schwester besiegt, hatte sie vernichtend geschlagen auf einem Feld, auf dem sie nicht die geringste Erfahrung hatte. Die sonst so besserwisserische Christa war nie von einem Mann begehrt worden und hatte früh begonnen, daraus einen moralischen Vorteil zu ziehen. Sie war stets sauber und rein, er dagegen war schmutzig, triebgelenkt und schwach. Völlig undenkbar, dass Christa ihn jemals allein gelassen hätte. Schon vor vielen Jahren hat sie sich in sein Leben gehakt wie eine Klette, die sich nur noch tiefer einkrallt, je energischer man sie loswerden will. Nach dem Tod der Mutter ist Christa selbstverständlich in diesem Haus wohnen geblieben, schließlich gehörte es ihr ja zur Hälfte. Und wenn Hubert jemals geglaubt hat, dass die Schwester nach seiner Heirat klein beigeben und sich eine andere Bleibe suchen würde, dann hat er sich gründlich getäuscht.

Nein, Christa Mönchinger nahm ohne zu zögern den Kampf gegen die verhasste Schwägerin auf. Lange stand es unentschieden, manchmal wirkte Christa sogar wie eine sehr unglückliche Verliererin, aber ihre Zähigkeit trug letztendlich den Sieg davon. Ihre Zähigkeit und ihre Verschlagenheit. Denn Christa kämpfte mit unfairen Methoden. Der Privatdetektiv, den sie heimlich auf Margas Vorleben angesetzt hat, ist in Hubert Mönchingers Kalkül natürlich nicht vorgesehen gewesen. Dieser widerwärtige Spion hat Christa mit einer Macht ausgestattet, die sie sofort einzusetzen wusste. Gegen Marga und damit auch gegen Hubert selbst. Auch wenn sie natürlich behauptete, dies alles sei nur zu seinem Besten geschehen. Marga habe ihn betrogen, indem sie ihm ihre Vergangenheit vorenthalten habe, sie habe ihm ein ehrbares Leben vorgespielt, obwohl ihr Leben alles andere als ehrbar gewesen sei.

Hubert kann zu diesen Vorhaltungen, die Christa ihm seit Margas Verschwinden täglich, ja fast stündlich gemacht hat, nur schweigen. Alles andere wäre Verrat an Margas und seinem obszönen Geheimnis gewesen.

Und jetzt ist Marga tot. Hat Christa sie umgebracht? Hubert kann diesen Gedanken, so abstrus er ihm anfangs vorgekommen ist, einfach nicht aus seinem Hirn verbannen. Vielleicht hat Christa die verhasste Schwägerin in jener Nacht gar nicht aus dem Haus getrieben, sondern sie wehrlos gemacht, sie gar gefesselt und geknebelt, vielleicht hat Marga sogar tagelang hier im Keller gelegen. Versteckt von einer boshaften und zu allem entschlossenen Feindin, die nur auf die Gelegenheit wartete, sie endgültig zu vernichten.

Und als die Polizei ihn dann festgenommen hat, konnte die Gelegenheit kaum günstiger sein.

Immer wieder muss Hubert sich vorstellen, wie Christa ihre Hände um den Schwanenhals von Marga legt und so lange zudrückt, bis alles Leben aus dem geliebten Körper weicht. Und vorher hat sie sie gequält, sie hat Margas ganzen Körper mit winzigen Schnitten überzogen, die Gefesselte hat sich ja nicht wehren können und wer weiß, vielleicht hat Christa Marga sogar gezwungen ihr alle Details der ihm so heiligen schmutzigen Nächte zu offenbaren.

Und das ist die Kernfrage: Weiß Christa von ihren sündigen Spielchen? Ist ihm auch dieses letzte Geheimnis genommen? Wird ihn die Schwester mit ihrem Wissen von jetzt an peinigen?

Hubert Mönchinger schließt die Augen, um das Ehebett nicht mehr sehen zu müssen, vor dem er die ganze Zeit gestanden hat. Wo ist Christa eigentlich? Und hat sie nicht ziemlich kühl auf seine Freilassung reagiert? Fast schon etwas verwirrt, wenn er es genau überdenkt. Vielleicht ist ihr der Zeitpunkt gar nicht recht, vielleicht hat sie noch nicht alle Spuren verwischt und die Polizei könnte durchaus noch etwas finden hier im Haus, wenn er sie nur alarmieren würde. Aber was wäre, wenn er sich täuscht? Unmöglich kann er diese Ermittler auf Christas Spur setzen. Nein, wenn es etwas zu finden gibt, dann muss er schon selbst dahinterkommen, und das so schnell wie möglich.

Ohne über sein weiteres Vorgehen nachzudenken, verlässt Hubert Mönchinger das eheliche Schlafzimmer und hastet die wenigen Meter zur Tür von Christas Zimmer hinüber. Die Tür ist geschlossen, Hubert drückt die Klinke hinunter ohne zu klopfen, das hat er in all den Jahren, die sie schon gemeinsam in diesem Haus wohnen, noch nie getan. Und richtig, Christa, die sich immer auf seine Feigheit verlassen konnte, hat nicht abgeschlossen.

Die Tür springt auf. Hubert erstarrt.

Am Boden kauert seine Schwester und drückt ein Handy ans Ohr. »Jetzt melden Sie sich doch endlich, Sie Feigling«, schnaubt Christa gerade, als sie ihn sieht. Dann wird sie blass. Leichenblass. Zu Recht. Denn das Handy ist nicht ihr eigenes. Hubert erkennt es sofort. Es ist das Handy seiner ermordeten Frau.

Donnerstag, 23. Juni, 15.32 Uhr, Kriminalkommissariat Westerland

»Kaffee? Wasser?«

Bastian Kreuzer setzt sich Manfred Pabst gegenüber an den Vernehmungstisch.

»Nichts. Danke. Ich mache hier meine Aussage und dann bin ich froh, wenn ich wieder raus kann.«

»Wie Sie wollen.« Bastian Kreuzer stellt das Band an und nickt Sven Winterberg zu, der gerade den Raum betritt. »Setz dich Sven, wir fangen gerade an.«

Nachdem der Analytiker seine persönlichen Daten zu Protokoll gegeben hat, beginnt er gleich mit der Schilderung seiner nächtlichen Aktivitäten.

»Sie wundern sich vielleicht, aber ein Therapeut spürt es fast immer, wenn sein Patient die Unwahrheit sagt. Schwieriger ist es dann schon, herauszufinden, was genau wahr und was falsch ist. Bei meinen Gesprächen mit Hubert Mönchinger hatte ich von Anfang an das Gefühl, er übertreibe haltlos, wenn er die Attraktivität seiner Ehefrau beschrieb. Wahrscheinlich war es blöd von mir, da nachts aufzutauchen, um das endlich zu überprüfen, aber ich hatte den ganzen Abend über Mönchinger nachgedacht und mich einfach maßlos geärgert, weil wir in der Therapie nicht weiterkamen.«

»Wie spät war es, als Sie am Haus der Mönchingers geklingelt haben?«

»Kurz nach Mitternacht. So zwischen viertel und halb eins, würde ich sagen. Die Null-Uhr-Nachrichten waren schon durch, die von halb eins aber noch nicht gesendet, als ich den Wagen parkte.«

Sven Winterberg blättert hektisch in dem Vernehmungsprotokoll Christa Mönchingers, das vor ihm auf dem Tisch liegt. Als er gefunden hat, wonach er sucht, nickt er knapp und murmelt: »Könnte hinkommen.«

»Weiter.« Bastians Stimme ist hart und fordernd, er weiß genau, dass er jetzt keine Schwäche zeigen darf, dass der Typ vor ihm nur dann reden wird, wenn er keine andere Chance sieht, aus der für ihn peinlichen Situation zu entkommen.

»Ich bin zur Tür und habe geklingelt. Als die Tür aufging, habe ich mich in meiner Annahme mehr als bestätigt gesehen. Die Frau im Nachthemd, die da vor mir stand, war alles andere als attraktiv. Sie gab sich aber als Frau Mönchinger aus. Von einer Schwester Hubert Mönchingers wusste ich zu diesem Zeitpunkt noch nichts. Im Nachhinein muss ich sagen, dass es durchaus zu seiner Persönlichkeitsstruktur passt, sie verschwiegen zu haben. Das war gewissermaßen das Gegengewicht zu der großen Offenheit, die er bei allem, was seine Ehe betraf, an den Tag legte.«

»Sie hielten Christa Mönchinger also für die Ehefrau Ihres Patienten?«

»Genau. Ich habe mich für meine Störung entschuldigt und bin wieder zu meinem Auto gegangen. Das war auch schon alles. Danach bin ich zurück nach List gefahren.«

»Was aber niemand bestätigen kann. Das sehe ich doch richtig, oder?«

Manfred Pabst seufzt. »Ja, verdammt nochmal. Ich habe Frau Anding um ein Alibi gebeten, das habe ich Ihnen ja schon im Auto gesagt. Aber nicht, weil ich die Frau eines meiner Patienten ermordet habe, das ist doch einfach lächerlich, sondern weil ich mich im Nachhinein für meine nächtliche Aktion geschämt habe. Und ich will nicht, dass Ihre Kollegin Marleen Anding jetzt auch noch in die Mangel nimmt.«

»Das fällt Ihnen ein bisschen spät ein«, antwortet Bastian.

Und Sven feixt: »Wenn stimmt, was Sie sagen, dann haben Sie sich jedenfalls einen verdammt schlechten Termin für Ihre Überprüfung der Mönchingerschen Familienverhältnisse ausgesucht. Es ist ein ziemlich merkwürdiger Zufall, dass ausgerechnet in dieser Nacht Marga Mönchinger verschwindet, finden Sie nicht?« Er lacht trocken.

Manfred Pabst rollt die Augen. »Nett, dass wenigstens Sie Ihren Spaß haben. Ich kann das alles nicht ganz so komisch finden.«

Bastian Kreuzer macht eine beschwichtigende Handbewegung. »Bleiben wir noch einen Moment bei der nächtlichen Szene vor dem Haus der Mönchingers. Ist Ihnen dort irgendetwas aufgefallen, Herr Pabst?«

»Nein. Was soll das denn gewesen sein?«

»Nach Aussage von Christa Mönchinger hat ihre Schwägerin Marga das Haus nur wenige Minuten vor Ihrem Erscheinen verlassen. Das heißt, Sie müssten ihr eigentlich begegnet sein.«

»Bin ich aber nicht. Glauben Sie mir, so dunkel hätte es gar nicht sein können, dass ich diese Frau nicht erkannt hätte.«

»Moment! Woher wussten Sie eigentlich, wie sie aussah?« Bastian Kreuzer beugt sich weit vor, damit ihm keine Regung im Gesicht des Verdächtigen entgeht.

»Hubert Mönchinger hat mir ein Foto von ihr gezeigt. Mehrmals. Er war sehr stolz auf seine Frau, das wird Ihnen ja kaum entgangen sein.«

»Um uns geht's jetzt aber nicht, sondern um Sie. Und da wundert es mich doch sehr, dass Sie sofort bereit waren, Christa Mönchinger für Huberts Ehefrau zu halten, obwohl Sie dieses Foto kannten.« Bastian Kreuzers Tonfall ist mehr als ungläubig. »Ich bitte Sie, Herr Pabst, das können Sie doch Ihrer Großmutter erzählen!«

Manfred Pabst fährt sich mit beiden Händen übers Gesicht. Seine Stimme klingt jetzt leise und eindringlich. »Hören Sie. Ich darf Ihnen das eigentlich gar nicht sagen, ich bin schließlich meinen Patienten gegenüber zu Diskretion verpflichtet. Aber ich denke, die Situation erfordert eine Ausnahme. Auf diesem Foto lehnte eine sehr junge, äußerst attraktiv aussehende rothaarige Frau an Hubert Mönchingers Auto. Es war helllichter Tag, als die Aufnahme entstanden ist, und sie war vollkommen nackt. Und jetzt erzählen Sie mir doch bitte mal, wie viele Ehefrauen es zulassen würden, dass ihr Mann erstens solche Fotos von ihnen schießt und dann zweitens mit denen in der Brieftasche herumläuft?«

»Eins zu null für Sie«, gibt Bastian Kreuzer zu und zieht zum ersten Mal in dieser Vernehmung in Betracht, dass er vielleicht doch den falschen Mann verdächtigt. »Und wie haben Sie sich das Ganze erklärt?«

Manfred Pabst zuckt die Schultern. »Ich dachte, er habe eine Prostituierte für das Foto bezahlt. Und genau deshalb bin ich ja auch zu Mönchinger nach Hause gefahren. Ich weiß, es war extrem unprofessionell, aber ich wollte einfach endlich wissen, ob dieser Patient mich von vorn bis hinten für dumm verkauft.«

»Und wenn er Ihnen geöffnet hätte?«

»Ich wusste, dass er in der Nacht nicht dort sein würde, er fährt jeden Donnerstagabend nach Flensburg und kommt erst am Freitag wieder zurück.«

»Okay. Weiter. Wie war es, als Sie am nächsten Tag vom Tod der Prostituierten erfuhren?«

»Ich habe spontan gedacht, sie sei die Frau von dem Foto gewesen. Es passte ja alles. Sie war käuflich, und sie lebte in unmittelbarer Nähe von Hubert Mönchinger. Ich dachte, er gehe heimlich zu ihr und habe sich quasi eine zweite Realität aufgebaut, indem er sich einrede, mit ihr verheiratet zu sein.«

»Das wäre dann aber schon eine ziemlich gesteigerte Form von Irrsinn, oder?«

»Von Irrsinn reden wir in meinem Beruf schon lange nicht mehr.«

»Sondern?« Bastian lehnt sich seufzend zurück, dabei schließt er die Augen, so dass seine faltigen Lider wie zwei müde Läppchen auf den Jochbeinen liegen.

»Ich würde es eher als eine Persönlichkeitsspaltung bezeichnen«, erklärt Manfred Pabst vorsichtig.

»Persönlichkeitsspaltung, interessant. Eigentlich hätten Sie dann aber nicht mehr ausschließen können, dass Ihr Patient den Mord verübt hat. Wäre das nicht ein Grund gewesen, zu uns zu kommen?«

»Ich bin nicht die Polizei, sondern Hubert Mönchingers Analytiker«, gibt Pabst schmallippig zurück.

Bastian klappt die Augen wieder auf und lächelt plötzlich sehr süffisant. »Ausschlaggebend für Ihre Zurückhaltung war wohl eher, dass Ihre nächtliche Aktion ans Licht gekommen wäre, wenn Sie sich bei uns gemeldet hätten. Nicht sehr schmeichelhaft für einen Mann von Ihrem Renommee, oder?«

Als Pabst schweigt, wird Kreuzer laut.

»Ich habe Sie etwas gefragt, Herr Pabst.«

»Ja, das hat durchaus auch mit in meine Erwägungen hineingespielt.«

»Ja, das hat durchaus auch mit in meine Erwägungen hineingespielt«, äfft ihn Bastian Kreuzer nach. »Jetzt reicht's aber, Mann. Es muss doch mehr als merkwürdig für Sie gewesen sein, dass in der letzten Nacht wieder eine Rothaarige ermordet worden ist. Trotzdem sind Sie auch heute nicht bei uns erschienen, sondern wir bei Ihnen.«

»Ich bin zurzeit in einer persönlich sehr angespannten Situation. Sie dürfen nicht glauben, dass ich mir nicht schon selbst schwere Vorwürfe gemacht habe«, antwortet Pabst kleinlaut.

»Vielleicht ist aber alles auch ganz anders gewesen«, schaltet sich Sven ein. »Denkbar wäre doch, dass Sie in der Nacht des ersten Mordes nach Ihrem enttäuschenden Besuch bei der Familie Mönchinger nicht aufgegeben, sondern weiter recherchiert haben. Wenn Sie schon annahmen, Herr Mönchinger habe eine Prostituierte für das Foto bezahlt, dann hätten Sie die Dame ja durchaus auch aufsuchen können.«

»Was wollen Sie damit sagen?«

Sven lässt sich Zeit mit seiner Antwort. Er beobachtet den

Analytiker genau und sieht dessen wachsende Verunsicherung mit Befriedigung. Schließlich sagt er mit leiser Stimme: »Vielleicht haben Sie sich noch in der gleichen Nacht mit Sibylla Polenz getroffen, und die Situation ist irgendwann eskaliert.«

»Sie phantasieren sich etwas zusammen«, presst Manfred Pabst nervös hervor.

»Immerhin haben Sie versucht, sich für die Nacht des ersten Mordes ein falsches Alibi zu beschaffen«, erwidert Sven kühl.

»Wie sieht's eigentlich mit Ihrem Alibi für die letzte Nacht aus?«, will Kreuzer jetzt wissen.

»Ich war mit Marleen, also mit Frau Anding, zusammen. Diesmal wirklich. Auch wenn Sie mir das vielleicht nicht glauben werden«, antwortet Manfred Pabst leise und fügt nach einer kurzen Pause hinzu: »Ich will mich ja nicht in Ihre Ermittlungsarbeit einmischen, aber Hubert Mönchinger ist ein pathologischer Charakter. Man könnte ihm beide Morde zutrauen.«

Während Bastian Kreuzer nur scharf die Luft einzieht, reagiert Sven Winterberg sofort. »Ach. Plötzlich wagen Sie sich aber erstaunlich weit vor, Herr Pabst. Eine solche Äußerung über Ihren Patienten ist sicher mehr, als Ihr Berufsethos vorsieht.«

»Zum Teufel mit dem Berufsethos. Fakt ist doch, dass hier zwei Frauen ermordet worden sind und dass es möglich ist, dass ich den Mörder kenne. Und zwar ziemlich gut.«

»Leider muss ich Ihnen sagen, dass Hubert Mönchinger für die vergangene Nacht das beste Alibi hat, das man sich vorstellen kann«, erklärt Kreuzer kühl. »Er wäre also höchstens im ersten Mordfall verdächtig, ebenso wie Sie nach wie vor. Im zweiten Fall ist eine Beteiligung Mönchingers absolut auszuschließen. Wie das bei Ihnen aussieht, müssen wir erst noch prüfen. Dafür würde ich Sie bitten, uns minutiös eine Schilderung der letzten Nacht zu geben. Jedes Detail, jede Uhrzeit sind wichtig. Meine Kollegin wird vermutlich Ihre Freundin gerade um Ähnliches bitten. Erst wenn wir beide Aussagen verglichen haben, kann ich mehr sagen.«

Manfred Pabst nickt, dann holt er tief Luft und beginnt zu reden.

Donnerstag, 23. Juni, 15.33 Uhr, Zwischen den Hedigen, Westerland

»Du hast sie umgebracht, gib es endlich zu«, brüllt Hubert Mönchinger, während er sich auf die Schwester wirft.

Christa Mönchinger kippt nach hinten, wobei ihr Margas Handy aus der Hand rutscht. Sofort greift Hubert danach.

»Dass du das hier hast, ist der beste Beweis dafür. Niemals hätte Marga dir ihr Telefon freiwillig gegeben!«

»Hat sie auch nicht. Ich hab's ihr heimlich aus der Tasche genommen, als sie gegangen ist.« Christa Mönchinger richtet sich auf und sieht ihrem Bruder eindringlich in die Augen. »Und wenn du mir nur ein paar Sekunden Zeit gibst, dann kann ich dir etwas zeigen, was dein Bild von Marga im Nu ändern wird.«

Für einen Moment ist es still im Raum. Ein Sonnenstrahl liegt auf Christas Schulter, als wolle er sie streicheln. Ein weiterer läuft quer über Huberts Hosenbein. Mönchinger spürt die Wärme durch den Stoff und erinnert sich plötzlich überdeutlich an die Wärme, die Margas Hand auf seinem Glied erzeugen konnte. Es war eine Wärme, die sich in wenigen Augenblicken zur Hitze steigern und in eine in seinem bisherigen Leben nie gekannte Lust münden konnte. Es war eine Wärme, die er nie wieder spüren wird. Und wer ist schuld daran?

Mit einem kräftigen Stoß gegen die Brust schleudert Hubert Mönchinger seine Schwester erneut zu Boden.

»Ein paar Sekunden Zeit willst du haben? Um schamlos das Andenken meiner Frau zu schänden. Das könnte dir so passen! Nichts will ich von dir hören, nichts! Niemals! Hast du verstanden?«

Mit voller Wucht tritt Hubert seiner Schwester gegen die Hüfte. Christa Mönchinger stöhnt auf, dann rollt sie sich zur Seite und legt schützend die Hände über den Kopf. Doch Hubert Mönchinger ist schon an der Tür. Er zieht erst den Schlüssel von innen aus dem Schloss und dann die Tür hinter sich zu. Ein schabendes Geräusch verrät Christa, dass ihr eigener Bruder sie gerade in ihrem Zimmer eingeschlossen hat. Fassungslos hört sie, wie sich seine Schritte entfernen. Das Handy seiner Frau hat er mitgenommen.

Donnerstag, 23. Juni, 16.12 Uhr, Kriminalkommissariat Westerland

»Wenn ich gewusst hätte, dass Manfred Pabst schon bei der Rückfahrt im Auto zusammenklappt, hätte ich mir die mühsame Kleinarbeit mit dieser Marleen Anding ja wohl sparen können«, schimpft Silja, während sie vom geöffneten Fenster aus verfolgt, wie der Analytiker mit seiner Freundin in einen Streifenwagen steigt, der beide zurück nach List bringen wird.

»Silja, der Typ hat ganz plötzlich begonnen auszupacken, da wollte ich ihn auf keinen Fall allein lassen, um dir Bescheid zu sagen. Du weißt ebenso gut wie ich, dass Verdächtige es sich jederzeit anders überlegen können, und wie wichtig es ist, sie in dieser Phase der Vernehmung gar nicht erst zum Nachdenken kommen zu lassen.«

Silja wendet sich vom Fenster ab und lässt sich auf ihren Schreibtischstuhl fallen. »Hast ja recht. Ich ärgere mich nur über die Zeitverschwendung. Nach dem Alibi für die Nacht des ersten Mordes hätte ich diese Anding eigentlich gar nicht mehr fragen müssen. Nur nach der zweiten Mordnacht.«

»Ganz so sehe ich das nicht. Immerhin hat Marleen Anding im ersten Fall ziemlich schnell die Nerven verloren und zugegeben, dass das Alibi abgesprochen war. Für die Nacht des zweiten Mordes haben wir dagegen erstaunlich übereinstimmende Aussagen von ihr und dem Analytiker. Es gibt zwar hin und wieder kleinere Abweichungen und Ungenauigkeiten, aber wir wissen schließlich beide, dass das eher ein Zeichen dafür ist, dass hier die Wahrheit gesagt worden ist.«

Silja nickt. »Mit allen Erinnerungslücken und Widersprüchen, die man in so einem Fall erwarten muss. Ganz genau.« Sie zögert kurz, dann redet sie weiter. »Entschuldige bitte, dass ich dich so angefahren habe, aber irgendwie macht es mich fertig, dass wir einfach nicht weiterkommen. Es kann doch nicht sein, dass direkt vor unserer Nase ein Typ die Frauen reihenweise umbringt und wir ihn nicht zu fassen kriegen.«

»Silja?«, Bastian erschrickt fast über seinen eigenen Tonfall. Es ist deutlich zu hören, dass er gerade dabei ist, das Gespräch auf ein privates Thema zu bringen. Eine Aktion, die Silja in den vergangenen Monaten immer sofort im Keim erstickt hat. Angstvoll mustert Bastian seine Exfreundin. Als sie lächelt, fällt ihm ein Stein vom Herzen. Er geht ein paar Schritte auf Silja zu, bis er ganz unverhofft den Duft ihres Shampoos in der Nase hat. Zimt und Rosmarin. Bastian Kreuzer hatte ganz vergessen, wie verrückt er nach diesem Duft einmal gewesen ist. Doch bevor er Silja endlich um ein privates Date bitten kann, öffnet sich die Tür.

»Seht mal, wer uns die Ehre eines persönlichen Besuches erweist …«

Mit diesen Worten betritt Sven Winterberg dicht gefolgt von Dr. Bernstein, dem Gerichtsmediziner, den Raum.

»Moin, Moin zusammen. Ich habe interessante Neuigkeiten und wollte es mir nicht nehmen lassen, Ihnen sofort davon zu berichten.«

Bastian Kreuzer schluckt die Enttäuschung herunter und weist auf einen der freien Stühle. Es fällt ihm schwer, einen leichten Tonfall anzuschlagen.

»Endlich! Um ehrlich zu sein, wir waren schon ziemlich verzweifelt. Gerade ist uns wieder ein Verdächtiger vom Haken gegangen, und das nächste Telefonat mit unserer leicht in Rage zu bringenden Staatsanwältin wird nicht mehr lange auf sich warten lassen.«

Dr. Bernstein schmunzelt. »Na, dann will ich mal hoffen, dass sich meine Entdeckung auch als heiße Spur erweist. Jedenfalls kann ich Ihnen eines versichern: So ein Fund ist mir in meinen gesamten Dienstjahren noch nicht untergekommen.«

»Machen Sie's nicht ganz so spannend, Bernstein.« Bastian legt die Hände bittend zusammen und deutet ironisch eine demütige Geste an. »Sie sehen doch, dass wir schon jetzt alle drei an Ihren Lippen hängen.«

Wieder lächelt Bernstein und legt das Protokoll der Leichenöffnung auf Bastians Schreibtisch. »Hier steht alles ausführlich drin. Wie immer. Etliche Laborergebnisse fehlen natürlich noch, hexen können die Kollegen auch nicht, aber das Entscheidende hat ohnehin nichts mit Tröpfchen und Zellen zu tun …«

»Bernstein, jetzt machen Sie schon!«

Der Gerichtsmediziner holt tief Luft. Erwartungsvoll blickt er von Bastian zu Silja und von dieser zu Sven. Dann sagt er leise: »Immer mit der Ruhe und ganz von vorn. Also. Marga Mönchinger ist erwürgt worden. Wie ihre Vorgängerin auch. Vorher wurde sie gefoltert. Die zahlreichen Schnitte am Körper waren ja nicht zu übersehen. Die Verletzungen sind ihr mit ziemlicher Sicherheit mit einer Rasierklinge zugefügt worden. Sie waren für sich genommen nicht allzu tief, trotzdem muss die Prozedur sehr schmerzhaft gewesen sein. Fast die gesamte Haut ist beschädigt worden, und überall sitzen feinste Nervenrezeptoren. Irgendwann hält das der stärkste Mann nicht mehr aus.«

»Bitte, Dr. Bernstein«, fällt ihm Silja ins Wort. »Ich glaube, wir können uns das alle bildlich vorstellen.«

Bernstein nickt und räuspert sich. »Na gut, ganz wie Sie meinen. Ich wollte nur anschaulich sein. Marga Mönchinger hat jedenfalls recht heftig versucht, sich zu wehren, aber da sie an Hand- und Fußgelenken gefesselt war, hatte sie keine Chance. Ich bin nicht ganz sicher, aber ich denke, dass keine Ohnmacht sie von ihren Qualen erlöst hat. Das konnte erst ihr Tod. Er trat übrigens zwischen 01.30 und 02.30 Uhr am Dienstagmorgen ein.«

»Okay, danke für die Zusammenfassung. Aber so richtig neu war das für uns alle ja nicht, oder?« Bastian Kreuzer blickt fragend in die Runde.

Als Sven und Silja die Köpfe schütteln, reagiert der Rechtsmediziner mit einer beschwichtigenden Geste.

»Warten Sie ab, das Neue kommt schon noch. Aber zunächst zu den Gemeinsamkeiten beider Fälle. Ebenso wie die erste Leiche weist auch der Körper Marga Mönchingers keinerlei Fingerabdrücke auf. Er ist nach Eintritt des Todes gründlich gewaschen worden, diesmal allerdings nicht in Meerwasser, sondern in Leitungswasser. Der Bademantel, mit dem die Leiche anschließend bekleidet wurde, hilft uns leider nicht viel weiter. Es ist ein verbreitetes Fabrikat, also ziemlich unspezifisch. Ich tippe auf Hotelware, die Brusttasche war abgetrennt, wahrscheinlich, weil dort mal ein Logo drauf war.«

Als Bernstein sieht, dass der ungeduldige Hauptkommissar ihn schon wieder unterbrechen will, hebt er schnell die Hand. »Einen Moment noch, Kreuzer, Sie werden gleich erlöst, denn jetzt komme ich zum interessantesten Punkt: Natürlich habe ich den Körper nicht nur äußerlich, sondern auch innerlich untersucht. Dazu gehört bei weiblichen Leichen, wie Sie wissen, eine genaue Prüfung der Vagina. Das Laborergebnis des Abstrichs steht noch aus, ich kann also noch nicht sagen, ob Geschlechtsverkehr stattgefunden hat und mit wem oder mit wie vielen Personen. Aber ich glaube es eigentlich nicht.«

»Nicht?«, wiederholt Bastian Kreuzer, ohne sein Unverständnis zu verhehlen.

»Nein. Denn zwei Dinge weiß ich schon, bevor wir die Scheidenflüssigkeiten analysiert haben. Erstens: Marga Mönchinger wurde nicht vergewaltigt. Die Vulva ist intakt, sie war weder gereizt noch gerötet, sie wies auch nicht den allerkleinsten Haarriss auf …«

»Das heißt, es deutet nichts auf besonders heftigen oder abnorm häufigen Geschlechtsverkehr hin«, vollendet Silja den Satz.

»Sehr richtig.« Der Rechtsmediziner nickt der Kommissarin kurz zu.

»Und zweitens?« Bastian trommelt ungeduldig mit den Fingern aufs Fensterbrett.

»Zweitens, genau. Jetzt kommt die Überraschung des Tages. Die Scheide Marga Mönchingers war nämlich nicht leer.«

»Was heißt das, nicht leer?«, hakt Silja stirnrunzelnd nach.

»Nun, es befand sich ein recht ungewöhnliches Objekt darin. Wie Sie wahrscheinlich alle wissen, ist der weibliche Scheidenmuskel ein ziemlich starkes Kerlchen. Es gibt Naturvölker, bei denen die Frauen tagelang kleine Kugeln oder andere nicht ganz leichte Objekte in ihrer Scheide spazieren führen, um den Muskel noch zusätzlich zu trainieren. Wozu das gut sein soll, muss ich Ihnen wahrscheinlich nicht lange erklären«, fügt Bernstein mit einem anzüglichen Blick auf die beiden Männer hinzu. »Marga Mönchinger jedenfalls hatte zwar keine Metallkugeln in der Scheide, aber sie hat ihre intimste Körperöffnung als Versteck genutzt.«

»Drogen?«, fragt Sven leise.

Bernstein schüttelt den Kopf. »Keine Drogen. Ein Schlüssel.«

»Zu ihrem Keuschheitsgurt, oder was?«, faucht Bastian,

dem jetzt endgültig der Geduldsfaden reißt. »Jetzt sagen Sie schon, Bernstein. Das ist ja unerträglich heute mit Ihnen.«

»Keuschheitsgürtel, Sie sind gut«, lacht der Rechtsmediziner, wird aber gleich wieder ernst. »Nein, der Schlüssel dient anderen Zwecken. Ich bin mir ziemlich sicher, dass es sich um einen Safeschlüssel handelt. Und ich glaube weiterhin, dass wir uns nicht sehr weit vorwagen, wenn wir annehmen, dass unsere Tote ihren Mörder recht gut gekannt haben muss. Schließlich wird sie den Schlüssel ja wohl vor ihm versteckt haben. Sie war sich also sicher, dass ihr Peiniger sie nicht penetrieren würde. Denn dabei wäre er ja unweigerlich auf den Schlüssel …«, Bernstein räuspert sich, »… nun ja, gestoßen, muss man wohl sagen.«

Einige Sekunden lang herrscht Schweigen im Raum. Dann ist es Silja, die leise das Wort ergreift.

»Es könnte also gut sein, dass wir es hier mit einer Mörderin zu tun haben. Ist es das, was Sie uns sagen wollen?«

Der Gerichtsmediziner nickt. Dann holt er eine durchsichtige Plastiktüte aus seiner Tasche und lässt sie mitsamt ihrem Inhalt auf eine der Schreibtischplatten fallen.

»Hier ist das Corpus Delicti. Jetzt müssen Sie nur noch herausfinden, in welcher Bank der Schlüssel ins Schloss passt. Die Safenummer ist ja eingraviert. 117, wenn mich nicht alles täuscht.« Mit gerunzelter Stirn sieht Dr. Bernstein erst auf den Schlüssel in der Tüte, dann auf seine Uhr. Anschließend schaut er auffordernd in die Runde. »Wenn Sie sich sputen, kriegen Sie es vielleicht heute noch raus. Und nebenbei gesagt, es würde mich auch interessieren, was die Tote in dem Safe versteckt hat. Aus rein privater Neugier, versteht sich. Meine berufliche Mission habe ich ja jetzt erfüllt. Oder haben Sie noch Fragen?«

Als alle drei Kommissare den Kopf schütteln, verabschiedet sich der Rechtsmediziner mit einer angedeuteten Verbeugung.

»Na, dann viel Erfolg beim Safeknacken.«

»Der hat Nerven«, stöhnt Sven Winterberg, nachdem die Tür hinter Dr. Bernstein ins Schloss gefallen ist.

»Ich würde eher sagen, dass an dem Typ ein Filmschauspieler verloren gegangen ist. Spannung erzeugen, das kann er jedenfalls«, murmelt Bastian Kreuzer.

Nur Silja hält sich nicht mit Spekulationen über Dr. Bernstein auf, sondern sitzt schon an der Tastatur ihres Rechners.

»Jetzt kriegt euch mal wieder ein, Jungs. Lasst uns lieber schnell alle Bank-Zweigstellen auf der Insel checken. Vielleicht gelingt es uns tatsächlich heute noch, an den Inhalt des Safes zu kommen.«

»Es ist zwanzig vor fünf am Mittwochnachmittag«, stöhnt Bastian. »Vergiss es.«

»Einen Versuch ist es doch wert«, widerspricht Sven und geht zu Silja, um ihr über die Schulter zu sehen. Es dauert nur wenige Sekunden, dann zeigt Siljas Bildschirm die Liste aller Sylter Bankfilialen an. Deutsche Bank, HypoVereins- und Commerzbank in Westerland, außerdem die Sparkasse in List. Sogar die Öffnungszeiten der Filialen stehen dabei.

»Die Mönchinger hat in Westerland gewohnt, da wird sie wohl kaum einen Safe in List gemietet haben, oder?«, murmelt Silja, während sie zum Telefon greift.

»Vielleicht gerade. Kann ja sein, dass man sie und ihren Mann in Westerland kennt«, gibt Bastian zu bedenken.

»In allen drei Banken?« Silja zieht zweifelnd die Augenbrauen hoch. »Außerdem ist die Deutsche Bank in Westerland sowieso die einzige, die jetzt noch geöffnet hat.«

Während Silja den dortigen Filialleiter um Rückruf bittet und dann ein sehr knappes Gespräch mit ihm führt, ziehen sich Sven und Bastian ans Fenster zurück.

»Was glaubst du, ist in dem Safe?«, fragt Sven.

»Wahrscheinlich nichts, was uns weiterhilft.« Bastian zuckt resigniert die Schultern. »Geld, Schmuck, Papiere, was weiß ich. Wahrscheinlich hatte Marga Mönchinger weit mehr Gründe, etwas vor ihrem Ehemann zu verstecken als vor ihrem Mörder.« Dann senkt er seine Stimme zu einem Flüstern und fügt mit einem Seitenblick auf die telefonierende Kollegin an: »Und wenn du mich fragst: Die These mit einer Frau als Mörderin ist doch Quatsch. Frauen misshandeln keine Frauen. Und wenn, dann nehmen sie keine Rasierklingen dazu. Das sind typische Männerinstrumente.«

»Das habe ich gehört, Bastian«, kommt vom Schreibtisch jetzt die Stimme Siljas. »Ich will mich nicht wieder mit dir streiten, aber ich möchte dich doch daran erinnern, dass wir uns im letzten Sommer genau darüber in die Haare gekriegt haben.«

»Glaubst du, das könnte ich vergessen haben?«, setzt Bastian versöhnlich an, wird aber sofort von ihr unterbrochen.

»Und nur damit das schon mal klar ist: Ich bin auch nicht sicher, ob wir wirklich nach einer Frau suchen sollten, obwohl diese Christa Mönchinger ja durchaus ein Motiv gehabt hätte. Übrigens: Die Deutsche Bank können wir schon mal streichen. Das entsprechende Schließfach gehört einem Mann, der dem Filialleiter persönlich bekannt ist.«

»Und was machen wir jetzt?«, fragt Sven mutlos.

»Wir fahren zu Christa Mönchinger«, erklärt Bastian entschieden und ignoriert die überraschten Blicke seiner beiden Kollegen. »Sicher ist sicher.«

Donnerstag, 23. Juni, 16.26 Uhr, Zwischen den Hedigen, Westerland

Zitternd liegt Christa Mönchinger am Boden ihres Zimmers. Immer noch schmerzt die Hüfte, aber schlimmer, viel schlimmer als der körperliche ist der seelische Schmerz. Hubert hat sie gestoßen, Hubert hat sie getreten. Christa kann es einfach nicht fassen. Ihr Bruder, ihr einziger leiblicher Verwandter, der Mann, für den sie alles getan hätte und so vieles getan hat, ist ihr gegenüber gewalttätig geworden. Jetzt, wo doch endlich alles gut werden soll, jetzt, wo die verhasste Schwägerin endlich tot ist und es nur noch darum geht, Hubert aus dem Fokus der Polizei herauszuhalten, ausgerechnet jetzt wendet sich der Bruder gegen sie.

Warum kann, warum will er nicht begreifen, dass Marga eine Schlampe war, dass es ein fataler Fehler war, sie zu heiraten, und dass Margas Tod das Beste war, was ihm, Hubert, passieren konnte?

Christa Mönchinger dreht sich stöhnend auf die Seite und richtet sich langsam auf. Wenn nur die Hüfte nicht gebrochen ist, denkt sie bangend, aber darum kann sie sich jetzt nicht kümmern. Und sie kann auch keine Rücksicht mehr auf den guten Leumund ihres Bruders nehmen. Dann sollen sich die Nachbarn eben über seine unmögliche Ehe und Margas zweifelhaftes Vorleben die Mäuler zerreißen. Das Wichtigste ist jetzt, den Bruder komplett aus der Schusslinie zu nehmen. Und darum sollte die Polizei von dieser merkwürdigen Handynummer erfahren, die Marga offenbar regelmäßig angerufen hat, zuletzt wenige Minuten, bevor sie das Mönchingersche Haus endgültig verlassen hat. Eine Nummer, die auch Christa schon mehrmals angeklingelt hat, ohne dass sich allerdings jemals jemand gemeldet hätte.

Zwar hat Hubert seine Schwester eingeschlossen, in ihrem eigenen Zimmer, in ihrem eigenen Haus eingeschlossen – Christa gibt sich große Mühe, die Ungeheuerlichkeit dieses Vorgangs fürs Erste zu verdrängen –, aber er hat sie nicht von der Außenwelt abgeschnitten. Der Bruder hat Margas Handy mitgenommen, doch an Christas eigenes Handy hat er nicht gedacht. Und sie ist glücklicherweise so clever gewesen, die ominöse Telefonnummer schon vor Tagen genau dort zu speichern.

Als Christa sich aufrichtet, stöhnt sie laut wegen der schmerzenden Hüfte, doch mit einem einzigen Griff hat sie ihr Handy vom Nachttisch genommen. Sie hält kurz inne, um ihr Vorgehen genau zu planen. Zunächst gilt es, die eigene Telefonnummer zu unterdrücken. Christa muss ein bisschen suchen, dann hat sie die entsprechende Einstellung gefunden und aktiviert. Auch die Nummer der Westerländer Kriminalpolizei ist schnell ermittelt, schließlich wird überall mit drängenden Appellen nach Zeugen für die nächtlichen Morde gesucht.

Christa Mönchinger lehnt sich mit dem Rücken an den Nachttisch und drückt mit der rechten Hand das Handy ans Ohr. Die linke hält sie sich locker vor den Mund, um so gut wie möglich ihre Stimme zu verstellen. Dass die Polizei sie als die Anruferin identifizieren kann, muss sie unbedingt vermeiden.

Nach zweimaligem Läuten meldet sich am anderen Ende eine Männerstimme. Sie klingt unwirsch und sehr kurz angebunden.

»Kreuzer. Was gibt's denn noch?«

»Sie suchen einen Mörder«, raunt Christa und versucht, beim Reden ganz leicht zu lispeln. »Probieren Sie's mit folgender Nummer.« Christa macht eine kleine Pause, um dem Beamten Zeit zu geben, nach einem Stift zu greifen. Schließlich hat sie nicht die Absicht, die Zahlenfolge zweimal aufzusagen. Und außerdem hat sie vergessen, sich die verdammte Nummer aufzuschreiben, fällt ihr siedendheiß ein. Christa Mönchinger nimmt schnell das Handy vom Ohr, um im Speicher danach zu suchen.

»Hallo? Sind Sie noch dran?« Die Stimme des Kommissars klingt aufgeregt.

Christa hütet sich davor, auf die Frage zu antworten. Nur nicht zu viel reden. Fieberhaft durchkämmt sie ihr Handy. Zweimal vertippt sie sich, dann hat sie die gesuchte Nummer auf dem Display. Ohne ein weiteres Wort nennt Christa die Zahlen. Langsam und deutlich, eine nach der anderen, aber sorgfältig lispelnd. Nach der letzten Zahl legt sie unverzüglich auf.

Sie lässt das Handy zu Boden fallen, schließt die Augen und lässt sich selbst auch langsam zurückgleiten, bis sie neben ihrem Bett wieder auf der unverletzten Hüfte liegt. Geschafft. Jetzt ist es an der Polizei, zu ermitteln und die richtigen Schlüsse zu ziehen. Mehr kann sie selbst nicht tun. Es bleibt ihr nur noch eines, und das wird schwer genug werden. Sie wird ihrem Bruder verzeihen müssen.

Erst jetzt kommen Christa Mönchinger die Tränen.

Donnerstag, 23. Juni, 16.27 Uhr, Kriminalkommissariat, Westerland

»Hallo? Hallo, sind Sie noch dran?«, brüllt Bastian ins Telefon, obwohl das Unterbrechen der Verbindung deutlich war. Mit fragenden Blicken stehen Silja und Sven neben der Tür. Der Anruf hat die drei Kommissare nur wenige Sekunden vor ihrem Aufbruch erreicht.

»Was ist denn los? Wer war das überhaupt«, will Silja jetzt wissen.

»Wenn ich das wüsste«, stöhnt Bastian und starrt auf den Zettel, auf dem er eine Zahlenfolge notiert hat. »Ich kann noch nicht mal sagen, ob Mann oder Frau. Die Stimme war ziemlich undeutlich, aber eher hell. Da hat sich jemand richtig Mühe gegeben, nicht erkannt zu werden. Er oder sie hat gelispelt, keine Ahnung, ob das gestellt war oder nicht. Und die Nummer war natürlich unterdrückt«, fügt Bastian mit einem kurzen Blick aufs Display hinzu.

»Ist doch jetzt auch egal.« Sven fährt sich mit beiden Händen durchs Haar und bringt seine Locken heillos durcheinander. »Wir können das Gespräch eh nicht zurückverfolgen. Was hatte der Anrufer denn so Wichtiges mitzuteilen?«

Bastian liest die Ziffernfolge von seinem Notizzettel ab.

»Bei dem Anfang wird das eine Handynummer sein«, stellt Silja fest.

Bastian nickt. »Außer dieser Nummer hat der Anrufer nur noch einen einzigen Satz gesagt …«

»Und?«

»Sie suchen einen Mörder. Vielleicht war es auch: *Suchen Sie nicht einen Mörder?* Irgend so etwas in der Art. Und

dann hat er oder sie gemeint, dass ich diese Nummer wählen soll.«

Wortlos greift Sven nach seinem Telefonanschluss und tippt die Ziffern ein. Während er auf das Zustandekommen einer Verbindung wartet, herrscht gespannte Stille im Raum. Doch als Sven nach über einer Minute das Gerät auflegt, ist keiner der drei Ermittler wirklich überrascht.

»Warum sollte auch zur Abwechslung mal etwas klappen«, stellt Bastian lakonisch fest. »Die Frage ist jetzt nur, wie wir weiter verfahren.«

»Wir sollten möglichst schnell herausfinden, wem die rätselhafte Nummer gehört«, schlägt Silja vor.

»Das wird nicht so einfach sein. Solange wir keinen begründeten Verdacht haben, kriegen wir da keine Auskunft. Außerdem kann das eben am Telefon auch der letzte Spinner gewesen sein«, stöhnt Bastian.

»Dann stehen wir jetzt also wieder ohne jeden Hinweis da«, sagt Sven mutlos.

»Leider«, gibt Bastian zu. »Außer der Telefonnummer hat der Anrufer kein Detail genannt, nichts, was irgendjemanden belasten könnte. Das heißt wahrscheinlich, er weiß auch nichts.«

»Genau«, murmelt Sven. »Da wollte einer einfach nur mit Scheiße werfen.«

»Oder *eine*«, wirft Silja ein. »Hast du nicht gesagt, Bastian, es hätte auch eine Frau sein können?«

Bastian nickt kraftlos. Nur jetzt keine Geschlechterdebatte vom Zaun brechen, denkt er. Aber Silja hat anderes im Sinn.

»Wenn es eine Frau war, dann schweigt sie vielleicht, um sich zu schützen.«

»Ja und? Was nutzt uns das jetzt?«, will Bastian wissen.

Plötzlich schlägt sich Silja mit der flachen Hand vor die Stirn.

»Mist, verdammter. Ich habe in der ganzen Aufregung etwas vergessen. Wahrscheinlich ist es nicht wichtig, aber ich will doch noch mal nachhaken.« Sie greift zum Handy.

»Worum geht's denn?«, erkundigt sich Sven.

»Na ich habe doch den Koffer von Marga Mönchinger auf dem Westerländer Bahnsteig entdeckt, und dann war er plötzlich weg.«

»Und weiter? Der Koffer ist schließlich in Niebüll wieder aufgetaucht«, brummt Bastian.

»Ja, aber wer hat ihn dorthin gebracht?«

Während sie redet, sucht Silja eine Nummer aus ihrer Kontaktliste und wählt sie an.

»Na, die Mönchinger, wer sonst?« Bastian verdreht die Augen.

»Die habe ich auf dem Bahnsteig aber nicht gesehen. Und meine Freundin auch nicht. Sie ist nämlich im gleichen Zug gefahren wie der Koffer und …«

Silja unterbricht sich, weil am anderen Ende der Leitung abgenommen wird. Die Kommissarin sprudelt ein paar Begrüßungsworte heraus, dann verstummt sie plötzlich.

Nach einigen Sekunden flüstert sie: »Bitte sag, dass das nicht stimmt!«

Entsetzen spiegelt sich auf Siljas Gesicht. Schnell dreht sie sich um und verlässt mit dem Handy am Ohr den Raum. Fast stolpert sie über die Schwelle, so eilig hat sie es, den neugierig lauschenden Kollegen zu entkommen.

Donnerstag, 23. Juni, 16.30 Uhr, Othmarschener Landstraße, Hamburg

Judiths Scham blutet nicht mehr, aber die Haut am Unterbauch ist inzwischen blaugrün angelaufen. Zwar ist die aufgeplatzte Stelle an der linken Seite durch die frische Naht versorgt, aber Judiths Kiefer, der sich taub anfühlt, sollte dringend untersucht werden. Das Atmen fällt ihr immer noch schwer, als presse die Hand dieses widerlichen Kerls weiterhin ihre Kehle zusammen. Dabei hat er schon vor über zwölf Stunden von ihr abgelassen.

Jetzt steht Judith im Badezimmer ihres kleinen Apartments, betrachtet ihren misshandelten Körper im Spiegel und denkt darüber nach, wie ausgerechnet ihr so etwas passieren konnte. Der gestrige Abend hatte sich doch in nichts von vielen anderen dieser Art unterschieden. Der Kunde war ihr von der Agentur vermittelt worden. Er hatte sich als Arne Müller vorgestellt und Judith zu einem Empfang mitgenommen, wo ebenso langweilige Typen wie er selbst einer war, über Aktien, Frauen und den neuesten Porsche redeten. Judith hatte getan, was man von ihr erwartete, nämlich geschwiegen und gelächelt und damit das Sozialprestige von Arne, dem langweiligen Banker, durch ihre physische Anwesenheit erheblich gesteigert. Man hatte an den Gesichtern seiner Geschäftspartner deren Gedanken ablesen können. *Was muss das für ein toller Hecht sein, wenn er so eine scharfe Frau halten kann.* Am Ende des Abends hatte Arne die übliche Frage gestellt. Ob sie auch für mehr zur Verfügung stünde? Judith hatte klar und deutlich abgelehnt und darum gebeten, dass er sie nach Hause bringen möge. Arne schien noch nicht mal beleidigt zu sein, das hätte sie eigentlich stutzig machen müssen. Aber sie war eher ein wenig beschämt gewesen, als Arne nur ein wenig lächelte und sie fast unterwürfig um einen letzten Gefallen bat.

Er plane, eine Eigentumswohnung zu kaufen, die Wohnanlage würde gerade erstellt, und der Rohbau sei gleich um die Ecke. Ob Judith nicht kurz mit hinüberkommen könne, um einen Blick auf Lage und Schnitt der Wohnung zu werfen? Ihre Meinung sei ihm wichtig. Judith fand sein Ansinnen kurios, sie war ungeduldig, sie wollte nach Hause, aber er hatte sie gut bezahlt, und sie mochte nicht unhöflicher sein als nötig.

Die Betonwände des Rohbaus leuchteten blau im Licht einer nahen Laterne. Der Baustellenzaun ließ sich leicht zur Seite schieben, Fenster und Türen des Hauses fehlten noch, aber die Treppe zum Obergeschoss war wenige Tage vorher gegossen worden. Judith fand den Schnitt der Wohnung langweilig und den von Arne beschriebenen Standard eher minderwertig, doch sie lobte alles in den höchsten Tönen.

Als sie sämtliche Räume in dem mageren Licht der Straßenlaterne besichtigt hatte und gerade Arnes zukünftiges Badezimmer verlassen wollte, verstellte er ihr den Weg. Judith hielt es für einen schlechten Witz und lehnte sich mit einer spöttischen Bemerkung an das Fallrohr der Toilette. Arne antwortete nicht auf Judiths Provokation, sondern war mit zwei Schritten bei ihr, legte den linken Oberarm quer über Judiths Brustkorb und schob die rechte Hand schnell und brutal unter Judiths kurzen Rock. Grob zog er an ihrem Slip, sein Mund lächelte immer noch, die Augen taten es längst nicht mehr.

Judith redete konzentriert gegen das Lächeln in Arnes Gesicht an. Als das nichts half, versuchte sie, Arne von sich zu stoßen, doch er war viel kräftiger als sie. In seinem Gesicht stand weiterhin dieses Lächeln, es machte sie wahnsinnig, es war wie festgefroren, wirkte harmlos und fast dümmlich. Doch das scharfe Geräusch des reißenden Slips und der Schmerz, den das straff gespannte Gummiband auf der Haut ihrer Schenkel hinterließ, zeigten Judith deutlich, dass die Situation alles andere als harmlos war.

Nachdem Arne das lästige Hindernis zwischen Judiths Beinen entfernt und in eine Ecke der unfertigen Nasszelle geworfen hatte, umschloss er mit der rechten Hand Judiths Kehle. Judith bekam keine Luft mehr. Sie musste all ihre Konzentration aufwenden, um durch einen winzigen Spalt in kleinsten Portionen ihren Atem zu pressen. Sie spürte kaum die Schläge ins Gesicht und auch nicht den Schmerz, als Arne sie beim Umdrehen gegen ein gemauertes halbhohes Podest schleuderte. Der Hieb in den Magen brachte sie sofort dazu, ihren Oberkörper tief über den Betonklotz zu beugen.

Als Arne in sie eindrang, war Judith fast erleichtert. Tatsächlich hörte er auf, sie zu schlagen, und Judith hütete sich davor, sich zu wehren. Arne brauchte eine Ewigkeit, bis er seinen Samen auf den blauen Beton neben Judiths Füße spritzte. Der Banker mochte wütend über Judiths Verweigerung sein, aber seine Wut war nicht ausreichend groß, um ihn vergessen zu lassen, dass eine unerwünschte Schwangerschaft ein sicher unpassendes Souvenir dieses Abends sein würde.

Während Arne seine Hose hochzog, hieb er Judith, die sich immer noch an dem Betonpodest festhielt, heftig mit der Faust zwischen die Beine. Judith verlor den Halt und rutschte zu Boden. Als sie aufsah, war Arne weg. Sie hörte das Geräusch seines startenden Wagens auf der Straße. Ein Aufheulen, quietschende Reifen, dann Stille.

Halbtot vor Angst und Scham ist sie erst eine Ewigkeit nach seinem Verschwinden im Schutz der Nacht durch die halbe Stadt zurück in ihre Wohnung geirrt. Obwohl Judith die Handtasche mit dem Handy und dem Geld bei sich trug, hat sie kein Taxi gerufen. Sie hat auch in dieser Nacht kein Krankenhaus aufgesucht, sondern sich heute von einer befreundeten Ärztin in deren Mittagspause behandeln lassen. Auf die drängenden Nachfragen der Medizinerin hat Judith geschwiegen. Als jetzt ihr Handy klingelt, ist sie fast sicher, dass es die Ärztin sein wird. Und nur aus Gewohnheit schaut sie aufs Display. Silja am Strand. Der Wind weht ihr die Haare ins Gesicht, und sie lacht ein wenig verschämt. Am letzten Wochenende war noch alles in Ordnung, denkt Judith. Nie hätte ich mir träumen lassen, dass ausgerechnet mir so etwas passiert. Und vielleicht aus Sehnsucht nach diesen heilen Tagen, nimmt Judith den Anruf der Freundin an. Kaum hört sie die vertraute Stimme am anderen Ende der Leitung, bricht sie zusammen. Stockend erzählt Judith das Vorgefallene. Es tut unerwartet gut, das Leid zu teilen.

Silja schweigt lange, dann sagt sie energisch: »Ich komme zu dir.«

»Nein, lass nur. Ich will lieber allein sein. Du hast mir schon durch dein Zuhören sehr geholfen.«

»Bist du sicher, dass du niemanden brauchst?«

»Ja, ganz bestimmt. Aber du hattest doch eine Frage.«

»Das ist nicht wichtig.«

»Doch, bitte. Vielleicht lenkt es mich ab.«

»Okay. Es geht um den Koffer. Du wolltest mir etwas verraten, falls wir merken, dass der Koffer für unsere Ermittlungen wichtig sein könnte.«

»Und das ist er?«

»Der Koffer hat einer Frau gehört, die inzwischen ebenfalls ermordet worden ist.«

Judith erinnert sich daran, im Radio etwas von einer zweiten Toten im Strandkorb gehört zu haben. Es muss erst gestern gewesen sein, und doch scheint es ihr, als stamme die Erinnerung aus einem anderen Leben.

»Ich habe auf dem Bahnsteig einen Kunden erkannt. Erinnerst du dich? Du wolltest noch wissen, ob es ein Promi ist?«

Judith hört, wie Silja scharf die Luft einzieht. Leise redet sie weiter.

»Er hat mich nur einmal gebucht, und das ist auch schon eine ganze Weile her. Wir waren damals zusammen auf Sylt. Inzwischen ist er verheiratet. Und Silja, das kannst du mir glauben – mit ziemlicher Sicherheit ist er völlig harmlos.«

»Das hast du wahrscheinlich von dem Kerl letzte Nacht auch gedacht, oder?«

»Ja, habe ich. Und nur deswegen nenne ich dir jetzt auch den Namen des anderen. Du musst mir aber trotzdem versprechen, dass du diskret vorgehst.«

»Darauf kannst du dich hundertprozentig verlassen.«

»Okay.« Judith holt tief Luft.

Sie weiß genau, was sie jetzt tut. Mit der Nennung des Namens setzt sie einen Schlussstrich unter ihren lukrativen Nebenjob. So etwas ist ein absolutes No-Go in der Branche. Nie wieder wird Judith für den Escort-Service arbeiten. Natürlich nicht. Sie hätte es auch sonst nicht getan. Nicht nach den Ereignissen der letzten Nacht.

»Es war Jens-Uwe Behrmann, der mit mir im Zug gefahren ist.«

»Der Politiker? Schau an, so einer ist das also. Und er hatte auch diesen Koffer bei sich?«

»Jedenfalls sah der Koffer ziemlich ähnlich aus. Und ein bisschen dreckig war er auch.«

»Aber du bist dir nicht sicher, dass es derselbe war?«

»Nein, so genau habe ich auch nicht hingesehen. Ich wusste ja nicht, dass es so wichtig sein könnte.«

»Kann ich dich noch was anderes fragen? Du hast nicht zufällig die Nummer von Behrmann?«

»Möglich wär's. Falls ich sie finde, melde ich mich. Okay?«

»Klar, Judith. Und eines noch: Du hast uns in jedem Fall schon unglaublich geholfen.«

»Wenigstens etwas.«

»Ruf mich an, wenn du was brauchst, hörst du? Und geh zu einem Kieferchirurgen, versprichst du mir das?«

»Ja, mache ich.«

»Und du solltest unbedingt Anzeige erstatten, aber das muss ich dir ja nicht extra sagen.«

»Ich weiß. Ich werd's mir überlegen.«

Donnerstag, 23. Juni, 16.35 Uhr, Haus am Dorfteich, Wenningstedt

Langsam atmet Fred Hübner ein. Er hält die Luft einen Moment an, dann lässt er sie wieder entweichen. Natürlich schmerzt der Kopf, jedes Gelenk tut auf eine andere Weise weh und die Sehnsucht nach der Flasche Hennessy ist immer noch da. Fred weiß genau, wenn er jetzt aufsteht, wird sie in sein Gesichtsfeld geraten. Wie er dann reagieren wird, weiß er nicht. Mühsam richtet er sich auf und schält sich unter den Decken hervor. Eine hat sich um seine Beine gewickelt, die andere klebt als dicker Wulst um Taille und Brustkorb. Kaum hat sich Fred befreit, ist zwar der Schüttelfrost wieder da, aber irgendwie scheint der schlimmste Teil des Turkey überwunden zu sein. Schnell steht Hübner auf und verlässt sein Schlafzimmer. Nur keinen Blick auf den Cognac werfen, der wartend am Boden bereitsteht und dessen goldblonder Inhalt sicher verführerisch im Nachmittagslicht schimmert.

Unter der Dusche wird auch Freds Hirn langsam wieder klarer. Er erinnert sich sogar ziemlich genau an den Anruf Jens-Uwe Behrmanns. Wann war das? Vor drei Stunden? Vor fünf? Vor einer halben? Egal. Viel wichtiger ist, dass hier irgendetwas nicht stimmen kann. Fred hat noch nie zu übermäßiger Demut geneigt, aber dass ein renommierter Politiker, der erwiesenermaßen eine große Zukunft vor sich hat, plötzlich beschließen soll, sich ausgerechnet von einem Skandaljournalisten abhängig zu machen, das will ihm nun wirklich nicht in den Kopf. Aber was steckt dahinter?

Braucht Behrmann die von Fred geplante Jubelbiographie so dringend, dass er auch eine zweifelhafte Verbrüderung nicht scheut? Wohl kaum. Fred merkt, dass es ihm hilft, über dieses Problem nachzudenken. Es lenkt ab und hindert ihn an einer Rückkehr ins Schlafzimmer zu der blonden Cognacflasche. Also wirft er sich einen Bademantel über und steigt die Treppe zu seiner Kaffeemaschine hinunter. Ein doppelter Espresso und ein Joghurt werden ihn vielleicht fitter machen. Doch auch danach fällt Fred nichts wirklich Sinnvolles auf die Frage nach Behrmanns Motiven ein. Und das, da ist er sicher, liegt nicht an seinem immer noch benebelten Hirn. Es liegt einzig und allein an Jens-Uwe Behrmann, der irgendeinen schwer zu erratenden Grund für sein merkwürdiges Verhalten haben muss.

Fred setzt sich auf sein Ledersofa und greift zum Handy. Behrmanns Nummer hat er im Speicher, und schon nach kurzer Zeit ist der Politiker am Apparat. Seine Stimme klingt ruhig und gelassen, fast schon ein wenig erheitert.

»Hallo Fred. Geht's besser?«

»Etwas, danke. Tut mir leid wegen vorhin. Ich war wohl nicht ganz auf der Höhe.«

»Kein Problem. Erinnerst du dich überhaupt an die letzte Nacht?«

»Kann ich nicht gerade behaupten. Gibt es etwas, das ich wissen müsste?«

»Eigentlich nicht. Ich kann dir aber gern eine grobe Übersicht liefern. Nach dem Essen waren wir in einer Bar. Dein Vorschlag, aber der Strip war lausig. Dann sind wir zurück auf die Straße, da war's bestimmt schon zwei, aber die Bude am Bahnhof hat uns freundlicherweise weiterversorgt. Danach sind wir durch Westerland gezogen und irgendwann am Strand gelandet. Du wolltest da unbedingt hin, weiß der Teufel warum. War ja vielleicht auch keine schlechte Idee. Wir haben bestimmt noch drei Stunden im Strandkorb gesessen und uns unser Leben erzählt. Ich hab dich dann gegen fünf verlassen, du wolltest immer noch nicht vom Strand weg, hast aber ziemlich stabil auf mich gewirkt und scheinst ja auch irgendwie den Weg nach Hause gefunden zu haben.«

Fred Hübner überlegt kurz, ob er von seinem Gastspiel bei der Polizei berichten soll, entscheidet sich allerdings dagegen. Gleichzeitig fällt ihm auf, wie merkwürdig es ist, dass der Politiker den Leichenfund nicht erwähnt. Müsste er Fred nicht längst gefragt haben, ob er irgendetwas davon mitbekommen hat? Denn dass Jens-Uwe Behrmann bis zum späten Nachmittag keine Nachrichten gehört haben sollte, das kann sich Fred eigentlich nicht vorstellen.

»Und wir haben uns also aus unserem Leben erzählt, sagst du?«, versucht er möglichst unauffällig wieder an das vorherige Gesprächsthema anzuknüpfen.

»Ich bin gern bereit, dir bei Gelegenheit meinen Teil der Unterhaltung zu wiederholen. Oder weißt du noch was davon?«

»Nicht so richtig«, erklärt Fred kleinlaut. »Tut mir leid, wenn ich dich völlig umsonst ausgequetscht haben sollte. Als ich vorhin aufgewacht bin, habe ich mich noch nicht mal in Zeit und Raum zurechtgefunden. Schätze, dass ich haarscharf am Alkoholtod vorbeigeschrammt bin. Na ja, was soll's, ich war schon immer ein Glückspilz, auch wenn die Erinnerungen an alles, was ich hier in meiner Wohnung schon erleben musste, mich wieder haben zweifeln lassen, ob es wirklich eine gute Idee war, die Bude nach dem Gemetzel vom letzten Sommer überhaupt zu behalten.«

Jens-Uwe Behrmann schweigt einen Moment, so dass Fred schon denkt, der andere habe vielleicht das Telefon beiseitegelegt. Doch dann kommt die Stimme des Politikers plötzlich laut und energisch aus dem Handy.

»Hör mal, Fred, wenn du überlegst, dich zu verändern, dann habe ich vielleicht etwas für dich.«

»Was denn? Sprichst du von einer Wohnung? Vergiss es. Das kann ich mir nicht leisten. Ich hab die alte noch längst nicht abbezahlt, und du weißt wahrscheinlich besser als ich, wie hoch die Nebenkosten bei Kauf und Verkauf sind.«

Behrmann lacht. »Ich bin doch nicht unter die Makler gegangen, was glaubst du denn. Nein, ich besitze immer noch die Wohnung meiner Mutter. Sie ist vor einigen Jahren gestorben, und es müsste dringend mal renoviert werden. Aber die Lage ist super, und der Ausblick ein echter Hit, ich stehe nämlich gerade am Fenster und kann bis nach Wenningstedt gucken. Und über kurz oder lang will ich die Bude ohnehin vermieten, also wenn du Interesse hast … Ich würde dir einen Freundschaftspreis machen.«

»Wo ist die Wohnung denn?«

»Westerland. Im Kurzentrum. Elfter Stock.«

Fred weiß plötzlich so sicher wie noch nie zuvor, dass er gar nicht aus seiner Maisonette wegziehen will. Aber gleichzeitig wird das Gefühl immer stärker, dass mit Behrmann etwas nicht stimmt.

»Wie lange bist du noch in der Wohnung?«

»Ich wollte nachher zurück aufs Festland.«

Fred sieht auf die Uhr. »Ich könnte in einer halben Stunde da sein. Sagen wir um fünf?«

»Okay. Ich erwarte dich«, antwortet Jens-Uwe Behrmann und nennt Fred die genaue Adresse.

Donnerstag, 23. Juni, 16.40 Uhr, Kriminalkommissariat, Westerland

»Jetzt sag schon«, drängt Sven Winterberg.

»Wem diese Handynummer gehört, das ratet ihr nie.« Silja sieht die Kollegen fassungslos an.

»Müssen wir auch nicht, weil du uns nämlich umgehend aufklären wirst«, entgegnet Bastian streng. »Oder willst du jetzt dem verehrten Doktor Bernstein von der Gerichtsmedizin in puncto Geheimniskrämerei Konkurrenz machen?«

Silja schüttelt langsam den Kopf und murmelt: »Das ist echt verwirrend.«

»Jetzt mach schon.« Auch Bastian ist die Ungeduld deutlich anzumerken.

Silja antwortet zunächst nur mit einem einzigen Wort. »Behrmann.«

»Der Umweltaktivist?« Bastians Stimme klingt ungläubig.

»Eben jener. Die Handynummer gehört eindeutig Jens-Uwe Behrmann, der Ikone jeder linken Politik in dieser Republik.«

»Woher weißt du das?«, fragt Sven zweifelnd.

»Kann ich nicht verraten. Aber ich habe die Info aus sicherer Quelle. Das könnt ihr mir glauben.« Silja deutet auf ihr Handy.

»Und wenn der anonyme Anrufer nun zufällig die heilige Handynummer von Behrmann hatte und ihm ganz nebenbei eins auswischen will? So etwas soll es unter Politikern ja geben. Wir können uns da ziemlich die Finger verbrennen.« Sven klingt immer noch sehr skeptisch.

»Außerdem lebt der Typ auf dem Festland«, ergänzt Bastian und denkt kurz nach. »Andererseits rennen uns die Verdächtigen ja nun nicht gerade die Bude ein, oder? Und unsere allseits verehrte Staatsanwältin wetzt drüben in Flensburg sicher schon die Messer. Also, was wissen wir über ihn?« Bastian blickt erwartungsvoll in die Runde.

Silja hackt wie verrückt auf ihre Tastatur ein. »Jens-Uwe Behrmann 38 Jahre alt, hat in Karlsruhe Volkswirtschaft studiert und eine beeindruckende Parteikarriere hingelegt. Er ist seit 19 Jahren Mitglied, genauso lange wie bei Greenpeace übrigens. Vor vier Jahren hat er sich eine Auszeit gegönnt, um zu promovieren. Nach nur zwei Jahren war er fertig. Summa cum laude, übrigens.«

»Das heißt heutzutage ja gar nichts«, brummt Bastian und fügt fragend hinzu: »Was ist mit dem Privatleben?«

»Behrmann hat eine Frau und drei kleine Kinder, Drillinge witzigerweise, mit denen er in der Nähe von Husum auf dem Land lebt. Der Typ ist tatsächlich der Saubermann der deutschen Politik. Keine Skandale, keine Geschichten. Natürlich könnte ich jetzt noch jede Menge Details liefern, aber brauchen wir die wirklich?«

»Im Moment nicht, danke. Hast du etwas über Behrmanns Verbindung zu Sylt?«, will Bastian wissen.

»Behrmann ist nicht nur hier geboren und aufgewachsen, sondern hat offenbar auch in den Jahren, als er seine Doktorarbeit schrieb, regelmäßig hier gewohnt. Allerdings hat er über Windkraft als Zukunftstechnologie promoviert. Da lag Sylt als Aufenthaltsort nicht gerade nahe, oder? Schließlich haben wir bis heute auf der Insel nicht eine einzige Windkraftanlage, obwohl die Wiesen auf dem Festland schon lange mit diesen hässlichen Flügelrotoren gepflastert sind.«

»Lass mal sehen.«

Bastian beugt sich über Siljas Schulter und scrollt an ihrem Bildschirm. »Dass Behrmann hier geforscht hat, begründet er in einem Interview vom …«, er scrollt weiter nach unten, bis er die entsprechende Angabe findet, »… vom letzten Februar mit seinen familiären Wurzeln. Seine Mutter hatte Parkinson und war einige Jahre vorher gestorben. Behrmann hatte sie häufig besucht und dabei die Ruhe auf der Insel zum Arbeiten genutzt.«

»Kein Wunder, wenn ich zu Hause drei tobende Kinder hätte, würde ich auch sehen, dass ich fliehen kann«, murmelt Sven.

»Ich dachte, du bist so ein leidenschaftlicher Vater«, wirft Silja ein.

»Schon. Aber nicht, wenn ich arbeiten muss.«

»Ihr könnt euch nachher über Kindererziehung unterhalten. Ich bin nämlich noch lange nicht fertig.« Wieder sucht Bastian nach einer Information auf Siljas Bildschirm. »Nach dem Tod von Behrmanns Mutter erbte er ihre Eigentumswohnung und hat dann dort nach eigenen Angaben – auch in diesem Interview – fast zwei Jahre lang jedes Wochenende in strenger Klausur verbracht, um die Arbeit fertigzuschreiben.«

»Und was ist daran für uns so interessant?«, erkundigt sich Silja stirnrunzelnd.

»Die Wohnung. Sie liegt im Westerländer Kurhauskomplex. Es wäre also denkbar, dass Behrmann von seiner Bude aus den ganzen Strand überblicken kann. Wenn er die beiden Rothaarigen nicht selbst umgebracht hat, was mir als Hypothese immer noch ziemlich gewagt erscheint, dann könnte er zumindest etwas beobachtet haben. Und das wiederum könnte unser anonymer Anrufer gewusst haben. Aus welchen Gründen auch immer.«

»Also auf zu der Wohnung, würde ich sagen.«

Während Sven schon nach Handy und Dienstwaffe greift, hebt Silja kurz die Hand.

»Einen Moment noch. Was haltet ihr davon, wenn ich mich bei Behrmanns Frau erkundige, wo er jetzt gerade ist.«

»Nicht gut«, wehrt Bastian ab. »Wir fahren schnell im Kurzentrum vorbei und gucken mal. Der anonyme Anrufer wird seine Gründe gehabt haben, uns ausgerechnet jetzt zu benachrichtigen. Vielleicht haben wir Glück und treffen diesen Behrmann sogar direkt an.«

Donnerstag, 23. Juni, 17.02 Uhr, Kurzentrum Westerland

Als Fred Hübner vor dem massigen Hochhauskomplex, der seit den sechziger Jahren Westerlands Zentrum überragt, aus dem Taxi steigt, bereut er seinen überstürzten Aufbruch bereits. Immer noch brummt sein Schädel, der Magen fühlt sich instabil an, und der Kreislauf war auch schon mal fitter. Schwer atmend schleppt sich Fred zum Eingang, wo er sich von der Fülle der Namensschilder schier erschlagen fühlt. Doch ein Blick die Fassade hinauf erklärt alles. Die grauen Mauern der kubischen Wohnblöcke werden nur durch das Raster der dicht an dicht gesetzten Balkone unterbrochen. Fred weiß nicht genau, wie groß die Wohnungen sind, schätzt aber, dass nur wenige mehr als einen Balkon haben dürften, was sofort die Anzahl der Namensschilder erklärt.

In einer der oberen Reihen findet Fred bald, wonach er sucht. J. U. B., mehr steht nicht auf dem Klingeltaster. Nachdem Fred ihn gedrückt hat, ertönt sofort der Summer, als habe Behrmann direkt neben der Tür gewartet. Auch der Fahrstuhl ist gerade unten, so dass der Journalist wenig Gelegenheit hat, sich umzusehen. Leise hebt der Lift ab und spuckt Fred kurz darauf in einem Vorraum aus, der zu dem niedrigen und schmalen, aber endlos lang scheinenden Flur führt, von dem die Wohnungstüren abgehen. Jens-Uwe

Behrmann bewohnt eines der nah am Fahrstuhl gelegenen Apartments und wartet schon auf Fred. Er gestikuliert heftig, um den Gast zur Eile anzutreiben, und zieht ihn sofort in seine Wohnung.

Sofort beschleicht Fred ein beklemmendes Gefühl. Mit leisem Grauen mustert er eine Einrichtung, die verschlissen und ungepflegt wirkt und ihre beste Zeit schon lange hinter sich hat. Doch der Politiker lässt Fred keine Zeit, sich in Ruhe umzusehen. Hastig erklärt er: »Du, tut mir leid, aber ich muss gleich auf den Autozug. Mein Büro hat angerufen, da gibt es etwas Dringendes, das keinen Aufschub duldet.« Behrmann drückt seinem Gast einen Schlüsselbund in die Hand. »Fühl dich wie zu Hause. Ich bin frühestens in drei Wochen wieder hier. Du kannst gern probewohnen oder wonach auch immer dir ist. Über die Konditionen sprechen wir später.«

»Aber eigentlich …«, beginnt Fred seine Gegenrede, kommt aber nicht über die paar Worte hinaus.

»Tut mir echt leid, wie gesagt, aber ich muss jetzt los. Der Zug wartet nicht, und ich will den um sechs noch erwischen.« Schnell greift Behrmann nach einem Rollkoffer, der die ganze Zeit neben der Tür gestanden hat, und eilt damit zum Lift.

Sprachlos bleibt Fred in der Diele zurück. Der Autozug fährt zur vollen Stunde, wie er weiß, und mit dem Wagen braucht man selbst im Stau kaum mehr als zwanzig Minuten zur Verladestation. Aber Behrmann ist bereits im Fahrstuhl verschwunden, bevor Fred, der im Moment nicht der Schnellste ist, noch etwas sagen kann. Also drückt er die Wohnungstür ins Schloss, dreht sich um und geht langsam ins Wohnzimmer zurück. Durch das große Fenster quillt helles Nachmittagslicht und beleuchtet ein abgeschabtes Sofa von undefinierbarem Grau, das so schief im Raum steht, als habe ein unaufmerksamer Möbelpacker es dort abgeladen. Falsche Stilmöbel, die ihre Kaufhausherkunft nicht verleugnen können, rahmen es ein. Eine Vitrine, eine Anrichte und gegenüber ein Fernsehschrank, dessen linke Tür offen steht und den Blick auf einen leeren Innenraum freigibt. Kopfschüttelnd zieht Fred die vergilbte Gardine beiseite und öffnet die Balkontür. Sofort fühlt er sich besser.

Eine frische Nordseebrise verdrängt mit ihrem Duft nach Salz und Tang die abgestandene Luft der Wohnung. Die Geräusche des nahen Strandes überdecken die gespenstische Ruhe des Raumes. Staub tanzt im Sonnenlicht, Kinderstimmen hallen herauf. Fred tritt auf den Balkon und beugt sich über das Geländer. Die Wohnung ist nach Norden ausgerichtet, so dass Fred den weißen Strand kilometerweit bis fast nach Wenningstedt überblicken kann. Direkt seitlich von ihm erstreckt sich die belebte Strandpromenade mit dem schmalen Sandstreifen, weiter nördlich kommt ein ruhigerer Abschnitt, der auch mit Strandkörben bestückt ist. Irgendwo dort ist Fred heute früh aufgewacht. Ganz in der Nähe der zweiten Toten. Ein merkwürdiger Zufall?

Fred ist froh über die schattige Lage des Balkons, er braucht jetzt dringend einen ruhigen und kühlen Platz zum Nachdenken. Da nur ein klappriger Plastikstuhl den Balkon möbliert, lässt sich Fred darauf fallen und schließt die Augen.

Was ist hier eigentlich los? Natürlich müsste er stolz darauf sein, dass sein Instinkt ihn auch diesmal nicht getrogen hat. Das Verhalten Jens-Uwe Behrmanns ist alles andere als normal. Aber was mag der Grund für diese merkwürdige Mischung aus Zutrauen und Distanz sein? Ist dem Politiker selbst aufgegangen, dass er sich mit der gemeinsam durchzechten Nacht keinen Gefallen getan hat, und versucht er jetzt, einerseits den Imageschaden für sich zu begrenzen und andererseits den nötigen Abstand zwischen Autor und Gegenstand der Biographie wiederherzustellen? Wahrscheinlich. Vielleicht hat der Typ einfach selbst einen Kater und ist daher im Moment auch nicht der Schnellste im Kopf, überlegt Fred gerade, als es an der Tür klingelt. Dreimal hintereinander und ziemlich stürmisch.

Ächzend steht er auf und wankt zurück in den Wohnraum. So gut das Sitzen seinem Kreislauf bekommen ist, so wenig angenehm ist das Laufen. Irgendetwas scheint mit seinem Gleichgewichtssystem ganz und gar nicht in Ordnung zu sein. Schon nach den ersten Schritten strauchelt Fred. Er versucht zwar noch, sich an der Anrichte festzuhalten, aber seine Knie knicken ein, und er geht zu Boden.

An der Tür klingelt es noch einmal.

Völlig klar, dass Behrmann es eilig hat. Vermutlich hat er irgendetwas Wichtiges vergessen, keinen zweiten Schlüssel dabei und fürchtet nun, den Autozug zu verpassen.

Fred rappelt sich auf. Kurz krallt sich seine Hand in den Teppichboden, wobei die Kunstfaser unangenehm unter den Nägeln schabt. Dann ist er auf den Knien und kann sich an der Anrichte hochziehen. Schwankend geht er in die Diele und drückt auf den Türöffner. Weil ihm schon wieder schlecht wird, macht er auch die Wohnungstür gleich auf. Einige Sekunden horcht er auf die Geräusche des Fahrstuhls, dann tastet er sich an der Wand entlang zurück in den Wohnraum, wo er sich stöhnend aufs Sofa fallen lässt. Ein Schwall von kaltem Schweiß tritt plötzlich aus all seinen Poren und durchnässt das Poloshirt in Sekundenschnelle. Fred Hübner fühlt sich wie ein Weib in den Wechseljahren. Er schließt die Augen und fährt sich mit beiden Händen durchs Gesicht.

Kurz darauf hört er Stimmen aus der Diele. Sie kommen ihm bekannt vor, ohne dass er sie gleich zuordnen könnte. Nur eines weiß er genau. Jens-Uwe Behrmanns Stimme ist nicht darunter.

Donnerstag, 23. Juni, 17.04 Uhr, Zwischen den Hedigen, Westerland

Wie ein Spürhund bewegt sich Hubert Mönchinger durch die Kellerräume seines Hauses. Als Erstes nimmt er sich die Waschküche vor, in der er sich sonst fast nie aufhält. Christa erledigt die ganze Wäsche, sie bügelt auch, und manchmal näht sie hier unten sogar. Es herrscht eine angenehme Kühle in dem Raum, die vielleicht helfen kann, Hubert Mönchingers erhitztes Gemüt zu besänftigen. Es ist nicht so, dass ihm leidtut, was er seiner Schwester angetan hat. Allzu oft hat er sich in der Vergangenheit schon zurückhalten müssen, um ihr nicht unversehens eine zu kleben oder sie einfach mal zu schubsen. Ständig hat sie ihn provoziert. Meistens, wenn Marga nicht dabei war. Es schien ihm manchmal sogar, als ob Christa auf irgendeine merkwürdige Weise Angst vor Marga hatte, ein Umstand, den er nicht ohne hämische Freude zur Kenntnis nehmen konnte. Aber vielleicht ist es gerade diese Angst gewesen, die Christa am Ende zu einer Brutalität getrieben hat, die Hubert sich immer noch nicht in letzter Konsequenz vorstellen kann.

Deshalb ist er ja auch im Keller auf Beweissuche.

Die Vorratskammer ist ziemlich feucht und riecht muffig. An den Wänden sitzen pudrige Schimmelsporen, und auf Regalbrettern und Konservendosen liegt Staub. Der Raum ist nicht besonders groß, und Hubert Mönchinger glaubt nicht, dass Christa ausgerechnet hier eine Gefangene festgehalten haben sollte. Hinter der schweren Stahltür zu den Heizöltanks wäre das schon eher möglich gewesen. Die Rohre sind stabil genug, um jemanden daran zu fesseln, und die dicken Wände schlucken bestimmt jedes Geräusch.

Vorsichtig bewegt sich Mönchinger zwischen der Therme und den wuchtigen Öltanks. Eine schmale Frau würde durchaus in die Nische passen. Auch scheint ihm der Staub hier unterschiedlich dick zu sein. An manchen Stellen des Fußbodens wirkt der Beton fast glänzend rein, an anderen wirbeln dicke Flocken unter seinen Tritten auf. Hubert Mönchinger spürt, wie sein Herz plötzlich aufgeregt zu pochen beginnt. Ist in der Luft nicht sogar ein Hauch von Margas Parfum spürbar? Lange mustert Mönchinger die Heizungsrohre. Hier allerdings scheint die Staubschicht durchgehend vorhanden zu sein. Der Wunsch, dies durch ein Darüberstreichen mit dem Finger zu prüfen, ist fast übermächtig, aber Hubert Mönchinger gibt ihm nicht nach. Falls er doch die Polizei einschalten wird, soll sie alles unberührt vorfinden.

Doch vorher wird er sich noch einmal die Schwester vorknöpfen. Vielleicht hat sie ja mittlerweile etwas mehr Respekt vor ihm bekommen und ist endlich gewillt, mit der ganzen Wahrheit herauszurücken.

Donnerstag, 23. Juni, 17.04 Uhr, Kurzentrum, Westerland

Als die drei Ermittler aus dem Fahrstuhl steigen, fällt ihnen sofort die angelehnte Wohnungstür ins Auge. Tatsächlich handelt es sich um das gesuchte Apartment. Bastian klopft kräftig an die Tür, aber nichts regt sich.

»Herr Dr. Behrmann?«

Keine Antwort.

»Irgendjemand muss uns doch aufgemacht haben«, murmelt Sven stirnrunzelnd.

»Ist schon merkwürdig, dass man uns hier anstandslos und ohne jede Nachfrage einlässt«, überlegt Bastian. »Ehrlich gesagt, habe ich gerade ein ziemlich blödes Gefühl.«

»Vielleicht ist der Politiker das nächste Opfer, und die anonyme Anruferin hat was mit der Sache zu tun«, schlägt Sven vor.

»Mich wundert langsam gar nichts mehr«, erklärt Bastian. »Irgendwas ist hier ganz und gar nicht koscher. Also seid vorsichtig und auf alles gefasst, damit uns diese ganze Veranstaltung nicht um die Ohren fliegt.«

Kurzentschlossen zieht er seine Waffe. Silja und Sven tun es ihm nach.

Sven Winterberg betritt die fremde Wohnung als Erster. Vorschriftsmäßig hält er die Waffe mit beiden Händen zu Boden gerichtet, während er sich Schritt für Schritt vorarbeitet. Bastian Kreuzer folgt ihm mit zwei Metern Abstand, um dem Kollegen im Zweifelsfall Feuerschutz geben zu können. Silja ist von Bastian mit einem Kopfnicken angewiesen worden, vor der Wohnungstür zu warten, um den Hausflur zu sichern. Auf diese Weise soll ein möglicher Überfall von hinten ausgeschlossen werden.

»Hier ist die Kriminalpolizei. Bitte zeigen Sie sich«, ruft Sven durch die leere Diele, bevor er den Wohnraum betritt. Mit schnellem Blick streift er die Möbel und sucht nach möglichen Verstecken. Linker Hand befindet sich nur ein ausgeräumter halbhoher Fernsehschrank, dessen eine Tür offen steht, auf der rechten Seite ein ziemlich windschiefes Sofa mit hohen Seitenlehnen, das schon bessere Tage gesehen hat. Direkt gegenüber der Zimmertür ist die Fensterfront. Seitlich der offenen Balkontür weht eine gelbstichige Gardine im Wind. Allerdings hat Sven jetzt keine Zeit für die grandiose Aussicht auf den Strand und die Nordsee. Denn wenn sich draußen auf dem Balkon jemand unter das halbhohe Fenster neben der Tür gekauert haben sollte, dann wäre das eine nicht ungefährliche Konstellation.

»Keine Sorge, ich hab alles im Blick«, raunt ihm Bastian von hinten zu.

»Na, dann bin ich ja ganz beruhigt«, ertönt plötzlich eine Stimme neben ihnen.

Beide Kommissare fahren herum. Mit leicht erhobenen Händen und ratlosem Gesicht richtet sich niemand anderes als der Journalist Fred Hübner hinter der überhohen Seitenlehne der abgeschabten Couch auf.

»Was machen Sie denn hier«, entfährt es Sven. »Sind Sie allein?«

»Jetzt nicht mehr. Oder zählen Polizisten mit scharfen Waffen nicht?«

»Sehr komisch«, fällt Bastian Kreuzer dem Journalisten ins Wort. »Was machen Sie hier?«

»Ich schlafe meinen Rausch aus.«

»Wissen Sie, wem die Wohnung gehört?«

»Natürlich. Jens-Uwe Behrmann ist ein alter Freund von mir. Deshalb hat er mir auch seinen Schlüssel überlassen.«

Spielerisch dreht Hübner den Ring des Schlüsselbundes um den linken Mittelfinger.

»Na dann.« Hauptkommissar Bastian Kreuzer klingt nicht ganz überzeugt. »Sven, checkst du trotzdem schnell noch die anderen Räume?«

Als nach wenigen Sekunden die Meldung »Schlafzimmer und Bad sind auch sauber« kommt, hebt Hübner ironisch den Daumen.

Bastian Kreuzer entschließt sich, die Geste zu ignorieren, obwohl es ihm schwerfällt. »Sven, du kannst Silja jetzt reinholen«, ist zunächst alles, was er sagt.

Nachdem die drei Kommissare ihre Waffen zurück in die Holster gesteckt haben, bauen sie sich im Halbkreis um Fred Hübner und das zerschlissene Sofa auf.

»So, jetzt zu Ihnen. Was soll das Ganze?«, schnauzt Bastian. Er wirkt durchaus so, als würde er Hübner am liebsten an den Kragen gehen.

Doch der Journalist lässt sich nicht einschüchtern.

»Das Gleiche könnte ich Sie auch fragen. Was soll das Ganze?«

»Wen haben Sie erwartet?«, setzt Bastian nach, ohne auf die Gegenfrage zu reagieren.

»Woher wollen Sie wissen, dass ich überhaupt jemanden erwartet habe?«

»Sie haben den Türöffner betätigt, ohne sich zu erkundigen, wer unten steht.«

»Stimmt. Ich dachte, Behrmann kommt zurück.«

»Er war hier?«

»Ja klar. Ist doch seine Wohnung.«

»Ich denke, Sie haben die Schlüssel.«

»Erst seit ein paar Minuten. Behrmann hofft, dass ich mich in seiner Wohnung häuslich einrichte, aber irgendwie sagen mir die Möbel nicht zu.« Fred Hübner wagt ein schiefes Lächeln.

»Das hier ist nicht lustig«, fährt Bastian Kreuzer ihn an. »Wir ermitteln in zwei Mordfällen, und wir haben gerade einen ernst zu nehmenden Hinweis auf diese Wohnung und ihren Eigentümer bekommen. Und jetzt liegst du hier rum und erzählst uns Märchen!«

Noch während Bastian redet, drängt sich Silja an ihm vorbei. Sie tritt nah an die Couch heran, stößt Fred Hübner zur Seite und lässt ihre Hand in der Spalte zwischen Sitzfläche und Lehne der Couch hin und her gleiten.

»Hey Chef, die Lady tut mir weh«, beschwert sich Hübner prompt, aber niemand achtet auf ihn.

»Schaut mal, was ich gefunden habe«, verkündet Silja mit einer Stimme, die Bastian noch sehr genau aus der Zeit ihrer Trennung kennt. Sie klingt, als könne man mit ihr Eiswürfel in allerfeinste Scheibchen schneiden. In der triumphierend erhobenen Hand hält die Kommissarin ein langes leuchtend rotes Frauenhaar. Während ziemlich schnell die kümmerliche Restfarbe aus dem ohnehin schon blassen Gesicht des Journalisten weicht, zieht Sven ein Papiertaschentuch aus der Jeans und nimmt damit das Haar aus Siljas Hand.

Bastian raunt ihr zu: »Wie bist du auf die Idee gekommen, ausgerechnet in dieser Ritze nachzusehen?«

Silja antwortet achselzuckend: »Frauen wissen eben genau, wo sich der Dreck fängt.«

Zu Bastians großer Verwunderung hören sich ihre Worte noch nicht mal ironisch an. Aber er hat jetzt keine Zeit, um lange darüber nachzudenken. Stattdessen knüpft er sich Fred Hübner vor.

»Eigentlich hätte ich mir ja schon heute Morgen denken können, dass du nicht ohne Grund in direkter Nachbarschaft einer Toten am Strand rumliegst. Die Frage nach deinem Alibi stellt sich also nicht mehr.« Dann räuspert er sich und fügt in offiziellem Tonfall an: »Herr Hübner, Sie sind verhaftet wegen Verdachts auf Mord in zwei Fällen.«

Dann zückt er sein Handy und fordert die Spurensicherung an. Obwohl es bereits später Nachmittag ist, gelingt es Bastian Kreuzer, die Kollegen vom Festland sofort in Bewegung zu setzen.

Fred lauscht dem Telefonat mit fassungslosem Blick und hebt schließlich in einer beschwichtigenden Geste beide Hände.

»Wenn ihr mir vielleicht eine Minute zuhören würdet, Leute, dann wäre das vermutlich für uns alle von Vorteil.«

Während Bastian energisch den Kopf schüttelt und Hübner schon abführen will, sagt Silja leise: »Lassen wir ihn doch einfach reden. Wir können ja nichts dabei verlieren. Und vielleicht ist hier tatsächlich irgendwas oberfaul.«

»Kluges Mädchen«, gibt Hübner zurück und fängt sich sofort einen warnenden Blick von Bastian ein.

»Du hast fünf Minuten«, erklärt der Hauptkommissar mit einer Geste auf seine Uhr, »keine Sekunde länger. Und wehe, du lieferst uns jetzt keine schlüssige Story.«

»Okay.« Fred Hübner macht eine kurze Pause. Die Kommissare können genau sehen, dass er Mühe hat, sich zu konzentrieren. Aber nach einigen Augenblicken erklärt er leise: »Ich will ein Buch über Behrmann schreiben, deshalb habe ich ihn kontaktiert. Ist erst wenige Tage her, vorher war ich ihm nur zwei- oder dreimal flüchtig begegnet. Glaube nicht, dass der Typ mich damals überhaupt wahrgenommen hat. Und auch jetzt habe ich eigentlich angenommen, er lässt mich am ausgestreckten Arm verhungern. Der kriegt doch sicher Dutzende solcher Mails. Aber nichts da, plötzlich ist Behrmann auf mich zugerauscht, als habe er schon die längste Zeit auf meine Freundschaftsanfrage gewartet.«

»Überschätzt du dich da nicht ein wenig?«, fragt Bastian spöttisch.

Fred lacht trocken auf. »Eben nicht. Ich hab mich auch gewundert. Vor allem, als der Typ mir vorhin auch noch seine Wohnungsschlüssel aufgedrängt hat. Fred hier und Fred da. Er tat gerade so, als seien wir Blutsbrüder. Aber langsam wird mir alles klar. Er hat Dreck am Stecken, und ich soll's für ihn ausbaden.«

»Wenn ich das recht verstehe, dann beschuldigen Sie gerade einen der renommiertesten Politiker Deutschlands des Mordes«, fasst Silja zusammen.

Fred Hübner zuckt die Schultern. »Das müsst ihr schon selbst rausbekommen. Fakt ist jedenfalls, dass *ich* dieses blöde rote Haar ganz bestimmt nicht hier eingeschleppt habe.«

»Wichtig wäre natürlich zu sehen, ob es noch weitere Spuren für die Anwesenheit der beiden Frauen gibt«, murmelt Sven und lässt sich auf die Knie herunter, um den Fußboden zu inspizieren.

Sofort schnauzt Bastian: »Lass das bloß sein. Und dann raus hier. Alle Mann und zwar ein bisschen dalli. Sonst schlitzt uns die Spurensicherung nachher bei lebendigem Leib auf. Denn falls das hier ein Tatort sein sollte, dann haben wir den ganz bestimmt schon genug kontaminiert.«

Während die vier im Gänsemarsch die Wohnung verlassen, meldet sich Fred Hübner noch einmal zu Wort.

»Ich war übrigens noch nicht ganz fertig. Hab ich noch Redezeit übrig?«

»Ausnahmsweise«, knurrt Bastian.

»Ich würde euch nämlich ganz gern verraten, wo ihr den Saubermann der Nation finden könnt. Allerdings müsst ihr euch ein bisschen beeilen.« Hübner wirft einen kurzen Blick auf seine Uhr. »Zwanzig vor sechs. Der Autozug fährt pünktlich zur vollen Stunde ab. Und wie ich die Jungs von der Abfertigung kenne, verstehen die wenig Spaß, wenn einer versucht, ihren Terminplan durcheinanderzubringen.«

Donnerstag, 23. Juni, 17.49 Uhr, Sylt-Shuttle, Westerland

In einem weiten Bogen stehen die Autos an der Verladestation des Autozuges an. Die Schlange beginnt einige Meter nach der Abzweigung von der Straße, schmiegt sich dann in eine enge Kurve, macht noch ein paar Schlenker und mündet schließlich in die erste Kontrollstelle, wo jeder Fahrer eine Karte erwerben oder die bereits bei der Auffahrt auf die Insel gekaufte vorzeigen muss. In der Hochsaison und am Wochenende können hier schon mal Warteschlangen entstehen, die bis weit auf die normalen Straßen reichen und die halbe Westerländer Innenstadt blockieren. Das wissen die drei Beamten ebenso wie alle anderen Sylter aus leidvoller Erfahrung. Doch an einem Mittwochabend im Juni ist nicht allzu viel los.

»Was meint ihr?«, will Bastian Kreuzer von seinen beiden

Kollegen wissen, »sollen wir eher inkognito einfahren oder seid ihr für einen Auftritt mit allem Drum und Dran.«

»Wenn schon, denn schon«, gibt Sven Winterberg energisch zurück. »Schließlich haben wir nur noch zehn Minuten, und der Autozug ist lang.«

»Wenn der Zug erst einmal rollt, haben wir das Nachsehen. Anhalten wird den wegen uns niemand mehr, da bin ich ziemlich sicher. Dann müssten die Kollegen vom Festland diesen Behrmann in Empfang nehmen«, ergänzt Silja.

»Und das wollen wir doch vermeiden«, knurrt Bastian und knallt das Blaulicht aufs Dach.

Als die wartenden Autofahrer das rotierende Licht sehen, manövrieren sie ihre Autos vorsichtig zur Seite. Ein offener Porsche räumt die Spur nur im Schneckentempo, und der Fahrer eines SUV scheint komplett vor sich hin zu schlafen.

»Scheißpromis«, flucht Bastian und stellt wütend auch noch das Martinshorn an. »Der Typ wird ja hoffentlich nicht blind und taub gleichzeitig sein.« Als auch der SUV zur Seite gefahren ist, fegt der Hauptkommissar mit Vollgas an den restlichen Wartenden vorbei und direkt auf die letzte Schranke kurz vor der Auffahrt zum Shuttle zu. Aus dem offenen Fenster macht er den überrascht aufsehenden Männern von der Abfertigung eindeutige Zeichen. Immer wieder lässt er seine flache Hand ruckartig nach oben schnellen. Im Näherkommen brüllt er ihnen zusätzlich entgegen. »Hoch das Ding, verdammt nochmal.«

Erschrocken kommen die Angestellten seiner Bitte nach.

Bastian brettert bis kurz vor die Auffahrtsrampe und springt dann, gefolgt von Sven und Silja, aus dem Wagen. Auch Fred Hübner, der hinten im Auto gesessen hat, steigt aus. Längst sind auch die Männer, die die auffahrenden

Autos einweisen, auf die Ankommenden aufmerksam geworden.

»Was gibt's?«, ruft einer von ihnen, ohne seine Arbeit zu unterbrechen.

»Wir müssen da rauf, jemanden rausholen«, ruft Bastian Kreuzer ihm zu und deutet auf die doppelstöckigen Transportwaggons, die bereits ziemlich dicht mit Fahrzeugen besetzt sind.

»Geiht nich«, ist die knappe Antwort. »Dat stört den Fahrplan.«

»Der Fahrplan bin jetzt ich«, kontert Kreuzer und springt auf den letzten Waggon. Dann dreht er sich um und ruft zu Fred Hübner herunter: »Welches Auto fährt dieser Behrmann?«

»Keine Ahnung. Das Spiel *mein Haus, mein Auto, meine Yacht* hatten wir noch nicht«, ist die lakonische Antwort.

Bastian flucht leise und winkt sich einen der Angestellten heran. Er zeigt ihm seinen Dienstausweis und erkundigt sich hektisch: »Sag mal Kumpel, kann man eigentlich auf dem fahrenden Zug seitlich an den Autos entlanglaufen?«

»Erlaubt ist das nicht.«

»Aber möglich schon?«

»Möglich ist vieles. Vor allem, wenn man lebensmüde ist. Worum geht's denn genau?«

»Wir haben einen heißen Tipp, was den Frauenmörder angeht«, verrät der Hauptkommissar und hofft inständig, dass sich der Tipp auch bewahrheiten möge.

»Das Schwein, das die beiden Rothaarigen abgemurkst hat, soll hier auf dem Zug sein?« Plötzlich kommt Bewegung in den Mann mit der orangefarbenen Schutzweste. »Na dann mal los. Ein paar Minuten bleiben uns ja noch.«

Zwar widerstrebt es Bastian, den Einweiser zum Hilfssheriff zu ernennen, aber die beiden Kollegen müssen schließlich mit Hübner aufs Revier fahren und den Typen erst mal einbuchten. Also zückt Kreuzer sein Handy und googelt die Website von Jens-Uwe Behrmann. Das Porträt ist neu und gestochen scharf. Der Kommissar zeigt es dem Mann in der Schutzweste und erklärt kurz angebunden: »Sie müssen mir helfen. Wir gehen jetzt von Wagen zu Wagen und sehen nach, in welchem dieser Mann hier sitzt.«

Der Angesprochene nickt, scheint den Politiker aber nicht zu kennen. Überhaupt sieht er nicht besonders überzeugt aus.

»Die Leute stellen ihre Motoren ab, das ist Pflicht. Und wenn sie zusätzlich die Fenster geschlossen halten, was die meisten wegen dem Fahrtwind tun, dann beschlagen die Scheiben von innen fixer, als Sie *Polizeieinsatzkommando* sagen können. Und von außen sehen Sie dann gar nix mehr.«

»Das lassen Sie mal meine Sorge sein, guter Mann. Der Typ, nach dem wir suchen, ist allein unterwegs. Der muss schon eine ganze Weile atmen, damit bei dem alle Scheiben beschlagen. Außerdem können wir die Prozedur vielleicht beschleunigen, wenn ich …«

Ein eingehender Anruf unterbricht den Kommissar. Es ist Silja, die immer noch neben dem Dienstwagen auf dem Bahnhofsgelände steht.

»Ich hab was für dich. Sven hat eben mit dem KFZ-Amt gesprochen. Behrmann fährt einen dunkelgrauen Lexus. Typ LS 460, wenn du's genau wissen willst. Das ist ein Hybrid-Auto, aber ebenso teuer wie ein Mercedes. Den wirst du sicher schnell gefunden haben.«

»Du bist ein Schatz«, jubelt Bastian. »Genau das Gleiche wollte ich eben überprüfen!«

»Na dann viel Glück beim Suchen …«

»Silja?«

»Ja?«

»Wenn ich ihn finde und wenn wir den Fall aufklären können, gehst du dann mit mir essen?«

Bastian Kreuzer ignoriert sowohl den verblüfften Blick des Bahnangestellten als auch das mulmige Gefühl, das sich in seinem Magen ausbreitet. Jetzt ist es heraus und nicht mehr zu ändern.

»*Wenn* wir den Fall gelöst haben«, antwortet Silja diplomatisch und fügt leise hinzu, »aber wirklich erst dann.«

»Okay, danke.« Bastian unterbricht die Verbindung, bevor er noch irgendetwas Blödes sagen kann. Er weiß genau, vor drei Jahren hat er Silja dieselbe Frage schon einmal gestellt. Damals ist ihre Antwort allerdings entschieden euphorischer ausgefallen. Scheiß drauf, denkt Bastian, Hauptsache, sie hat zugesagt. Jetzt muss er nur noch diesen Behrmann finden.

»Der Mann, den wir suchen, sitzt in einem grauen Lexus«, erklärt er dem Autoeinweiser, während sich der Zug ruckend und knirschend in Bewegung setzt.

»Na dann ist die Wahrscheinlichkeit groß, dass wir ihn hier nach unten geschickt haben. Nach oben hätte ich Sie auch gar nicht gelassen. Nach James Bond sehen Sie mir nämlich nicht gerade aus.«

Ein abschätziger Blick streift Bastian Kreuzers immer noch leicht untersetzte Figur.

»Alles Muskeln«, erklärt der Hauptkommissar grinsend und beginnt vorsichtig zwischen den Wagen und der nicht sehr stabil wirkenden Außenabsperrung entlangzugehen.

Ab und an fehlen die Seitenwände völlig, und nur im Fahrtwind vibrierende Seile begrenzen die Waggons. Der Einweiser ist Bastian Kreuzer anfangs dicht auf den Fersen, bleibt aber bald ein wenig zurück. Während die beiden Wagen für Wagen abklappern, Porsches und sogar 7er-BMWs scheint es erheblich häufiger zu geben als die Hybrid-Limousinen von Lexus, rutschen jenseits des Zuges die Outlets und Supermärkte vorbei, die sich in den letzten Jahrzehnten entlang der Trasse angesiedelt haben. Und aus den Innenräumen der Wagen folgt ihnen manch erstaunter Blick. Aber selbst auf die vereinzelten Fragen, die die Fahrer mit den noch offenen Fenstern ihm hinterherrufen, gibt Bastian keine Antwort. Nur als er sieht, dass durch die Heckscheibe eines dicken Mercedes drei Paar große runde Kinderaugen jede seiner Bewegungen beobachten, zwinkert Bastian den Kindern kurz zu. Dann eilt sein Blick weiter die schier endlos scheinende Reihe der Fahrzeuge entlang auf der Suche nach einer silbergrauen Lackierung.

Doch der gesuchte Wagen scheint nicht in Sichtweite zu sein. Und der Zug wird immer schneller. Bastian fällt in einen Laufschritt, was gar nicht so einfach ist auf den wackligen Planken des Autozuges. Prompt verwarnt ihn ein Ruf seines Begleiters. Aus voller Kehle muss der Autoeinweiser gegen den Fahrtwind anschreien.

»Seien Sie bloß vorsichtig, Mann, sonst fegt es Sie dahinten aus der Kurve!«

Die Warnung kommt keine Sekunde zu früh. Der Waggon legt sich zwar nur leicht in die Biegung, aber die Fliehkräfte sind nicht zu unterschätzen. Bastian Kreuzer rutscht weg und verliert das Gleichgewicht. Ausgerechnet hier fehlen die festen Seitenwände, und Bastian spürt noch, wie er gegen die Seile gedrückt wird, dann klappt sein Körper zusammen. Kopf und Brust hängen jenseits der Absperrung, nur der Unterkörper befindet sich noch innerhalb des Waggons. Als seien sie sehr weit entfernt, hört Bastian einzelne Schreie aus den geparkten Autos dringen. Unter ihm rattern die metallenen Räder, der Wind zerrt an seiner Kleidung, die Abendsonne versieht die Szene mit gespenstisch langen Schatten. Bastian Kreuzer versucht sich aufzurichten, ohne dabei die Balance zu verlieren. Etwas zum Festhalten wäre jetzt hilfreich, aber die Hände des Kommissars greifen ins Leere, das wackelige Seil ist keine wirkliche Hilfe und die Fliehkraft zieht ihn nach außen. Bastian spürt, wie er langsam die Bodenhaftung verliert. Mit einem Ruck wirft er den Oberkörper nach hinten, schlägt mit dem Kopf an einen Querbalken und knallt unsanft auf den Boden des Waggons. Im gleichen Augenblick ist noch einmal die Stimme des Fahrzeugeinweisers zu hören. Der Wind und das Rauschen des Zuges schlucken seine Worte fast, aber er brüllt mit ganzer Kraft und sich überschlagender Stimme gegen das Rumpeln und Rattern an.

»Hinter Ihnen. Der Pfosten. Halten Sie sich dadran fest, um Himmels willen!«

Bastian weiß genau, wenn er versucht sich zu drehen, wird das seine Lage noch instabiler machen. Er liegt jetzt schon ganz am Rand des Waggons fast unter den Stahlseilen. Sein Kopf hängt auf der Bodenkante, und die Kiesel und Steine, die die Bahntrasse zwischen und neben den Schienen füllen, scheinen zum Greifen nah zu sein. Es wäre nur eine winzige Verlagerung seines Körpergleichgewichts nötig, und er würde endgültig vom Autozug rutschen.

Bastian krallt die Finger in die Metallroste des Bodens.

Scharf schneidet das Material in seine Haut, Blut rinnt über Eisen und tropft zwischen den Streben hindurch. Bastian schließt für einen Moment die Augen. Er will sich konzentrieren, um bei der kommenden Aktion nicht danebenzugreifen, doch stattdessen denkt er an Silja. Ihre Stimme füllt plötzlich seinen Kopf.

Wenn wir den Fall gelöst haben …

Und jetzt ist der Fall drauf und dran ihn zu killen – aber so weit darf er es nicht kommen lassen.

Vorsichtig dreht er den Kopf, bis der Pfosten, der den oberen Teil des Autozuges trägt, am Rand seines Blickfeldes erscheint. Es sind 50 Zentimeter, vielleicht auch sechzig, die seine Schulter von dem Pfosten trennen. Wie lang ist ein menschlicher Arm? Bastian weiß es nicht. Vermutlich wird er ein Stück nach hinten robben müssen, um sicher nach dem Pfosten greifen zu können. Der Hauptkommissar spannt alle Muskeln an. In dieser Sekunde ist er dankbar für jede einzelne Trainingsstunde im Fitnesscenter. Ohne eine präzise Körperbeherrschung wäre er längst verloren. Und während jenseits des Hindenburgdammes die letzten Zipfel der Insel verschwinden und jetzt nur noch die sanften Wellen des Wattenmeeres gegen den Damm plätschern, verlagert Bastian Kreuzer ganz langsam sein Gewicht auf die rechte Seite, krallt die Hand vollends in das Metallgitter, bemüht sich sehr, den stechenden Schmerz, der seine Finger durchfährt, mit Missachtung zu strafen, und löst einen Finger der linken Hand nach dem anderen vom Boden. Ein Zittern durchfährt seinen Arm, krampfartig zucken die Gelenke. Wenn er jetzt nicht schnell zugreifen kann, dann ist das das Ende. Schon schwindet die Kraft in Bastians rechter Hand, schon lockert sich sein Griff. Das rechte Bein rutscht unversehens über die

Außenkante des Waggons und schlackert plötzlich im Fahrtwind wie ein schlappes Tuch. Ein tiefer Schrei löst sich aus Bastians Kehle und hallt über Watt und Schlick, das harmlos im Sonnenlicht glänzt. Einzelne Vögel fliegen auf, als habe der Ton ihre Abendruhe gestört. Lichtblitze, Schmerzblitze zucken an Bastians Augen vorbei, er weiß, er kann sich nur noch wenige Sekunden halten.

Mit letzter Kraft wirft er die Schulter zur Seite und greift nach hinten. Sein Handgelenk schlägt gegen Metall, der Schmerz reißt ein Loch in Bastians Wahrnehmung, er hat zu weit gegriffen, die Hand schließt sich ins Leere.

Das war es jetzt endgültig, denkt Bastian, und schon spürt er, wie er nach draußen rutscht, jetzt hängt die Hüfte fast auf der Kante, das Gleichgewicht verschiebt sich eindeutig zu Ungunsten der noch auf dem Waggon liegenden Körperhälfte. Da greift seine linke Hand noch einmal zu, bekommt aber wieder nichts zu fassen. Ein drittes Mal tastet sie in der Luft, greift wieder … ins Leere? … Nein, jetzt hat seine Hand ein kantiges Metallrohr umschlossen.

Bastian will den linken Arm beugen, um sich näher an die Verstrebung zu ziehen. Doch alles zittert an seinem Körper, er wird es nicht schaffen, niemals, aber ein letztes Mal noch wird er es versuchen, er muss sich nur anstrengen, nur noch dieses eine Mal konzentrieren.

Das Rauschen und Rattern des Zuges erfüllt sein Hirn bis in den letzten Winkel. VERGISS ES – VERGISS ES – VERGISS ES skandieren die Räder.

Aber Bastian hört nicht auf sie.

Er denkt an Silja, an ihre Haare im Wind, ihr lachendes Gesicht in der Sonne, ihr leises Murmeln, bevor sie einschläft. Und jetzt gehorchen die Muskeln und Sehnen Bastians verzweifeltem Befehl, der Ellenbogen beugt sich und der Körper des Hauptkommissars rutscht zentimeterweise zurück auf das Metallgitter. Jetzt kann er sogar schon das rechte Bein wieder einsetzen, um sich abzustützen. Vorsichtig löst Bastian Kreuzer nun seine stark blutende rechte Hand vom Fußbodengitter, hebt den Arm und legt ihn zusätzlich um den Pfeiler.

Sein Gleichgewicht ist wieder hergestellt.

Plötzlich wird ihm klar, dass der Zug während seiner Rettungsaktion sehr viel langsamer geworden ist. In wenigen Sekunden wird er ganz zum Stehen gekommen sein.

»Sind Sie irre, Mann?« Der Einweiser, der sich am übernächsten Pfeiler festgeklammert hatte, läuft zu Bastian herüber und greift energisch nach dem Kragen seiner Lederjacke, als wolle er ihn noch nachträglich festhalten. »Ich konnte zwar ziemlich schnell die Notbremse ziehen«, er deutet auf einen der roten Griffe, die in größeren Abständen an den Seiten angebracht worden sind, »aber bis so ein Zug anhält, das dauert. Und wenn Sie vorher von Bord gegangen wären, dann wär's das für Sie gewesen. Ist Ihnen das eigentlich klar?«

»Habe ich so ausgesehen, als hätte ich daran gezweifelt?«, gibt Bastian zurück. »Danke für Ihre Warnung jedenfalls. Es hätte mich sonst völlig unvorbereitet aus der Kurve geworfen. Aber ich glaube, Sie haben sich die längste Zeit um mich sorgen müssen. Jetzt steht der Zug ja, und wir können in Ruhe nach dem Wagen suchen.«

Der Bahnangestellte tippt sich an die Stirn und erklärt humorlos: »Sie bewegen sich hier keinen Millimeter von der Stelle.« Dann klopft er gegen die Tür des Wagens, neben dem sie kauern. Es ist ein Passat älteren Baujahrs, in dem ein ziemlich verschrecktes Rentnerehepaar sitzt. Vorsichtig öffnet die Beifahrerin die Tür.

»Mein Mann wollte ja aussteigen und helfen, aber ich habe gesagt, du fällst da nur selbst durch die Wanten, du bleibst schön hier«, erklärt sie resolut.

Ihr Ehemann sagt vorsichtshalber gar nichts.

»Das war schon in Ordnung so«, gibt der Fahrzeugeinweiser zurück. »Wir steigen jetzt beide bei Ihnen ein und dann kann der Lokführer auch weiterfahren. Sonst kommt hier der ganze Tagesfahrplan durcheinander.« Energisch öffnet er die hintere Tür und zwingt den immer noch zitternden Bastian Kreuzer mit sanfter Gewalt auf den Rücksitz.

»Aber nichts vollbluten«, mahnt die Frau vom Vordersitz mit strenger Stimme.

»Lass mal, Mutti, er steht doch unter Schock«, mischt sich jetzt auch ihr Mann ein.

Trotzig reicht seine Frau zwei Pakete Papiertaschentücher nach hinten und schickt gleich noch einen drohenden Blick hinterher.

Während der Bahnmitarbeiter per Handy Entwarnung gibt und der Zug sich langsam wieder in Bewegung setzt, rekapituliert Bastian Kreuzer die Ereignisse. Dann zieht er mit der unverletzten linken Hand sein Handy aus der Innentasche der Lederjacke. Es dauert nur zwei Minuten bis er eine Verbindung zur Polizeistation in Niebüll hat.

»Kreuzer hier, Kripo Westerland. Ich brauche sofort zwei Einsatzwagen zum Autoshuttle. Mit dem nächsten Zug kommt ein dunkelgrauer Lexus, der darf euch auf keinen Fall entkommen. Er muss entweder auf der oberen Etage mitfahren oder unten in der ersten Hälfte. Und sollten euch mehrere solcher Wagen entgegenkommen, dann stoppt ihr sie alle. Haltet die Fahrer fest, zur Not mit Gewalt. Ich bin selbst auf dem Zug, aber weiter hinten. Ich sehe euch dann so schnell wie möglich und übernehme alles Weitere.«

Bastian Kreuzer spürt, wie ihm mit den letzten Worten die Puste ausgeht. Sein Herz schlägt buchstäblich bis zum Hals hinauf. Aber er weiß genau, er hat jetzt noch eine halbe Stunde Zeit, um sich auszuruhen. Danach muss sich zeigen, ob sein Einsatz berechtigt war, oder ob er sich und den Bahnmitarbeiter ganz umsonst in Lebensgefahr gebracht hat. Immerhin ahnt der Verfolgte nichts davon, dass ihm die Polizei auf der Spur ist. Er wird den kurzen Stopp auf freier Strecke sicher nicht mit sich selbst in Verbindung bringen und hoffentlich keinen unbedachten Fluchtversuch unternehmen.

Donnerstag, 23. Juni, 18.26 Uhr, Kriminalkommissariat Westerland

»Wo ist Hübner?«, fragt Silja Blanck überrascht, als Sven Winterberg ohne den Journalisten das Büro der Kommissare betritt.

»Der wartet mit einem Kollegen von der Wache im Vernehmungsraum. Ich wollte vorher noch mal kurz allein mit dir sprechen.«

»Glaubst du auch, wir könnten einen Fehler gemacht haben?«

Siljas Stimme klingt zögernd, fast zaghaft.

Sven fährt sich mit den Händen durchs Haar und massiert anschließend seinen Nacken. Dabei lässt er den Kopf langsam von links nach rechts kreisen.

»Du kannst Fragen stellen …«

»Jetzt ist es ohnehin zu spät«, überlegt Silja. »Entweder die Sache entpuppt sich als echt peinliche Nummer, oder es ist der ganz große Coup.«

»*Showdown auf dem Sylt-Shuttle*, ich sehe die Schlagzeilen schon vor mir«, frotzelt Sven.

»Hoffentlich passiert Bastian nichts.«

»Der ist zäh, das weißt du doch.«

Silja nickt, dann wechselt sie das Thema. »Und Fred Hübner? Ist schon merkwürdig, dass vorhin keiner von uns dreien geglaubt hat, dass er's war, obwohl im ersten Moment alles gegen ihn sprach.«

»Ein Betrunkener schafft es gar nicht, so einen perfekten Mord zu inszenieren. Und total zugesoffen war dieser Hübner auf jeden Fall in der Mordnacht, davon haben wir uns am nächsten Morgen ja selbst überzeugen können.«

»Schon. Aber andererseits hat er uns auch den ersten wirklich brauchbaren Hinweis geliefert. Erinnere dich: Den Namen des ersten Opfers haben wir von ihm.«

»Den Namen nicht, aber ihr Hurenpseudonym«, korrigiert Sven die Kollegin.

»Meinetwegen. *Hurenpseudonym.* Wie klingt das überhaupt? Hast du dir das Wort eben ausgedacht?«

»Und wenn schon. Ich wollte einfach nur politisch korrekt sein.«

»Damit ich nicht wieder mit der Feminismus-Nummer komme?«

»So ähnlich.« Sven grinst. »Und jetzt lass uns runtergehen. Ich muss unbedingt was tun, sonst denke ich die ganze Zeit an Bastian und überlege, warum er sich verdammt nochmal nicht längst gemeldet hat.«

»Geht mir auch so. Eine letzte Frage: Wir lassen Hübner jetzt aber nicht spüren, dass wir sowieso nicht so ganz an seine Schuld glauben, oder?«

»Nee, ganz bestimmt nicht. Im Gegenteil, wir nehmen ihn so richtig schön in die Mangel. Selbst wenn er es nicht war, vielleicht gibt es ja noch ein paar Dinge, die er weiß und uns bisher nicht verraten hat.«

»So wie im letzten Sommer …«, ergänzt Silja und öffnet energisch die Bürotür.

Donnerstag, 23. Juni, 18.51 Uhr, Sylt-Shuttle, Autoverladestation Niebüll

Als der Passat mit dem Rentner und seiner Frau auf den beiden Vordersitzen und Kriminalkommissar Bastian Kreuzer und dem Autoeinweiser auf den Rücksitzen endlich von der Rampe rollt, bietet sich den Insassen des Wagens ein Bild wie aus dem Sonntagabend-Tatort.

Drei Streifenwagen mit rotierendem Blaulicht stehen im Halbkreis um zwei fast identisch aussehende Limousinen der Marke Lexus. Mehrere uniformierte Beamte lehnen an ihren Autos und lassen die Luxuskarossen ebenso wenig aus dem Blick wie deren Fahrer. Einer von ihnen steigt gerade aus seinem Wagen und geht mit drohenden Gebärden auf die Beamten zu. Als diese daraufhin ihre Waffen ziehen und entsichern, bleibt der ältere Herr mit dem vollen weißen Haarschopf sofort stehen. Seine ganze Selbstsicherheit ist zum Teufel. Im Gegensatz zu den Kollegen weiß Bastian Kreuzer sofort, dass der Gesuchte sich nur in dem zweiten Wagen befinden kann.

»Halten Sie an, sofort«, befiehlt er dem Rentner. Ohne Dank oder Abschied springt er aus dem Passat. Es sind nicht mehr als zwanzig Meter bis zu dem Pulk, der jetzt wie erstarrt scheint. Bewaffnete Polizisten bedrohen einen fassungslosen Bürger. Wie gut, dass das die Staatsanwältin nicht sehen kann, denkt Bastian noch, dann hat er die uniformierten Kollegen erreicht.

»Kreuzer, wir haben telefoniert«, ruft er in die Runde, »Sie können die Waffen runternehmen.«

Der Herr mit der schlohweißen Mähne dreht sich zu ihm um. Sein Blick bleibt sofort an Bastians rechter Hand hängen, die wegen des großflächig getrockneten Blutes aussieht, als sei sie halb verstümmelt.

»Brauchen Sie Hilfe?«, erkundigt sich der Herr und geht auf Bastian zu. Die Polizisten heben ihre Waffen wieder.

»Ist schon gut, Kollegen«, beschwichtigt Bastian die Beamten und antwortet dann auf die Frage. »Danke für Ihr Angebot, aber es geht schon. Sind Sie Arzt?«

Der Angesprochene nickt.

»Tut mir wirklich leid, dass man Sie aufgehalten hat. Wir haben eine Fahndung nach einem grauen Lexus LS 460 rausgegeben«, Bastian weist auf den zweiten Wagen, hinter dessen getönten Scheiben er niemandem erkennen kann, »deswegen hat man Sie festgehalten. Aber der Mann, den ich suche, wird wohl in dem anderen Auto sitzen. Entschuldigen Sie bitte noch einmal die Umstände. Sie können jetzt fahren. Danke für Ihre Geduld.«

»Na dann, alles Gute für Sie, und kümmern Sie sich um Ihre Hand, die sieht gar nicht gut aus«, antwortet der Weißhaarige, steigt in sein Auto und startet den fast nicht hörbaren Motor.

Erst jetzt wendet sich Bastian Kreuzer dem anderen Wagen zu. Dessen Fahrer denkt offensichtlich gar nicht daran, sein Auto zu verlassen. Bastian lässt sich von einem der Beamten Feuerschutz geben und ruft laut:

»Aussteigen bitte, aber langsam.«

Nichts geschieht.

Ist das Kalkül? Sitzt da vielleicht jemand mit gezogener Waffe im Wageninneren und wartet nur darauf, dass die Polizei einen Fehler macht? Bastian verwirft diesen Gedanken ebenso schnell, wie er ihm gekommen ist. Viel wahrscheinlicher ist es doch, dass der Fahrer durch sein Verhalten Coolness demonstrieren will. Und wer könnte eher auf diese Idee kommen, als jemand, der etwas zu verbergen hat?

Langsam geht Bastian auf den Lexus zu. Ebenso langsam fährt jetzt das Fenster auf der Fahrerseite herunter. Eine ordentliche Fönfrisur erscheint und darunter ein ziemlich faltenfreies Durchschnittsgesicht. Jens-Uwe Behrmann blickt mit mäßigem Interesse auf die Szene jenseits seines Autos.

Bastian spürt für Sekunden nichts als Erleichterung. Immerhin war der Gesuchte wenigstens auf dem Autozug, und die ganze Aktion nicht völlig umsonst. Nicht auszudenken, wenn diese Information von Fred Hübner sich im Nachhinein als falsch erwiesen hätte. Doch bevor Bastian seine Erleichterung so richtig genießen kann, prallt er auf die Aura von Arroganz und Kälte, die den Politiker umgibt.

»Sie wünschen?«

Die Stimme Jens-Uwe Behrmanns klingt metallisch. Er sieht noch nicht einmal sonderlich überrascht oder erbost aus, findet Bastian. Aber vielleicht hat er die Wartezeit auch nur gut genutzt und die eigene Aufregung erfolgreich bekämpft.

»Hauptkommissar Bastian Kreuzer von der Kripo Westerland. Herr Dr. Behrmann, ich würde gern mit Ihnen reden«, antwortet Bastian und hält seinen Dienstausweis vor die Fensteröffnung.

»Haben Sie diesen lächerlichen Aufmarsch extra meinetwegen veranstaltet?«

Bastian nickt. »Es war nicht so ganz einfach, Sie aufzutreiben. Ans Handy sind Sie heute Nachmittag jedenfalls nicht gegangen.«

»Wahrscheinlich kannte ich Ihre Rufnummer nicht. Ich nehme grundsätzlich keine fremden Anrufe an.«

»Trotzdem wär's ganz praktisch, wenn ich mich kurz mit Ihnen unterhalten könnte.«

»Warum nicht. Steigen Sie ein, ich nehme Sie ein Stück mit.« Behrmann grinst.

»Sehr komisch. Ich denke, dass man uns hier durchaus einen ruhigen Raum für ein kurzes Gespräch zur Verfügung stellen kann.« Bastian bedeutet den uniformierten Kollegen, den Politiker im Auge zu behalten, und wendet sich an die Bahnangestellten, die in einiger Entfernung die Szene beobachten. »Wer ist hier der Chef?«

Alle deuten auf einen Älteren mit Halbglatze und Hängebauch.

»Habt ihr einen Aufenthaltsraum oder so etwas?«

Eine Geste weist auf den teilverglasten Betonkubus zwischen den Spuren für die Autos. Als Bastian sich wieder zu dem Lexus umwendet, sieht er, dass Behrmann gerade aussteigt und zu ihm kommt. Zu viert gehen sie zu dem Gebäude hinüber. An der Spitze der Bahnmitarbeiter, hinter ihm Bastian mit seiner blutbefleckten Hand, dann der prominente Politiker und schließlich einer der uniformierten Beamten mit immer noch gezogener Waffe. Die letzten Wagen, die gerade von der Rampe rollen, verringern ihr Tempo auf Schrittgeschwindigkeit, damit ihren Insassen auch nicht das Geringste dieses bemerkenswerten Aufmarschs entgeht. Vom Autozug ertönt vereinzelt Hupen.

Der Hauptkommissar und Jens-Uwe Behrmann betreten einen kargen Aufenthaltsraum und nehmen an einem Holztisch voller Kaffeeflecken und Kekskrümel Platz. Bastian weist den Schutzpolizisten an, seine Waffe wegzustecken, aber als Zeuge im Raum zu bleiben. Der Bahnangestellte, dem die Neugier ins Gesicht geschrieben steht, braucht eine Sonderaufforderung um zu gehen.

Kaum hat er den Raum verlassen, wird die Stimme des Berufspolitikers leutseliger.

»Sie haben mich echt neugierig gemacht, Herr … Kreuzer, nicht wahr? Worum geht's denn eigentlich?«

Bastian antwortet mit einer Gegenfrage. »Sind Sie häufiger auf Sylt?«

»Früher war ich's. Im Moment treibt es mich eher selten zurück auf die Insel. Meine Mutter hat hier gelebt.«

»Ich weiß. Ich war vorhin in Ihrer Wohnung.«

»Ach.«

»Mehr fällt Ihnen dazu nicht ein?«

»Was sollte mir dazu denn einfallen? Ich bin erstaunt. Vor allem frage ich mich, wie Sie sich Zutritt zu der Wohnung verschafft haben.«

»War ganz einfach. Wir haben geklingelt, und Ihr Untermieter hat uns aufgemacht.« Bastian lächelt entwaffnend.

»Ach so. Ich hatte nicht damit gerechnet, dass Fred so schnell einziehen würde.«

»Sie duzen sich?«

»Ist das verboten?«

»Meines Wissens nicht. Nur hat Herr Hübner nichts davon erwähnt.«

»Wahrscheinlich weil er wieder mal blau war.« Die Stimme Jens-Uwe Behrmanns klingt plötzlich sehr abschätzig. »Fred ist ein armes Schwein, dem ich hin und wieder mal helfe. Ich nehme an, Sie kennen seine Geschichte?«

»Ich arbeite bei der Kripo auf Sylt. Dies ist der dritte Fall, bei dem ich ihm begegne.«

»Ja, sorry. Klar. Dann wissen Sie ja, was ich meine. Wenn Fred in seiner Wohnung ist, sieht er immer noch das Blut an den Wänden. Kein Wunder, dass er säuft wie ein Loch.«

»Ich dachte, das sei längst vorbei«, antwortet Bastian vieldeutig.

»In der Zeit zwischen seinen Abstürzen ist er trocken«, erklärt Behrmann sarkastisch.

»Um genau zu sein, interessieren mich Fred Hübners Abstürze jetzt nicht besonders.«

»Was interessiert Sie dann?«

Jens-Uwe Behrmann sieht den Hauptkommissar nicht an, sondern lässt seinen Blick über die trostlosen Wände des Aufenthaltsraums wandern. Mehrere Urlaubskarten sind mit vergilbendem Tesafilm an eine zerkratzte Kühlschranktür geklebt. Daneben steht auf einer Baumarktspüle eine schmutzige Kaffeemaschine.

Doch Bastian Kreuzer lässt dem Politiker keine Zeit, um sich zu sammeln, sondern kommt gleich zur Sache.

»Ich würde gern wissen, was in der vergangenen Nacht

in Ihrer Wohnung geschehen ist. Und in der Nacht auf den Freitag der letzten Woche auch.«

Der Blick des Politikers kehrt langsam zu dem Kommissar zurück, als habe er Mühe, sein Ziel zu finden.

»Ich kann mich nur wiederholen: Fragen Sie Fred.«

»Er sagte, er habe den Schlüssel erst heute Nachmittag von Ihnen bekommen«, antwortet Bastian ehrlich verwundert.

»Das ist Quatsch«, widerspricht Behrmann energisch. »Ich wollte vorhin noch ein paar Details mit Fred besprechen, deswegen haben wir uns in der Wohnung getroffen, aber er hat den Schlüssel schon länger. Ich weiß nicht genau, seit wann, aber eine Woche ist es bestimmt schon her, dass ich ihm meine Wohnung als Ausweichquartier angeboten habe, falls er es zu Hause mal wieder nicht aushält.«

»Vorhin haben Sie sich noch darüber gewundert, dass er das Quartier auch nutzt«, wirft Bastian Kreuzer ein.

»Ich habe mich darüber gewundert, dass er Ihnen aufgemacht hat«, korrigiert ihn Behrmann. »Das ist ein Unterschied.«

»Wie auch immer. Wo waren Sie in der letzten Nacht?«

»Fred und ich haben gestern miteinander zu Abend gegessen. Im *Schneckenhäuschen.* Dann haben wir noch einen Absacker in einer Bar genommen … jedenfalls war es für mich ein Absacker. Fred sah mir nicht so aus, als sei der Abend damit für ihn beendet.«

»Sie wollen andeuten, dass er allein weitergetrunken hat?«

»Ich gehe davon aus, ganz genau.«

»Um welche Uhrzeit haben Sie sich getrennt?«

Jens-Uwe Behrmann zuckt die Achseln und überlegt eine Weile. »Gegen Mitternacht würde ich sagen, vielleicht war es auch ein bisschen früher.«

»Sie sind dann zurück in Ihre Wohnung gegangen, nehme ich an?«

»Nein. Im Gegenteil. Fred ist in meine Wohnung gegangen, jedenfalls habe ich ihn vor der Tür des Gebäudes abgesetzt.«

»Interessant. Und wo haben Sie geschlafen?«

Der Politiker räuspert sich und sagt dann leise: »Ich gehe davon aus, dass dies ein vertrauliches Gespräch ist …«

»Selbstverständlich.«

»Ich war bei einer Freundin.«

»Auf Sylt?«

»Auf Sylt.«

»Die das bezeugen kann?«

»Wenn es sein muss. Warum fragen Sie mich das alles eigentlich?«

»In der letzten Nacht ist eine Frau ermordet worden. Und eines ihrer langen roten Haare haben wir vorhin in Ihrer Wohnung gefunden.«

Insgeheim hofft Bastian sehr, dass das entsprechende Haar tatsächlich von Marga Mönchinger oder Sibylla Polenz stammt. Wenn dieser Behrmann beide Frauen auf dem Gewissen hätte, wäre es perfekt. Die erheblich drängendere Frage ist allerdings: Hat Behrmann überhaupt irgendetwas mit den Morden zu tun? Sorgfältig studiert Bastian Kreuzer dessen Gesicht. Empörung spiegelt sich darin. Empörung und ein winziges bisschen Ratlosigkeit. Nach Schuldbewusstsein sucht der Hauptkommissar im Gesicht des Politikers allerdings vergeblich.

»Sie wollen andeuten, dass diese Frau in meiner Wohnung umgebracht worden ist?«, erkundigt sich Behrmann fassungslos.

»Möglich ist es. Jedenfalls hat sie sich dort aufgehalten, als sie noch lebte, sonst hätten wir ja wohl kaum ihr Haar gefunden.«

Schon seit einigen Minuten denkt Hauptkommissar Bastian Kreuzer, dass ihn jeder Staatsanwalt für diese Vernehmung mit Vergnügen an den Pranger stellen würde. Vermutungen als Tatsachen ausgeben und damit dann auch noch jemanden unter Druck setzen, der zunächst nur als Zeuge in Frage kommt, das ist nun wirklich ganz schlechter Stil.

Doch zum Glück ist kein Staatsanwalt anwesend und Jens-Uwe Behrmann scheint viel zu authentisch erschüttert zu sein, um an seine Verteidigung zu denken. »Ich dachte, die Tote ist am Strand gefunden worden«, murmelt er. »Jedenfalls habe ich es so in den Nachrichten gehört.«

»Ist sie auch. Aber vorher war sie in Ihrer Wohnung.«

»Mit Fred?«

»Oder mit Ihnen. Sie hieß Marga Mönchinger. Sagt Ihnen der Name etwas?«

»Machen Sie sich nicht lächerlich. Natürlich nicht.«

Jetzt wird der Politiker doch sauer, Bastian sieht es an seiner Miene. Und er findet, dass das genau der richtige Zeitpunkt ist, um härtere Bandagen anzulegen.

»Herr Dr. Behrmann, es tut mir leid, aber ich muss Sie bitten, mit mir wieder auf die Insel zurückzukehren, bis alle Fragen geklärt sind.«

»Und wenn ich mich weigere?«

»Dann nehme ich Sie fest. Wegen Verdunkelungsgefahr.«

Jens-Uwe Behrmann verzichtet auf jeden Kommentar, schüttelt aber fassungslos den Kopf. Bastian Kreuzer steht auf.

»Gehen wir. Ich denke, dass die Herren vom Sylt-Shuttle für einen Streifenwagen durchaus noch ein Plätzchen auf dem nächsten Zug reservieren können. Wenn Sie mir bitte folgen wollen …«

Donnerstag, 23. Juni, 22.41 Uhr, Kriminalkommissariat Westerland

»Was machen wir denn jetzt bloß?«

Entnervt trommelt Silja auf die Platte ihres Schreibtischs, während Sven zum dritten Mal das Protokoll mit den Aussagen Fred Hübners liest und mit den Notizen Bastians zur Vernehmung von Jens-Uwe Behrmann vergleicht.

»Das ist doch zum Mäusemelken«, entfährt es Sven plötzlich. »Die beiden Kerle behaupten tatsächlich das genau Entgegengesetzte. Ich komme mir vor wie in einer Comedy-Show. Der eine will den Schlüssel schon seit einer Woche aus der Hand gegeben haben, der andere will ihn erst heute Nachmittag bekommen haben. Der eine sagt, sie hätten sich gestern Nacht um Mitternacht vor der Haustür getrennt, der andere sagt, es sei am Strand und schon hell gewesen.«

»Hat sich die Spurensicherung eigentlich schon aus der Wohnung von Behrmann gemeldet?«, fragt Silja, ohne mit dem Trommeln aufzuhören.

»Ja, vorhin. Rote Haare haben sie da jede Menge gefunden, ungewöhnlich viele übrigens im Duschsieb. Außerdem sind sie natürlich auf alle möglichen Fingerabdrücke gestoßen. Und ein bisschen Blut gab's auch. Im Schlafzimmer am Bettpfosten. Aber es sind wohl eher homöopathische Dosen, und bis sie wissen, von wem das stammt – na ja, du kennst ja die Durchlaufzeiten im Labor.«

»Allerdings. Aber dieses Warten macht mich einfach irre. Außerdem arbeitet die Zeit gegen uns. Hast du gehört, was der Anwalt von Behrmann am Telefon zu Bastian gesagt hat?«

»Die Sache mit dem Nachspiel? Meinst du das?«

Silja nickt.

»Das sagen sie immer. Dafür werden diese Typen doch bezahlt.«

»Aber so ein Politiker hat Verbindungen. Und wenn Bastian Jens-Uwe Behrmann tatsächlich ohne Grund eingebuchtet hat, dann kann es ihn die Karriere kosten.«

»Du bist aber plötzlich sehr mitfühlend. Wo ist er eigentlich?«

»Wer? Bastian? In der Nordseeklinik. Lässt sich die Hand untersuchen.«

»Ah, gut. Hab ich gar nicht mitgekriegt.«

Silja verzieht das Gesicht. »Kein Wunder. Er wollte da natürlich nicht hin. Aber der eine Finger wurde schon ein bisschen steif, und da hab ich ihn erpresst.«

»Echt?« Grinsend sieht Sven von seinen Unterlagen auf. »Erzähl.«

»Da gibt's nicht viel zu erzählen. Ich hab ihm gesagt, wenn er innerhalb von zwei Stunden in die Notaufnahme geht, dann geh ich innerhalb von zwei Tagen mit ihm Essen.«

»Na, das ist dir sicher ziemlich schwergefallen.« Der spöttische Unterton in Svens Stimme ist nicht zu überhören.

»Ich bin eben ein barmherziger Engel, wusstest du das nicht?«, kontert Silja und fügt nach einer kurzen Pause hinzu: »Und wenn ich nicht gleich irgendetwas dafür tun kann, damit wir in diesem bescheuerten Fall endlich weiterkommen, dann werde ich verrückt.« Spontan springt sie auf und läuft zur Tür. »Ich klappere jetzt alle Kneipen und Imbissbuden um den Bahnhof herum ab und frage nach, ob sich jemand an Behrmann und Hübner erinnern kann.«

»Bleib hier. Das macht schon die kleine Brönne. So eine Jungkommissarin muss auch mal was allein tun dürfen.«

»Hast ja recht.« Kraftlos kehrt Silja wieder zu ihrem Schreibtisch zurück, ruhelos gleitet ihr Blick über die Aktenstapel, bis er an der Plastiktüte mit dem Safeschlüssel hängenbleibt, die noch immer neben ihrem Rechner liegt.

»Ich hab's. Ich stöbere jetzt jeden einzelnen Filialleiter dieser Banken auf. Und wenn ich ihnen bis ins Bett nachkriechen muss. Und dann sollen sie gefälligst ihren Arsch hochkriegen und mir sagen, zu welchem Safe dieser Schlüssel gehört.«

»Morgen früh hast du das Ganze in einer halben Stunde erledigt, jetzt kann es dich die ganze Nacht kosten«, wendet Sven ein.

»Ist mir egal. Ich will einfach nicht mehr warten.«

Donnerstag, 23. Juni, 23.19 Uhr, Nordseeklinik, Westerland

»Zum Glück ist nichts gebrochen, wie gesagt, aber eine Zerrung tut oft mehr weh als alles andere.« Leutselig klopft der Notarzt dem Hauptkommissar auf die Schulter. »Wenn Sie die Hand ein paar Tage ruhig stellen, wird das schon wieder. Und die Schnitte und Risse sind nur oberflächlich, die verheilen ganz von allein. Nur der Verband sollte regelmäßig gewechselt werden.«

Bastian Kreuzer nickt und will sich gerade für die Behandlung bedanken, als sein Handy klingelt. Er fischt den Apparat mit der linken Hand aus der Jackentasche und nimmt den Anruf an.

»Sagen Sie mal, Kreuzer, sind Sie verrückt geworden?«, ist das Erste, was er hört.

Bastian verdreht die Augen und verabschiedet sich mit einer stummen Geste von dem freundlichen Notarzt.

»Guten Abend, Frau von Bispingen, ich freue mich auch, mal wieder mit Ihnen zu telefonieren.«

»Sparen Sie sich Ihre billige Ironie für anderes auf. Ein guter Bekannter rief mich gerade an. Ich hab gedacht, ich trau meinen Ohren nicht. Seid ihr auf der Insel jetzt völlig durchgedreht? Seit wann werden bei uns ehrbare Bürger ohne ersichtliche Gründe festgenommen? Wir leben immer noch in einem Rechtsstaat.«

»Wenn Sie das sagen … Darf ich erfahren, woher Sie wissen, wen wir vorhin festgenommen haben?«

»Das geht Sie gar nichts an. Viel wichtiger ist: Was werfen Sie Jens-Uwe Behrmann eigentlich konkret vor?«

»Einen Mord?«

»Und was soll das Fragezeichen am Ende ihrer Aussage?«

»So deutlich war das zu hören?«

»Ja. So deutlich war das zu hören.«

Bastian Kreuzer holt tief Luft. Wenn er diese Schlacht gegen die offensichtlich sehr aufgebrachte Staatsanwältin gewinnen will, dann braucht er scharfe Waffen. Und einen hellwachen Verstand. Mit dem Ellenbogen öffnet er die Tür der Nordseeklinik und wendet sich sofort nach Westen, dem Wind und dem Meer zu.

»Frau von Bispingen, bei allem Respekt, aber wollen Sie nicht wenigstens diese Nacht abwarten, bevor Sie mich zusammenfalten? Wir haben hier auf der Wache zwei dringend Tatverdächtige, und es wäre gut möglich, dass wir schon morgen früh …«

»Zwei, sagten Sie?«, unterbricht ihn die Staatsanwältin mit kalter Stimme.

»Ganz genau.«

»Wer ist der zweite?«

»Ein Journalist. Wir haben ihn in Behrmanns Westerländer Wohnung aufgegriffen.«

»Was haben jetzt eigentlich alle immer mit dieser Wohnung?«

»Man sieht vom Fenster aus die Fundorte beider Frauenleichen.«

»Von meinem Fenster aus sieht man eine große Kreuzung. Trotzdem bin ich nicht an jedem Verkehrsunfall schuld.«

»In der Wohnung hat die Spurensicherung Haare von einer der Toten gefunden«, setzt Kreuzer noch einmal an, wird aber sofort von Elsbeth von Bispingen unterbrochen.

»Wie auch immer. Es ist völlig absurd, einen angesehenen Staatsbürger des Mordes zu verdächtigen, nur weil ihm die falsche Wohnung gehört. Behalten Sie Behrmann meinetwegen über Nacht in Gewahrsam, aber klären Sie die Sache bis morgen früh. Haben wir uns verstanden?«

Bastian Kreuzer nickt seufzend. Als ihm etwas verspätet einfällt, dass die Staatsanwältin seine Reaktion ja nicht sehen kann, hat Elsbeth von Bispingen schon längst aufgelegt.

Bastian behält das Handy in der Hand und drückt schnell eine andere Nummer. Als die Angerufene sich meldet, sagt er leise: »Ich war beim Arzt.«

»Gut. Und? Was hast du?«

»Hand verstaucht. Haut geritzt. Beule am Kopf. Nichts Schlimmes.«

»Und jetzt bin ich dran?«

»Genau.«

»Morgen Abend? Acht Uhr?«

»Aber nicht bei Tino, oder?«

»Warst du schon mal im *Söl'ring Hof*?«

»Lassen die mich da rein?«

Silja lacht. »Wenn du mit mir kommst, dann schon.«

»Das beruhigt mich. Übrigens: Bis morgen früh müssen wir Behrmann entweder überführt oder freigelassen haben. Befehl von ganz oben.«

»Sven hat mir schon erzählt, dass du jetzt häufiger mit Frau von Bispingen flirtest«, antwortet Silja amüsiert.

»Das ist überhaupt nicht komisch, du hättest sie mal hören sollen«, empört sich Bastian.

»Wo bist du?«, unterbricht ihn die Kollegin.

»Immer noch an der Nordseeklinik. Warum?«

»Ich habe vor zehn Minuten herausgefunden, in welcher Bank das Schließfach ist, zu dem Marga Mönchingers Schlüssel passt. Der Filialleiter ist schon unterwegs, und Sven und ich wollten gerade aufbrechen.«

»Wo soll ich hinkommen?«, fragt Bastian atemlos.

Donnerstag, 23. Juni, 23.41 Uhr, Saferaum der Bank, Westerland

Das Sicherheitstor öffnet sich leise summend. Dahinter liegt der Tresorraum. Hunderte von eintönig grauen Stahltürchen verbergen die Schließfächer. In den oberen Reihen die flachen, etwa fünf Zentimeter hohen, die allenfalls Platz für Schmuck oder einige Unterlagen bieten. In der Mitte die doppelt so großen, in denen man schon einen DIN-A4-Ordner verstauen könnte. Und ganz unten die größten, in die auch mehrere Stahlkassetten gleichzeitig passen würden.

Marga Mönchinger hat eines der kleinen Fächer gemietet.

»Sie hatte Glück, dass überhaupt eins frei war«, erklärt der Filialleiter, der immer noch seine Bowlingjacke trägt. »Normalerweise haben wir sogar eine Warteliste.«

Bastian Kreuzer, Sven Winterberg und Silja Blanck nicken unkonzentriert. Allen dreien steht die Anspannung im Gesicht geschrieben. Doch für den Filialleiter scheint die ganze Aktion ein echtes Abenteuer zu sein.

»War einer von Ihnen schon mal in einem Tresorraum?«, will er wissen.

Die Ermittler schütteln die Köpfe.

»In jeder dieser Türen gibt es zwei Schlösser, wie Sie sehen. In das eine gehört der Schlüssel der Bank.« Er steckt in das Fach mit der Nummer 117 einen kantigen schlicht wirkenden Schlüssel, den er vor wenigen Minuten aus einem verschlossenen Schrank an der Rückwand des Schalterraums genommen hat. »In das andere Schloss kommt jetzt Ihr Schlüssel. Beziehungsweise der des Schrankfachmieters.«

Während Silja einen Latexhandschuh überzieht und den Schlüssel vorsichtig aus der Tüte holt, redet der Filialleiter weiter.

»Ich nehme mal an, ich darf nicht sehen, was Sie gleich entdecken werden, oder?«

»Ich fürchte nicht«, antwortet Bastian. »Das ist bei Ihren anderen Kunden doch auch so, oder?«

»Selbstverständlich. Ist es in Ordnung, wenn ich im Vorraum warte? Sie werden den Inhalt ja sicher mitnehmen wollen. Dann kann ich anschließend noch zurück zu meiner Mannschaft.« Er zupft am Ärmel seiner grellgrünen Bowlingjacke. »Wäre ja blöd, wenn die unseren Turniersieg ohne mich feiern.«

»Wir brauchen wahrscheinlich nicht mehr als fünf Minuten«, antwortet Bastian. »Ich mache ein paar Fotos, und wir nehmen den Inhalt dann mit. Es sei denn, wir stoßen auf irgendetwas sehr Ungewöhnliches, dann würde ich die Spurensicherung anfordern.«

Der Filialleiter, der sich schon umgedreht hat und auf dem Weg in den Vorraum ist, bleibt abrupt stehen.

»Ungewöhnlich? Also wenn Sie jetzt Leichenteile finden oder so etwas? Meinen Sie das?«

Silja zieht scharf die Luft ein und denkt, der hat ganz bestimmt zu viele Fernsehkrimis gesehen, aber Bastian antwortet freundlich und ohne jede Ironie: »Genau. So etwas wäre zum Beispiel ein Fall für die Spurensicherung.«

Als Silja den Schlüssel im Schloss dreht, zittert ihre Hand ganz leicht. Die Safetür öffnet sich ohne jedes Geräusch. Innen steckt eine Stahlbox, die nur wenige Millimeter kleiner ist als der Schrankraum. Langsam zieht Silja die Box heraus.

Im Inneren liegt ein Bündel Geldscheine. Mehr nicht.

Enttäuschung malt sich auf den Gesichtern der Ermittler.

»Scheiße«, entfährt es Sven leise. »Das hilft uns jetzt echt nicht weiter.«

Silja stülpt auch über ihre zweite Hand einen Latexhandschuh, nimmt die Hunderteuroscheine heraus und zählt sie schnell durch.

»… 17, 18, 19 … huch, was ist denn das?«

Zwischen dem 19. und dem letzten Schein liegt ein kleiner weißer Zettel, auf dem in der rechten oberen Ecke das Logo der Bank prangt. Auf dem Zettel stehen einige hastig hingeworfene Sätze:

Falls mir etwas passiert, dann war es Jens. Das ganze Geld ist von ihm, nur für zwei Tage Rasieren. Bis zum Freitag soll ich noch mal 5000 bekommen. Aber die Haare sind ja schon ab, und ich habe ein bisschen Angst.

Fassungslos sehen sich die drei Kommissare an. Niemand sagt ein Wort, bis schließlich Silja murmelt: »Sie hat es geahnt.«

»Dreh mal den Zettel um«, fordert Bastian jetzt flüsternd. »Da haben sich noch irgendwelche anderen Buchstaben durchgedrückt.«

Auf der Rückseite steht tatsächlich noch etwas. Schief und fast unleserlich reihen sich wenige Worte aneinander, als seien sie schnell oder vielleicht sogar widerwillig hingeschrieben worden.

Ich liebe ihn ja, aber er sagt, er kann sich nicht von seiner Frau trennen. Das hat er schon vor zwei Jahren gesagt, deswegen habe ich mir Hubert gesucht. Ich dachte, Jens wird vielleicht eifersüchtig. Aber er war nur erleichtert. Jetzt schläft er gar nicht mehr mit mir. Will immer nur rasieren. Lieber Gott, hilf mir!

»Das kann nicht sein«, stöhnt Silja verhalten. »Bitte sagt mir, dass ich träume.«

In einer spontanen Geste streicht ihr Bastian kurz über die Wange. Dann räuspert er sich schnell und holt eine schmale Papiertüte aus der Tasche, spreizt sie auf und hält sie der Kollegin unter die Nase. Während Silja Geld und Zettel hineingleiten lässt, sagt Bastian leise: »Marga Mönchinger stand unter enormem Druck, das ist ganz offensichtlich. Zuerst hat sie wohl nur einen Hinweis für den Ernstfall geben wollen, aber dann hat sie wahrscheinlich gemerkt, dass es ihr hilft, etwas aufzuschreiben, dass es sie entlastet, was weiß ich. Und gleichzeitig hat sie sich vielleicht geschämt, auch wenn es nur vor sich selbst war. Da hat sie den Zettel eben umgedreht und schnell noch etwas dazugeschrieben. Gewissermaßen off the record.«

»Hä?«, macht Sven und runzelt die Stirn. »Off the was?«

»Inoffiziell«, erklärt Bastian und weist gleichzeitig auf einen niedrigen Tisch an der Wand, den vorher niemand bemerkt hat. Auf dem Tisch liegen ein Block mit dem Logo der Bank und ein Kugelschreiber. »Jede Wette, das war ein spontanes Bekenntnis. Wenn die Mönchinger hier nicht Papier und Stift vorgefunden hätte, dann wäre sie vermutlich gar nicht auf die Idee gekommen, etwas zu schreiben. Sie wollte ursprünglich bestimmt nur ihr Geld in Sicherheit bringen.«

»Lass uns von hier verschwinden. Ich halte das echt nicht mehr aus«, bittet Silja.

Bastian nickt kurz und sagt zu Sven: »Wir müssen dringend herausfinden, ob auch Fingerabdrücke von diesem Behrmann auf den Scheinen sind.« Anschließend hebt er die Stimme, damit der Filialleiter ihn hören kann. »So, wir sind jetzt so weit.«

»Schließen Sie das Fach noch ab, bitte?«

»Ja klar. Silja?«

Die Kommissarin nickt, geht zurück, schiebt die Box wieder in das Fach, schließt die Tür und dreht den Schlüssel im Schloss. Sie kann den Gedanken an Marga Mönchinger kaum ertragen. Was mag die Frau gedacht haben, als sie vor wenigen Tagen dasselbe getan und anschließend diesen

Raum verlassen hat? War sie voller Hoffnung, den Mann, den sie liebt, doch noch umstimmen zu können? Hatte sie Angst? Hat sie möglicherweise gezögert, vielleicht sogar ihren Entschluss schon bereut? Wir werden es nie erfahren, denkt Silja resigniert. Das Einzige, was wir jetzt noch tun können, ist den Mörder Marga Mönchingers seiner gerechten Strafe zuzuführen. Sein Motiv scheint ihr völlig klar zu sein. Eine abgewiesene Geliebte, die an die Öffentlichkeit geht, kann jede Karriere ruinieren.

»Lokaltermin, und zwar sofort«, ordnet Bastian an, nachdem die drei die Bankfiliale verlassen haben und in der nächtlich leeren Straße den Rücklichtern am Wagen des erleichterten Filialleiters hinterherblicken. »Mit Nachtruhe ist heute nichts. Wir greifen uns sowohl Fred Hübner als auch Jens-Uwe Behrmann und fahren mit beiden in die Wohnung im Kurzentrum. Und dann wollen wir doch mal sehen, ob wir nicht die Wahrheit aus denen rauskriegen.«

Freitag, 24. Juni, 00.43 Uhr, Kurzentrum Westerland

»Wir spielen jetzt ein Spiel. Es heißt: *Was geschah heute Nachmittag?*«, erklärt Hauptkommissar Bastian Kreuzer mit ernster Stimme. Jens-Uwe Behrmann und Fred Hübner sehen sich für wenige Sekunden an, dann schlagen beide gleichzeitig die Augen nieder. Es ist das erste Mal, dass sie sich wiedertreffen, seit sie sich am Nachmittag dieses Tages getrennt haben. Die Beamten haben sie in unterschiedlichen Streifenwagen in diese Wohnung transportiert. Der Politiker wartet schon seit einer Viertelstunde in der Diele, ohne zu wissen, worauf. Erst als vor wenigen Sekunden der Journalist eingetroffen ist, dämmerte Jens-Uwe Behrmann, was die Ermittler bezwecken.

»Ich will meinen Anwalt sprechen.«

»Ihr Anwalt schläft, Dr. Behrmann, Sie sollten ihn nicht überstrapazieren«, erwidert Bastian Kreuzer freundlich. »Außerdem wäre er ein undankbarer Zeuge. Er weiß nicht halb so viel, wie wir inzwischen wissen.«

»Sie bluffen.« Behrmann lächelt herablassend.

»Sagt mal Jungs, worum geht es jetzt eigentlich genau?«, mischt sich Fred Hübner in die Unterhaltung. Er ist ziemlich blass, scheint aber den schlimmsten Kater überwunden zu haben. »Ich möchte mich ja nicht in den Vordergrund drängen, aber nachdem ich die letzte Nacht unter eher unkomfortablen Bedingungen am Strand verbracht habe, schien mir die Pritsche in eurer Zelle ein gar nicht mal so übles Lager zu sein. Und wenn ich jetzt schon aus dem Schlaf gerissen werde, dann sollte es wenigstens für einen guten Zweck sein.«

»Sie sprechen mir aus der Seele, Hübner.« Bastian legt seine Arme um Svens und Siljas Schultern und führt die beiden zu dem Sofa. »Setzt euch, Kollegen, es geht gleich los. Sven, wenn du eben noch das Aufnahmegerät fertig machen würdest …«

Nach einem kurzen Soundcheck wendet sich Bastian den beiden Verdächtigen zu, die immer noch an der Tür stehen und es sorgsam vermeiden sich anzusehen.

»Sie beide stellen sich da drüben vor den leeren Fernsehschrank«, weist er Behrmann und Hübner an. »Unser kleines Spiel hat nur eine Regel: Jeder von Ihnen darf abwechselnd reden, aber nicht mehr als einen einzigen Satz sagen. Herr Hübner, Sie beginnen.«

Eine kleine Pause entsteht. Es ist Jens-Uwe Behrmann deutlich anzusehen, dass er fieberhaft überlegt, wie er sich verhalten soll.

Wenn du wüsstest, was wir in der Hinterhand haben, denkt Bastian zufrieden, dann würdest du vielleicht gleich aufgeben. Aber du hast hier doch unter Garantie irgendeine übel stinkende Intrige eingefädelt, und die wollen wir jetzt auch komplett aufdecken.

Die Gedanken des Hauptkommissars werden von der Stimme Fred Hübners unterbrochen. Laut und deutlich formuliert er den ersten Satz.

»Heute Mittag, vielleicht war es auch schon früher Nachmittag, rief mich Jens-Uwe Behrmann in meiner Wohnung in Wenningstedt an.«

»Fred war vollkommen blau«, ergänzt der Politiker und blickt herausfordernd in die Runde. Doch die drei Ermittler haben ihre Pokerfaces aufgesetzt.

»Weiter«, befiehlt Bastian und sieht Hübner auffordernd an.

»Jens-Uwe Behrmann hat mir angeboten, mich über die Vorkommnisse der letzten Nacht aufzuklären.«

»Nicht nur das, ich habe ihm auch gesagt, dass er gern wieder in meine Wohnung kann. Den Schlüssel hatte er ja noch.«

»Das waren zwei Sätze«, unterbricht Bastian den Politiker.

»Den Schlüssel hatte ich nicht und von der Existenz dieser Wohnung hatte ich keine Ahnung.«

»Du lügst.«

Fred Hübner ignoriert die Beschuldigung Behrmanns und denkt kurz nach, bevor er fortfährt.

»Weil ich mich gewundert habe, dass ein vielbeschäftigter Politiker sich plötzlich so für mich interessiert, habe ich Behrmann am Nachmittag zurückgerufen.«

»Er war so blau, dass er die Adresse der Wohnung nicht mehr wusste.«

»Herr Dr. Behrmann«, unterbricht Silja den Politiker mit höflicher Stimme. »Verstehe ich Sie recht? Sie behaupten, dass sich Fred Hübner schon mehrmals hier aufgehalten hat und sich nur aufgrund seines schwer alkoholisierten Zustands nicht mehr daran erinnern kann?«

Behrmann nickt.

»Wir hatten unsere Spurensuchtruppe in den letzten Stunden in dieser Wohnung«, gibt Silja zu bedenken. »Sie haben überall Fingerabdrücke gefunden. Die von Ihnen und von Marga Mönchinger waren nicht nur im Wohnraum, sondern auch im Schlafzimmer und im Bad äußerst zahlreich vorhanden. Fingerabdrücke von Fred Hübner hat es allerdings nur hier in diesem Raum gegeben.«

»Fred hat die anderen abgewischt«, kontert Behrmann.

»Ja klar«, antwortet Bastian Kreuzer amüsiert. »Und um Ihre und die des Mordopfers hat er dabei immer fein säuberlich herumgewischt, oder wie? Ich will Ihnen sagen, wo das Problem Ihrer Argumentation liegt. Wir sind zu früh gekommen. Wenn Herr Hübner auch nur ein paar Stunden länger allein in dieser Wohnung gewesen wäre, dann wäre er unweigerlich pinkeln gegangen – und vermutlich hätte er sich irgendwann auch ins Bett gehauen, so groggy, wie er war. Und schon hätte er viele nette kleine Fingerabdrücke überall in Ihrer Wohnung hinterlassen. Aber leider, leider konnte Fred Hübner die Einsamkeit dieser Wohnung nur für wenige Minuten ungestört genießen.«

Es ist Jens-Uwe Behrmann anzusehen, dass ihn diese Eröffnung gehörig aus dem Konzept bringt. Und Bastian Kreuzer wäre zu Unrecht der Leiter dieser Ermittlung, wenn er nicht sofort seinen Vorteil aus der Verunsicherung des Verdächtigen ziehen würde.

»Herr Dr. Behrmann, ich würde gern das Thema wechseln und kurz mit Ihnen über die Zeit Ihrer Promotion sprechen.«

»Das hat doch nun wirklich nichts mit dieser Sache zu tun.«

»O doch. Sie haben nämlich hier in der von Ihrer Mutter geerbten Wohnung an Ihrer Doktorarbeit geschrieben. Etwa zwei Jahre lang. Das habe ich jedenfalls einem Zeitungsinterview entnommen.«

»Ich habe mich an den Wochenenden hierher zurückgezogen, um konzentriert arbeiten zu können, das ist korrekt. Mit meiner Frau war das abgesprochen, unsere Kinder waren damals noch sehr klein.«

»War die Anwesenheit von Marga Mönchinger in dieser Wohnung auch mit Ihrer Frau abgesprochen?«

Erwartungsvoll ruhen die Blicke aller drei Kommissare auf dem Gesicht des Politikers. Auch Fred Hübner wird jetzt hellhörig.

»Ich habe sie tatsächlich manchmal hier gehabt«, erklärt Behrmann zögernd. »Und immer bezahlt für ihre Dienste.«

»In den Worten Marga Mönchingers klingt das aber anders. Am besten, ich lese Ihnen das mal vor.« Bastian holt eine getippte Notiz aus seiner Jackentasche und gibt leise die Worte Marga Mönchingers wieder. *»Ich liebe ihn ja, aber er sagt, er kann sich nicht von seiner Frau trennen. Das hat er schon vor zwei Jahren gesagt, deswegen habe ich mir Hubert gesucht.*

Ich dachte, Jens wird vielleicht eifersüchtig. Aber er war nur erleichtert. Jetzt schläft er gar nicht mehr mit mir. Will immer nur rasieren.«

Als Jens-Uwe Behrmann schweigt, fügt Bastian leise hinzu: »Und tatsächlich, Sie haben zumindest in den letzten Tagen nicht mit ihr geschlafen, sonst wäre Ihnen vermutlich der Safeschlüssel in Marga Mönchingers Scheide in die Quere gekommen.«

»Ich verstehe kein Wort.« Jens-Uwe Behrmann ist plötzlich sehr blass geworden.

»Sie verstehen mich ganz gut, Herr Dr. Behrmann. Sie haben offenbar während der Abfassung Ihrer Doktorarbeit eine Zweitbeziehung mit Frau Mönchinger, damals noch Lavro, unterhalten. Es war wohl das alte Spiel: Während Ihre Geliebte hier auf Sylt auf Sie wartete und darauf hoffte, dass Sie sich scheiden lassen, hat Ihre Frau zu Hause geglaubt, Sie widmeten sich ganz Ihrer Arbeit.«

»Das habe ich auch getan.«

»Klar. Und als die Arbeit fertig war, haben Sie Marga Lavro den Laufpass gegeben. Alles schien auch glatt zu laufen, denn Frau Lavro hat sich einen Mann gesucht, der sie geheiratet hat. Und da Frau Lavro auch weiterhin Stillschweigen über Ihre gemeinsamen zwei Jahre bewahrt hat, konnte Ihre Frau nichts erfahren. Doch als der Ehemann von Frau Lavro, jetzt Mönchinger, kürzlich hinter Details ihres Vorlebens kam, zerbrach die Konstruktion. Das Paar hat sich getrennt, und Ihre ehemalige Geliebte hat sich in ihrer Not an Sie gewandt, stimmt's?«

Jens-Uwe Behrmann schlägt die Augen nieder und nickt. Hauptkommissar Bastian Kreuzer kann deutlich sehen, dass er schon fast gewonnen hat.

»Da Ihre Karriere inzwischen einen deutlichen Sprung nach vorn gemacht hatte, musste Marga Mönchinger verschwinden. Nicht auszudenken, wenn es jetzt zum Skandal gekommen wäre. Sie haben also Frau Mönchinger unter dem Vorwand irgendwelcher neuen Obsessionen in Ihre Wohnung gelockt und bezahlt. Ihren Koffer haben Sie sicherheitshalber nach Niebüll geschafft, damit möglichst niemand auf der Insel weiter nach Marga Mönchinger sucht. Die Frau war Ihnen immer noch völlig ergeben, das war natürlich ziemlich praktisch für Sie. Mit Marga Mönchinger geschlafen haben Sie aber trotzdem nicht, denn dann hätten wir ja Ihr Sperma nachweisen können. So weit war das alles schon ziemlich perfekt überlegt. Aber Sie sind noch weitergegangen. Damit auch wirklich niemand Sie verdächtigen wird, haben sie bereits in der Nacht, in der Marga Mönchinger Sie vermutlich zum ersten Mal kontaktiert hat, eine Frau umgebracht, die Ihrer ehemaligen Geliebten sehr ähnlich sah und auch hier auf Sylt wohnte. Wir sollten denken, es sei ein Triebtäter auf der Insel unterwegs, und das haben wir ja auch einige Zeit lang vermutet.«

»Ich habe keine andere Frau umgebracht«, stöhnt Behrmann plötzlich. »Sie meinen die erste Frau im Strandkorb, stimmt's?«

Bastian nickt.

»Ich habe davon gelesen. Aber in der Nacht, in der dieser Mord geschah, war ich auf dem Festland.«

»Was Sie nicht sagen.«

»Im Internet werden Sie mehrere Bilder eines Sponsorenessens finden, auf denen ich mit anderen Gästen zu sehen bin. Es können jede Menge Leute bezeugen, dass ich den ganzen Abend dort war.«

Während Bastian nervös auf seinem Handy herumtippt, fragt Silja leise:

»Warum haben Sie Frau Mönchinger die Haut aufgeschnitten, warum war sie am ganzen Körper rasiert, wenn sie genau das doch nach Aussagen ihres Ehemannes immer verweigert hat?«

»Ich habe ihr gesagt, es soll ein Liebesbeweis sein«, flüstert Jens-Uwe Behrmann.

»Und ich?«, mischt sich plötzlich Fred Hübner ins Gespräch. »Was sollte meine Rolle in diesem miesen Spiel sein?«

»Wenn Sie betrunken genug gewesen wären, um sich wirklich an nichts zu erinnern, dann hätte man Ihnen vielleicht sogar beide Morde anhängen können«, erklärt Sven. »Immerhin waren Sie am Morgen nach dem zweiten Mord direkt am Tatort.«

»Dass ich ein Alkoholproblem hatte, weiß ja leider die ganze Republik«, ergänzt Hübner seufzend.

»Ganz genau. Da musste Ihr neuer Freund nur darauf spekulieren, dass Sie rechtzeitig wieder rückfällig werden.«

»Und während ich in diesem Strandkorb schon längst meinen Rausch ausgeschlafen habe, ist er zurück in seine Wohnung, hat die Frau getötet und sie praktischerweise in meiner unmittelbaren Nachbarschaft abgelegt.«

»War es so?« Silja sieht den Politiker eindringlich an.

Jens-Uwe Behrmann schlägt die Augen nieder.

»Deshalb konnte die Kollegin auch keine Zeugen finden, die die beiden nach Mitternacht hier in Westerland gesehen haben«, sagt Sven leise zu Silja.

»Und mir wollte er hinterher erzählen, dass wir bis fünf Uhr morgens zusammengesessen haben«, murmelt Fred Hübner.

»Das war vermutlich Plan B.« Sven wirft einen knappen Blick auf den Politiker, aber der hat die Augen geschlossen und verweigert jeden Kontakt mit der Außenwelt. »Falls wir nicht so superschnell in der Wohnung gewesen wären, sondern Dr. Behrmann noch genügend Zeit gehabt hätte, alle Spuren zu beseitigen, hätten wir ja immer noch später daraufkommen können, dass es eine Verbindung zwischen ihm und der Mönchinger gab. Dann wären Sie, Herr Hübner, sein Alibi für die Mordnacht gewesen.«

Fred nickt. »Bis dahin hätte ich das mit dem nächtlichen Gespräch natürlich selbst geglaubt. Darf ich mich jetzt übrigens mal setzen? Irgendwie ist mein Kreislauf noch nicht ganz auf der Höhe.«

Gerade will sich der Journalist in einen der Sessel fallen lassen, da springt Bastian Kreuzer vom Sofa auf.

»Hier setzt sich niemand mehr. Wir brechen die Rekonstruktion ab. Sven, du begleitest Dr. Behrmann wieder zurück in seine Zelle. Und Sie, Herr Hübner können mit einem der Streifenwagen unten nach Hause fahren.«

»Und ich?«, fragt Silja irritiert.

»Du kommst mit mir.« Bastian winkt sie aus dem Zimmer und redet erst weiter, als sie nicht mehr gehört werden können. »Behrmann hat nämlich recht. Leider. Am letzten Donnerstag war er tatsächlich nicht hier, das ist in den Medien bestens dokumentiert. Aber ich denke, jetzt wissen wir endgültig, wen wir für den ersten Mord zur Rechenschaft zu ziehen haben, oder?«

Silja nickt, und beide verlassen im Laufschritt die Wohnung.

Freitag, 24. Juni, 01.55 Uhr, Zwischen den Hedigen, Westerland

Silja Blanck und Bastian Kreuzer stehen schon seit einigen Minuten vor dem Wohnhaus von Hubert Mönchinger. Immer wieder hat der Hauptkommissar den Klingelknopf gedrückt, ohne dass sich etwas im Inneren des Hauses geregt hat. Jetzt schlägt er mit der flachen Hand laut gegen die Tür, dann lässt er die Hand sinken und beide Ermittler lauschen angestrengt.

»Irgendjemand läuft dadrin rum«, wispert Silja.

»Ich hör's auch. Ist nur die Frage, ob dieser Jemand uns auch öffnen wird.«

Bastian hat bereits die Hand zu einer weiteren Klopfattacke gehoben, als die Wohnungstür entriegelt und anschließend sehr langsam nach innen aufgezogen wird. In einer vollkommen dunklen Diele steht Hubert Mönchinger in einem gestreiften Flanellschlafanzug. Der ist bestimmt viel zu warm für die laue Sommernacht, schießt es Silja durch den Kopf.

»Herr Mönchinger, wir müssen Sie sprechen.« Während er redet, schiebt sich der Hauptkommissar bereits an Hubert Mönchinger vorbei ins Innere des Hauses.

»Jetzt?« Mönchingers Stimme ist heiser.

»Ja jetzt. Meine Kollegin Silja Blanck kennen Sie schon?«

Mönchinger nickt müde und schlurft den Beamten voran in sein Wohnzimmer. »Setzen Sie sich doch. Ich habe schon geschlafen«, fügt er überflüssigerweise hinzu und deutet auf seinen Pyjama.

Nachdem Silja und Bastian auf dem Sofa Platz genommen

haben, lässt sich Hubert Mönchinger schwerfällig in einem der Sessel nieder.

»Es gibt neue Erkenntnisse zu den Morden an Sibylla Polenz und Ihrer Frau«, eröffnet der Hauptkommissar das Gespräch.

»Ach?« Mönchingers Stimme klingt ehrlich erstaunt.

»Haben Sie uns nicht zugetraut, die Mörder zu finden?«, will Bastian wissen.

»Doch, doch«, antwortet Mönchinger matt. »Ich bin nur überrascht, dass Sie so schnell waren.«

»Sie wundern sich ja gar nicht darüber, dass mein Kollege von zwei Mördern spricht«, unterbricht ihn Silja.

»Äh, hat er das? Ist mir nicht aufgefallen.«

»Ich glaube eher, dass diese Nachricht für Sie nichts Neues ist«, erklärt Bastian jetzt in scharfem Tonfall. »Denn einer der beiden Mörder sind Sie.«

Hubert Mönchinger, der bisher angespannt auf der vorderen Kante des Sessels gekauert hat, lässt sich plötzlich zurücksinken. Es wirkt wie eine Geste der Erleichterung.

Mit leiser Stimme erklärt Mönchinger: »Christa ist an allem schuld. Sie hat Marga vertrieben, sie hat auch gesagt, ich soll doch lieber gleich zu einer Nutte gehen.« Er unterbricht sich und reibt mit beiden Händen seine Augen, als sei er ein Kind und allzu plötzlich aus einem Traum gerissen worden.

»Herr Mönchinger, haben Sie in der Nacht, als Ihre Frau verschwand, Sybilla Polenz angerufen, sich mit ihr getroffen und sie dann umgebracht?«, fragt Bastian eindringlich.

»Marga war weg, und ich war so allein«, flüstert Mönchinger. »Ich dachte, diese Frau sei ihr vielleicht ähnlich, aber sie war ganz anders.« Er schluchzt kurz, dann richtet er sich auf und seine Stimme wird fester. »Wenn Sie zehn Minuten warten, würde ich Ihnen gern etwas zeigen.«

»Aber ich werde Sie nicht allein lassen.«

»Ich will mich nur anziehen.«

»Wo ist eigentlich Ihre Schwester?«, erkundigt sich Silja jetzt. »Wir waren ja nicht gerade leise an der Tür. Hätte sie das nicht auch hören müssen?«

Ohne auf diese Frage zu antworten, steht Hubert Mönchinger auf und verlässt den Wohnraum. Hauptkommissar Bastian Kreuzer folgt ihm mit wenigen Schritten Entfernung. In der Tür dreht er sich noch einmal um und zieht ratlos die Schultern hoch.

»Soll ich nach ihr suchen?«, fragt Silja leise.

Bastian schüttelt den Kopf. »Warten wir's ab, das klärt sich schon.«

»Na hoffentlich«, antwortet Silja und kommt sich plötzlich vor, als sei sie in einem Hitchcock-Film und würde in Bates Motel darauf warten, dass endlich die Dusche abgestellt wird.

Freitag, 24. Juni, 02.36 Uhr, Kurpromenade Westerland

Das blasse Licht des Vollmondes liegt auf Meer und Strand. Es überzieht die Wellen mit silbernem Glanz und versieht jeden einzelnen Fußabdruck im Sand mit einem schmalen Innenschatten. Außer dem sanften Klatschen der Wellen ist nichts zu hören. Die Möwen schlafen, und auch in den Gebäuden jenseits der Kurpromenade sind alle Fenster dunkel.

Mittlerweile haben Hubert Mönchinger, Silja Blanck und Bastian Kreuzer den breiten Teil der Promenade hinter sich gelassen, so dass jetzt nur noch das weiß gestrichene Gitter auf der Meerseite und die niedrige Dünenkette zu ihrer Rechten ihren Weg begrenzen. Hubert Mönchinger geht mit ruhigen Schritten voran, bedächtig und keinesfalls eilig. Dabei wirkt er nicht, als suche er etwas, sondern eher wie jemand, der die Stille und den Aufenthalt an dem ungewöhnlichen Ort zu dieser nächtlichen Stunde unbefangen genießt.

Plötzlich kann Silja die Anspannung nicht mehr aushalten und raunt Bastian zu: »Der führt uns doch an der Nase herum. Irgendwas stimmt hier nicht.«

Aber Bastian winkt nur ab und folgt Hubert Mönchinger schweigend. Schließlich zupft Silja ihn am Arm, und als er nicht reagiert, hält sie ihn fest und hindert ihn am Weitergehen.

»Der Typ wird mir immer unheimlicher. Oder hast du so was Abgedrehtes schon mal erlebt? Vielleicht hat Mönchinger uns nur hergelockt, damit seine Schwester in Ruhe fliehen kann«, wispert Silja.

Bastian schüttelt stumm den Kopf und lässt seinen Blick über den Strand wandern. Wie Aliens wirken die leeren Körbe, eine Armee diszipliniert in Reih und Glied aufmarschierter Außerirdischer in gestreiften Uniformen, die die Einsamkeit der Nacht nutzt, um den Sylter Weststrand zu okkupieren.

Doch einer der Soldaten ist aus der Reihe ausgeschert. Sein Gesicht, die offene Front, steht nicht zur Kurpromenade gewandt, wie es bei all seinen Kameraden der Fall ist, sondern es blickt direkt aufs Meer.

»Da müssen wir hin«, sagt Hubert Mönchinger leise und dreht sich zu den Ermittlern um.

»Wollen Sie vorangehen, Herr Mönchinger?«

»Ja. Natürlich. Ich gehe vor.«

Mönchingers Stimme klingt wie die eines folgsamen Kindes. Mit behutsamen Schritten steigt er die Treppe zum Strand hinab und geht anschließend langsam an der Reihe der vorschriftsmäßig ausgerichteten Körbe entlang. Hubert Mönchinger hat den Kopf stolz erhoben, als schreite er eine Formation ab. An dem zum Meer gewandten Strandkorb bleibt er stehen, sieht aber nicht hinein, sondern den beiden Ermittlern entgegen, die ihm gefolgt sind. Sein Blick zwingt sie, innezuhalten.

»Ich habe keinen Moment daran geglaubt, dass Sie den Mörder meiner Frau wirklich finden können. Und ich glaube ehrlich gesagt auch immer noch nicht, dass Sie ihn gefunden haben. Denn das habe ich getan …«

Mit einer winzigen, sehr bescheiden wirkenden Geste weist Hubert Mönchinger auf den umgedrehten Strandkorb.

»Was haben Sie getan?« Siljas Stimme ist schrill.

»Was ich getan habe, wollen Sie wissen? Ganz einfach, ich habe die Mörderin gefunden – und bestraft.«

Mit einer angedeuteten Verbeugung tritt er zur Seite, wie ein Theaterdirektor, der nach einem langen Prolog die Bühne für seine Schauspieler freigibt.

Endlich gelingt es den beiden Ermittlern, einen Blick ins Innere des Strandkorbs zu werfen. Im kalten Licht des Mondes sitzt Christa Mönchinger akkurat in der Mitte des gestreiften Polsters. Ihre Hände liegen still zu beiden Seiten der Hüften und die Augen sind weit geöffnet, als wollten sie das einförmige Spiel der Wellen ein letztes Mal betrachten.

Christa Mönchinger trägt ein Flanellnachthemd mit winzig kleinen Streublümchen darauf. Ihre Haare wehen wie feine Fusseln im Nachtwind, und ihr Hals zeigt ein Würgemal in dunklem Blau, wie es ganz ähnlich auch Sibylla Polenz und Marga Mönchinger hatten.

»Sie glauben, Ihre Schwester hat Ihre Frau umgebracht?«, stößt Silja entsetzt hervor.

»Ich bin sicher, dass es so war. Sie hat es natürlich nicht zugegeben.«

»Herr Mönchinger, Sie irren sich«, erklärt Bastian Kreuzer jetzt mit ruhiger Stimme. »Der Mörder Ihrer Frau hat vor wenigen Stunden gestanden – und die Beweislast ist erdrückend.«

»Aber Christa hat Marga von Anfang an gehasst. Sie hat alles getan, um meine Frau schlecht zu machen«, stammelt jetzt Hubert Mönchinger und schaut mit einer Mischung aus Verachtung und Verzweiflung auf seine tote Schwester.

»Das mag sein. Aber umgebracht hat sie sie nicht.«

Bastian Kreuzer schweigt einige Sekunden, um Hubert Mönchinger Gelegenheit zu geben, sich von der Toten zu verabschieden und vielleicht einen letzten nicht von Hass, sondern von Zuneigung oder wenigstens Bedauern geprägten Blick auf sie zu werfen. Doch Hubert Mönchingers Blick ist leer.

Leise sagt der Hauptkommissar: »Herr Mönchinger, ich verhafte Sie wegen Mordes an Sibylla Polenz sowie Ihrer Schwester Christa Mönchinger.«

Hubert Mönchinger nickt kurz und hebt dann das Gesicht hinauf zum vollen Mond. Er schließt die Augen und bewegt leicht die Lippen. Es wirkt wie ein stilles Gebet.

Freitag, 24. Juni, 12.03 Uhr, Alte Dorfstraße, Westerland

Grell klingt das Telefonklingeln an Siljas Ohr. Mit jeder Sekunde, die vergeht, ohne dass Judith den Anruf annimmt, wächst ihre Sorge. Doch als sie schon überlegt, wie sie noch Kontakt zu der Freundin aufnehmen könnte, meldet sich Judith endlich.

»Entschuldige, ich war gerade im Bad.«

»Sieht's schlimm aus?«

»Na, du kennst ja bestimmt genug Fotos von misshandelten Frauen, um es dir vorstellen zu können. Immerhin habe ich im Gesicht keine offene Wunde. Den Kiefer habe ich übrigens röntgen lassen, da ist zum Glück nichts gebrochen. Und den blauen Fleck am Kinn kann man überschminken.« Judith lacht freudlos.

»Du Arme. Soll ich nicht doch am Wochenende kommen und dich ein bisschen verwöhnen?«

»Musst du nicht auf der Insel bleiben? Bei zwei toten Frauen habt ihr doch bestimmt rund um die Uhr zu tun.«

»Jetzt nicht mehr. Wir haben die Mörder. Und du hast einen entscheidenden Hinweis gegeben.«

»Jetzt sag aber nicht, dass dieser Behrmann wirklich in die Sache verwickelt war.«

»Er hat die zweite Frau umgebracht, wir haben schon ein Geständnis.«

»O Gott. Da habe ich mit meinem Malheur ja vergleichsweise noch Glück gehabt.«

Silja hört, wie Judith sich auf ihr quietschendes Bett fallen lässt. Sie ist unendlich froh darüber, dass die Freundin zu ihrem trockenen Humor zurückgefunden hat. Trotzdem mahnt sie leise: »Es bleibt aber dabei, dass du dir einen anderen Nebenjob suchst?«

»Ja klar, jetzt erst recht. Ich bin doch nicht lebensmüde. Bis ich den Bachelor habe, reicht mein Geld in jedem Fall. Und danach würde ich gern ein Praktikum in einer Galerie machen. Das würde mich unheimlich interessieren.«

»Du glaubst gar nicht, wie sehr mich das erleichtert.«

»Doch, kann ich mir vorstellen. Sag mal, war dein Angebot für den Wochenendbesuch ernst gemeint?«

»Natürlich. Allerdings könnte ich erst morgen Nachmittag kommen. Heute Abend habe ich ein Date.«

»Mit deinem Kollegen?«

»Genau«, antwortet Silja knapp, doch nach einer kurzen Pause fügt sie hinzu: »Sag mal, könnte ich dich um einen Gefallen bitten?«

»Klar.«

»Ich habe ihm versprochen, ihn ins Restaurant des *Söl'ring Hof* auszuführen, aber die waren am Telefon etwas zögerlich und wollten wohl noch Plätze für Hausgäste freihalten. Vielleicht könntest du anrufen und dein Glück versuchen? Dich kennen sie immerhin.«

»Wenn's weiter nichts ist. Wann wollt ihr denn hingehen?«

»Am Abend, die Uhrzeit ist egal. Frag einfach, wann noch was frei ist.«

Freitag, 24. Juni, 21.17 Uhr, Restaurant *Söl'ring Hof,* Rantum

»Kannst du dir vorstellen, wie viel Überredungskraft es mich gekostet hat, so kurzfristig für heute Abend hier noch einen Tisch zu bekommen?«, fragt Silja Blanck den Kollegen Bastian Kreuzer mit möglichst unschuldigem Augenaufschlag. Er muss ja nicht unbedingt wissen, dass es Judith war, die den Tisch für sie beide reserviert hat.

Bastian nickt und blickt sich etwas eingeschüchtert um. Einrichtung und Gäste wirken ebenso dezent wie geschmackvoll. Auch der Hauptkommissar hat auf seine übliche Jeans verzichtet und sich in eine helle Baumwollhose und ein blaues Jackett geworfen. Wann er die Kombination zum letzten Mal getragen hat, weiß er selbst nicht mehr genau, aber es muss Jahre her sein. Gekauft hat er das Ganze anlässlich der Hochzeit eines Hamburger Kollegen, die Anschaffungskosten haben schon damals sein Budget weit überschritten, daran erinnert sich der Kommissar genau. Jetzt ist er froh, dass er die Sachen hat, auch wenn die Hose im Bund und im Schritt etwas kneift. Der alte Spruch *Wer schön sein will, muss leiden* fällt ihm ein. Und Bastian Kreuzer leidet heute Abend ausgesprochen gern. Er muss nur daran denken, wie beeindruckt Silja war, als er sie vorhin vor ihrer Haustür begrüßt hat. Er hatte das Gefühl, dass nicht viel gefehlt hätte, damit sie durch die Zähne pfeift. Bei dieser Vorstellung muss Bastian unwillkürlich grinsen.

»Was ist so lustig?«, fragt Silja sofort. Sie trägt ein schlichtes weißes Leinenkleid und als einzigen Schmuck eine Korallenkette um den Hals. Ihre Pumps haben genau die gleiche

Farbe wie die Korallen. Alle anwesenden Männer haben ihr hinterhergeschaut, als eine sehr freundliche Kellnerin die beiden zu ihrem Tisch geführt hat.

»Ach nichts. Ich habe mir dich gerade in einer vollkommen unpassenden Pose vorgestellt.«

»Du willst schon gehen?« Ihre Mine ist undurchdringlich, auch wenn Bastian meint, ein winziges Zucken in ihren Mundwinkeln wahrzunehmen.

Für seine Antwort setzt er auf sein bewährtes Pokerface.

»Nicht, was du denkst. Kannst du durch die Zähne pfeifen?«

Silja lacht. »Klar. Das konnte in meiner Kindheit hier jeder. Sonst wäre man erst gar nicht in die Clique aufgenommen worden.«

»Du warst in einer Clique?«

»Du nicht?«

»Doch. Aber ich bin ja auch das Raubein vom Dienst. War ich früher schon.«

»Was du nicht sagst.«

Mit hilfsbereitem Lächeln kommt genau in diesem Moment die Kellnerin an ihren Tisch. Am liebsten hätte Bastian sie weggeschickt, immerhin gestattet er sich ein kurzes Augenzwinkern zu Silja hinüber. Die Kellnerin reicht beiden die Speisekarte und erkundigt sich nach ihren Wünschen für einen Aperitif.

»Champagner?«, schlägt Bastian ohne jedes Zögern vor.

Dabei schaut er Silja in die Augen. Er hält sie mit seinem Blick ganz fest, obwohl er weiß, dass ihr so etwas oft unangenehm ist. Tatsächlich senkt sie den Blick nach wenigen Sekunden. Aber um ihre Lippen spielt ein Lächeln, als sie antwortet: »Champagner. Warum nicht?«